Von Edgar Wallace sind lieferbar:

A. S. der Unsichtbare
Die Bande des Schreckens
Der Banknotenfälscher
(Erscheint im März 85)
Die blaue Hand
Die Diamantenbrosche
Der Doppelgänger
Der Frosch mit der Maske
Das Gasthaus an der Themse
Die gebogene Kerze
Geheimagent Nr. 6
Das Geheimnis der gelben Narzissen
Die gelbe Schlange
(Erscheint im Dezember 84)
Das Gesicht im Dunkel
Der grüne Bogenschütze
Hands up!
Der Hexer
Das indische Tuch
Mary Ferrera spielt System
(Erscheint im Februar 85)
Neues vom Hexer
Der Rächer
Der rote Kreis
Der Safe mit dem Rätselschloß
(Erscheint im Januar 85)
Der schwarze Abt
Die seltsame Gräfin
Die Tür mit den 7 Schlössern
Das Verrätertor
Die vier Gerechten
Zimmer 13
Der Zinker

Edgar Wallace

Der grüne Bogenschütze

Scherz
Bern – München – Wien

Neu übersetzte Ausgabe
Übertragung aus dem Englischen von Erwin Schuhmacher
Titel des Originals: »The Green Archer«
Schutzumschlag von Heinz Looser
Foto: Thomas Cugini

2. Auflage 1985, ISBN 3-502-50963-8

Gesamtherstellung: Ebner Ulm

1

Spike Holland kritzelte die Schlußworte seines Artikels auf das letzte Blatt, zog schwungvoll zwei horizontale Linien darunter, um jedermann klarzumachen, daß dies die letzte Seite war, und schleuderte dann den Bleistift gegen den Fensterrahmen. Der Stummel prallte von seinem Ziel ab und rollte unter einen Büroschrank.
»Keine unwürdige Hand soll jemals mit diesem Instrument meiner Phantasie belangloses Geschreibsel zu Papier bringen«, rief er pathetisch.
Der Reporter am Nebentisch blickte von seiner Arbeit auf und fragte neugierig: »Was hast du denn so Bedeutendes geschrieben, Spike?«
»Einen fulminanten Bericht über die gestrige Hundeausstellung«, erwiderte Spike ruhig. »Ich verstehe zwar nicht mehr von Hunden, als daß sie an einem Ende bellen und am anderen wedeln, aber Syme hat mir das Thema aufgedrängt. Er meinte, ein Kriminalreporter müsse auch mit Bluthunden vertraut sein. Dieser Mann denkt irgendwie um die Ecke. Er sieht nichts so, wie es wirklich ist. Daher kommen seine skurrilen Einfälle. Man bringt ihm einen Knüller, einen dramatischen Bericht über einen Banküberfall – und was tut er? Er überfällt dich mit dem Auftrag, sofort etwas über die Eßgewohnheiten von Bankdirektoren zu schreiben.«
Spike seufzte und legte die Füße auf den Tisch. Er war jung, sommersprossig und hatte einen wirren roten Haarschopf. »Hunde mögen ja ganz interessant sein...«, begann er, als die Tür mit einem Ruck aufgestoßen wurde und ein hemdsärmeliger Mann durch riesige Brillengläser ins Zimmer starrte.
»Hallo, Spike, ich brauche Sie. Haben Sie etwas Dringendes zu tun?«
»Ich bin mit Mr. Wood wegen seiner Kinderheime zum Lunch verabredet.«
»Das kann warten.« Der Mann winkte, und Spike folgte ihm in ein winziges Büro.
»Kennen Sie Abel Bellamy... den Millionär aus Chicago?«
»Abel? Natürlich... Ist er gestorben?« fragte Spike hoffnungsvoll. »Der Kerl gibt nämlich erst dann eine gute Story ab, wenn er nicht mehr in der Lage ist, die Gerichte wegen Verleumdung anzurufen.«
»Was wissen Sie von ihm?« fragte der Chefredakteur.
»Er stammt aus Chicago, hat Millionen mit undurchsichtigen Baugeschäften gemacht und ist ein Grobian. Soviel ich weiß, lebt er seit acht Jahren in England, bewohnt ein stilechtes Schloß und hat einen

stummen chinesischen Chauffeur ...«
»Das alles habe ich auch im *Who's who?* gelesen«, unterbrach ihn der Chefredakteur ungeduldig. »Ich möchte wissen, ob der Mann zu den Leuten gehört, die auf Publizität scharf sind. Mit anderen Worten: Ist der grüne Bogenschütze ein wirklich existierendes Gespenst, oder will Abel mit ihm nur Aufsehen erregen?«
»Ein Gespenst? Wovon reden Sie überhaupt?«
Syme angelte ein Blatt Papier von seinem Schreibtisch und schob es dem verblüfften Amerikaner zu. Es war die Mitteilung eines offensichtlich nicht gerade schreibgewandten Verfassers:

Werter Herr,
der grüne Bogenschütze spukt wieder in Garre Castle. Der Butler Wilks hat ihn genau gesehen. Werter Herr, der grüne Bogenschütze ging in Mr. Bellamys Zimmer und ließ die Tür offen. Man hat ihn auch im Park gesehen. Alle Hausangestellten hauen ab. Mr. Bellamy sagt, er will jeden feuern, der darüber quatscht; aber alle Dienstboten packen ihre Sachen und verschwinden von selbst.

»Und wer, zum Teufel, ist der grüne Bogenschütze?« fragte Spike verwundert.
Syme putzte seine Brillengläser und lächelte, was Spike ehrlich verblüffte. Er hätte seinen Chef nie einer derart menschlichen Geste für fähig gehalten.
»Der grüne Bogenschütze von Garre Castle«, begann Syme, »war seinerzeit das berühmteste Gespenst in ganz England. Lachen Sie nicht, die Geschichte ist gar nicht so komisch. Der historische Bogenschütze wurde 1487 von den damaligen Besitzern von Garre Castle, den de Curcys, gehängt.«
»Toll! Wie genau Sie das im Gedächtnis haben!« entfuhr es Spike anerkennend.
»Der Mann wurde wegen Wilderns gehängt, und soweit mir bekannt, existiert die Eiche, an der er damals baumelte, heute noch. Er hat dann einige hundert Jahre lang im Schloß gespukt, wo er zuletzt 1799 gesehen wurde. In Berkshire gehört er zum festen Bestand der Lokalgeschichte. Und jetzt hat er sich wieder einmal gezeigt, wenn man diesem Brief glauben darf, der offensichtlich von einem Dienstboten geschrieben wurde, den man entlassen hat oder der seinen Job aus Furcht vor dem Gespenst freiwillig aufgegeben hat.«
Spike runzelte die Stirn und schob die Unterlippe vor. »Jedes

Gespenst, das versuchen sollte, Abel Bellamy einzuschüchtern, verdient, was es sich damit einhandelt«, antwortete er. »Ich halte die Geschichte für erfunden oder reine Hysterie. Soll ich zu Abel hinausfahren?«
»Tun Sie das und versuchen Sie, ihn dazu zu bringen, daß Sie einige Zeit im Schloß wohnen können.«
Spike schüttelte den Kopf. »Da kennen Sie ihn schlecht. Wenn ich ihm mit dem Vorschlag komme, setzt er mich gleich vor die Tür. Ich werde mich aber mit seinem Sekretär Savini, einem Eurasier, in Verbindung setzen. Vielleicht kann der etwas für mich tun. Bis jetzt hat der grüne Bogenschütze anscheinend nicht viel mehr angestellt, als daß er die Tür von Abels Schlafzimmer offengelassen hat.«
»Also versuchen Sie Ihr Glück. Erfinden Sie eine Ausrede, die Ihnen Einlaß ins Schloß verschafft. Das hat er übrigens vor sieben oder acht Jahren für einhunderttausend Pfund gekauft. Und machen Sie was daraus, mein Lieber! Wir haben schon seit Jahren keine gute Gespensterstory mehr gebracht. Auf den Lunch mit Wood brauchen Sie deshalb nicht zu verzichten. Dessen Geschichte will ich ebenfalls bringen. Wo treffen Sie ihn?«
»Im ›Carlton‹, Sir. Wood ist nur für ein paar Tage in London und fährt noch heute abend nach Belgien zurück.«
Der Chefredakteur nickte. »Das vereinfacht die Sache. Bellamy hält sich zur Zeit ebenfalls im ›Carlton‹ auf. Da können Sie gleich beide Stories am selben Ort recherchieren.«
Spike schlenderte mißgelaunt zur Tür. »Gespenstergeschichten und Kinderheime!« brummte er verbittert. »Und dabei sehne ich mich nach einem komplizierten Mordfall. Diese Zeitung braucht keinen Kriminalreporter, sondern einen Märchenerzähler.«
»Diese Definition trifft haargenau auf Sie zu«, rief Syme ihm nach und wandte sich dann seiner Arbeit zu.

2

Unsere Vorfahren glaubten, die bösen Taten eines Menschen würden an dem Ort, an dem sie begangen wurden, mit Blut an die Wand geschrieben. Wäre das wirklich so, dann müßte der Name Bellamy an vielen Orten blutrot von den Wänden leuchten. Etwa in einer armseligen Farm in Montgomery County, Pennsylvania, oder in der

düsteren Halle des Gefängnisses von Pentonville – um nur zwei Orte zu nennen.
Abel Bellamy vergeudete keine Zeit mit Gewissensbissen über begangenes Unrecht. Das entsprach nicht seiner Natur; Furcht kannte er nicht. Weder die Erinnerung an Menschenleben, die er zerstört, noch an Leid, das er anderen absichtlich zugefügt hatte, beunruhigte seinen Geist auch nur eine Sekunde lang. Falls er je an die Kinder dachte, die er Armut und Krankheit überantwortet, oder an die Frau, die er in den Tod getrieben hatte – nur um seinen Größenwahn zu befriedigen, dann nur voller Selbstzufriedenheit. Er hielt es durchaus für recht und billig, jeden auszuschalten, der ihm im Weg war. Mit zwanzig Jahren hatte er noch als Hilfsarbeiter auf dem Bau gearbeitet. Mit fünfunddreißig war er Dollarmillionär, und im Alter von fünfundfünfzig Jahren verfügte er über ein zweistelliges Millionenvermögen. Das Land, in dem er es zu etwas gebracht hatte, hatte er verlassen. Jetzt war er ein englischer Großgrundbesitzer, Herr über einen Besitz, den sich einst kühne englische Ritter mit dem Schwert erkämpft und mit dem Schweiß und der Mühsal ihrer Leibeigenen aufgebaut hatten.
Dreißig Jahre lang besaß er nun schon die Macht, anderen Leid zuzufügen. Er hegte keineswegs die Absicht, sich zu ändern. Bellamy war einen Meter neunzig groß und mit sechzig Jahren immer noch stark wie ein Ochse. Doch war es nicht seine stattliche Erscheinung, die Männer wie Frauen auf der Straße bewog, sich nach ihm umzusehen, sondern seine geradezu faszinierende Häßlichkeit. Das große, gerötete Gesicht war von unzähligen Falten und Runzeln durchzogen; die Nase war grob und knollig, der Mund breit mit dicken Lippen. Ein Mundwinkel war stets leicht nach oben gezogen, so daß es aussah, als grinse er ständig.
Auf seine Häßlichkeit war er weder stolz, noch schämte er sich ihrer. Abel hatte sein äußeres Erscheinungsbild akzeptiert, so wie er seine Wünsche und Begierden als seiner Natur entsprechend akzeptiert hatte. Das also war Abel Bellamy: In Chicago in ärmlichen Verhältnissen aufgewachsen, jetzt Herr über Garre Castle in Berkshire, ein Mann, der ohne die Fähigkeit zu lieben auf die Welt gekommen war.
Als Savini die Tür des Salons öffnete, drehte Bellamy sich um. Der Sekretär war es zwar schon gewohnt, unfreundlich begrüßt zu werden, aber er spürte sofort, daß er heute mehr als die üblichen Vorwürfe hören würde, die routinemäßig jeden Tag einleiteten.
»Das ist ja wohl ein starkes Stück, Savini! Ich warte hier seit sieben

Uhr früh auf Sie. Merken Sie sich gefälligst eines: Wenn Sie Ihren Job behalten wollen, dann will ich Sie vor der Mittagspause sehen – ist das klar?«

»Tut mir leid, Mr. Bellamy. Aber ich hatte Ihnen gestern abend gesagt, daß ich heute später kommen würde. Ich war auswärts und bin erst vor wenigen Minuten zurückgekommen.«

Julius Savini gab sich in Haltung und Stimme demütig. Ein Jahr Tätigkeit als Sekretär bei Bellamy hatte ihn gelehrt, daß es sinnlos war, seinem Arbeitgeber zu widersprechen. »Wollen Sie jemanden vom *Globe* empfangen, Sir?«

»Einen Journalisten?« fragte Bellamy argwöhnisch. »Sie wissen doch, daß ich grundsätzlich keine Reporter empfange. Wie heißt er, und was will er?«

»Er heißt Spike Holland und ist Amerikaner«, antwortete Julius in einem Ton, als ob diese Angaben den Besuch rechtfertigen würden.

»Das macht ihn mir keineswegs willkommener«, knurrte Abel. »Sagen Sie ihm, ich will ihn nicht sehen. Ich habe nicht die geringste Lust, von irgendeinem Schmierfinken zitiert zu werden. Um was geht es überhaupt? Als mein Sekretär sollten Sie das doch wissen.«

Julius zögerte mit der Antwort. »Es handelt sich um den grünen Bogenschützen.«

Abel Bellamy drehte sich ruckartig um. »Wer hat vom grünen Bogenschützen gefaselt? Sie, Sie Ratte!«

»Ich habe mit keinem Journalisten gesprochen«, antwortete Julius gekränkt. »Was soll ich ihm sagen?«

»Sagen Sie ihm, er soll zum ... ach was, schicken Sie ihn herein.«

Lehnte er es ab, mit dem Reporter zu sprechen, würde der bestimmt etwas erfinden. Vor der Presse hatte der Alte doch etwas Respekt. Schließlich war es eine Zeitung gewesen, die seinerzeit die Affäre in Falmouth aufgedeckt hatte.

Julius ließ den Besucher eintreten. »Sie brauchen nicht zu warten!« fuhr Bellamy seinen Sekretär an. Als dieser gegangen war, brummte er: »Nehmen Sie eine Zigarre?« und warf die Zigarrenkiste auf den Tisch, als ob er einem Hund einen Knochen zuwürfe.

»Danke, Mr. Bellamy«, antwortete Spike kühl. »Ich rauche nie Millionärszigarren. Hinterher schmecken mir meine eigenen nicht mehr.«

»Also, was kann ich für Sie tun?« fragte Bellamy unfreundlich, wobei er den rothaarigen Reporter mit zusammengekniffenen Augen fixierte.

»In Garre Castle soll ein Gespenst umgehen, genauer gesagt, der grüne Bogenschütze.«
»Das ist Unsinn«, erwiderte der andere prompt – etwas zu prompt. Hätte er gleichgültiger reagiert, dann hätte Spike sich vielleicht täuschen lassen. Da Bellamy aber wie aus der Pistole geschossen leugnete, fand Spike plötzlich Interesse an der Sache.
»Woher haben Sie dieses Märchen?« fragte der Millionär.
»Unsere Quelle ist an sich sehr zuverlässig«, antwortete Spike vorsichtig. »Nach unseren Informationen wurde der grüne Bogenschütze im Schloß gesehen. Er soll auch Ihr Schlafzimmer betreten und wieder verlassen haben ...«
»Das ist gelogen!« Bellamy reagierte jetzt lautstark. »Diese verrückten englischen Dienstboten glauben überall Gespenster zu sehen. Es trifft zu, daß eines Nachts meine Schlafzimmertür offenstand ... Wahrscheinlich hatte ich vergessen, sie zuzumachen. Wer ist Ihr Informant?«
»Wir verfügen über Informationen aus drei verschiedenen Quellen«, antwortete Spike nicht gerade wahrheitsgetreu. »Und alle drei Berichte stimmen inhaltlich überein. Also, Mr. Bellamy, an der Geschichte ist doch irgend etwas dran? Und ganz nebenbei gesagt, so ein Gespenst steigert doch nur den Wert eines alten Schlosses.«
»Da liegen Sie genau falsch«, antwortete Bellamy, der die sich plötzlich bietende Chance sofort zum Gegenangriff nutzte. »Das Grundstück verliert an Wert. Und wenn Sie auch nur eine einzige Zeile darüber veröffentlichen, verklage ich Ihr Blatt. Habe ich mich klar genug ausgedrückt, junger Mann?«
»Ich sehe schon, daß das Gespenst noch höchstpersönlich das Gericht anruft«, antwortete Spike liebenswürdig und verabschiedete sich.
Als Spike die Treppe hinunterging, überlegte er, was er nun wohl weiter in dieser Angelegenheit unternehmen könnte. Bellamy war nicht der Typ des ausländischen Millionärs, der sich in England niederließ und dann früher oder später von der britischen Gesellschaft assimiliert wurde. Dieser Mann gehörte zu der unangenehmen Sorte, war halbgebildet und, soweit Spike zu wissen meinte, auch ohne jeden gesellschaftlichen Ehrgeiz.
In der Halle stand der Sekretär im Gespräch mit einem hochgewachsenen, graubärtigen Mann. Er bedeutete dem Reporter, er solle warten. »Sie kennen ja den Weg, Mr. Creager. Mr. Bellamy erwartet Sie oben.«

Als der Besucher nach oben gegangen war, wandte Julius sich dem Reporter zu. »Nun, was hat der Alte gesagt?«
»Er hat alles abgestritten. Und was halten Sie von der Sache?«
Julius Savini zuckte die Schultern. »Ich weiß nicht, woher Sie die Information haben. Von mir werden Sie jedenfalls nichts erfahren. Der Alte hat mich schon beschimpft, weil er glaubt, ich hätte Ihnen den Tip gegeben.«
»Dann ist also etwas Wahres an der Geschichte, und im Schloß hat sich wirklich ein Gespenst gezeigt? Verraten Sie mir wenigstens eines: Hat es auch mit Ketten gerasselt?«
Julius schüttelte den Kopf. »Von mir hören Sie kein Wort. Ich habe einen Job zu verlieren.«
»Und wer war der Typ, den Sie eben nach oben geschickt haben? Er sah aus wie ein Polizeibeamter.«
Julius grinste. »Dasselbe hat er mich gefragt, als Sie die Treppe herunterkamen. Er heißt Creager und ist ein ...« – er zögerte – »nun, ich will nicht sagen ein Freund des Hauses, aber doch ein Bekannter des Alten. Wahrscheinlich ist er bereits im Ruhestand, denn er kommt ziemlich regelmäßig hierher und wird wohl seine guten Gründe dafür haben. Übrigens, der Alte braucht mich erst wieder, wenn Creager gegangen ist. Wollen wir inzwischen einen trinken?«
Spike lehnte dankend ab. Zu Julius' großer Überraschung kam der Besucher in diesem Augenblick bereits wieder die Treppe herunter und war offensichtlich schlecht gelaunt.
»Er wünscht erst um zwei Uhr mit mir zu reden«, sagte er wütend. »Denkt er etwa, ich würde hier so lange warten? Da irrt er sich gewaltig. Das können Sie ihm sagen, Mr. Savini.«
»Warum denn so aufgeregt, Mr. Creager?«
»Ich gebe ja zu, wir waren erst für zwei Uhr verabredet. Aber heute bin ich schon früher nach London gekommen. Warum sollte ich dann bis zwei Uhr warten. Wir könnten doch gleich miteinander reden.« Creager hatte sich immer noch nicht beruhigt. »Er glaubt, er könnte mich wie einen Hund behandeln.« Dann wies Creager mit einem dicken Daumen auf Spike. »Er ist verärgert über einen Reporter. Ich nehme an, das sind Sie?«
»Stimmt. Das bin ich«, antwortete Spike.
Creager wandte sich wieder Julius zu und tippte zur Bekräftigung seiner Worte auf dessen Brust. »Sie können ihm sagen, daß ich um zwei Uhr hier sein und ein langes Gespräch mit ihm führen werde. Wenn nicht, dann werde ich eine interessante Unterhaltung mit

einem Reporter haben.« Mit dieser Drohung verließ er das Haus. Spike verspürte ein prickelndes Gefühl. »Savini«, sagte er mit sanfter Stimme, »wenn meine Nase mich nicht trügt, dann liegt hier eine gute Story in der Luft.«
Savini antwortete nicht mehr, denn er befand sich bereits auf dem Weg nach oben zu seinem wütenden Arbeitgeber, wobei er immer gleich zwei Stufen auf einmal nahm.

3

Spike schaute auf die Uhr. Es fehlten noch fünf Minuten an der verabredeten Zeit. Er hatte sich jedoch kaum gesetzt, als sein Gastgeber John Wood bereits durch die Drehtür kam. Er war hochgewachsen, vorzeitig ergraut, und sein Gesicht war von bemerkenswerter Schönheit. Die lebhaft blickenden Augen glänzten, und der sensible Mund schien selbst dann etwas auszudrücken, wenn er schwieg.
John Wood griff spontan nach der Hand des Reporters. »Ich komme doch hoffentlich nicht zu spät?« fragte er. »Ich war den ganzen Vormittag über sehr beschäftigt und muß mich beeilen, wenn ich den Zug nach dem Kontinent um halb drei erwischen will.«
Sie gingen zum Speisesaal, wo der Oberkellner sie an einen reservierten Tisch führte. Beim Anblick diesen schönen Gesichts konnte Spike nicht umhin, Vergleiche anzustellen mit der faszinierenden Häßlichkeit des Mannes, den er zuvor aufgesucht hatte. Hier saß er neben dem genauen Gegenteil von Bellamy, einem harmonischen Menschen, dessen Augen ständig lächelten. Jede seiner Bewegungen war ausdrucksvoll, und die schlanken weißen Hände unterstrichen jedes Wort der Unterhaltung.
»Also, was wollen Sie von mir wissen? Vielleicht kann ich Ihnen schon einiges erzählen, bevor die Suppe kommt. Ich bin Amerikaner...«
»Das hätte ich nicht gedacht«, sagte Spike erstaunt. John Wood nickte.
»Ich lebe schon sehr lange in Europa. Genaugenommen, bin ich schon seit...«, er machte eine Pause, »seit vielen Jahren nicht mehr in meiner Heimat gewesen. Ich spreche nicht gern von mir selbst und werde Ihnen das wenige, das es von mir zu berichten gibt, kurz zusammenfassen. Ich lebe in Belgien in einem kleinen Ort namens

Wenduyne. Dort unterhalte ich ein Heim für schwindsüchtige Kinder, das ich noch im Laufe dieses Jahres in die Schweiz verlegen werde. Ich bin der Erfinder des Wood-Verbrennungssystems und Junggeselle. Damit ist eigentlich schon alles gesagt.«
»Mich interessieren vor allem Ihre Kinderheime«, sagte Spike. »Wir haben darüber in einer belgischen Zeitung gelesen, wo es auch hieß, Sie würden jetzt Geld sammeln, um in möglichst jedem europäischen Land ein Mütterheim zu gründen. Was verstehen Sie unter Mütterheim, Mr. Wood?«
Der grauhaarige Mann lehnte sich in seinem Stuhl zurück und überlegte einen Augenblick. »In allen europäischen Ländern und ganz besonders hier in England gibt es das Problem des unerwünschten Kindes. Vielleicht ist ›unerwünscht‹ nicht der richtige Ausdruck. Nehmen wir den Fall einer Witwe, die ohne einen Pfennig Unterstützung mit ein oder zwei Kindern zurückbleibt. Kümmert sie sich um die Kinder, ist es ihr unmöglich, einen Beruf auszuüben. Dann aber braucht sie Geld. Es gibt andere kleine Kinder, deren Geburt unerwünscht war und für die junge Mutter eine Katastrophe bedeutet. Sie müssen häufig so schnell wie möglich den Blicken der Öffentlichkeit entzogen und zu fremden Leuten in Pflege gegeben werden, die das Kind für ein paar Dollar die Woche aufziehen. Es vergeht kein Jahr, in dem nicht in diesem oder jenem Land professionelle Pflegeeltern vor Gericht gestellt werden, weil sie diese armen Kinder vernachlässigt oder sogar haben umkommen lassen.«
Wood schilderte dann seinen Plan und sprach während der ganzen Mahlzeit nur von Kindern. Er hatte vor allem die Babys ins Herz geschlossen und sprach dabei so begeistert von einem winzigen deutschen Waisenkind, das soeben in sein belgisches Heim aufgenommen worden war, daß die anderen Gäste sich nach ihm umdrehten.
»Nehmen Sie mir die Bemerkung nicht übel, aber Sie haben ein eigenartiges Hobby«, sagte Spike.
Der andere lachte. »Da haben Sie wohl recht«, stimmte er zu und fragte dann schnell: »Wer sind diese Leute dort?«
Eine kleine Gesellschaft von zwei Herren und einer jungen Dame war in den Speisesaal gekommen. Einer der beiden Männer war hochgewachsen, schlank und weißhaarig und sah ausgesprochen melancholisch aus. Sein Begleiter war ein elegant gekleideter junger Mann, dessen Alter man irgendwo zwischen neunzehn und dreißig

schätzen mochte. Er erweckte den Anschein, als bestehe sein wichtigster Lebenszweck darin, elegante Herrenschneider in Arbeit und Brot zu setzen. Vom gepflegten Scheitel bis zu den Spitzen seiner Lackschuhe schien er einem Werbeplakat für Herrenmoden entstiegen zu sein. Wood und Spike waren jedoch vor allem von der jungen Dame gefesselt.
»Ich habe selten eine schönere Frau gesehen. Die bekanntesten Illustrierten würden sich um sie als Covergirl reißen«, sagte Spike. »Wer ist sie?«
»Das ist Miss Howett – Miss Valerie Howett. Der alte Herr ist Walter Howett, ein Engländer, der viele Jahre lang in bescheidenen Verhältnissen in den Vereinigten Staaten lebte, bis auf seinem Grundstück Öl gefunden wurde. Und der junge Geck daneben heißt Featherstone und ist ein Salonlöwe, bekannt in allen Londoner Nachtclubs.«
Die drei setzten sich an einen Tisch in der Nähe, so daß Wood Gelegenheit hatte, sich die junge Dame genauer anzusehen. »Sie wirkt außerordentlich sympathisch«, sagte er mit gedämpfter Stimme. Spike stand auf und ging zu der kleinen Gesellschaft hinüber, um den älteren Herrn zu begrüßen, kehrte aber sofort wieder zu seinem Gastgeber zurück.
»Mr. Howett hat mich gebeten, ihn nach dem Essen in seinem Salon oben im Hotel aufzusuchen, Mr. Wood. Ich hoffe, Sie werden mich dann entschuldigen.«
»Aber selbstverständlich«, nickte Wood.
Zweimal während des Essens blickte die junge Dame zu ihnen herüber. Ihr Blick war unsicher, als hätte sie das Gefühl, John Wood schon einmal begegnet zu sein, und als überlege sie nun, unter welchen Umständen das geschehen sei.
Spike lenkte das Gespräch jetzt auf ein Thema, das ihn im Augenblick mehr interessierte als die Kinderheime. »Sie sind doch ein weitgereister Mann, Mr. Wood. Sind Sie bei Ihren vielen Reisen jemals einem Gespenst begegnet?«
»Nein, das bin ich nicht«, antwortete Wood lächelnd.
»Kennen Sie Bellamy?« fragte Spike.
»Abel Bellamy? Ja, ich habe von ihm gehört. Das ist doch der Mann aus Chicago, der Garre Castle gekauft hat.«
Spike nickte. »Und auf Garre Castle geht zur Zeit mal wieder der grüne Bogenschütze um. Der alte Bellamy ist aber gar nicht so stolz auf dieses Gespenst, wie andere Leute es sein würden. Er hat versucht, mir eine gute Story zu vermiesen.«

Spike erzählte, was er bis jetzt über den grünen Bogenschützen gehört hatte, und Wood hörte kommentarlos zu. »Eine seltsame Geschichte«, sagte er schließlich, »ich kenne die Legende von Garre Castle und habe auch von Bellamy gehört.«
»Kennen Sie ihn gut?« fragte Spike hoffnungsvoll, doch der andere schüttelte den Kopf.
Bald danach hatte die Gesellschaft am Nebentisch das Mahl beendet und stand auf. Wood winkte dem Kellner, zahlte und verließ mit Spike den Raum. »Ich muß noch einen Brief schreiben«, sagte er dann. »Werden Sie lange mit Howett zu tun haben?«
»Ein paar Minuten«, antwortete Spike. »Ich weiß zwar nicht, weshalb er mich sprechen will, doch wird es wohl kaum lange dauern.«
Howetts Salon befand sich auf derselben Etage wie der von Bellamy. Der Millionär und seine Tochter warteten bereits. Featherstone war anscheinend schon gegangen. »Kommen Sie, Holland«, sagte Howett, »ich möchte Sie mit meiner Tochter bekannt machen. Valerie, dies ist Mr. Holland, ein Journalist, der dir vielleicht behilflich sein kann.«
Die junge Dame nickte ihm zu und schenkte ihm ein flüchtiges Lächeln. »In Wahrheit ist es meine Tochter, die Sie zu sprechen wünscht, Holland«, sagte Howett zu Spikes sichtlichem Vergnügen. Dabei blickte er etwas zweifelnd zuerst auf sie und dann auf den Reporter.
»Es geht um folgendes, Mr. Holland. Ich möchte eine Dame aufspüren, die vor zwölf Jahren in London lebte.« Valerie zögerte einen Augenblick. »Sie heißt Mrs. Held und wohnte in der Little Bethel Street, Camden Town. Das ist eine ziemlich verkommene Gegend. Ich habe mich in der Straße schon eingehend erkundigt, aber niemand kann sich an sie erinnern. Ich wüßte auch gar nicht, daß sie dort gewohnt hat, wenn ich nicht einen Brief von ihr besäße, der diesen Absender trägt.« Valerie schwieg einen Augenblick und fügte dann hinzu: »Der Brief ist in meine Hände gelangt, ohne daß die Person, an die er gerichtet war, das weiß. Diese Person hatte guten Grund, den Aufenthaltsort der Dame geheimzuhalten. Ein paar Wochen, nachdem dieser Brief geschrieben wurde, ist die Absenderin verschwunden.«
»Haben Sie keine Zeitungsanzeigen aufgegeben?«
»O doch. Ich habe alles nur Mögliche getan. Auch die Polizei hat sich jahrelang bemüht.«
Spike schüttelte bedauernd den Kopf. »Ich fürchte, daß ich Ihnen da

auch nicht viel helfen kann.«
»Das habe ich mir gedacht«, sagte Howett. »Aber meine Tochter meint, eine Zeitung erfahre oft mehr als die Polizei.«
Das Gespräch wurde plötzlich durch eine laute, wütende Stimme auf dem Gang gestört, gefolgt von einem dumpfen Fall. Spike hatte die Stimme erkannt und war wie der Blitz draußen. Dort bot sich ihm ein seltsamer Anblick. Der bärtige Mann, von Julius als Mr. Creager angesprochen, taumelte vom Fußboden hoch, während die bullige Gestalt Abel Bellamys den Türrahmen seines Zimmers blockierte.
»Das wird Ihnen noch leid tun!« keuchte Creager.
»Verschwinden Sie und lassen Sie sich nie mehr blicken!« brüllte Bellamy. »Wenn Sie hier noch einmal aufkreuzen, werfe ich Sie eigenhändig aus dem Fenster.«
»Dafür werden Sie bezahlen müssen!« Der Bärtige schluchzte beinahe vor Wut.
»Nicht in Dollar und Cent«, erwiderte Bellamy grimmig. »Und noch etwas, Creager. Sie beziehen doch eine staatliche Rente. Dann sehen Sie nur zu, daß Sie die nicht verlieren.« Mit diesen Worten drehte er sich um und schlug die Tür hinter sich zu. Spike ging Creager nach, der den Gang entlanghumpelte. »Was war denn los?« fragte er.
Creager hielt an, um sich den Staub von der Hose zu klopfen. »Das werden Sie genau erfahren«, sagte er. »Sie sind doch Reporter, nicht wahr? Ich habe etwas Interessantes für Sie.« Für Spike als begeisterten Journalisten war eine gute Story so wichtig wie Essen und Trinken. Er ging zu Howett zurück und bat, ihn für einen Augenblick zu entschuldigen. Er wolle mit diesem Mann sprechen.
»Wer hat ihn niedergeschlagen? Bellamy?«
Es war die junge Dame, die diese Frage stellte, und zwar mit so unverhülltem Zorn in der Stimme, daß Spike neugierig wurde. »Ja, Miss Howett. Kennen Sie ihn?«
»Ich habe von ihm gehört«, antwortete sie kurz.
Spike begleitete den wütenden Creager in die Hotelhalle. Der Mann war leichenblaß und zitterte vor Wut. Er brauchte einige Zeit, ehe er wieder sprechen konnte.
»Es stimmt genau, was er sagt. Vielleicht verliere ich meine Rente, aber das Risiko muß ich eingehen. Hören Sie zu, Mr....«
»Ich heiße Holland.«
»Hier kann ich Ihnen das nicht erzählen. Wenn Sie aber in mein Haus kommen würden – Rose Cottage, Field Road, New Barnet...«
Spike notierte sich die Adresse.

»Dann werde ich Ihnen etwas erzählen, was eine Sensation sein wird. Jawohl, eine Sensation«, wiederholte Creager genüßlich.
»Gut. Wann kann ich kommen?«
»Kommen Sie am späten Nachmittag.« Creager verschwand nach kurzem Kopfnicken.
»Den hat es aber wirklich erwischt«, sagte Wood, der die Szene beobachtet hatte.
»Ja, man hat ihm übel mitgespielt. Er hat anscheinend eine gute Story für mich.«
»Das habe ich mitbekommen«, sagte Wood lächelnd. »Und nun, Holland, muß ich mich verabschieden. Besuchen Sie mich doch einmal in Belgien.« Er hielt ihm zum Abschied die Hand hin. »Vielleicht werde auch ich Ihnen eines Tages eine Story über Bellamy liefern, die bestimmt Aufsehen erregen wird. Und wenn Sie noch Einzelheiten über die Mütterheime wissen wollen, brauchen Sie nur zu telegrafieren.«
Spike kehrte in Howetts Salon zurück. Valerie Howett hatte sich jedoch schon auf ihr Zimmer zurückgezogen, und die Diskussion darüber, ob er ihr behilflich sein könnte, war auf unbestimmte Zeit vertagt.

4

Am Nachmittag lieferte Spike in der Redaktion seinen Bericht über Woods Pläne für ein europäisches Mütterhilfswerk ab und nahm sich dann ein Taxi nach Barnet. Es war eine lange Fahrt. Die Field Road machte ihrem Namen Ehre und führte quer durch Felder. Rose Cottage lag versteckt zwischen hohen Hecken. Es war ein efeubewachsenes Häuschen mit einem winzigen Vorgarten und einem offensichtlich größeren Garten dahinter. Spike entriegelte das Gartentor und ging über den blumengesäumten Weg zur Haustür. Auf sein Klopfen erhielt er keine Antwort, obwohl die Tür unverschlossen war und sogar offenstand.
Als auch auf erneutes Klopfen niemand antwortete, stieß Spike die Tür weit auf und rief Creagers Namen. Ohne Erfolg. Spike ging zur Straße zurück und traf dort eine Frau, die aus einem der kleinen Häuser am Ende der Straße kam.
»Mr. Creager? Ja, mein Herr. Der wohnt hier. Um diese Zeit ist er

gewöhnlich zu Hause.«
»Im Augenblick scheint er aber nicht da zu sein. Wohnt sonst noch jemand im Haus?«
»Nein, er lebt alleine. Meine Schwester geht jeden Morgen zu ihm und bringt die Wohnung in Ordnung. Gehen Sie doch einfach ins Haus, und warten Sie dort auf ihn.«
Das schien ihm ein ausgezeichneter Gedanke, vor allem, da es inzwischen angefangen hatte zu regnen. Spike betrat also das Haus und gelangte durch einen schmalen Flur in ein sehr gemütlich eingerichtetes Wohnzimmer. Über dem Kaminsims hing ein Porträt, auf dem er den Bärtigen erkannte. Er trug eine Art Uniform, die Spike jedoch fremd war.
Er setzte sich ans Fenster und schaute in den Garten. Plötzlich sprang er wie elektrisiert auf. Aus einem Busch am hinteren Ende des Gartens sah er einen Fuß herausragen – und der lag auf unheimliche Weise ganz regungslos da.
Spike lief aus dem Zimmer, quer über den Rasen und um den großen Busch herum. Dann blieb er wie gelähmt stehen. Da lag der bärtige Mann auf dem Rücken, die Augen halb geschlossen, die Hände von der Agonie verkrampft. Aus seiner Taille ragte der Schaft eines grünen Pfeils heraus, der am äußeren Ende mit grünen Federn verziert war. Spike kniete neben Creager nieder, konnte aber kein Lebenszeichen mehr erkennen. Dann sah er sich in der näheren Umgebung um. Der Garten war von den umgebenden Feldern durch einen niedrigen Holzzaun getrennt, den jeder halbwegs behende Mensch leicht überspringen konnte. Offensichtlich war Creager im selben Augenblick, in dem er von dem Pfeil getroffen wurde, zusammengebrochen.
Spike schwang sich über den Zaun und suchte nach irgendwelchen Hinweisen. Nur zehn Schritt entfernt stand eine riesige Eiche, genau in der Flugbahn des Pfeiles. Spike ging um den Stamm herum und suchte den Boden zentimeterweise ab – nichts. Die Eiche war von der Straße voll einzusehen. Mit einem Sprung schwang er sich auf einen großen, tiefhängenden Ast und rutschte auf ihm entlang, bis er den Toten sehen konnte. Instinktiv erkannte er, daß der Pfeil von dieser Stelle aus abgeschossen worden war. Der Baum war dicht belaubt und bot gute Deckung, so gute, daß Creager, obwohl er in die Richtung geblickt haben mußte, aus der der Pfeil kam, seinen Mörder nicht gesehen hatte.
Der Täter hatte sich wohl unmittelbar nach dem Schuß auf den Boden

fallen lassen, nahm Spike an und tat das gleiche. Seine Vermutung erwies sich als richtig, denn der Mörder hatte an derselben Stelle zwei deutliche Fußabdrücke hinterlassen und sogar noch etwas Wichtigeres: einen Pfeil, der dem in der Leiche sehr ähnlich war. Der Schaft war grün emailliert und ebenfalls mit grünen Federn verziert. Das Ganze ähnelte einem dekorativen Souvenir, doch war die Pfeilspitze nadelscharf.

Spike ging zum Haus zurück und schickte den immer noch wartenden Taxichauffeur zur Polizei. Nach kurzer Zeit erschienen ein uniformierter Konstabler und ein Sergeant, denen überraschend schnell ein Beamter von Scotland Yard folgte. Nachdem die Beamten die Leiche und den Tatort besichtigt hatten, durchsuchten sie auch das Haus. Spike hatte das vor ihrem Eintreffen bereits sehr gründlich getan, wobei er auch nicht vergessen hatte, die Papiere in Creagers Schreibtisch durchzusehen. Er wußte jetzt, welche Uniform Creager auf dem Foto trug. Er war Gefängnisaufseher gewesen und dafür nach zwanzig Dienstjahren mit einer Medaille ausgezeichnet worden. Was Spike besonders suchte, war irgendein Dokument, das Aufschluß über Creagers Beziehungen zu Bellamy geben konnte. Er fand jedoch nichts dergleichen. Es gab eine Schublade in dem altmodischen Schreibtisch, die verschlossen war und die er nicht aufzubrechen wagte.

Immerhin fand Spike Creagers Notizbuch und ein Heft mit Kontoauszügen, dem er zu seinem Erstaunen entnahm, daß Creager ein verhältnismäßig wohlhabender Mann gewesen war. Sein Bankguthaben überstieg zweitausend Pfund. Am Ersten jedes Monats hatte Creager einen Betrag von vierzig Pfund eingezahlt. Die vierteljährlich überwiesene staatliche Rente und die geheimnisvollen Barzahlungen waren neben einigen Zinsen für Schuldverschreibungen die einzigen Eintragungen auf der Habenseite.

Inzwischen hatte der mittlerweile ebenfalls eingetroffene Polizeiarzt seine Untersuchung abgeschlossen und festgestellt, daß der Tod vor mehr als einer Stunde eingetreten sein mußte. »Der Pfeil hat ihn glatt durchbohrt und muß ungewöhnlich scharf sein«, sagte er. Spike zeigte dem Mann von Scotland Yard den zweiten Pfeil und auch die Stelle, wo er ihn gefunden hatte.

»Das hat ein Meisterschütze getan«, meinte der Kriminalbeamte. »Er hat gezielt, um zu töten, und muß ziemlich sicher gewesen sein, daß er tödlich treffen würde. Das ist das erste Mal in meiner langen beruflichen Laufbahn, daß ich es mit einem Pfeil als Mordwaffe zu tun habe. Bleiben Sie mit uns in Verbindung, Holland. Jetzt wollen Sie sicher in die Redaktion fahren, um Ihre Story loszuwerden. Zuerst aber müssen Sie mir noch erzählen, warum Sie überhaupt hier sind.«

Spike berichtete ausführlich über den Zwischenfall im Hotel und fügte dann noch eine Information hinzu, die dem Kriminalbeamten beinahe die Sprache verschlug. »Der grüne Bogenschütze?« fragte er ungläubig. »Sie wollen doch nicht allen Ernstes behaupten, der Täter sei ein Gespenst? Da müßte es sich schon um einen überaus materialisierten Geist gehandelt haben. Denn um diesem Pfeil eine solche Durchschlagskraft über die Entfernung zu verleihen, braucht man einen starken Arm und einen Bogen aus Stahl. Aber vielleicht sollten wir doch zu Bellamy fahren.«

Bellamy wollte gerade abfahren, als die Polizeibeamten und Spike in Berkshire eintrafen. Er zeigte sich von ihrer Mitteilung weder schockiert noch beunruhigt. »Ja, es stimmt. Ich habe Creager hinausgeworfen. Vor vielen Jahren hat er mir einmal einen großen Dienst erwiesen, wofür ich ihm jeden Monat eine ansehnliche Summe gezahlt habe. Er hat mir das Leben gerettet, ist mir ins Wasser nachgesprungen, als mein Boot kenterte.«

Das ist eine Lüge, dachte Spike, der den alten Mann beobachtete.

»Worum ging es denn bei dem Streit heute morgen, Mr. Bellamy?«

»Von einem Streit kann man eigentlich nicht sprechen. Er bedrängte mich seit einiger Zeit, ihm Geld für den Ankauf eines Grundstücks zu leihen, das an sein Haus grenzt. Das habe ich abgelehnt. Heute früh wurde er frech und hat mir gedroht – nun ja, nicht wirklich gedroht«, korrigierte Bellamy sich mit heiserem Lachen. »Immerhin, er wurde ausfallend, und da habe ich ihn an die Luft gesetzt.«

»Wo und wann hat er Ihnen das Leben gerettet?« fragte der Beamte.

»In Henley. Im Sommer vor sieben Jahren«, antwortete Bellamy prompt.

Dieses Datum hast du in deinem Kopf fixiert, um jederzeit eine Erklärung parat zu haben, warum du diesem Mann Geld gezahlt hast, notierte Spike sich im Geiste.

»Zu der Zeit muß er noch Gefängnisaufseher gewesen sein«, warf der Detektiv ein.

»Das mag sein«, antwortete Bellamy ungeduldig. »Er war wohl gerade im Urlaub. Vielleicht finden Sie die Bestätigung in seiner Personalakte.«

Spike war sicher, daß man diese Angaben bei einer Überprüfung der

Personalakte finden würde.
»Das ist alles, was ich Ihnen sagen kann«, erklärte Bellamy. »Dieser Mann wurde erschossen?«
»Ja, mit einem Pfeil, einem grünen Pfeil, um genau zu sein.«
Für Sekunden hatte Bellamy sein Gesicht nicht unter Kontrolle. »Mit einem grünen Pfeil?« wiederholte er ungläubig. »Ein Pfeil, ein grüner Pfeil? Was, zum Teufel –« Er beherrschte sich mühsam, und dann verzog sich sein Gesicht zu einem spöttischen Lächeln. »Ein Opfer Ihrer Gespensterstory, Holland«, sagte er grinsend. »Grüner Pfeil, grüner Bogenschütze ... darauf wollen Sie doch wohl hinaus?«
»Sie können sich darauf verlassen, Mr. Bellamy, daß wir morgen mit dieser Geschichte groß herauskommen. Und ich kann Ihnen auch versprechen, daß Ihr grüner Bogenschütze uns noch einen besonderen Artikel wert sein wird.«

5

Hat der grüne Bogenschütze zugeschlagen? Rätselhafter Mord nach einem Streit mit dem Besitzer des Spukschlosses. Wer ist der grüne Bogenschütze von Garre? Was hat er mit der Ermordung von Charles Creager, einem ehemaligen Aufseher im Zuchthaus Pentonville zu tun? Das sind die Fragen, die Scotland Yard sich stellt. Creager wurde gestern von einem Reporter des *Daily Globe* tot in seinem Garten aufgefunden nach einem heftigen Streit mit dem Chicagoer Millionär Abel Bellamy, in dessen Schloß der grüne Bogenschütze spukt. Creager wurde von einem grünen Pfeil getötet, einem genauen Abbild der Pfeile, wie man sie vor fünfhundert Jahren benutzte.

Abel Bellamy legte die Zeitung auf den Tisch und blickte zu seinem Sekretär hinüber. »Wieviel von dem Zeug von Ihnen stammt, weiß ich nicht«, knurrte er. »Irgend jemand im Haus muß dem Reporter von dem verrückten Gespenst erzählt haben. Damit Sie klarsehen, Savini: Ich werde mich von dem Quatsch nicht einschüchtern lassen. Sollte diese Geisterkomödie den Zweck haben, mich ins Bockshorn zu jagen, und sollten Sie sich etwa ausrechnen, dabei könnte ein fetter Brocken für Sie abfallen, dann irren Sie sich gewaltig. Ich werde mit der Sache fertig, auch ohne deswegen bei Scotland Yard

um Hilfe zu betteln.«
Er ging zum Fenster und starrte eine Weile mißmutig auf die Straße. Dann drehte er sich ruckartig um. »Noch eines, Savini. Sie haben bei mir einen guten Job; passen Sie auf, daß Sie ihn nicht verlieren. Einen Typ wie Sie habe ich zuvor noch nie angestellt. Sie sind aalglatt und ein Lügner, aber das ist mir gleichgültig. Ich weiß, daß Sie ein Gauner sind und nie etwas anderes waren; aber Sie sind genau das, was ich brauche. Und ich weiß über Sie bestens Bescheid. Vor über einem Jahr habe ich mit dem Chefinspektor der Polizei zu Mittag gegessen. Mit der Polizei habe ich mich immer gut gestellt, weil sich das auszahlt. Bei dieser Gelegenheit hat er mich auf Sie aufmerksam gemacht. Er gab mir sogar eine Kopie Ihres Strafregisters. Als ich Sie aufforderte, sich bei mir vorzustellen, haben Sie wahrscheinlich geglaubt, Ihre Gebete um einen Job, bei dem man mit wenig Arbeit viel Geld verdienen kann, seien erhört worden. Dem ist aber nicht so. Nachdem die Gaunerbande, der Sie angehörten, aufgeflogen ist, können Sie heilfroh sein, bei mir eine Zuflucht gefunden zu haben.«
Bellamy ging zu seinem Sekretär hinüber und packte ihn an der Weste. »Diese Posse mit dem grünen Bogenschützen muß aufhören«, sagte er mit Nachdruck. »Ich werde ab sofort auf alles schießen, was grün ist, und möchte nicht in die Lage kommen, bei der amtlichen Leichenschau erklären zu müssen, wie das passiert ist. In der Zeitung steht, ein grüner Bogenschütze sei seinerzeit hier ums Leben gekommen. Vielleicht werden noch andere dran glauben müssen.«
Bellamy packte fester zu; er schüttelte den jungen Mann hin und her. »Sie wissen zwar, daß ich ein harter Bursche bin, halten mich aber für einfältig. Doch da irren Sie sich gewaltig. Ich kann Ihnen auf jeden Ihrer Tricks mit einem Dutzend anderer antworten und werde Ihnen stets überlegen sein.« Dann stieß er Savini mit einem Ruck von sich weg, so daß dieser rückwärts taumelte. »Um fünf Uhr meinen Wagen!« befahl er und entließ seinen Sekretär mit einer knappen Kopfbewegung.
Savini ging in sein Zimmer, um Kleidung und seelische Verfassung wieder in Ordnung zu bringen. Er war zwar immer noch erregt, doch die Angst war von ihm abgefallen. Nachdenklich betrachtete er sein gebräuntes Gesicht im Spiegel. Er hatte die Wahrheit gesprochen, als er leugnete, der Presse einen Hinweis auf den grünen Bogenschützen gegeben zu haben. Schließlich hatte er seine Gründe, warum er

dessen Erscheinen nie publik gemacht hätte.
Der Alte wußte also alles über ihn. Diese Entdeckung hatte ihn zunächst erschreckt; danach aber fühlte er sich ausgesprochen erleichtert. Die ständige Sorge, sein Vorleben könne bekannt werden, war er nun los. Savini blickte auf die Uhr. Es war erst kurz nach neun Uhr, und er konnte jetzt bis fünf Uhr nachmittags über den Tag verfügen. Die Entschuldigungen, die er sich ausgedacht hatte, um das Haus verlassen zu können, brauchte er also gar nicht mehr vorzubringen.
Die Kunst, es Bellamy recht zu machen, bestand vor allem darin, ihn alleine zu lassen, wenn er alleine sein wollte. Es gab Tage, an denen er den Alten vom Morgen bis zum Abend überhaupt nicht zu Gesicht bekam. Dann aber gab es auch Zeiten, an denen der ganze Tag mit Korrespondenzen ausgefüllt war.
Ein Taxi brachte ihn zu einem Häuserblock in Maida Vale, und er stieg, ohne die einladende Geste des Liftboys zu beachten, zwei Treppen hinauf, holte einen Schlüssel aus der Tasche und öffnete die Tür zu Apartment 12. In der Diele erschien eine junge Frau, eine Zigarette im Mundwinkel, um nachzusehen, wer da kam. »Ach, du bist es«, sagte sie gleichgültig, als er die Tür hinter sich schloß und den Hut auf den Garderobenhaken hängte.
»Wer sollte es denn sonst sein?« fragte er.
»Ich habe das Mädchen zum Einkaufen geschickt«, antwortete sie, als er ihr in den hübsch eingerichteten Salon folgte. »Wo warst du denn gestern abend? Ich hatte dich zum Essen erwartet.« Sie saß auf der Tischkante und ließ die in Pantoffeln steckenden Füße baumeln – ein hübsches, aber schlampig wirkendes Mädchen mit hellblondem Haar und schönen dunklen Augen.
»Heute früh habe ich einen Brief von Jerry erhalten«, sagte sie plötzlich und mußte über seinen unwilligen Gesichtsausdruck lachen. Sie glitt vom Tisch und holte einen blauen Umschlag vom Kaminsims. »Ich will ihn nicht sehen«, wehrte Savini ab. »Alles, was aus dem Gefängnis kommt, ist mir zuwider.«
»Du hast Glück gehabt, daß du nicht selbst dort gelandet bist, mein Junge«, sagte sie und steckte sich an dem Stummel ihrer Zigarette, den sie noch im Mundwinkel hielt, eine neue an. »Jerry wird demnächst entlassen und möchte wissen, was du dann für ihn zu tun gedenkst. Schließlich bist du jetzt Millionär, Julius.«
»Red keinen Blödsinn«, fuhr er sie an.
»Na, zumindest ist Bellamy einer, und du solltest doch genug

Gelegenheit haben, bei ihm abzusahnen.«
»Abzusahnen gäbe es eine Menge«, sagte Julius Savini. Er schob beide Hände in die Hosentaschen und schlenderte zum Fenster, wo er sich so stellte, daß sein Gesicht im Schatten war. »In Garre wartet mindestens eine halbe Million darauf, einkassiert zu werden.«
»Dollar oder Pfund?« fragte sie ohne sichtliche Begeisterung.
»Pfund.«
Sie lachte heiser. »Der alte Bellamy würde ziemlich unruhig schlafen, wenn er wüßte...«
»Er weiß. Er hat es von Anfang an gewußt.«
»Daß du...«
Savini nickte. »Jawohl, daß ich ein Ganove bin. Das sind genau seine Worte. Er hat es mir heute morgen gesagt.«
»Was ist denn das für eine Geschichte mit dem grünen Bogenschützen?« fragte sie und stand auf, um die Tür zu schließen, als sie die Schritte des Dienstmädchens im Flur hörte. »Da steht heute allerlei in der Zeitung.«
Savini antwortete nicht sofort. »Ich habe das Gespenst nicht gesehen«, sagte er dann. »Einer der Hausangestellten glaubt es gesehen zu haben, und der Alte erzählte mir, jemand habe in der Nacht seine Schlafzimmertür geöffnet.«
»Das warst bestimmt du«, entgegnete sie prompt. Zu ihrer Überraschung schüttelte er jedoch den Kopf.
»Nein, ich habe keinen Anlaß, den mitternächtlichen Schlafwandler zu mimen. Ich kenne jeden Winkel des Schlosses. Und was den Safe angeht – an den würde ich mich niemals alleine wagen. Dazu braucht man einen Fachmann.«
Er sah sie nachdenklich an. »Ich werde dir ganz offen sagen, Fay, was ich über die ganze Angelegenheit denke. Das alte Team löst sich langsam auf. Jerry ist noch im Gefängnis und Ben ebenfalls, Walters hat sich auf den Kontinent verkrümelt, so daß nur noch wir beide übriggeblieben sind. Was zerbrochen ist, soll man nicht wieder kitten. Was hat uns diese Geschichte denn schon gebracht? Ein paar Pfund pro Woche, von denen nach Abzug der Spesen kaum etwas bleibt. Der Coup war zu klein, und die Leute, bei denen viel zu holen ist, werden immer weniger. Jetzt aber haben wir eine einzigartige Chance greifbar vor uns. Eine halbe Million! Wir brauchen nur zuzufassen. Und ich sage dir: Notfalls würde ich ihn umlegen, um an dieses Geld zu kommen.«
Savini schlang einen Arm um ihre Taille und küßte sie heftig,

während sie ihn argwöhnisch ansah. »Was geht wohl jetzt in deinem Kopf vor?« fragte sie. »Ich werde immer mißtrauisch, wenn du plötzlich so leidenschaftlich wirst. Soll etwa ich ins Schloß kommen und den Safe knacken?«
Savini sah sie ruhig an. »Ich kenne einen Ort – São Paulo –, da kann man von den Zinsen von hunderttausend Dollar wie ein Fürst leben. Und genau diesen Betrag wird der alte Teufel mir zahlen, wenn nicht mehr. In Garre Castle gibt es ein Geheimnis, Fay. Vielleicht ist es ein Hunderttausend-Pfund-Geheimnis. Im schlimmsten Fall habe ich ein Fläschchen mit unsichtbarer Tinte, das zumindest zwanzigtausend Pfund wert ist.«
Julius liebte es, sich rätselhaft auszudrücken, und er genoß den ratlosen Gesichtsausdruck seiner Ehefrau.

6

Der elegante junge Mann, der mit Howett und dessen Tochter Valerie im »Carlton« gespeist hatte, war älter, als sein jungenhaftes Gesicht vermuten ließ. Valerie Howett hatte das schon an dem Tage erraten, an dem ihr Vater ihr den jungen Mann vorgestellt hatte. Sie hatte sich zunächst kaum für ihn interessiert. Auf den vielen Reisen mit ihrem Vater, dessen Geschäfte ihn häufig nach Amerika führten, hatte sie in Chicago, New York und praktisch jeder amerikanischen Großstadt verwöhnte Söhne närrischer Väter kennengelernt, die keine andere Beschäftigung hatten, als die Zeit vor dem abendlichen Gang in teure Nachtclubs totzuschlagen. Sie kannte den begrenzten geistigen Horizont dieser jungen Männer, die sich im Grunde nur für schnelle Autos und langweilige Parties interessierten. Hier nun traf sie zum ersten Male auf die englische Variante dieses Typs.
James Lamotte Featherstone war jedoch in vieler Hinsicht den ihr bekannten Leuten überlegen. Sein Alltag schien ohne geregelte Tätigkeit zu verlaufen, doch besaß er die Tugend der Bescheidenheit. Er sprach nie von sich selbst und konnte statt dessen höchst unterhaltsam über andere Dinge plaudern. Valerie hatte ihn zunächst toleriert, weil er mehr darstellte als der Detektiv, den ihr Vater ihr als ständigen Begleiter angedroht hatte, wenn sie bei ihrer Gewohnheit blieb, sich alleine in Gegenden herumzutreiben, die ein braver Bürger besser meiden sollte. Nach dieser ersten Phase des

bloßen Tolerierens begann sie, den jungen Mann trotz seiner äußeren Extravaganzen zu schätzen.
Am Tage nach dem Mord lud Featherstone sie telefonisch zu einem Spaziergang im Park ein. »Ich werde Sie jetzt etwas sehr Persönliches fragen«, sagte sie, als sie im sonnenhellen Park auf einer einsamen Bank Platz genommen hatten.
»Persönliche Dinge haben mich stets fasziniert«, antwortete er mit ausdruckslosem Gesicht.
»Was tun Sie eigentlich, wenn Sie nicht gerade damit beschäftigt sind, attraktive junge Damen zu begleiten?«
Er sah sie scharf an. »Sie sind *wirklich* attraktiv«, antwortete er ernst. »Sie erinnern mich stets an Beatrice d'Este, die Leonardo gemalt hat, nur daß Ihr Gesicht noch feiner ist und Ihre Augen noch schöner sind.«
Sie wurde blutrot und unterbrach ihn. »Mr. Featherstone, war Ihnen nicht bewußt, daß ich nur einen Scherz gemacht habe? Habt ihr Engländer denn überhaupt keinen Sinn für Humor? Natürlich habe ich nicht von mir selbst gesprochen.«
»Aber Sie kennen doch niemanden, den ich sonst noch begleitet habe«, antwortete er herausfordernd, wechselte dann aber taktvoll das Thema. »Nein, ich habe keine Beschäftigung.«
»Sie bügeln sich nicht einmal selbst die Hosen«, sagte sie gereizt.
»Sie haben recht«, gab er zu. »Ich habe jemanden, den ich dafür bezahle. Aber meine Haare kämme ich mir noch selbst«, fügte er heiter hinzu.
Sie mußte wider Willen lachen, wurde dann aber plötzlich ernst. »Mr. Featherstone, ich darf es ja gar nicht riskieren, Sie zu ärgern, da ich Sie um einen großen Gefallen bitten möchte. Mein Vater ist stets übertrieben besorgt um mich – ein wenig altmodisch. Er meint, ein Mädchen wie ich sollte nicht alleine ausgehen, und hatte sogar schon die Absicht, einen Privatdetektiv als ständigen Begleiter für mich anzustellen.«
»Ihr Herr Vater ist ein sehr kluger Mann«, warf Jimmy Featherstone prompt ein – was er besser nicht getan hätte.
»Das mag schon sein«, antwortete Valerie, die eine bissige Antwort unterdrückte. »Aber ... nun ja, die Wahrheit ist, ich möchte ab und zu lieber alleine sein, hin und wieder einen ganzen Tag für mich alleine haben. Können Sie das verstehen?«
»Doch, das kann ich.«
»Das wäre aber nur möglich, wenn mein Vater glauben könnte, Sie

würden mich irgendwohin ausführen. Ich möchte Sie nun bitten, mich vom Hotel zu einem Ausflug abzuholen und dann alleine mit dem Wagen fahren zu lassen, wohin ich will. Sie können ja sagen, wir würden einen Tagesausflug auf dem Fluß unternehmen. Es muß nur etwas sein, was den ganzen Tag in Anspruch nimmt. Daddy fährt am Mittwoch nach Schottland ...«
Featherstone stocherte mit seinem eleganten Spazierstock im Kies des Parkweges. »Ich werde es unter einer Bedingung tun«, antwortete er schließlich.
Sie sah ihn überrascht an. »Eine Bedingung? Welche?«
Jimmy hob den Kopf und sah ihr ernst in die Augen. »Daß Sie es anderen überlassen, Abel Bellamy nachzuspüren. Das ist kein Job für eine Frau. Hätte die Polizei die Grünanlagen hinter Creagers Haus durchsucht, dann wäre es Ihnen wohl schwergefallen, Ihre Anwesenheit dort zu erklären, Miss Howett.«
Valerie wurde blaß und starrte ihren Begleiter fassungslos an. »Ich, ich ... verstehe Sie nicht«, stammelte sie schließlich.
Der junge Mann fixierte sie mit einem halb gutmütigen, halb ermahnenden Lächeln. »Miss Howett, Sie haben mich vor einer Weile kritisiert, weil ich ein untätiges Leben führe. Nun, ein Nichtstuer hat sehr viel Zeit für Beobachtungen. Sie fuhren an meiner Wohnung in der St. James Street in einem Taxi vorbei, das dem von Creager gesteuerten Ford folgte.«
»Haben Sie denn Creager gekannt?« fragte sie verblüfft.
»Flüchtig«, antwortete Featherstone, wobei er mit seinem Spazierstock herumspielte und es vermied, ihr in die Augen zu sehen. »Flüchtig kenne ich eine Menge Leute, und einige wenige ziemlich gut«, fügte er lachend hinzu. »Ich weiß zum Beispiel, daß Sie am Ende der Field Road aus dem Taxi gestiegen und zu Fuß bis kurz vor Creagers Haus gingen. Dort blieben Sie einen Augenblick unschlüssig stehen, bis Sie einen Fußweg entdeckten, der durch die Grünanlage hinter Creagers Garten führt. Und in dieser Grünanlage blieben Sie gestern abend bis gegen acht Uhr.«
»Das haben Sie sich so zusammengereimt«, fuhr sie ihn erregt an. »Mein Vater hat Ihnen erzählt, daß ich nicht zum Abendessen zurückgekommen bin ...«
»Ich habe mir nichts zusammengereimt«, antwortete er ruhig. »Sie blieben so lange in der Grünanlage, weil Sie Angst hatten, entdeckt zu werden.«
»Und wo waren Sie?«

Er lächelte wieder. »Ich war ebenfalls dort. Leider, kann ich jetzt nur sagen, denn sonst hätte ich unseren Freund, den grünen Bogenschützen, zu Gesicht bekommen.« Seine Augen funkelten belustigt. »Sie sind inkonsequent, Miss Howett. Eben noch haben Sie mir vorgeworfen, ein Faulenzer zu sein, und jetzt, wo ich Ihnen gestehe, daß ich Sie während eines höchst gefährlichen Unternehmens behütet habe, da...«

Valerie schüttelte hilflos den Kopf. »Ich weiß nicht, was ich davon halten soll, Mr. Featherstone. Das sieht Ihnen so gar nicht ähnlich. Warum sollte ich Ihrer Ansicht nach Creager gefolgt sein?«

Jimmy holte betont gemächlich sein goldenes Zigarettenetui hervor. »Gestatten Sie, daß ich rauche?« Er zündete sich eine Zigarette an und ließ den Rauch in die stille Morgenluft aufsteigen. »Sie folgten Creager, weil – und jetzt kann ich wirklich nur raten – weil Sie glaubten, in seiner Wut auf Bellamy werde er seinen Arbeitgeber verraten und Ihnen die Information geben, hinter der Sie seit Jahren her sind.«

Valerie konnte ihn nur weiter verblüfft anstarren.

»Sie suchen eine Dame, die unter geheimnisvollen Umständen verschwunden ist«, sagte der junge Mann, während die Spitze seines Spazierstocks Figuren in den Kiesweg zeichnete. »Zu Recht oder Unrecht glauben Sie, Bellamy sei für das Verschwinden dieser Dame verantwortlich. Übrigens sind Sie schon wilderen Vermutungen nachgegangen als der, die Sie gestern plötzlich hatten. Ich habe eine Weile gebraucht, um Ihren Gedankengängen zu folgen. Vermutlich glaubten Sie, Bellamy werde seinem Handlanger zu dessen Haus folgen, und Sie würden eine Möglichkeit finden, die beiden Männer zu belauschen. Sie warteten zwei Stunden in den Anlagen und waren schon drauf und dran, zu dem Haus zu gehen, als Sie die Polizei kommen sahen.«

Featherstone holte eine zweite Zigarette heraus und steckte sie dann wieder weg. Plötzlich war ihm nicht mehr nach Rauchen zumute. »Ich hätte ein Vermögen dafür gegeben, dem grünen Bogenschützen zu begegnen«, sagte er leise.

»Dann glauben Sie also –?« fragte sie erstaunt.

Er nickte. »Ich glaube es nicht nur, ich bin absolut sicher.«

Valerie sah ihn jetzt mit ganz anderen Augen an. »Sie sind ein erstaunlicher Mensch, Mr. Featherstone, fast so ausgekocht wie der Privatdetektiv, den mein Vater zu meinem Schutz anheuern wollte.«

Er lachte. »Dann ist es jetzt wohl an der Zeit, Ihnen etwas zu gestehen, Miss Howett. Ich bin Captain Featherstone von Scotland Yard und beobachte Sie seit dem Augenblick, in dem Sie in London eingetroffen sind.«

7

Spike Holland schrieb gerade an der Fortsetzung seines Artikels über den Pfeilmörder, als er ans Telefon gerufen wurde. Danach informierte er den Nachrichtenredakteur über den Anruf. »Ich soll zum Yard kommen. Es scheint, ich werde zu einer wichtigen Persönlichkeit.«

»Sind Sie sicher, daß eine Frau in die Angelegenheit verwickelt ist?« fragte der Redakteur, der gerade die erste Seite von Spikes neuem Bericht redigierte.

»Ganz sicher. Zwei Leute haben sie gesehen. Außerdem habe ich mit dem Taxifahrer gesprochen, mit dem sie vom Hay Market Creagers Wagen nachgefahren ist. Und am Ende der Field Road wohnt eine Frau, die eine Dame hinter Creagers Haus gehen sah.«

»Und Sie glauben, Ihre Zeugen werden diese Unbekannte identifizieren können?«

»Todsicher«, erwiderte Spike gutgelaunt. »Vor allem, wenn es stimmt, was ich mir denke. Man muß den Taxifahrer der Dame gegenüberstellen.«

Zehn Minuten später war Spike im Yard. »Der Leiter der Abteilung H. möchte Sie sprechen«, erklärte ihm der diensthabende Sergeant am Eingang. Er brachte Spike in einen Raum, der seiner ganzen Ausstattung nach zweifellos das Büro eines hohen Beamten war. Der junge Mann, der dort saß, schaute beim Eintreten des Besuchers von seinen Akten auf.

»Nanu!« entfuhr es Spike. »Sie habe ich doch schon irgendwo gesehen!«

»Das glaube ich nicht«, antwortete der Abteilungschef, der sich lächelnd erhob und seinem Besucher einen Stuhl hinschob. »Bitte setzen Sie sich, Mr. Holland. Ich bin Captain Featherstone und erscheine in dieser Eigenschaft normalerweise nicht in der Öffentlichkeit. In Ihrem Fall mache ich eine Ausnahme, weil Sie mir sympathisch sind. Darf ich Ihnen eine Zigarette anbieten?«

»Da würde ich ein weiteres Kompliment vorziehen. Vielleicht könn-

ten Sie noch etwas Nettes über meinen roten Haarschopf sagen.«
Featherstone lachte. »Kommen wir zur Sache, Holland. Sie wollen sicherlich wissen, warum ich Sie hergebeten habe. Sie haben einen Taxifahrer aufgespürt, der eine Dame zum Ende der Field Road gefahren hat, die dann in Richtung von Creagers Haus gegangen ist.« Er lächelte über das verblüffte Gesicht des Besuchers und fuhr dann fort: »Das braucht Sie nicht so zu erstaunen. Wir befragen routinemäßig alle Taxifahrer. Einer von ihnen, den Ihre Frage nachdenklich gemacht hatte, kam zu uns und meldete, er habe eine Dame dorthin gefahren.«
»Wissen die anderen Redaktionen das auch?« fragte Spike entmutigt.
»Keine andere Zeitung weiß es oder wird es erfahren«, beruhigte ihn Featherstone. »Nicht einmal der *Daily Globe*.«
»Aber die Geschichte haben wir doch schon.«
»Ich möchte, daß Sie sie nicht bringen. Deshalb habe ich nach Ihnen geschickt. Es steckt nichts von Belang dahinter. Ich kenne die Dame und kann Ihnen versichern, daß ihre Fahrt dorthin überzeugend ist. Ich kann mir denken, wie enttäuschend das für Sie ist, weil ein Mord ohne eine verschleierte oder mysteriöse Frau für eine Zeitung wesentlich weniger attraktiv ist.«
Spike grinste. »Schon gut, Chef. Wenn Sie es unbedingt wollen, kann ich Ihnen fest versprechen, diesen Teil der Geschichte wegzulassen.«
»Als Gegenleistung werde ich Ihnen ein paar interessante Hinweise geben«, sagte Featherstone, der mit einem silbernen Brieföffner spielte. »Der Mann, der Creager ermordete, hat eine rote Narbe auf der Schulter.«
»Ist das eine bloße Annahme?«
»Es ist eine Tatsache. Und noch ein Hinweis. Der Mörder hat entweder einen besonders dicken Spazierstock oder ein Bündel Golfschläger bei sich gehabt. Ich tippe auf Golfschläger, weil es in der Nähe des Tatorts einen Golfplatz gibt. Sollte diese Information im Augenblick für Sie nicht von Wert sein, behalten Sie sie erst einmal für sich und verwenden sie, sobald wir den Mörder haben.«
»Gibt es irgendein wichtiges Indiz, auf das Sie Ihre Untersuchung aufbauen?«
Jim Featherstone schüttelte den Kopf. »Leider nein. Und das ist wirklich wahr. Ich will nicht sarkastisch sein, Holland. Aber in der Regel weisen wir auf wichtige Indizien nur dann hin, wenn wir den Verbrecher verunsichern wollen, so daß er aus seinem Mauseloch

herauskommt. Es ist der letzte Kunstgriff der Polizei, einen Verbrecher dazu zu verleiten, sich selbst zu verraten, indem er sein übliches Domizil verläßt, um sich irgendwo zu verstecken. Es werden mehr Ganoven infolge auffallender Abwesenheit entdeckt als durch die Fingerabdrücke, die sie hinterlassen. Der Mann, den wir in diesem Falle suchen, ist jedoch kein gewöhnlicher Verbrecher.«

»Und was steckt hinter Ihrem Hinweis auf die Schulternarbe?« fragte Spike neugierig. Entgegen seiner Erwartung gab Featherstone ihm bereitwillig Auskunft.

»Ich weiß nicht, wie lange Sie schon in England sind und ob Sie sich im hiesigen Strafvollzug auskennen. Gewisse Verbrechen werden in diesem Land mit Auspeitschen bestraft. Viele Ausländer halten das für brutal, was es vom rein humanen Standpunkt aus sicherlich auch ist. Das trifft nebenbei gesagt auch für das Hängen zu. Doch haben wir mit dieser Methode den gewalttätigen Raubüberfall nahezu ausgerottet. Auch Zuhälter, die auf Kosten armer, unglücklicher Frauen ein faules Leben führen, werden mit Auspeitschen bestraft. Dadurch ist Zuhälterei zu einem ziemlich unpopulären Gewerbe geworden. Vollstreckt wird die Strafe mit der sogenannten neunschwänzigen Katze, weil es sich um eine Peitsche mit neun Riemen handelt. Sie tritt auch nach einem tätlichen Angriff auf Gefängniswärter in Aktion. Creager war sieben Jahre lang der führende Auspeitscher im Zuchthaus Pentonville. Das ist kein angenehmer Job. Er erfordert ungewöhnliche Nervenkraft und Geschicklichkeit, denn das Gesetz schreibt vor, daß die Peitsche weder oberhalb noch unterhalb der Schultern auftreffen darf. Trifft sie den Nacken, kann sie tödlich wirken. Es gibt Verbrecher, die diese Bestrafung erdulden können, ohne Rachegefühle gegenüber demjenigen zu hegen, der die Peitsche führt. Andere können das ihr Leben lang nicht vergessen. Meines Erachtens ist der Mörder ein ehemaliger Sträfling, der von Creager ausgepeitscht wurde und auf eine Gelegenheit zur Rache gewartet hat.«

»Und was bedeutet der Hinweis auf den dicken Spazierstock oder die Golfschläger?«

»Der Pfeil, der Creager tötete, wurde von einem sehr starken Bogen abgeschossen, einem Bogen aus Stahl. Sie können nicht mit Pfeil und Bogen unter dem Arm durch London marschieren, ohne Aufmerksamkeit zu erregen. Die Waffe läßt sich aber in einem dicken Spazierstock oder einer Tasche mit Golfschlägern verstecken.«

Spike kehrte in die Redaktion mit dem Gefühl zurück, ihm und

seiner Story sei der Boden unter den Füßen weggezogen. »Die Sache mit der Frau können Sie streichen, Mr. Syme«, sagte er. »Die Polizei weiß alles über sie. Es steckt nichts dahinter.«
»Ich habe mein Leben lang mysteriösen Frauen mißtraut«, antwortete Syme, dem es an Phantasie gebrach.

8

Garre Castle war ein altes Schloß mit Zinnen und Schießscharten, dessen vernachlässigte Außenmauern nichts von dem Komfort im Inneren verrieten. Nach außen hin wirkte das Gemäuer düster und abweisend. Durch seine zahlreichen Türmchen und vergitterten Fenster drang nur wenig Tageslicht nach innen. Viele Leute fragten sich, warum Bellamy, ein Mann, der nie ein Buch las und auch keinerlei Gespür für Geschichte hatte, diese ehemalige Behausung längst verblichener und vergessener Repräsentanten der englischen Ritterschaft für eine so beträchtliche Summe erworben hatte. Hätten sie ihn besser gekannt, dann wären sie weniger verwundert gewesen. Gerade die wehrhafte Stärke dieses mittelalterlichen Gebäudes hatte den Mann fasziniert, der sein riesiges Vermögen mit Baugeschäften gemacht hatte.
Diese Mauern hatten etwas an sich, das mit Bellamys latenter Grausamkeit in Einklang stand. Die fensterlosen Burgverliese mit ihren dicken Türen, die abgenutzten Eisenringe an den Mauern, die von den Schultern gequälter Gefangener glattgerieben waren, diese derbe Kraft und Majestät von Garre Castle entsprach Bellamys Hang zum Primitiven und erweckte in seiner Seele einen atavistischen Teufel, dem selbst verblichene Hinweise auf vergangenes Leid noch Befriedigung verschafften. Das hatte ihn vor zwanzig Jahren bei der ersten Besichtigung des zum Verkauf anstehenden Baues so gefesselt, daß dieser von da an immer wieder in seinen Träumen auftauchte und fast zu einer Zwangsvorstellung wurde. Schließlich kaufte er das Schloß zu einem horrenden Preis. Diese Transaktion hatte er niemals bedauert. Er liebte das Schloß über alles. Hielt er sich hier auf, benahm er sich nicht ganz so widerwärtig wie sonst. Hier verhielt er sich gelegentlich sogar menschlich. Er übernachtete nie außerhalb. Hatte er geschäftlich in London zu tun, so kehrte er zum Schlafen stets zum Schloß zurück, selbst wenn er es in grauer

Morgenfrühe schon wieder verlassen mußte. Nur das Hotelpersonal und Julius wußten das. Das Schloß gab ihm Entspannung und Anregung. Stundenlang konnte er zwischen seinen Mauern umherwandern und über irgendeinen alten Stein nachsinnen. Wer hatte ihn dort gesetzt? Wie hieß der Mann, was für ein Leben mochte er geführt haben, welchen Lohn hatte man ihm gezahlt? Gerade auf diese letzte Frage kam er immer wieder zurück. Zu jener Zeit gab es keine Gewerkschaften. Lehnte ein Knecht sich gegen seinen Herrn auf, dann wurde kurzer Prozeß mit ihm gemacht. Man hängte ihn an den nächsten Baum. An einer Stelle der Schloßmauer stand eine jahrhundertealte knorrige Eiche. Unmittelbar darunter befand sich ein enger Mauerdurchlaß. Durch ihn hatte man den Betreffenden gestoßen, mit einem Hanfseil um den Hals, das oben an einem Ast des Baumes befestigt war. So ging man damals mit aufmüpfigen Arbeitern um. Der grüne Bogenschütze hatte seinem Herrn Wildbret gestohlen. Dafür hatte er an jenem Ast gebüßt. Und das zu Recht, meinte Bellamy. Leute, die stehlen, gehörten aufgehängt. Das sollte seiner Meinung nach eigentlich auch heute noch Gesetz sein.

Bellamy saß vor dem riesigen Kamin in der Bibliothek und sah geistesabwesend in die Flammen. Sein Blick wanderte von den lodernden Scheiten zu dem steinernen Wappen über dem Kamin. Die beiden sprungbereiten Leoparden darauf waren im Laufe der Jahrhunderte fast unkenntlich geworden. Deutlich lesbar war immer noch der Wahlspruch der Familie de Curcy: »Recht bleibt Recht.« Welch ein Blödsinn, dachte Bellamy. Da könnte man genausogut behaupten: »Wasser ist naß.«

Es war schon spät, und er hatte alles erledigt, was er sich für diesen Abend vorgenommen hatte. Doch war er im Augenblick zu träge, um sich aus dem tiefen Sessel zu erheben. Schließlich raffte er sich auf, zog die schweren Vorhänge von der Tür und schloß sie auf. Dann ging er zu seinem Platz zurück und zog an einer Klingelschnur, um Savini herbeizurufen.

»Sie können alle Briefe und Entwürfe vom Tisch nehmen. Morgen früh möchte ich sie zur Unterschrift haben«, brummte er. »Ich werde den ganzen nächsten Monat hier sein. Wenn Sie in der Zeit mal frei haben wollen, sagen Sie es mir rechtzeitig.«

»Am Mittwoch habe ich eine Verabredung«, antwortete Julius.

»Na schön. Den Tag können Sie freibekommen.«

Als Julius gegangen war, wanderte Bellamy in der Bibliothek auf und ab. Es war eine eigenartige Unruhe in ihm, die er sich nicht erklären

konnte. Schließlich ging er zum Schreibtisch und schloß die unterste Schublade mit einem Schlüssel auf, den er in seiner Hosentasche verwahrte. Fast mechanisch holte er eine Ledermappe hervor, entnahm ihr ein großes Porträt und beugte sich darüber. Die Frau, die ihn aus dem Bilderrahmen zu betrachten schien, trug ein Kleid, wie es vor zwanzig Jahren modern war. Ihr Gesicht war jung und sehr hübsch. Am schönsten waren die großen Augen, die die seinen zu suchen schienen. »Schön bist du«, flüsterte Bellamy, während er auf das Porträt starrte, »aber eine Närrin warst du schon immer.« Dann legte er das Foto zur Seite. Darunter lag ein anderes, das einen Mann im Alter von dreißig bis vierzig Jahren darstellte.
»Auch ein Narr«, murmelte Bellamy, »genau das warst du, Mick.«
Das dritte Foto war das eines Kindes, fast noch im Babyalter. Er drehte es um und betrachtete einen auf die Rückseite aufgeklebten Zeitungsausschnitt:

> Der untenerwähnte Offizier kam während eines Luftkampfes am oder um den 14. Mai 1918 ums Leben. Leutnant J. D. Bellamy, United States Army.

Bellamy legte die Fotos zurück und wollte die Mappe in der Schublade einschließen, als ihm etwas auffiel – Asche, Zigarettenasche! Er selbst rauchte keine Zigaretten, wohl aber Savini. Schon griff er nach der Klingel, als ihm durch den Kopf ging, daß er den Fehler letzten Endes bei sich selbst suchen mußte. Schließlich kannte er den Charakter seines Angestellten, und wenn er nicht in der Lage war, seine privaten Dokumente vor den neugierigen Augen eines Ganoven zu schützen, der sich auf das Knacken von Schlössern bestens verstand, dann war das seine eigene Schuld. Bevor er an diesem Abend die Bibliothek verließ, legte er die Ledermappe in den Safe hinter der Wandtäfelung und verschloß dann hinter sich die Zimmertür wie jeden Abend.
Julius arbeitete in seinem Zimmer am entgegengesetzten Ende der Eingangshalle bei offener Tür. Er sah seinen Arbeitgeber aus der Bibliothek kommen und die Beleuchtung ausschalten. »Sie können schlafen gehen«, brummte Bellamy. Das war das Äußerste, was von seiner Seite jemals einem »Gute-Nacht«-Gruß nahekam.
Bellamys Schlafzimmer war einer der wenigen Räume mit großen Fenstern, von denen aus man die umgebende Landschaft betrachten konnte. Es war sehr geräumig, dunkel getäfelt und sparsam möbliert.

Von den beiden Doppeltüren war die äußere aus dickem Eichenholz, der Rahmen der inneren mit Leder bespannt. Die Klinke aus Stahl war durch eine seidene Schnur mit einem Griff in Reichweite von Bellamys Bett verbunden. So konnte er die während der Nacht verschlossene Tür am Morgen für den Diener öffnen, ohne aus dem Bett steigen zu müssen. Bellamy verschloß die äußere Tür, ließ die Klinke der lederbespannten Tür einrasten und ging dann bei Kerzenlicht zu Bett. Vor dem Einschlafen nahm er aus seiner durch Reißverschluß gesicherten Tasche einen schmalen länglichen Schlüssel und legte ihn unter sein Kopfkissen. Das war ihm schon seit mehr als acht Jahren zur Routine geworden.
Bellamy, der einen guten, aber leichten Schlaf hatte, schlief sofort ein. Drei Stunden später erwachte er plötzlich. Er zog bei Nacht niemals die Vorhänge zu. Der Vollmond schien vom wolkenlosen Himmel, und obwohl seine Strahlen nicht direkt ins Zimmer fielen, war es hell genug, um deutlich jeden Gegenstand zu erkennen. Die Ledertür öffnete sich langsam, Zentimeter für Zentimeter, ohne jedes Geräusch. Er wartete und schob dabei ebenso langsam seine Hand unter das Kopfkissen, bis sie den Griff der Pistole umschloß, die dort für alle Fälle bereitlag.
Die Tür stand jetzt weit offen, und er erwartete jede Sekunde, den Eindringling ins Zimmer schleichen zu sehen. Bellamy setzte sich aufrecht, den Ellenbogen auf ein Knie gestützt, die Waffe auf den Türrahmen gerichtet. Einige Minuten vergingen, aber niemand betrat den Raum. Nicht der geringste Laut war zu hören. Mit einem Ruck warf Bellamy die Bettdecke zurück, sprang aus dem Bett und lief, die Pistole in der Hand, nach draußen. Der Mond strahlte voll durch die Fenster des Flurs und übergoß die Halle mit silbernem Licht. Zunächst sah er gar nichts. Dann aber schien es ihm, als bewege sich etwas aus dem Schatten ins volle Licht. Es war eine hochgewachsene Gestalt mit totenblassem Gesicht, die still und steif dastand und ihn anstarrte, einen Bogen in der Hand. Sie war grün vom Scheitel bis zur Sohle, von einem auffallend hellen Grün. Nur das Gesicht war weiß, und die Augen starrten ins Leere. Eine Sekunde lang stand Bellamy wie gebannt, dann aber schnellte die Hand mit der Pistole nach oben und feuerte zweimal. Im selben Augenblick verschwand die Gestalt und war wie vom Erdboden verschluckt. Bellamy lief, die Pistole in der ausgestreckten Hand, zu der Stelle, an der er die Erscheinung gesehen hatte, aber da war weder der Bogenschütze noch der geringste Hinweis auf ihn, nur

zwei Einschußlöcher in der Wandtäfelung.
Schnell entschlossen untersuchte Bellamy die nächste Umgebung. Nahe der Stelle, wo die Gestalt verschwunden war, führte eine Tür zu einer Wendeltreppe, über die die Räume des Hauspersonals zu erreichen waren. Die Tür war abgeschlossen. Eine plötzliche Eingebung ließ ihn eilends den Gang zurücklaufen, vorbei an der offenen Tür seines Schlafzimmers zu dem Raum, in dem Savini schlief. Auch diese Tür war verschlossen; er klopfte energisch und rief laut nach Julius. Inzwischen waren die Dienstboten erwacht. Ein Mann in Hemd und Hose kam gelaufen und rief: »Ist etwas passiert, Mr. Bellamy?«
»Fragen Sie nicht so dumm!« fuhr der Alte ihn an. »Ziehen Sie sich an, trommeln Sie das Personal zusammen, und durchsuchen Sie das ganze Schloß. Rufen Sie im Pförtnerhäuschen an, und alarmieren Sie den Hausmeister. Beeilen Sie sich!«
In diesem Augenblick erschien Savini mit einer Kerze in der Hand im Türrahmen. »Was ist denn...«, begann er. Bellamy schob ihn kurzentschlossen ins Zimmer zurück und sah sich argwöhnisch um. Eines der Fenster stand offen, und er ging hinüber und schaute hinaus. Unmittelbar darunter lief ein schmaler Vorsprung an der Wand entlang, breit genug, daß ein Mann auf ihm gehen konnte, vorausgesetzt, er war schwindelfrei.
»Haben Sie die Schüsse nicht gehört?«
»Nur Ihr Hämmern an der Tür. Was ist los?«
»Ziehen Sie sich an, und kommen Sie in die Bibliothek.« Unvermutet trat Bellamy nach vorn und riß Savinis Pyjamajacke auf. Es kam aber nur ein Stück unbehaarte Männerbrust zum Vorschein, was ihm einen enttäuschten Laut entlockte, hatte er doch erwartet, einen enganliegenden grünen Anzug zu sehen.
Savini zog sich schnell an und lief hinunter zu seinem Boss, der in der Bibliothek wie ein Löwe auf und ab marschierte.
»Wer hat die Tür zum Dienstbotenaufgang verschlossen?« fragte Bellamy.
»Das war ich. Sie haben mir Anweisung gegeben, streng darauf zu achten, daß diese Tür nachts verschlossen ist.«
Bellamy sah ihm scharf in die Augen. »Und Sie haben natürlich den Schlüssel?«
»Nein, den hat der Butler. Er bekommt ihn jeden Abend von mir, weil er morgens früher auf ist, um die Putzfrau einzulassen.«
»Wo ist der Schlüssel jetzt?« fauchte Bellamy ihn an, wobei sein

gerötetes Gesicht sich noch dunkler färbte. Sein breites Kinn schob sich vor, und die Augen verengten sich zu schmalen Schlitzen. »Eines sage ich Ihnen, Savini. Wenn Sie in dieser Komödie mit dem grünen Bogenschützen keine Rolle spielen, dann müßte ich mich zum erstenmal in meinem Leben sehr täuschen. Holen Sie sofort Wilks.«
Der Butler erschien, eine Karbidlampe in der Hand, in Begleitung des Hausmeisters. »Den Schlüssel habe ich in der Tasche«, sagte er, nachdem Savini ihm erklärt hatte, worum es sich handelte. »Da kann niemand durchgegangen sein.« Alle gingen jetzt nach oben zum Gang vor den Schlafzimmern. Der Butler steckte den Schlüssel ins Schloß und öffnete die Tür zur Wendeltreppe.
»Geben Sie mir die Lampe«, befahl Bellamy. In einer Hand die Pistole, in der anderen die Karbidlampe, stieg er vorsichtig die Wendeltreppe hinunter, gefolgt von Savini und dem Butler. Unten führte eine unverschlossene Tür zu einem Anbau der Schloßküche, der als Vorratskammer diente. Die Türen, die von hier nach draußen führten, waren von innen verriegelt. Bellamy leuchtete mit der Lampe in den großen Schornstein, konnte aber keine Spuren entdekken. »Hier kann er nicht entkommen sein«, brummte er und fügte dann verärgert hinzu: »Es gibt aber auch keinen anderen Weg.«
Im Osten rötete sich bereits der Himmel, als Bellamy die Suche beendete. Er setzte sich vor das neu entfachte Kaminfeuer und trank eine Tasse Kaffee, die der Butler ihm gebracht hatte. Sein Sekretär saß ihm schweigend gegenüber und konnte nur mühsam ein Gähnen unterdrücken, was seinem Chef nicht entging.
»Da steckt etwas dahinter, Savini.« Bellamy brach ein Schweigen, das fast eine Stunde gedauert hatte. »Ein Gespenst! Daß ich nicht lache! Ich glaube weder an Gespenster noch an den Teufel. Auf der Erde des Allmächtigen und auch darüber und darunter gibt es nichts, was mir Angst machen könnte. Ich bin teufelsicher und gespenstersicher, Savini. Und der Kerl, der mir diesen Streich spielte, sollte besser kugelsicher sein, um davonzukommen, wenn ich ihn jemals finde.«

9

»Daddy«, sagte Valerie Howett am folgenden Morgen beim Frühstück, »ich würde gerne ein Haus auf dem Lande haben.«
Howett blickte von seiner Teetasse auf. »Was hast du eben gesagt?« fragte er verwundert.
»Ich hätte gern ein Haus auf dem Lande«, wiederholte sie.
Er fand, daß sie blaß und müde aussah. Schwarze Schatten lagen um ihre Augen, und sie schien irgendwie teilnahmslos, was ihm Sorgen bereitete.
»Ich habe ein wunderschönes Plätzchen gefunden, nicht weit von London entfernt. Es hat noch den Vorteil, daß es an das Grundstück von Abel Bellamy grenzt.«
»Aber mein Liebes«, antwortete der besorgte Vater, »ich habe gewisse Pflichten in Amerika und kann nicht den ganzen Winter über hierbleiben. Obwohl es sich vielleicht machen ließe«, fügte er nach einigem Überlegen hinzu. »Wo ist es denn?«
»In Garre – das Grundstück heißt ›Lady's Manor‹ und gehörte früher einmal zum Schloß. Man müßte es allerdings renovieren.« Sie blickte auf ihren Frühstücksteller und meinte dann diplomatisch: »Ich dachte mir, das wäre genau der richtige Ort für dich, Daddy, wenn du jemals mit der Arbeit an deinem Buch beginnen solltest.«
Schon seit Jahren träumte Howett davon, ein Buch über die politische Geschichte Englands zu schreiben, und hatte zu diesem Zweck seit Jahren Material gesammelt. Howett kratzte sich nach Valeries Bemerkung nachdenklich die Wange.
»Dort ist es ruhig und friedlich. In Amerika wirst du nie dazu kommen, das Buch zu schreiben – wenn ich an die vielen geschäftlichen Probleme und Ablenkungen denke. Und in einer so lauten Stadt wie London auch nicht.«
»Es ist dort also ganz ruhig?« fragte Howett, der sichtlich schwach zu werden begann.
»Man könnte eine Nadel zu Boden fallen hören«, antwortete Valerie, die plötzlich einen Anflug ihrer sonstigen guten Laune zeigte.
»Das ist vielleicht keine schlechte Idee, Val«, überlegte ihr Vater laut und lehnte sich nachdenklich in seinen Sessel zurück. »Und dir würde es bestimmt auch guttun. Wirklich, gar keine schlechte Idee. Ich werde nach New York kabeln und sehen, ob sich das einrichten läßt. Du hast doch hoffentlich keine Angst vor Gespenstern?« fragte er verschmitzt lächelnd.

»Gespenster lassen mich kalt«, antwortete sie ruhig, »vor allem, wenn du den grünen Bogenschützen meinen solltest.«
»Das ist aber auch eine komische Geschichte«, meinte Howett kopfschüttelnd. »Ich kenne Bellamy nicht. Aber nach dem, was ich von ihm gehört habe, wäre er der letzte, der sich von irgend etwas ins Bockshorn jagen ließe – das Finanzamt vielleicht ausgenommen.«
»Du hast nie mit ihm gesprochen?«
»Nein. Gesehen habe ich ihn schon, weil er sich häufig hier im Hotel aufhält. Ich mag ihn ebensowenig wie seinen gelbgesichtigen Chauffeur.«
Valerie stand auf, und er geleitete sie bis zur Tür. »Du solltest wegen deines Knöchels zum Arzt gehen«, mahnte er.
»Das wird sich im Laufe des Tages bestimmt geben«, beruhigte sie ihn. »Ich werde mich hinlegen, lesen und auch niemanden sehen.« Sie wehrte seine Hilfe ab und ging leicht hinkend aus dem Zimmer.
Am späten Vormittag kam ein Besucher, der sich nicht abweisen ließ. Howett klopfte an die Schlafzimmertür seiner Tochter. »Captain Featherstone ist da. Er möchte dich unbedingt sprechen. Darf er hereinkommen?«
»Nur wenn er verspricht, mir keine Vorhaltungen zu machen. Ich bin nicht in der Stimmung, mir Belehrungen anzuhören.«
Jim Featherstone betrat das Zimmer auf Zehenspitzen und mit so übertrieben besorgter Miene, daß die junge Dame ihn am liebsten wieder vor die Tür gesetzt hätte. »Wie traurig, Sie so daliegen zu sehen«, sagte er voller Bedauern. »Und bitte machen Sie nicht ein so grimmiges Gesicht. Schließlich bin ich voller Mitgefühl.«
Als Howett in sein Arbeitszimmer zurückgegangen war, fragte Jim geradeheraus: »Wo waren Sie in der vergangenen Nacht, mein Fräulein?«
»Im Bett«, antwortete sie wie aus der Pistole geschossen.
»Und die Nacht davor?«
»Ebenfalls im Bett.«
»Sie werden es sicherlich für unfein halten, wenn ich Sie frage, ob Sie nur in Ihren nächtlichen Träumen der lieblichen Gegend von Limehouse einen Besuch abgestattet und nach einem Mann namens Coldharbour Smith Ausschau gehalten haben?«
Valerie wies das ungeduldig zurück.
Jim hob warnend die Hand. »Sind Sie bei Ihrer Suche nach diesem Mann vielleicht in einer vorwiegend von Chinesen und Negern besuchten Kneipe in eine allgemeine Schlägerei geraten?«

Sie schauderte bei der Erinnerung.
»Bei der Sie dann von einem einfachen, aber ehrlichen Seemann gerettet wurden, bevor einer dieser brutalen Typen Sie zusammenschlagen konnte.«
»Nun sagen Sie nur noch, Sie seien dieser einfache, aber ehrliche Seemann gewesen«, entfuhr es ihr verblüfft.
»Ich nicht, aber einer meiner Leute, Sergeant Higgins. Ein guter Mann, wenn auch nicht gerade ein Frauenheld. Warum lassen Sie sich in so etwas ein?«
»Weil ich es muß«, antwortete sie stur. »Ich hätte mit Creager sprechen sollen, bevor er umgebracht wurde. Ich wußte, daß er für irgendeine frühere Schandtat von Bellamy bezahlt wurde. Und dieser andere Kerl...« Sie schauderte.
»Sie haben recht. Coldharbour ist nicht gerade ein Sonnyboy. Inhaber solcher Kneipen sind in der Regel keine angenehmen Zeitgenossen. Also Coldharbour steht auch auf Bellamys Gehaltsliste? Das habe ich nicht gewußt. Woher bekommen Sie eigentlich Ihre Informationen?«
»Ich zahle dafür«, antwortete sie ausweichend. »Und ich halte meine Quelle für ziemlich zuverlässig.«
Jim dachte nach und studierte dabei aufmerksam die Muster auf dem Teppich. »Ich habe das Gefühl, Sie sind auf dem Holzweg. Ein Glück, daß Coldharbour letzte Nacht nicht in seiner Kneipe war, sonst wüßte Bellamy innerhalb von vierundzwanzig Stunden über alles Bescheid.«
Auf einmal hatte sie Tränen in den Augen. Das war ein so unerwarteter Anblick, daß es Jim die Sprache verschlug. »Ich habe alles versucht«, stammelte Valerie, »wirklich alles. Wahrscheinlich war ich töricht, störrisch und eitel, anzunehmen, ich sei klüger als alle Polizeibeamten zusammen.«
Jim sah ihr ernst in die Augen. »Sind Sie sicher, daß Sie nicht hinter einem Trugbild herlaufen, Miss Howett?«
»Nein, nein und nochmals nein!« brach es aus ihr heraus. »Ich bin ganz sicher. Etwas in mir sagt mir, daß ich recht habe.«
»Vielleicht können Sie mir wenigstens die Frage beantworten, wer die Frau ist, die Sie so hartnäckig suchen?«
Valerie preßte die Lippen zusammen. »Das darf ich Ihnen nicht sagen. Es ist nicht nur mein Geheimnis.«

10

Als Spike ohne zu überlegen auf den Vorschlag seines Chefredakteurs einging, John Wood in Wenduyne aufzusuchen und ihn als Autor für eine Artikelserie über Kinderheime zu gewinnen, folgte er einer plötzlichen Eingebung und auch dem Wunsch, einen hochinteressanten Menschen fern aller Alltagsgeschäftigkeit wiederzusehen. Er verließ London mit dem Morgenzug und verbrachte fünf Stunden auf einem Fährschiff, das gegen eine bleigraue, bewegte See ankämpfte. Bei dieser Reise hoffte Spike nicht zuletzt, einiges über Bellamy zu erfahren. Er war heilfroh, als er am Kai von Ostende wieder festen Boden unter den Füßen hatte. Ein Bummelzug brachte ihn nach Wenduyne.

Wenduyne war ein nettes kleines Städtchen. Der im Sommer gutbesuchte Ferienort lag jetzt ziemlich verlassen da. Ein Polizist, der fröstelnd unter dem Dach einer Straßenbahnhaltestelle Schutz suchte, sah Spike neugierig nach, als dieser sich gegen den starken Nordwestwind den steilen Hang des Deiches hinaufarbeitete. Von oben bot sich ihm ein trostloser Anblick. Die Fenster der Villen waren verbarrikadiert. Auf der vernachlässigten Strandpromenade versperrten Sandverwehungen den Weg. Die Flut drängte ans Ufer, und die trüben Wellen gischteten wild gegen die Befestigungen der Seepromenade, während Spike mit hochgeschlagenem Mantelkragen seinen Weg suchte. Endlich stand er vor dem Haus Nr. 94.

Eine stämmige alte Frau mit einem Anflug von Schnurrbart öffnete und sah ihn mißtrauisch an. »Wer sind Sie? Monsieur empfängt keine Besucher«, fragte sie auf französisch.

»Er erwartet mich, Madame. Ich habe telegrafiert.«

Der mürrische Ausdruck verschwand aus ihrem Gesicht. »Ach so, ich erinnere mich. Würden Sie bitte mitkommen?«

John Wood saß hinter einem großen, reichverzierten Schreibtisch. Er legte den Federhalter hin und begrüßte seinen Gast. »Das schlechte Wetter hat Sie also nicht abgehalten. Bitte setzen Sie sich, Mr. Holland. Und bevor Sie mich danach fragen, will ich gleich vorausschicken, daß ich die in Ihrem Telegramm erwähnten Artikel gerne schreiben werde. Für meinen Plan brauche ich soviel Publizität wie möglich. Deshalb werde ich jede sich bietende Möglichkeit nutzen.«

Die beiden Männer diskutierten die Artikel in allen Einzelheiten.

»Wie still es hier ist«, sagte Spike neiderfüllt. »Ich hatte es zuerst für eine ausgefallene Idee gehalten, den ganzen Winter in Wenduyne zu

verbringen. Für schriftstellerische Arbeit ist das aber ein besonders geeigneter Platz.«
»Es ist nicht den ganzen Tag über so ruhig. Die Ruhestörer machen oben gerade ihr Mittagsschläfchen.«
»Leben wirklich Kinder hier im Haus?« fragte Spike erstaunt. Wood nickte und deutete auf eine nach oben führende Treppe. »Hier im Hause habe ich nur die ruhigsten. Die anderen wohnen im Sanatorium am Stadtrand, drei Stockwerke voll belegt.«
Es folgte eine lange Unterhaltung über Kinder. Wood konnte gar nicht genug von ihnen erzählen und hatte offensichtlich auch keine Lust, ein anderes Thema anzuschneiden. Da ergriff Spike die Initiative. »Mr. Wood, Sie scheinen sehr viel mehr über Bellamy zu wissen, als Sie bisher zugegeben haben. Sie sind wohl auch nicht gerade sein Freund?«
Wood spielte mit einer kleinen Pan-Figur aus Gold, die auf seinem Schreibtisch stand. »Ich weiß genug über ihn, um ihn an den Galgen zu bringen«, antwortete er, ohne aufzuschauen.
Spike war verblüfft. »Genug, um ihn an den Galgen zu bringen? Das ist eine sehr schwerwiegende Behauptung.«
Wood sah ihn an. »Das wäre es in der Tat, wenn ich nicht in aller Vertraulichkeit zu jemandem spräche, dem ich trauen kann.«
Gewöhnlich haßte Spike es, wenn jemand ihm etwas mit der Bitte um absolute Verschwiegenheit erzählte. In diesem Ausnahmefall war er jedoch nicht auf Informationen zur Veröffentlichung aus.
»Ich besitze noch keine Beweise«, fuhr der Gastgeber fort. »Dennoch weiß ich genug, um ihn an den Galgen zu bringen. Damit will ich nicht sagen, daß er alleine wegen meiner unbewiesenen Behauptung verurteilt würde. Das Gesetz ist im Umgang mit Menschenleben sehr vorsichtig.«
»Es handelt sich wahrscheinlich um ein Kind?« unterbrach ihn Spike. »Obwohl ich nicht andeuten will, daß Ihnen das Schicksal Erwachsener gleichgültig wäre, entnehme ich doch Ihrem Tonfall, daß es sich um ein Kind handelt.«
»Richtig, er hat ein Kind getötet. Es war ein Kind, an das ich mich nur sehr undeutlich erinnere. Ob er selbst unmittelbar dafür verantwortlich war oder einer seiner bezahlten Killer, das weiß ich nicht. Er haßt Kinder. Lieber würde er seinen letzten Dollar ins Meer werfen als zulassen, daß damit einem Kind geholfen würde.«
»Und wo ist die Sache passiert – in den USA?«
»In Amerika – vor vielen Jahren. Ich fürchte, ich habe schon zuviel

gesagt. Früher oder später werde ich die Beweise in Händen haben. Zwei Privatdetektive gehen den wenigen Indizien nach, die ich ihnen liefern konnte. Sie sind seit Jahren damit beschäftigt, der eine in London, der andere in Amerika.«
»Hatte er nicht auch Schwierigkeiten mit einer Organisation zum Schutz von Kindern?«
»Ja. Doch das hat mit diesem Fall nichts zu tun. Da war noch ein Fall in New York City, bei dem er beinahe einen Laufburschen umbrachte; er warf ihn eine Steintreppe hinunter. Was Bellamy nach öffentlicher Kenntnis alles angestellt hat, das kann ich aus dem Ärmel schütteln. Aber darum geht es mir nicht. Ich bin hinter seinen öffentlich nicht bekannten Untaten her. Der Mann ist durch und durch brutal und hat nicht nur Kinder geschlagen. Einmal kostete es ihn fünftausend Dollar, um eine Klage zu unterdrücken, die einer seiner Diener wegen Körperverletzung angestrengt hatte. Seither hat er keinen Kammerdiener mehr.«
»Der Allmächtige hat schon sonderbare Geschöpfe geschaffen«, sagte Spike nachdenklich.
»Der Teufel noch sonderbarere; manche hat er wieder zu Tieren degenerieren lassen«, erwiderte Wood.
Jetzt rückte Spike mit einer Frage heraus, die ihn schon während der langen Überfahrt beschäftigt hatte. »Glauben Sie, der grüne Bogenschütze hat auch eine Rechnung mit ihm zu begleichen?«
Wood blickte Spike ironisch an. »Eine Menge Leute glauben, der grüne Bogenschütze sei die Erfindung eines Journalisten, dessen Namen Ihnen gegenüber zu erwähnen unhöflich wäre.«
Spike mußte über diese Offenherzigkeit lachen. »Ich wäre sicherlich froh, der Erfinder einer Zeitungsente zu sein, die ganz England zum Narren hält«, gestand er. »Leider ist der grüne Bogenschütze höchstpersönlich für diese Geschichte verantwortlich.« Dann berichtete er über seinen Besuch bei Bellamy, und Wood stellte dazu einige genaue Fragen.
»Wer außer Bellamy hat das Gespenst gesehen?«
»Niemand. Vielleicht hat Bellamy es erfunden.«
Wood schüttelte den Kopf. »Das halte ich für unwahrscheinlich. Auf solche Mätzchen läßt Bellamy sich nicht ein. Den Gedanken können Sie sich aus dem Kopf schlagen. Wenn Bellamy ihn gesehen hat, dann existiert der grüne Bogenschütze wirklich.« Wood lehnte sich gedankenverloren in seinem Sessel zurück. Plötzlich ging er zum Safe, dem er einen weißen Babyschuh entnahm. »Diesen Schuh

werde ich eines Tages, wenn der höchste Richter ihn nicht vorher sterben läßt, Bellamy in einem amerikanischen Gerichtssaal entgegenhalten. Das wird ein schlimmer Tag für ihn werden.«
In diesem Augenblick trat die alte Frau mit einem winzigen Bündel Mensch auf dem Arm ins Zimmer. »Monsieur, die Kleine will nicht einschlafen, bevor Sie ihr gute Nacht gesagt haben.« Sie hielt ihm ein rosiges Baby entgegen, das mit großen Augen die glänzende Lampe anstarrte. Dann wandte sich die Kleine John Wood zu und stieß einen gurgelnden Freudenlaut aus, als er sie in die Arme nahm.
»Hier sehen Sie ein Goldstück aus meinem Schatz, Holland.« Als er die rosigen Wangen des Babys an seine eigenen drückte, traten Tränen in seine Augen.
Spike verabschiedete sich. Bevor er wieder in Sturm und Regen hinaustrat, blickte er sich noch einmal um. John Wood hatte die Kleine auf seinen Schreibtisch gesetzt. Während er sie mit der einen Hand festhielt, ließ er mit der anderen die goldene Pan-Figur vor den entzückten Augen des Kindes hin und her tanzen.

11

Bellamy war zu früher Morgenstunde niemals guter Laune und reagierte sich in der Regel dadurch ab, daß er alles mögliche an Savinis Arbeit auszusetzen fand. An diesem Morgen begrüßte er ihn mit einer rätselhaften Bemerkung. »Passen Sie gut auf, daß meine Hunde Sie nicht zu Gesicht bekommen. Sie wären das richtige Fressen für sie.«
Savini gab sich interessiert, obwohl er sich recht unbehaglich fühlte. Bisher hatte es im Schloß keine Hunde gegeben, da Bellamy Haustiere nicht mochte. Der Boss erläuterte seine Bemerkung.
»Ich habe zwei Polizeihunde gekauft, die ab heute nacht Halle und Flur bewachen werden. Wenn Sie einen guten Rat annehmen wollen, dann bleiben Sie in Ihrem Zimmer, bis ich selbst aufgestanden bin.«
Später sah Savini die Hunde – knurrende, bösartig aussehende Tiere. In der ihnen noch fremden Umgebung ließen sie niemand außer Bellamy an sich heran. Er zeigte nicht die geringste Angst vor ihnen, was die Tiere sofort erkannten und weshalb sie ihn als Herrn akzeptierten.
»Na, fassen Sie sie doch mal an, Savini«, sagte Abel. »Keine Angst, ruhig anfassen.«

Savini streckte nervös die Hand nach einem der Tiere aus und zuckte schnell zurück, als der Hund nach ihm schnappte. »Sie haben Angst, und die Tiere spüren das. Komm her, du!« Bellamy schnippte mit dem Finger, und der Hund kroch schwanzwedelnd zu ihm, setzte sich und blickte seinen Herrn aus klugen Augen an.
»Der alte Kerl, der mir die beiden verkauft hat, meinte, ich würde zwei Monate brauchen, um sie an mich zu gewöhnen. Der Dummkopf! Übrigens ist das Haus nebenan vermietet worden«, wich er vom Thema ab. »Wie heißt es doch?«
»Meinen Sie ›Lady's Manor‹?« fragte Savini überrascht.
Der Alte nickte. »Der neue Besitzer ist mir um fünf Minuten zuvorgekommen. Als ich den Agenten heute früh anrief, sagte er mir, er habe es gerade vermietet. Wissen Sie etwas von der Sache?«
»Nein, Sir. Ich höre zum ersten Mal davon. Wer ist der neue Besitzer?«
Bellamy schüttelte den Kopf. »Ich habe keine Ahnung, und es ist mir auch gleichgültig. Warum konnten die Leute nicht anderswo hingehen?«
Am Nachmittag begleitete Savini seinen Chef auf einem Rundgang. »Das muß es sein«, sagte Bellamy und wies mit dem Spazierstock auf ein graues Gebäude, dessen Dach und Schornsteine über die hohe Mauer ragten, die den zugehörigen Park umgab. »Sagen Sie mal – ist das dort eine Tür in der Mauer?«
»Sieht ganz so aus«, antwortete Savini. »Wahrscheinlich hat es einmal eine Verbindung zwischen Schloß und ›Lady's Manor‹ gegeben. Es gehörte früher einmal als Mitgift den Schloßbesitzern.«
Die Tür erwies sich als eine alte eiserne Pforte, die seit vielen Jahren nicht mehr benutzt worden war. Die Gitterstäbe waren verrostet und von Efeu umrankt. Ein kräftiger Mann würde wahrscheinlich einen vollen Tag brauchen, um die Tür zu öffnen. Dennoch wies Bellamy seinen Sekretär an: »Lassen Sie einen Handwerker aus dem Dorf kommen, der diesen Eingang hier zumauert. Ich möchte es nicht riskieren, daß Neugierige auf meinem Grundstück herumspionieren. Sorgen Sie umgehend dafür, Savini.«
Noch am selben Nachmittag kamen zwei Handwerker aus dem Dorf und begannen damit, den Efeu von der Tür zu entfernen, um den Durchgang zumauern zu können. Valerie inspizierte gerade ihr neues Heim, als sie den von den Handwerkern verursachten Lärm hörte, und erriet sofort, was auf der anderen Seite der Mauer im Gange war. Es hatte sich herausgestellt, daß viel weniger Reparatu-

ren in »Lady's Manor« notwendig waren, als sie zunächst gedacht hatte, so daß sie mit ihrem Vater sofort einziehen konnte. Bald rollten die Möbelwagen heran, und Bellamy sah eines Morgens mißgelaunt den ersten Rauch aus den Schornsteinen des Nachbarhauses aufsteigen. Der grüne Bogenschütze hatte sich im Schloß nicht mehr sehen lassen, was der Alte auf die Anwesenheit der bissigen Hunde zurückführte.
An diesem Morgen sprang Bellamy die Schlagzeile des *Daily Globe* ins Auge: »Polizeihunde schützen amerikanischen Millionär vor Bogenschützengespenst«. Natürlich ärgerte er sich, resignierte jedoch gegenüber dieser unerwünschten Publizität. Er verzichtete auch darauf, etwa einen Rachefeldzug gegen Spike Holland zu führen. Bei früheren Gelegenheiten hatte er Journalisten bereits aus geringerem Anlaß ruiniert. Als aber der Reporter sogar noch die Ungeniertheit besaß, am Pförtnerhaus des Schlosses um Einlaß zu bitten, bellte er ins Telefon: »Sagen Sie dem Burschen, ich werde die Hunde auf ihn hetzen, wenn er in meine Nähe kommt.«
»Er behauptet, Informationen über Creager zu haben, der neulich ermordet wurde.«
»An denen bin ich nicht interessiert«, brüllte Bellamy und knallte den Hörer auf die Gabel. Als er etwas später einen seiner häufigen ruhelosen Spaziergänge im Park unternahm, blieb er vor Zorn und Verblüffung wie festgenagelt stehen. Der rothaarige Reporter spazierte gemütlich über den Rasen, die Hände in den Hosentaschen, eine Zigarre im Mundwinkel. Als er Bellamy sah, nahm er eine Hand aus der Tasche und winkte ihm fröhlich zu.
»Wie sind Sie hereingekommen?«
»Über die Mauer.«
Bellamys Gesicht lief vor Zorn rot an. »Dann verschwinden Sie auch wieder über die Mauer«, schrie er heiser. »Sie haben kein Recht, sich hier aufzuhalten, Sie Gauner. Raus mit Ihnen!«
»Immer mit der Ruhe, Mr. Bellamy. Es lohnt sich wirklich nicht, sich so aufzuregen. Da ich nun einmal hier bin, könnten Sie mir auch gleich zuhören.«
»Ich will nichts hören. Raus!« Mit diesen Worten ging der Alte drohend auf den Reporter zu.
»Es wäre besser für Sie, mir zuzuhören«, sagte Spike ruhig, ohne einen Zoll zurückzuweichen. »Die Polizei hat eine Kopie des Briefes gefunden, den Creager an Sie wegen eines Mannes namens Z. geschrieben hat. Jetzt ist sie sehr daran interessiert herauszufinden,

wer dieser Mann war.«
Bellamy änderte umgehend sein Verhalten. »Einen Brief?« fragte er ungläubig. »Der für mich bestimmt war? Hat dieser Narr – hat er Kopien seiner Briefe aufbewahrt?«
Spike nickte. »Die Polizei hat Hunderte von Briefkopien in seinem Schreibtisch gefunden. Es war wohl eine Gewohnheit von ihm, alles aufzubewahren.«
Bellamy zögerte einen Augenblick. Dann forderte er Spike auf: »Kommen Sie herein.« Spike folgte ihm triumphierend.

12

»Also los, reden Sie. Woher wissen Sie überhaupt etwas von diesem Brief?«
»Ich war dabei, als man ihn fand. Genauer gesagt, die Beamten hätten ihn übersehen, wenn ich sie nicht darauf aufmerksam gemacht hätte. Ich machte eine Kopie davon, bevor der Inspektor merkte, daß er Wichtiges enthält.«
Spike entnahm seinem Notizbuch ein Blatt Papier, entfaltete es und legte es auf den Tisch. »Ich werde es Ihnen vorlesen«, sagte er. »Der Brief trägt übrigens kein Datum, was die Polizei in einige Verwirrung setzt.«

> Mr. Abel Bellamy,
> Z. befindet sich in meiner Abteilung und ist ein leicht aufbrausender Bursche. Ich könnte tun, was Sie mir bei unserer letzten Begegnung vorgeschlagen haben. Sie müßten mich aber gut bezahlen, weil ich meinen Job verlieren könnte, wenn die Sache schiefgeht und ein anderer Wärter mich sieht. Außerdem könnte es für mich sehr schmerzhaft sein, und ich könnte mich selbst ernsthaft verletzen. Deshalb muß ich vorher wissen, was finanziell dabei herausspringt. Ich kann Z. nicht leiden. Er ist gerissen und vorlaut, und es hat mit ihm bereits Schwierigkeiten gegeben. Wenn Sie in dieser Angelegenheit weitermachen wollen, dann könnten wir uns morgen treffen. Ich fahre jetzt in Urlaub und werde bei Verwandten in Henley wohnen. Wenn es Ihnen recht ist, könnten wir uns dort sehen.
>
> gez. J. Creager

Bellamy reagierte auf diesen Text ohne sichtliche Erregung. »Ich kann mich nicht erinnern, diesen Brief erhalten zu haben. Außerdem habe ich keine Ahnung, wer dieser Z. sein könnte. Außer für den Dienst, den er mir geleistet hat, habe ich Creager nie Geld gegeben.«
Der Alte sprach ungewöhnlich sanft; Spike merkte, daß er sich nur mühsam beherrschte.
»Aber es war doch in Henley, wo er Ihnen das Leben gerettet hat, nicht wahr?« Spike ließ sich nicht beirren. »Welch seltsamer Zufall, daß er sich gerade dort mit Ihnen verabredete. Vielleicht hatte er eine Vorahnung, daß Sie dort in den Fluß fallen würden?«
»Ersparen Sie sich solch freche Redensarten, Holland«, explodierte der Alte. »Ich habe Ihnen alles gesagt, was dazu zu sagen ist. Was diesen Brief angeht, so gibt es keinen Beweis, daß er ihn überhaupt abgeschickt hat. Vielleicht haben Sie ihn sogar gefälscht und unter seine Papiere geschmuggelt. Was hatten Sie eigentlich mit der Haussuchung zu tun?«
Spike faltete das Papier zusammen und steckte es wieder in die Tasche. »Was ich mit der Durchsuchung zu tun hatte? Ich war zufällig anwesend. Sonst haben Sie nichts zu sagen, Mr. Bellamy?«
»Nichts, außer daß ich den Brief niemals erhalten habe. Ich kenne den Mann nicht, der darin erwähnt wird, und wußte nicht einmal, daß Creager Gefängnisaufseher war, bis ich es im *Globe* gelesen habe – meiner Lieblingszeitung –«, fügte er ironisch hinzu, und Spike grinste.
»Na gut, das wär's dann«, erwiderte Spike. »Nichts Neues vom Gespenst?«
»Wenn es was gäbe, wüßten Sie es doch bestimmt vor mir. Alles, was ich über diesen verdammten Bogenschützen weiß, habe ich im *Globe* gelesen – eine wirklich gute Zeitung, voll von zutreffenden Informationen. Ich könnte es eher ohne Frühstück als ohne den *Daily Globe* aushalten.«
»Sie haben doch sicherlich nichts dagegen, wenn ich mich etwas im Schloß umsehe?«
»Da sind Sie schiefgewickelt. Sie können einen Blick über die Mauer werfen, je schneller, desto besser.« Um ganz sicher zu sein, daß Spike auch wirklich ging, begleitete Bellamy ihn bis zum Pförtnerhäuschen. Dem Pförtner fiel bei Spikes Anblick fast der Unterkiefer herunter.

»Diese Mauer ist nicht hoch genug, Savini«, sagte Bellamy, nachdem Spike endgültig gegangen war. »Telefonieren Sie mit einem Handwerker in Guildford. Er soll auf der Oberkante Stacheldraht anbringen. Und noch etwas ... Es wird Ihnen eine Menge Unannehmlichkeiten ersparen, wenn Sie wissen, daß die Ledermappe, in der ich Fotos aufbewahre, nicht mehr in meiner Schreibtischschublade liegt. Sie befindet sich jetzt im Safe. Sollten Sie einmal Lust verspüren, sich die Fotos anzusehen, können Sie es mir sagen. Ich hole sie dann heraus.«
Savini fühlte sich zu einer Erwiderung nicht ermuntert und wäre eine angemessene Antwort wohl auch dann schuldig geblieben, wenn er Gelegenheit dazu gehabt hätte.
Vor seinem Einzug in Garre Castle hatte Bellamy das Gebäude erheblich renovieren lassen. Fast einen Monat lang hatten Bautrupps unter seiner persönlichen Anleitung die Arbeiten ausgeführt, darunter eine neue Wasserversorgung, elektrisches Licht und eine Gasheizung. In jedem Raum außerhalb der Bibliothek gab es Gasöfen und in der Küche einen riesigen Gasherd.
Diese Gasversorgung gab dem Butler Wilks Rätsel auf. Normalerweise gingen alle den Haushalt betreffenden Rechnungen direkt an Bellamy. Zufällig geriet die vierteljährliche Gasrechnung in die Hände von Wilks, der lange überlegte, ehe er sich deswegen an seinen Chef wandte. »Die Gasrechnung kann nicht stimmen, Sir. Man hat uns zuviel berechnet«, meldete Wilks, erfreut, seinem Boss einmal mit einer Sache zu kommen, die ihn sicherlich interessieren würde.
»Was soll daran nicht stimmen?« Bellamy riß dem Butler die Rechnung aus der Hand, ohne sie anzusehen.
»In den fraglichen Monaten, den heißesten des Jahres, war der Gasherd in der Küche außer Betrieb, und wir heizten mit Kohle.«
»Lassen Sie es gut sein«, wiegelte Bellamy ab.
»Aber wir können unmöglich so viele Kubikmeter verbraucht haben, wie man uns angerechnet hat.«
»Ich habe Ihnen eben gesagt, es dabei zu belassen«, fuhr Bellamy ihn an. »Und ich verbitte mir, daß Sie Rechnungen aufmachen – das ist nicht Ihr Job!«
Das brachte das Faß zum Überlaufen. Wilks wurde zwar gut bezahlt, hatte aber schon viel unter seinem Boss zu leiden gehabt. Nun war seine Geduld erschöpft.
»So können Sie mit mir nicht reden, Mr. Bellamy! Bitte zahlen Sie mir

meinen Lohn aus. Ich gehe. Ich bin es nicht gewohnt...«
»Halten Sie hier keine Volksreden – verschwinden Sie!« Bellamy griff in die Tasche und warf dann einen Geldschein auf den Tisch. »Hier haben Sie Ihr Geld. In einer halben Stunde haben Sie das Haus verlassen. Raus!«

Spike saß gerade bei einem bescheidenen Lunch im Dorfgasthof, als die unerhörte Nachricht dort eintraf. Die Entlassung des Butlers war für das Dorf ein Ereignis von welterschütternder Bedeutung. Spike unterbrach seine Mahlzeit und fing den gekränkten Mann auf der Straße ab.
»Es war unmöglich, dort noch länger zu bleiben«, erklärte Wilks, noch vor Wut zitternd. »Der Mann ist kein menschliches Wesen, sondern ein Schwein. Und was seine Gespensterseherei anbetrifft...«
»Haben Sie das Gespenst gesehen?«
»Nein, Sir. Das habe ich nicht. Ich halte es für eine Erfindung von Mr. Bellamy, mit irgendeiner bösen Absicht. Ich habe als Butler in den vornehmsten Familien gedient. Aber dieser Mann weiß ja gar nicht, wie ein kultivierter Mensch lebt. Da hat er eines der schönsten Speisezimmer; aber seine Mahlzeiten nimmt er wie ein Schwein am Trog in der Bibliothek ein. Und dann die Portionen! Davon könnten drei normale Menschen satt werden. Zum Frühstück einen halben Liter Milch und ein halbes Dutzend Eier, außerdem...« Wilks schilderte Bellamys sagenhaften Appetit.
»Was war denn nun der eigentliche Anlaß für Ihre Kündigung?«
Wilks berichtete von der rätselhaften Gasrechnung und der unverständlichen Reaktion Bellamys darauf. Spike maß der Geschichte mit der hohen Gasrechnung keine Bedeutung bei. Statt dessen lenkte er das Gespräch auf den gespenstischen Besucher zurück, was ihm jedoch keine neuen Anhaltspunkte brachte. Dennoch lieferte Wilks während des ganzen Gesprächs unwissentlich das Material für einen interessanten Bericht, der wohl bald in einer Londoner Zeitung unter der Überschrift »Mein Leben im Gespensterschloß« erscheinen würde.
Nach London zurückgekehrt, entschloß sich Spike, bei Scotland Yard vorbeizugehen. Featherstone ließ ihn sofort eintreten und schob ihm die Zigarrenkiste hin.
»In Garre Castle sind die Puppen am Tanzen«, berichtete Spike. »Der noble Besitzer hat den Butler an die Luft gesetzt, weil der sich über

eine zu hohe Gasrechnung aufregte. Vor hundert Jahren hätte man dem guten alten Wilks wahrscheinlich ein Hanfseil um den Hals gelegt, wonach er dann den Gespenstern hätte Gesellschaft leisten können, die sich in der Nacht im Hinterhof zum Würfelspiel treffen.«

»Nun mal langsam, Holland. Erzählen Sie das bitte noch einmal von Anfang an. Ich bin heute früh nämlich nicht so aufnahmefähig wie sonst. Was war das mit der Gasrechnung?«

Spike berichtete. Zu seinem Erstaunen fragte Featherstone immer wieder nach Einzelheiten, faßte immer wieder nach, bis Spike der Kopf brummte. »Was wollen Sie nur mit der blöden Gasrechnung? Verdächtigen Sie Bellamy etwa, heimlich Whisky zu brennen?«

»Die Sache mit der Gasrechnung ist das Interessanteste, was wir bisher über Garre Castle erfahren haben«, antwortete Jim ruhig. »Ich bin Ihnen zu großem Dank verpflichtet, daß Sie mir das gleich gemeldet haben. Übrigens werde ich für ein bis zwei Wochen verreisen und wäre Ihnen sehr verbunden , wenn Sie in der Zeit eventuelle neue Informationen meinem Assistenten übermitteln würden.«

Eine Stunde später betrat Spike das Zimmer des Chefredakteurs. »Mr. Syme, ich bin fest davon überzeugt, daß das dicke Ende der Creager-Story in Garre Castle zu finden ist. Bellamy hat soeben seinen Butler an die Luft gesetzt, und wir sollten versuchen, einen unserer Leute auf die vakante Stelle zu plazieren. Mich würde der Alte sehr schnell identifizieren, außerdem habe ich mich noch nie als Butler betätigt. Aber wir könnten es doch arrangieren, daß die Stellenvermittlung unseren Mann schickt.«

»Keine so schlechte Idee«, räumte der Chefredakteur ein. Es war übrigens eine Idee, die fast gleichzeitig auch zwei andere Personen hatten.

13

»Mordanklage gegen Unbekannt.« Abel Bellamy las den Bericht über die amtliche Leichenschau im Fall Creager ohne jede Gemütsbewegung. Für ihn bedeutete das nur, daß er künftig vierhundertundachtzig Pfund im Jahr weniger auszugeben brauchte. Es war unangenehm gewesen, die vielen Fragen der Polizei über seine Bekanntschaft mit Creager beantworten zu müssen. Jetzt jedoch war alles

vorbei. Eigenartigerweise beschäftigte ihn die bizarre Art, auf die Creager ums Leben gekommen war, überhaupt nicht. Auch brachte er die Methode dieses Mordes nicht mit dem grünen Bogenschützen in Zusammenhang. Aufgrund seiner Vorurteile gegenüber der Presse betrachtete er die Verbindung, die einige Journalisten zwischen beiden Angelegenheiten herstellten, als rein journalistischen Gag. Sollte es wirklich ein Pfeil gewesen sein, dann hatte der Mörder die Anregung dazu zweifellos den Zeitungsberichten entnommen.
Eines war ihm allerdings aufgefallen – die düstere Stimmung, in der sein Sekretär sich neuerdings befand. Doch schrieb er dies irrtümlich seiner Enthüllung zu, daß er, Bellamy, die Vergangenheit von Savini gut kenne. Die neuen Mieter in »Lady's Manor« traten bisher nicht in Erscheinung, interessierten ihn auch nicht. Einige Tage nach der Entlassung von Wilks ergab sich eine erste Gelegenheit, den neuen Butler anzufahren. »Junger Mann, Sie sollten endlich begreifen, daß Sie in diesen Räumen hier nichts zu suchen haben, wenn ich Sie nicht ausdrücklich rufe. Gestern abend haben Sie an die Tür der Bibliothek geklopft, obwohl Mr. Savini Ihnen gesagt hatte, ich wollte nicht gestört werden.«
»Das tut mir leid, Sir«, antwortete der Butler unterwürfig. »Ich finde mich im Schloß noch nicht richtig zurecht und werde es bestimmt nicht wieder tun.«
Seit dem ersten Erscheinen des grünen Bogenschützen waren drei Wochen vergangen. Bellamy fiel es nicht schwer, eine Erklärung dafür zu finden, daß er sich nicht mehr gezeigt hatte. »Die Polizeihunde müssen wohl etwas an sich haben, was Gespenster nicht mögen«, sagte er. In dieser Nacht wurde er durch lautes und drohendes Knurren eines der Hunde geweckt. Er sprang an die Tür und lief in den Flur. Alle Lampen brannten, wie er es angeordnet hatte. Einer der Hunde stand mit gesträubten Haaren steif in der Mitte des Flurs und starrte auf die nach unten führende Steintreppe. Der alte Mann pfiff, und der Hund schlich langsam zu ihm, wobei er sich mehrfach umdrehte und in die andere Richtung starrte. In diesem Augenblick kam auch der zweite Hund die Treppe herauf. »Was habt ihr beide? Was ist los mit euch?«
Bellamy ging in sein Schlafzimmer zurück, zog seinen Morgenrock über und steckte die Pistole ein. Dann ging er in die Halle nach unten, gefolgt von den Hunden. Es war nichts Verdächtiges zu sehen, auch nicht in der Bibliothek, als er sie aufschloß. Befriedigt kehrte er in sein Schlafzimmer zurück. Kaum war er eingenickt, als er

wieder ein drohendes Knurren hörte, diesmal von beiden Hunden. Wieder stand er auf. Er fand die Hunde an derselben Stelle wie vorher. Sie reagierten diesmal nicht auf sein leises Pfeifen. Erst als er sie scharf anrief, trabten sie zu ihm. »Was ist denn bloß los mit euch, ihr Narren?« Ein tiefes Knurren war die Antwort. Plötzlich, als hätten sie etwas gesehen, rasten beide wie der Wind den Flur entlang, Bellamy folgte ihnen – etwas langsamer. Er fand beide, die Nasen am Fußboden, in der Halle. Diesmal schaltete er alle Lampen ein und suchte wiederum gründlich, erneut ohne jedes Ergebnis.

»Diese Hunde spielen wirklich verrückt«, brummte er ärgerlich. Vielleicht haben Hunde gelegentlich solche Anfälle, sagte er sich und ging wieder zu Bett. Als er sie bald darauf knurren hörte, kümmerte er sich nicht mehr darum. Als er um fünf Uhr erwachte, war es noch dunkel. Er zog sich den Morgenmantel über, bevor er das Licht einschaltete. Und dann riß er die Augen weit auf. Die Tür stand offen. Die äußere Tür war aufgeschlossen, obwohl er fest davon überzeugt war, sie nicht nur zugemacht, sondern auch fest verschlossen zu haben, bevor er zum letzten Mal ins Bett gegangen war. Was hatten denn die Hunde getan? Er ging in den Flur, um nach ihnen zu sehen. Zunächst hielt er sie für tot, da sie mit steifen Gliedern nebeneinander an der Wand lagen. Er schüttelte den einen, der daraufhin die Augen öffnete, ihn eine oder zwei Sekunden lang verständnislos anstarrte und sie wieder schloß.

Betäubt! Da hatte sich also die ganze Zeit über wirklich etwas versteckt. Und dieses Etwas war ein Mensch gewesen. Der grüne Bogenschütze war aus Fleisch und Blut – was er sich von Anfang an gedacht hatte. Die Hunde erholten sich nach einer halben Stunde, und er brachte sie zu ihrem Zwinger.

Warum war der grüne Bogenschütze gekommen? Was hatte er vor? Sicherlich hatte er das Risiko, die Hunde zu betäuben, nicht auf sich genommen, um lediglich zu demonstrieren, daß er nach Belieben kommen und gehen konnte. Die wenigen Wertsachen im Schlafzimmer waren noch da. Was hatte er gesucht? Plötzlich kam Bellamy der entscheidende Einfall. Der grüne Bogenschütze suchte nach dem Schlüssel, den er Tag und Nacht bei sich hatte und nachts unter das Kopfkissen legte. Tagsüber trug er ihn an einem langen Stahlkettchen in der Hosentasche. Ging er morgens ins Bad, legte er sich die Kette um den Hals. Dieser sehr lange und dünne Schlüssel – das war die Erklärung! Und wenn es das war, dann kannte der grüne Bogenschütze das Geheimnis von Garre Castle! Mit diesem Gedanken lief er zur Bibliothek und schlug die Tür mit lautem Knall hinter sich zu. Savini hörte diesen Laut im Halbschlaf. Er träumte, der Alte habe sich erschossen, und lächelte im Schlaf.

14

Am frühen Morgen erhielt Spike einen Brief von seinem Freund aus Belgien. John Wood kündigte einen Wochenendbesuch in England an und lud Spike zum Abendessen ein. Ein Teil des Briefes interessierte den Reporter besonders:

> Ich bin Ihnen sehr dankbar für den langen Bericht über Bellamy und die ungewöhnlichen Ereignisse in Garre Castle. Ihre Geschichte im *Daily Globe* ist wirklich bemerkenswert. In Ihrem Begleitbrief schreiben Sie, früher oder später werde der grüne Bogenschütze Abel Bellamy entnerven. Da dürften Sie sich irren! Diesen Unmenschen kann und wird nichts in der Welt das Fürchten lehren. Ich halte es auch nicht für unvermeidlich, daß Bellamy eines Tages von derselben Hand umgebracht werden wird, die auch Creager tötete. Meines Erachtens hängt Bellamys Schicksal ganz davon ab, was derjenige entdecken wird, der gegenwärtig im Schloß »spukt«.

Spike war bei den Howetts zum Frühstück eingeladen. Dabei fand er schnell heraus, daß ein Teil der Melancholie, an der Howett früher zu leiden schien, auf einmal verschwunden war. Spike führte das zunächst auf die Luftveränderung und die größere Ruhe in »Lady's Manor« zurück – bis sein Gastgeber ihm von seinen Buchplänen erzählte, voller Stolz die inzwischen angesammelten Dokumente ausbreitete und ihn sogar wegen des einleitenden Kapitels konsultierte.

»Sind Sie schon einmal Ihrem Nachbarn begegnet, Mr. Howett?«

»Bellamy?« Howett verzog unangenehm berührt das Gesicht. »Nein. Ich habe auch nicht die geringste Lust, ihn zu sehen. Gottlob legt er auf gesellschaftlichen Verkehr keinen Wert, und es ist unwahrscheinlich, daß er uns zum Tee einladen könnte. Übrigens, Holland, hat man Sie schon mit den hiesigen Teesitten vertraut gemacht? Wenn nicht, lassen Sie es um Gottes willen nicht dazu kommen. Die

sind nämlich schlimmer als Drogen. Hat man sie sich erst angewöhnt, bleibt man für immer versklavt.«
Nach dem Frühstück zeigte Valerie dem Gast das Haus und den umliegenden Park. »Hier scheint eine Tür zu sein, Miss Howett.«
»Das war mal eine. Mr. Bellamy hat sie von der anderen Seite zumauern lassen.«
»Vielleicht hat er Angst vor dem grünen Bogenschützen«, meinte Spike humorvoll und fügte dann schnell hinzu: »Ich möchte nicht indiskret sein, Miss Howett. Ich hoffe doch, Sie haben keine Angst vor Gespenstern?«
Valerie lächelte: »Nicht die geringste.«
Spike betrachtete die Mauer mit professionellem Interesse. »Hier ist sie niedriger als an allen anderen Stellen rund um das Schloß. Sollten Sie einmal einen kleinen Ausflug in den feudalen Herrschaftsbereich von Bellamy unternehmen wollen, würden Sie es hier besonders leicht haben.« Er griff mit der Hand auf den oberen Rand der Mauer. »Zwei kleine Leitern hier angelehnt und – hopp, drüben wären Sie. Ich beginne, Sie zu beneiden, Miss Howett. Ich will Sie zwar nicht um Erlaubnis fragen, von Ihrem Garten aus ins Schloß einbrechen zu dürfen. Wenn Sie mich aber nur ein ganz klein wenig ermuntern würden, dann käme ich gerne eines Nachts, um mich nach diesem Bogenschützen umzusehen.«
Valerie lächelte. »Dazu werde ich Sie bestimmt nicht ermuntern. Übrigens, haben Sie in jüngster Zeit Captain Featherstone gesehen?«
»Nicht seit letztem Montag. Er sprach von einer Auslandsreise, an die ich nicht so recht glaube. Ehrlich gesagt, Miss Howett, ich hatte so eine Idee, daß er der neue Butler im Schloß sein könnte. Ich weiß, daß er sich sehr für Bellamy interessiert, vor allem für dessen Gasrechnung. Der Himmel mag wissen, warum ihn diese Gasrechnung so beschäftigt.«
»Worum geht es da?« fragte sie schnell, und Spike berichtete ihr von dem Vorfall. »Ich erzählte auch Featherstone davon. Erst später kam mir der Gedanke, daß er sich vielleicht um den freigewordenen Job beworben hat. Ich selbst hatte daran gedacht, einen unserer Leute zu lancieren. Bis der zuständige Redakteur die Sache überlegt und sich mit unserem Anwalt beraten hatte, ehe er schließlich in der Stille der Nacht seine Seele erforscht und um spirituelle Anleitung gebetet hatte, war der Job vergeben. Andererseits habe ich heute früh mit Julius gesprochen, dessen Vergangenheit nicht ganz astrein zu sein

scheint, da es wenig Kripobeamte gibt, die er nicht kennt. Wäre Featherstone Butler im Schloß geworden, hätte er ihn bestimmt erkannt und es sofort dem Alten gemeldet.«
Valerie machte ein nachdenkliches Gesicht. »Captain Featherstone zeigte sich also von der Gasrechnung beeindruckt?«
Spike nickte. »Vielleicht ist er ein sparsamer Familienvater«, sagte er leichthin. »Als Junggesellen hat mich eine Gasrechnung nie sonderlich berührt.«
»Captain Featherstone ist nicht verheiratet«, antwortete sie kühl und wurde blutrot, als Spike sich für seinen Fehler entschuldigte. Valerie wechselte daraufhin das Thema. »Sie kennen doch Savini. Erzählen Sie mir etwas über ihn.«
»Viel kann ich über ihn nicht sagen. Er hat einen italienischen Vater, der nach England eingewandert ist, und eine indische Mutter. Vermutlich hat er die Schwächen beider geerbt. Er gehörte einmal zur Crowley-Bande, wobei ich nicht weiß, ob er nur ein Mitläufer oder der einfallsreiche Anführer war. Die Polizei hat die Bande vor einem Jahr hochgehen lassen, doch Savini fand ein Loch im Netz. Zunächst habe ich mich gewundert, daß Bellamy ihn eingestellt hat. Dann aber ging mir auf, daß Julius Savini genau der Typ ist, den Bellamy braucht. Er kommt aus der Gosse, hat nicht die geringsten Skrupel, dafür aber unheimliche Angst vor Bellamy. Dabei überlegt er Tag und Nacht, wie er auf leichte Weise schnell zu viel Geld kommen könnte, besitzt jedoch nicht genug Vitalität und Beharrlichkeit, seine Pläne auch in die Tat umzusetzen. Das ist Julius. Ich hoffe, ich tue ihm nicht unrecht.«
»Das glaube ich nicht«, meinte Valerie.

Spike hatte sich für unbestimmte Zeit im Dorfgasthof von Garre ein Zimmer genommen. Er telefonierte täglich mit der Redaktion. Syme deutete mehrfach an, der grüne Bogenschütze könne allmählich kaum noch als Entschuldigung für Spikes Herumlungern akzeptiert werden. Andererseits wollte er nicht die Verantwortung auf sich nehmen, seinen Untergebenen zu früh nach London zurückzubeordern.
Als Spike am Nachmittag gerade wieder mit Syme telefonierte, sah er Valerie im Wagen in Richtung London vorbeifahren. »Noch etwas, Mr. Syme. Miss Howett fährt gerade nach London. Es wäre vielleicht keine schlechte Idee, wenn einer unserer Jungs, der sie kennt, ihr mal auf den Fersen bleiben würde. Das könnte mir eine zusätzliche Spur

verschaffen.«
»Wäre sie denn eine Spur, die zum grünen Bogenschützen führt?«
»Nicht nur eine Spur, glaube ich, sondern eine breite Allee.«

15

Fay Clayton, Savinis Ehefrau, erhielt eines Tages überraschend Besuch von einem schlechtgekleideten und krank aussehenden jungen Mann. Es war ihr soeben aus dem Gefängnis entlassener Bruder Jerry. Sie berichtete ihm von der Auflösung der Bande, der Jerry wie sie und Julius angehört hatte, und bot ihm schließlich das Zimmer von Julius als vorläufige Bleibe an. Dann machte sie sich auf den Weg, um die wenigen Habseligkeiten ihres Bruders aus einem Schließfach abzuholen. Ihr Taxi fuhr auch durch die Fitzroy Road, vorbei an »El Moro«, einem Restaurant, in dem die Bande sich früher oft getroffen hatte, um ihre Aktionen zu besprechen. Draußen vor der Tür stand ein Mann – Julius. Als sie gerade gegen die Scheibe klopfen wollte, um ihn auf sich aufmerksam zu machen, trat eine elegante junge Dame an ihn heran. Julius lüftete höflich den Hut und führte sie ins Restaurant. Fay ließ das Taxi halten und stieg aus. Sie hatte Valerie Howett schon einmal gesehen und erkannte sie sofort.
Valerie sah sich neugierig in dem schwülstig dekorierten Salon um, in den Julius sie geleitete. Er entließ den grinsenden Kellner und schloß die Tür. Er spürte, daß Valerie dieses Restaurant als abstoßend empfand, und entschuldigte sich dafür. »Es tut mir leid, daß ich Sie hierhergebracht habe, Miss Howett. Aber dies ist der einzige Platz, von dem ich sicher bin, daß wir nicht beobachtet werden können.«
»Was für ein Restaurant ist das hier?« fragte Valerie neugierig.
»Oh, es ist an sich sehr bekannt«, erwiderte der taktvolle Julius ausweichend. »Wollen Sie sich nicht einen Augenblick setzen? Leider habe ich Ihnen heute nicht viel zu berichten«, fügte er hinzu, als sie sich vorsichtig auf die äußerste Ecke eines mit Plüsch bezogenen Stuhls gesetzt hatte. »Mr. Bellamy macht es zunehmend schwieriger, etwas über ihn herauszufinden.«
»Haben Sie das Foto für mich?«
Julius schüttelte den Kopf. »Leider nein. Als ich es holen wollte, fand ich die Schublade leer. Bellamy muß herausgefunden haben, daß ich an seinem Schreibtisch gewesen bin. Er hat mir das sehr deutlich zu

verstehen gegeben. Ich habe schon manches Risiko für Sie auf mich genommen, Miss Howett.«
»Und ich habe Sie dafür gut bezahlt«, reagierte Valerie kühl. »Ich bin auch gar nicht so sicher, daß Sie alle Risiken nur meinetwegen oder wegen des Honorars von mir eingegangen sind. Bestimmt verfolgen Sie im Schloß auch eigene Pläne. Aber das geht mich nichts an. Ich will und muß dieses Foto haben. Sagten Sie nicht, da wären noch andere Fotos?«
»Da war noch ein Foto seines Neffen.« Valerie blickte erstaunt. »Seines Neffen?« fragte sie ungläubig. »Ich dachte, er hätte überhaupt keine Verwandten.«
»Ich nehme nur an, daß es sein Neffe war. Der ist nämlich im Krieg gefallen.«
Fay Clayton hatte schon lange vermutet, daß Julius sich noch einen profitablen Nebenverdienst erschlossen hatte. Und da lag sie richtig. Alle Informationen, die Valerie über Bellamy und seine Aktivitäten erhielt, stammten von dem gerissenen Savini, und die Handtasche der jungen Dame war für ihn seit langem eine wahre Goldgrube.
»Stand denn auf der Rückseite des Fotos der Dame nichts, was darauf hindeutet, wer sie war? Oh, warum haben Sie nur das Foto nicht gleich beim ersten Mal an sich genommen?«
»Das tut mir wirklich leid«, antwortete Julius bedauernd. »Hätte ich es getan und er es dann vermißt, dann hätte er mich sofort an die Luft gesetzt. Es läuft mir kalt den Rücken hinunter, wenn ich mir vorstelle, was dann passiert wäre.« Man sah Julius an, daß ihn bei dem bloßen Gedanken schauderte.
»In Ihrer Notiz schrieben Sie, der grüne Bogenschütze wäre wieder dagewesen und hätte die Hunde betäubt.«
»Er war auch wieder in Bellamys Zimmer«, bestätigte Julius. »Ich habe nur eine wichtige Information für Sie, Miss Howett. Der Alte hat heute früh an Coldharbour Smith geschrieben. Ich mußte den Brief persönlich als Einschreiben aufgeben. Er war versiegelt und so dick, daß ich annehme, er enthielt Geld. Smith erhält mehr als Creager seinerzeit bekam, monatlich einhundert Pfund.«
»Wer ist eigentlich der neue Butler?«
»Ich habe ihn vorher nicht gekannt, Miss Howett. Es ist ein angenehmer junger Mann, doch sehe ich ihn wenig.«
Valerie dachte einen Augenblick lang über das weitere Vorgehen nach. Sie hatte ja schon einen mißglückten Versuch unternommen, mit Bellamys zweitem Helfershelfer Kontakt aufzunehmen, was

beinahe katastrophal geendet hatte. Sie war sicher, daß die Lösung des Geheimnisses, das sie zu enthüllen versuchte, bei Coldharbour Smith zu finden war. »Über Smith möchte ich mehr wissen. Haben Sie noch nichts über ihn herausgefunden?« fragte sie.

»Nichts. Die privaten Papiere Bellamys befinden sich im Safe, und den kann nur ein Fachmann öffnen. Bellamy trägt den Schlüssel ständig bei sich, wahrscheinlich nimmt er ihn sogar mit ins Bett.«

»Benachrichtigen Sie mich sofort, wenn es etwas Neues gibt. Nachdem ich jetzt in ›Lady's Manor‹ wohne, ist es ja nicht mehr so umständlich. Ein Zettel an einem Stein befestigt und über die Mauer geworfen ...«

Von draußen im Gang drangen laute Stimmen herein. Plötzlich wurde die Tür weit aufgerissen, und eine junge Frau stürmte in den Salon, das Gesicht von Zorn gerötet, die Augen zornsprühend. Es dauerte einen Augenblick, bis sie ihre Stimme soweit beherrschte, daß sie Valerie ansprechen konnte. »Darf ich vielleicht erfahren, was Sie hier bei meinem Mann zu suchen haben, Miss Howett?« fragte sie schrill.

»Bei Ihrem Mann?« fragte Valerie erstaunt und sah von der jungen Frau zu dem sich verlegen windenden Julius.

»Es ist alles in Ordnung, meine Liebe. Ich habe mit der Dame rein geschäftlich zu tun«, versuchte Savini, seine erregte Frau zu besänftigen.

»So, geschäftlich. Und das soll ich glauben?« Fay stand da, die Hände in die Hüften gestützt, und musterte ihren Mann von oben bis unten. »Du hast also eine geschäftliche Besprechung mit ihr. Ließe sich das nicht besser im Hotel erledigen? Und Sie, meine Dame! Sie kommen ganz alleine hierher, ausgerechnet in diese verrufene Kneipe, ohne jemanden, der Sie beschützt? Natürlich tun Sie das nicht!«

»Natürlich tut sie das nicht«, erklang eine muntere Stimme von der Tür her. »Miss Howett ist mit mir gekommen.« Und dann sagte Captain Featherstone zu der völlig verblüfften Valerie: »Ich kam nur herein, um Sie zu fragen, ob es noch länger dauern würde, Miss Howett. Vergessen Sie bitte nicht, daß Sie um vier Uhr eine andere Verabredung haben.«

Valerie griff nach ihrer Handtasche und folgte dem Detektiv die Treppe hinunter, wobei sie sich töricht vorkam und sich zugleich sehr ärgerte. Es war typisch weiblich, daß ihr Ärger sich nicht gegen Julius und dessen Rachegöttin von Eheweib richtete, sondern gegen den Mann, der so rechtzeitig auf der Bildfläche erschienen war.

Jim Featherstone geleitete Valerie zum Wagen und stieg unaufgefordert ebenfalls ein. Dann ermahnte er sie freundlich. »Es gibt einige Orte, wohin Sie ohne weiteres gehen können, und andere, wo ich es als ihr sonst nachsichtiger Beschützer Ihnen nicht gestatten kann, gesehen zu werden. Das Restaurant ›El Moro‹ gehört zur zweiten Kategorie. Es ist ein Treffpunkt gemeiner und brutaler Verbrecher, und ich werde dem lieben Julius einiges flüstern, wenn ich ihm wieder begegne. Ausgerechnet hier mußte er sich mit Ihnen treffen.«
»Es war mein Fehler«, gestand Valerie. »Ich hatte ihn gebeten, mich an einem Ort zu treffen, wo man mich nicht kennt und wo wir ungestört miteinander reden könnten.«
»Darf ich vorschlagen, den nächsten Treff auf dem Turm der St. Paul's Cathedral oder in der Krypta der Westminster Abbey zu veranstalten – beides höchst respektable Orte. Es war also Julius, von dem Sie Ihre Informationen hatten. Auf ihn hatte ich schon lange getippt. Eine Warnung, Miss Howett: Dieser Julius Savini wird Ihnen bis zu einem gewissen Punkt mehr oder weniger getreulich dienen, aber auch nicht eine Sekunde zögern, Sie hereinzulegen. Er spielt sein eigenes Spiel.«
»Das weiß ich«, antwortete sie ruhig. »Ich gehe wohl nicht fehl in der Annahme, daß Sie mir den ganzen Tag gefolgt sind?«
»Den größten Teil des Nachmittags«, gab er zu.
»Wissen Sie eigentlich, Captain Featherstone, daß Sie mir allmählich auf die Nerven fallen?«
»Mir fallen Sie schon seit Monaten auf die Nerven«, konterte er ruhig. »Sie bilden sich doch nicht etwa ein, es mache mir Spaß, Ihnen den ganzen Tag kreuz und quer durch London zu folgen?«
Sofort zeigte Valerie sich reuig. »Es – es tut mir wirklich leid«, erklärte sie. »Sie verfügen aber auch über ein ungewöhnliches Geschick, mir meine Torheiten vor Augen zu führen, und ich nehme an, daß mein Unbewußtes dagegen rebelliert. Im Grunde bin ich Ihnen sehr dankbar für die Art, wie Sie mir im rechten Augenblick aus der Patsche geholfen haben. Stimmt es, daß sie seine Frau ist?«
»Aus dem beinahe kindlichen Stolz, mit dem Fay ständig ihren Ehering zur Schau stellt, schließe ich, daß es sich um eine echte Ehe handelt.«
»Ich glaubte, Sie wären im Ausland?«
»Das wäre ich auch gerne, am liebsten würde ich jetzt in den Tiroler

Alpen herumklettern.« Valerie hatte keine Ahnung, wie wenig ehrlich der junge Mann bisweilen sein konnte. Denn in der ganzen Welt gab es keinen Ort, an dem er in diesem Augenblick lieber gewesen wäre als an ihrer Seite.

Plötzlich entfuhr ihr ein ärgerlicher Ausruf. »Oh, jetzt habe ich doch wirklich vergessen, ihn zu fragen, ob ...«

»Vielleicht kann ich es Ihnen sagen«, unterbrach er sie.

Valerie schüttelte lächelnd den Kopf. »Sie könnten mir bestimmt nicht verraten, was ich wissen möchte.«

»Eines Tages werden Sie merken, daß ich als Informationsbüro unschlagbar bin.«

Sie zögerte einen Augenblick und holte dann aus ihrer Handtasche ein Päckchen, das sie sorgfältig auf den Knien entfaltete.

»Sieh da, ein Plan des Schlosses«, sagte Jim.

»Den habe ich von einem Buchhändler in Guildford. Leider zeigt er das Schloß nicht in seinem heutigen Zustand, sondern so, wie es vor zweihundert Jahren aussah. Schauen Sie, damals gab es noch keinen Salon, und dieser Raum hier, der heute die Bibliothek ist, war der Gerichtssaal.«

Jim nickte. »Dort haben seinerzeit die de Curcys Gericht über ihre Gefangenen gehalten. Und da, wo sich jetzt die Eingangshalle befindet, war einst die Folterkammer, in der man die Gefangenen dazu brachte, die Wahrheit zu sagen. Hin und wieder bedauere ich, daß es heute keine Folterkammern mehr gibt. Denn das häufigste Verbrechen im heutigen England ist Meineid. Es genügte ja schon, wenn man über dem Zeugenstand ein paar malerische Folterwerkzeuge aufhängen würde –«

»Bitte seien Sie doch einen Augenblick ernsthaft«, beschwor sie ihn. »Sind Sie sicher, daß dies die Bibliothek ist?«

»Absolut sicher. Meine Pläne sind neueren Datums. Ich habe sie von dem verstorbenen Grundbesitzer.«

»Könnten Sie Ihre Pläne nicht mir geben?« fragte Valerie.

»Warum?«

»Ich hätte sie gerne, weiter nichts.« Das Argument klang zwar nicht gerade überzeugend, doch zu ihrem Erstaunen willigte Featherstone sofort ein.

»Einen ganz nachdrücklichen Rat möchte ich Ihnen dazu noch geben, meine verehrte junge Dame: Gehen Sie, wenn es unbedingt sein muß, nach Limehouse, und sehen Sie sich diese verrufene Kneipe von Coldharbour Smith nochmals von innen an. Machen Sie

von mir aus auch noch ein Dutzend Besuche im Restaurant ›El Moro‹, und ich werde dafür sorgen, daß dabei nichts weiter zu Schaden kommt als Ihr Ruf, ein intelligentes Wesen zu sein. Aber versuchen Sie nicht, auf eigene Faust in Garre Castle herumzuspionieren.« Jim war jetzt sehr ernst. »Mit gewöhnlichen Methoden werden Sie niemals ins Schloß gelangen. Können Sie mir versprechen, es nicht mit ungewöhnlichen zu versuchen?«
Valerie überlegte einen Augenblick. »Nein«, sagte sie dann ganz offen. »Das kann ich Ihnen nicht versprechen.«
»Aber was hoffen Sie denn dort zu finden?« fragte Jim ganz verzweifelt. »Bilden Sie sich etwa ein, der alte Bellamy lasse schriftliche Geständnisse herumliegen, damit jeder Eindringling sie sich nehmen kann? Glauben Sie wirklich, Sie könnten auch nur die geringste handfeste Entdeckung machen, wenn es Ihnen wirklich gelingen sollte, ins Schloß zu kommen? Überlassen Sie das mir, Miss Howett. Ich habe Angst um Sie! Dazu habe ich allen Grund, denn ich weiß eine ganze Menge über diesen bösartigen Mann. Und die Hunde würden Sie bestimmt nicht verschonen. Am meisten jedoch fürchte ich den grünen Bogenschützen!«
Valerie traute ihren Ohren nicht. »Sie fürchten tatsächlich den grünen Bogenschützen?« fragte sie ungläubig. »Wirklich, Captain Featherstone, jetzt scherzen Sie doch wohl?«
»Nein, dieses Phantom beunruhigt mich wirklich. Valerie, glauben Sie mir, Sie stolpern in die furchtbarste Gefahr, eine Gefahr, die dadurch nicht weniger furchtbar wird, daß man sie im Augenblick noch nicht genau definieren kann. Ich bitte Sie ja auch gar nicht, mich ins Vertrauen zu ziehen, und ich dränge Sie nicht, mir zu sagen, warum Sie Mrs. Held suchen oder was diese Dame Ihnen bedeutet oder unter welchen Umständen sie verschwunden ist. Irgendwann werden Sie mich ja doch einweihen – das meint übrigens Ihr Vater.«
»Er hat Ihnen nichts erzählt?«
Jim schüttelte den Kopf. »Nichts. Wollen Sie mir versprechen, nicht ins Schloß einzudringen?«
»Das kann ich nicht versprechen. Ich meine, Sie überschätzen die Gefahr und unterschätzen, wie wichtig mir diese Suche ist.«
»Vielleicht tue ich das wirklich«, sagte Jim nach kurzem Nachdenken. »Würden Sie mich bitte aussteigen lassen?« Er stieg in Whitehall aus, und erst als er verschwunden war, wurde ihr klar, welchen Dienst er ihr geleistet hatte. Er schien wirklich an den grünen

Bogenschützen zu glauben. Valerie lächelte. Sie hatte nie erwartet, daß der grüne Bogenschütze jemals eine derartige Bekehrung zum Okkulten bewirken könnte.

17

Im Zug, der ihn nach Berkshire brachte, befanden sich auch zwei wildblickende große Hunde mit ihrem Betreuer. Sie seien noch gefährlicher als ihre Vorgänger, erklärte ihr Begleiter, der Jim vorher erzählt hatte, er bringe sie ins Schloß zu Bellamy.

Wieder einmal demonstrierte Bellamy seine erstaunliche Herrschaft über Tiere. Die Hunde schienen auf den brutalen Kern seiner Natur zu reagieren. Als er nach ihrem Eintreffen dem einen den Maulkorb abnahm und ihm den Kopf kraulte, legte dieser sich ihm sofort zu Füßen. Er führte sie ohne Leine und Peitsche zum Zwinger, wo sie sich von ihm anketten ließen, ohne auch nur einmal zu bellen. Dem alten Mann schien das ungeheuren Spaß zu machen, und er marschierte zusammen mit Julius wieder zur Eingangshalle zurück, wobei ihn die Ängstlichkeit seines Sekretärs belustigte, der ihm in respektvollem Abstand gefolgt war.

»Sie sind nicht gerade ein Held, Savini, und genau das hassen die Tiere. Sie sind wie ein Pudel, wie eine von diesen langhaarigen Mißgeburten, die Frauen auf dem Arm mit sich herumschleppen. Diese Hunde hier sind etwas für Männer! Das waren noch Zeiten, früher. Vor fünfhundert Jahren hätte ich die Hunde auf Sie hetzen können und – bei Gott – das würde ich gerne tun.«

Bellamy meinte, was er sagte. Schon die bloße Vorstellung, wie der von Angst und Schrecken erfüllte Weichling sich schreiend mit Händen und Füßen gegen diese wilden Tiere zur Wehr setzte, bereitete ihm ein angenehmes Prickeln entlang der Wirbelsäule.

»Leider würde dann die Polizei hinter mir her sein. Ich müßte in den Zeugenstand treten und lügen«, fügte er seufzend hinzu. »Heutzutage gibt es zu viele Gesetze, Savini, von Schwächlingen gemacht, um Schwächlinge zu schützen. Menschen, die nicht um ihr Leben kämpfen können, sollten besser sterben. Im *Globe* habe ich von einem Kerl in Belgien gelesen, der ein Kinderheim und eine Anstalt zur Behandlung kranker Kinder eingerichtet hat. Zu welchem Zweck will man die Kinder denn gesund machen? Damit füttert man nutzlose Bürger heran und ermutigt die Gerissenen, über die Starken zu siegen.« Julius pflichtete ihm bei. Er fand es weniger anstrengend, dem Manne zuzustimmen, der ihn bezahlte, als eine andere Meinung zu äußern.

»Mein Anwalt hat mir von diesem Burschen in Belgien erzählt«, sagte Bellamy zu Savinis Überraschung. »Da gab es einen ... einen Mann, den ich kannte, und der im Krieg gefallen ist.« Einen Augenblick zeigte sich auf Bellamys Gesicht der Anflug eines Lächelns, als finde er an dieser Tragödie etwas Belustigendes. »Das war so ein närrischer Kampfflieger. Dieser Wood war ein Freund von ihm. Und nach dem Krieg legte er ein Testament vor, in dem dieser Flieger ... nun ja, er war ein Verwandter von mir, ihm sein ganzes Vermögen überließ. Allerdings war es nicht viel«, fügte er mit sichtlicher Befriedigung hinzu.

Julius wußte, daß er von seinem toten Neffen sprach, dessen Foto sich in der Ledermappe befand. Bellamy hielt in der Halle nicht an, sondern stapfte voraus in die Bibliothek. »Ich muß das Wasserleitungssystem überprüfen lassen«, sagte er, plötzlich das Thema wechselnd. »Ich kann mir immer noch nicht vorstellen, wie der grüne Spuk ins Schloß gelangt. Das Kanalsystem scheint mir der einzige Weg.«

Vorausgesetzt, der grüne Bogenschütze war ein menschliches Wesen (und hier hatte der abergläubische Julius seine Zweifel), grenzte es an ein Wunder, daß er nach Belieben kommen und gehen konnte. Es gab nur zwei Fenster zu ebener Erde, die Sicht ins Freie boten, und die waren sehr eng und außerdem nachts durch Rouleaus aus Stahl abgesichert. An die Fenster von Bellamys Schlafzimmer im ersten Stock war von außen überhaupt nicht heranzukommen. Das Zimmer des Butlers hätte theoretisch als Zugang dienen können, doch lagen die Fenster sieben Meter über dem Boden, und das Zimmer war während der Nachtstunden, in denen der Bogenschütze am aktivsten war, immer bewohnt.

Spike Holland hatte sich als bevorzugten Beobachtungsposten einen Platz auf der Mauerbrüstung ausgesucht, etwa einhundert Meter vom Pförtnerhäuschen entfernt. Als er danach wieder mit seinem Chef telefonierte, verschonte ihn dieser nicht mit bissigen Bemerkungen. »Diese Gespenstergeschichte wird immer dürftiger, Holland, und ich glaube nicht, daß die neuen Hunde Ihren Ferienurlaub dort unten noch rechtfertigen. Können Sie nicht einfach ins Schloß gehen und Bellamy interviewen?«

»Da wäre es leichter, das Gespenst selbst zu interviewen. Bei dem Alten bin ich so willkommen wie ein Zigarrenanzünder in einer Munitionsfabrik. Lassen Sie mich hier, Mr. Syme. Ich habe so eine ernstzunehmende Vorahnung, daß in Garre noch vor dem Wochenende etwas passieren wird.« Spike hatte ein besonderes Gespür für das Aufkommen brisanter Situationen. Seine Spürnase sagte ihm, daß in Kürze etwas Besonderes geschehen werde. Alle Elemente einer Tragödie waren inzwischen gegeben. Als er mit solchen Gedanken ziellos durch das Dorf strolchte, erklang hinter ihm warnend eine Autohupe, und er trat zur Seite. Valerie fuhr in ihrem Wagen vorbei, hielt an und winkte ihm zu. »Wollen Sie nicht einsteigen, Mr. Holland?«

Als er bei ihr im Wagen saß, bemerkte er, daß sie verlegen war. »Ich wollte Sie um einen Gefallen bitten«, begann sie. »Haben Sie... könnten Sie mir einen Revolver besorgen?« Als sie sah, wie er erstaunt die Augenbrauen hochzog, sprach sie schnell und zusammenhanglos weiter. »›Lady's Manor‹ liegt doch recht einsam, und da habe ich mir gedacht... Mr. Howett besitzt keine Waffe. Ich wollte eine in London kaufen, aber da gibt es strenge polizeiliche Vorschriften, und man braucht einen Waffenschein... Da habe ich eben Sie gesehen, und da fiel mir ein...«

»Aber selbstverständlich, Miss Howett.« Spike unterbrach ihren verlegenen Redefluß. »Ich habe eine Waffe im Hotel. Im Grunde weiß ich nicht, warum ich sie in diesem friedlichen Land überhaupt mit mir herumschleppe. Wenn Sie einen Augenblick warten, werde ich sie aus meinem Zimmer holen.« Er lief eilends hinüber in den Gasthof und war kurz darauf wieder zur Stelle. »Sie ist geladen«, warnte er, als er die Pistole aus seiner Tasche holte und ihr zuschob. »Es ist auch nur ein kleines Kaliber. Noch eines, Miss Howett: Wenn Sie damit jemals einen Einbrecher erschießen, würden Sie mir dann bitte die Story exklusiv überlassen?«

18

Bellamy las selten Zeitungen. Der *Globe* hatte sich ihm gewissermaßen aufgenötigt. Das einzige Blatt, das er jemals mit Interesse las, war eine lokale Wochenzeitung, der *Berkshire Herald*, und auch ihn führte sich Bellamy nicht persönlich zu Gemüte. Es gehörte zu Savinis

Pflichten, am Erscheinungstag aus diesem Blatt vor dem Abendessen laut vorzulesen. Manchmal mußte er jede Zeile vorlesen, von der Lokalpolitik auf der Titelseite bis zum Bericht über eine unbedeutende Landwirtschaftsschau auf der letzten. Meistens aber war Bellamy weniger anspruchsvoll. Obwohl er sich nicht um die Nachbarn kümmerte und Einladungen weder aussprach noch annahm, war er an allem interessiert, was in der näheren Umgebung geschah. Er verweigerte niemals eine Spende, um die man ihn bat, gab großzügig für lokale Einrichtungen, wobei er darauf bestand, nicht als Spender namentlich genannt zu werden. Savini fragte sich, warum ein Mann, der überhaupt nichts von Wohltätigkeit hielt, so spendabel war. Gewiß nicht, um Mitmenschen zu helfen. Als Julius einmal eine Bemerkung über die Höhe eines Schecks riskierte, den Bellamy einem Jagdkomitee schickte, brummte der Alte etwas, was seine Großzügigkeit vielleicht erklärte. »Ich nehme an, Garre Castle hat stets gespendet.« Er wollte also die Traditionen der ehemaligen Schloßherren fortsetzen, deren Banner einst von den Zinnen wehte.
An diesem Abend war die Lektüre des Lokalblattes wieder fällig. Bellamy saß mit zusammengelegten Händen in seinem Sessel, den Blick auf die brennenden Scheite im Kamin gerichtet, und befahl: »Holen Sie die Zeitung.« Diesmal interessierte ihn wieder einmal alles. Plötzlich schaute Julius auf: »Hier steht etwas über die neuen Besitzer von ›Lady's Manor‹.«
»Lesen Sie vor.« Bellamy saß da, den Kopf nach vorn geneigt, die Augen geschlossen. Er schien zu schlafen. Einmal, aber wirklich nur einmal, hatte Savini den Fehler begangen, das zu glauben. Er hatte ihn nie wiederholt.
»Der neue Pächter von ›Lady's Manor‹ ist ein bekannter Ölmagnat, dessen Leben ziemlich romantisch verlaufen ist. Nachdem er in die Vereinigten Staaten emigrierte, war er zunächst ein kleiner Farmer in Montgomery County, Pennsylvania –«
»Was?« Abel Bellamy war plötzlich hellwach und setzte sich aufrecht. »Ein Farmer in Montgomery County, Pennsylvania?« wiederholte er. »Lesen Sie weiter, schnell!«
Julius war ob dieses plötzlichen Interesses verblüfft.
»Nun lesen Sie schon!« brüllte der Alte ihn an.
»... doch ein plötzlicher Glücksfall versetzte ihn in die Lage, eine Farm in einem anderen Teil des Bundesstaates zu kaufen, auf der dann Öl gefunden wurde. Diese Entdeckung war der Grundstein seines späteren großen Vermögens. Mr. Howett und seine Tochter,

Miss Valerie Howett –«
»Wer?« Abel Bellamy war aufgesprungen und starrte mit wutentbrannten Augen auf seinen Sekretär. »Valerie Howett!« schrie er. »Valerie Howett! Sie lügen, Sie Schwein!« Er riß Julius die Zeitung aus der Hand und starrte auf die gedruckte Meldung. Dann flüsterte er vor sich hin: »Valerie Howett! O mein Gott.«
Zum ersten Mal sah Julius seinen Arbeitgeber wirklich erschüttert. Der faßte sich mit zitternder Hand an die Kehle, starrte Savini ausdruckslos an und wiederholte mehrmals »Valerie Howett. In ›Lady's Manor‹. Hier!«
Bellamy faßte sich wieder. »Sie können gehen. Lassen Sie die Zeitung hier. Ich werde läuten, wenn ich Sie brauche.« Nach etwa zehn Minuten wurde Julius gerufen. Bellamy gab sich jetzt ganz gelassen. »Sie haben wahrscheinlich in Ihrem Zimmer gesessen und sich gefragt, was so plötzlich über mich gekommen ist«, sagte er. »Nun, da gibt es nichts Erstaunliches. Ich kannte einmal einen Howett und auch eine junge Dame namens Valerie. Dieses zufällige Zusammentreffen hat mich durcheinandergebracht. Wie sieht sie denn aus?«
»Sie ist sehr hübsch, eine echte Schönheit.«
»So, hübsch ist sie. Und ihr Vater?«
»Den müßten Sie eigentlich gesehen haben, Mr. Bellamy. Er hat auf derselben Etage im ›Hotel Carlton‹ gewohnt.«
»Kann mich nicht erinnern. Wie sieht er denn aus?«
»Ziemlich groß und schlank.«
»Sieht wohl ziemlich leidend aus?« fragte Bellamy interessiert.
»Stimmt genau. Da haben Sie ihn doch gesehen.«
»Und was ist mit seiner Frau? Ist sie bei ihm?«
»Nein, Sir. Ich glaube, Mrs. Howett ist tot.«
Der alte Mann stand mit dem Rücken zum Kamin, biß das Ende einer neuen Zigarre ab und zündete sie an. Sonst rauchte er nie vor dem Abendessen, und Julius nahm an, daß die Zigarre Bellamys offensichtlich angeschlagene Nerven beruhigen sollte.
»Vielleicht habe ich ihn wirklich gesehen«, sagte Bellamy schließlich. »Und das Mädchen ist also schön? Klug und aufgeweckt? Ist sie dunkelhaarig oder blond?«
»Sie ist dunkelhaarig.«
Bellamy nahm die Zigarre aus dem Mund und blickte sinnend auf die Asche. Dann begann er wieder zu rauchen und sah zur Decke hoch. »Ihre Mutter ist also tot«, wiederholte er. »Wo hat sie gelebt,

bevor sie nach England zurückkam? Finden Sie das heraus. Ich möchte wissen, ob sie vor sieben Jahren im Juli in New York war, im Hotel »Fifth Avenue«. Telegrafieren Sie sofort, und versuchen Sie, sich entsprechend zu informieren. Gehen Sie gleich zur Post, oder, falls diese geschlossen ist, nehmen Sie den Wagen, und fahren Sie nach London. Schicken Sie das Telegramm direkt an die Direktion des Hotels. Die hat bestimmt die Gästebücher aufbewahrt. Also los, Tempo!« Bellamy schaute auf die Uhr.

»Jetzt haben wir sieben Uhr. In New York ist es jetzt zwei Uhr. Da können wir noch heute abend eine Antwort haben. Geben Sie das Telegramm als Blitztelegramm auf. Sagen Sie der Post, sie soll dienstbereit bleiben, weil wir eine dringliche Antwort erwarten. Kosten spielen keine Rolle. Die Hoteldirektion wird meinen Namen kennen, weil ich dort das ganze Jahr über ein Zimmer gehabt habe. Ich habe es zwar nicht bewohnt, aber es war immer für mich reserviert und wurde von mir bezahlt. Beeilen Sie sich, Savini! Ich möchte noch heute abend telegrafischen Bescheid haben.«

Julius gab das Telegramm telefonisch auf. Als er dem Alten das meldete, fand er diesen noch an derselben Stelle, die Zigarre im Mundwinkel, die Hände auf dem Rücken gefaltet, den Kopf nach vorne geneigt.

»Haben Sie jemals mit dem Mädchen gesprochen?«

»Einmal ganz zufällig. Ich begegnete ihr im ›Carlton‹.«

»Und sie hat sich nicht für mich interessiert? Keine Fragen nach mir und meinem Leben?«

Julius sah ihm fest in die mißtrauischen Augen und sagte mit gut gespielter Überraschung: »Nein, Sir. Davon hätte ich Sie doch sofort unterrichtet.«

»Sie lügen!« fuhr Bellamy ihn an. »Sie würden anderen doch alles erzählen, was Sie wissen, wenn man Sie gut dafür bezahlt. Ich glaube, für Geld würden Sie alles tun, Mord vielleicht ausgenommen.«

In diesem Augenblick hätte Julius seinen vielen Gaunereien mit Vergnügen noch einen Totschlag hinzugefügt.

19

Julius ging eiligen Schritts zu »Lady's Manor«. Als er gerade das Gartentor öffnete, bemerkte er jemanden im Schatten der großen Hecke. Er zuckte erschreckt zusammen und fragte nervös: »Wer ist da?« Die Gestalt trat aus dem Schatten hervor – es war Howett.
»Sie sind doch Mr. Savini, nicht wahr?«
»Ja, Mr. Howett. Entschuldigen Sie, aber Sie haben mich erschreckt.«
Howetts Gesicht schien ungewöhnlich blaß. Vielleicht war es eine optische Täuschung, aber Julius hätte schwören mögen, daß die Farbe unnatürlich war.
»Sie wollten sicher meine Tochter sprechen?«
»Ja, Mr. Howett. Ich wollte sie etwas fragen. Ist es zu spät?«
»Nein, keineswegs.« Howett schien verlegen. »Darf ich Sie um einen Gefallen bitten? Bitte sagen Sie Miss Howett nicht, daß Sie mich hier gesehen haben.«
»Aber gewiß nicht«, antwortete Julius erstaunt.
»Sie glaubt nämlich, ich sei schon im Bett, und sie würde sich aufregen, wenn sie wüßte, daß ich hier draußen herumlaufe. Aber ich liebe es nun einmal, in der Dunkelheit spazierenzugehen.«
Julius versprach zu schweigen und läutete. Das Hausmädchen schien zwar überrascht, ging aber den Besucher melden. Valerie erwartete ihn im großen Salon.
»Sie brauchen sich nicht zu entschuldigen, Mr. Savini«, reagierte sie auf eine entsprechende Bemerkung des späten Gastes. »Mein Vater ist schon zu Bett – er geht immer früh schlafen. So haben wir also beliebig viel Zeit.«
Julius hatte zwar seine eigene Meinung über Howetts frühes Zubettgehen, äußerte sie aber nicht.
»Der Alte hat sich heute abend ganz ungewöhnlich benommen, als er erfuhr, daß Sie und Mr. Howett die neuen Besitzer von ›Lady's Manor‹ sind.« Julius berichtete in allen Einzelheiten.
Valerie zeigte sich äußerst interessiert. »Dann ist es also wahr!« rief sie erregt. »Es muß wahr sein. So verhält man sich nur, wenn einen das Gewissen drückt. Warum sonst sollte ihn die Erwähnung meines Namens so aufregen?«
»Darüber habe ich mich auch gewundert. Warum ist er so wild darauf, alles über Sie zu erfahren?«
Valerie war jedoch nicht bereit, darüber Auskunft zu geben. Julius verzögerte seinen Abschied, bis ihr einfiel, daß sie ihn für diese

Information noch bezahlen mußte. »Das ist ja wirklich nicht nötig«, protestierte er schwach. »Von Ihnen sollte ich überhaupt kein Geld annehmen.«

»Jede Mühe ist ihres Lohnes wert«, antwortete sie lächelnd, und er war sich durchaus nicht sicher, ob er das als Kompliment auffassen sollte.

Valerie mußte jetzt eine wichtige Entscheidung treffen. In ihrem eigensinnigen Köpfchen rangen widerstrebende Gedanken miteinander. Sie hatte sich für einen Weg entschieden, der nach allen Regeln der Vernunft zu Enttäuschung, wenn nicht in große Gefahr führen mußte. Sie hatte sich allen Warnungen Jim Featherstones zum Trotz entschieden. Ihr gesunder Menschenverstand sagte ihr freilich, daß ein unautorisierter Besucher wohl kaum ins Schloß gelangen würde. Es war ja schon schwierig, zu nächtlicher Stunde in ein gewöhnliches Wohnhaus einzudringen. Wie konnte sie erwarten, die hohen Schloßmauern zu überwinden und danach auch noch das zu finden, was sie suchte. Jetzt, nachdem Bellamy wußte oder erriet, wer sie war, wurde die Sache noch gefährlicher. Und doch – und hier argumentierte sie gegen besseres Wissen – gab es zumindest eine halbe Hoffnung, wenn der alte Plan des Schlosses noch stimmte und die inzwischen erfolgten Erneuerungen nicht den Zugang verbaut hatten, den sie beim Studium des Planes gefunden hatte. An der Nordseite des Schlosses gab es das sogenannte Wassertor, durch das in früheren Jahrhunderten Wasser aus einem Fluß in der Nähe in den tiefen Burggraben geleitet wurde. Durch diesen Zugang brachten jetzt die Lieferanten ihre Waren zur Küche, und auf diesem Wege gedachte Valerie zu versuchen, Zugang zu Bellamys finsteren Geheimnissen zu finden. Sie ließ sich auch nicht dadurch abschrecken, daß Küche und Wirtschaftsräume vom eigentlichen Schloß abgetrennt sein könnten. Die bisherigen Enttäuschungen hatten das Feuer der Hoffnung, das in ihr brannte, noch nicht erstickt.

Als Julius gegangen war, saß Valerie im Wohnzimmer und versuchte, die Zeit totzuschlagen. Sie hatte sich auf das geplante Abenteuer sorgfältig vorbereitet. Schließlich schlich sie in den Garten und fand im Schein einer Taschenlampe den Weg zur Schloßmauer. Dort hatte sie bei Tageslicht zwei leichte Leitern angelehnt. Auf der einen stieg sie auf die Mauerbrüstung, griff dann nach der zweiten und plazierte diese von oben auf der anderen Seite der Mauer.

Für ihren Plan war es noch zu früh. Sie kehrte wieder ins Haus zurück und machte sich daran, die Zeit durch Briefeschreiben zu

überbrücken. Als ihr Magen sich meldete, weil sie sehr wenig zu Abend gegessen hatte, zündete sie eine Kerze an und stieg in die Küche hinunter, wo sie eine Fleischpastete fand, von der sie sich etwas auf einen Teller füllte. Dann kehrte sie an ihren Schreibtisch zurück. Das Haus war geradezu unheimlich still. Plötzlich hörte sie ein klickendes Geräusch – in der Tür der Eingangshalle wurde ein Schlüssel umgedreht. Dann hörte sie schlurfende Schritte, die immer näher kamen und dann an der Tür vorbeigingen.
Einen Augenblick lang war Valerie vor Angst wie erstarrt. Dann gab sie sich einen Ruck, lief zur Tür und rief scharf: »Ist da jemand? Clara, sind Sie das?« Keine Antwort. Dann schepperte etwas in der Küche. Das Licht der Kerze, die sie dort zurückgelassen hatte, erlosch. Valeries Herz schlug wie wild, aber sie konnte einen Schreckensruf unterdrücken. Mit zitternder Hand ließ sie den Lichtstrahl ihrer Taschenlampe im Flur hin und her wandern. Dann fiel ihr Spikes Pistole ein, und sie holte sie aus der Schreibtischschublade.
Allen Mut zusammennehmend ging sie, die Pistole in der Hand, zur Küche. Dort lag die Platte mit der Fleischpastete auf dem Boden. Das also war das Geräusch gewesen, das sie so erschreckt hatte. Valerie hob die erloschene Kerze vom Boden auf und zündete sie wieder an. Dann sah sie etwas Seltsames. Jemand hatte zwei Scherben des zerschlagenen Tellers aufgehoben und auf den Küchentisch gelegt. Sie lief zur Tür, die in den Vorratskeller führte – verschlossen.
Wohin war der geheimnisvolle Besucher verschwunden? Die Fenster waren verriegelt; es gab keinen Ort, an dem man sich verbergen konnte. Alle nach außen führenden Türen waren fest verschlossen. Einen Augenblick lang dachte sie daran, das Hauspersonal zu wecken und einen der Männer mit der weiteren Suche zu beauftragen. Dann aber hätte sie ihre Pläne für diese Nacht wohl ganz aufgeben müssen. Auf einmal sah sie in einer Ecke der Speisekammer zwei grünfunkelnde Lichtflecke und zuckte zusammen. Mit beinahe hysterischem Lachen hob sie eine Katze hoch: »Und dich habe ich beinahe für einen Geist gehalten. Was hast du überhaupt hier in der Küche...«
Mitten im Satz sah sie den grünen Pfeil. Er lag auf dem Fußboden, die glänzende Stahlspitze dicht neben den Scherben des Tellers.

Langsam und mechanisch setzte Valerie die Katze auf den Boden und hob den Pfeil auf. Der Schaft war glatt, die Spitze nadelscharf. Der grüne Bogenschütze! Er war also hiergewesen, hier in diesem Raum. Aber wo war er geblieben? Valerie sagte sich, daß sie nichts von ihm zu befürchten habe, da er Bellamys Feind und somit automatisch ihr Freund war. Diese Überlegung half ihr, die lähmende Furcht zu überwinden. Als die Turmuhr der Dorfkirche eins schlug, ging sie in den Garten, kletterte mit noch weichen Knien auf die Leiter und stieg auf der anderen Seite in den Schloßpark hinunter.

Bellamy brauchte gewöhnlich zwei Stunden für sein Abendessen, manchmal auch länger, niemals weniger. An diesem Abend aber ließ er schon nach einer halben Stunde abräumen. Dann rief er Savini. »Sagen Sie im Pförtnerhäuschen Bescheid, daß ich einen Besucher erwarte. Es ist Mr. Smith. Führen Sie ihn zu mir, sobald er da ist. Bringen Sie auch noch Whisky, Sodawasser und eine Kiste mit den billigen Zigarren. Gibt es sonst etwas?«
»Die Hausangestellten beklagen sich wegen der Hunde, Sir. Der Zwinger liegt so nahe bei der Küche, daß sie sich nicht vorbeizugehen trauen.«
»Dann stellen Sie anderes Personal ein«, giftete Bellamy ihn an. »Wenn Sie mir noch einmal mit Klagen vom Küchenpersonal kommen, können Sie in Zukunft Ihre Mahlzeiten in der Küche einnehmen.«
Bellamy hatte wieder zu seiner alten Bissigkeit zurückgefunden und den Schock der Zeitungsmeldung abgeschüttelt.

Coldharbour Smith war ein Mann von fünfzig Jahren, groß, hager, mit heiserer Stimme. »Wo ist der Alte?« fragte er laut.
»Er wartet auf Sie.«
»Und was will er von mir mitten in der Nacht?«
»Das fragen Sie ihn lieber selber.«
»Und wer sind Sie überhaupt?«
»Ich heiße Julius Savini.«
»Was? Julius? Der alte Julius? Ich dachte, Sie sind im Knast.Was machen die anderen Ganoven? Welche Funktion haben Sie hier?«
»Ich bin Mr. Bellamys Sekretär.«

»Wie geht es dem grünen Bogenschützen?« Smith lachte laut und schlug sich auf die Oberschenkel. »Ihr mit eurem Phantasiegespenst! Eure alkoholischen Getränke scheinen reichlich stark zu sein. Was trinkt ihr – Methylalkohol?«
Julius zog es vor, nicht zu antworten, und war froh, als er mit Smith die Eingangshalle erreicht hatte. Coldharbour Smith – den Beinamen verdankte er der Polizeiwache, die ihn am häufigsten beherbergte – hatte wieder einmal stark über den Durst getrunken. Julius mußte ihn am Arm festhalten, damit er nicht zu Boden fiel. Schließlich blinzelte Smith ins helle Licht der Bibliothek, und auf ein Nicken des Alten zog Julius sich zurück, froh, daß er dieser Zusammenkunft nicht beizuwohnen brauchte.
»Setzen Sie sich, Smith. Was halten Sie von einem Drink?« Erst bei dieser Frage wurde Bellamy sich des Zustands seines Besuchers bewußt. »Sie sind ja schon wieder stinkbesoffen, Sie Schwein. Hatte ich Ihnen nicht ausrichten lassen, Sie sollten ohne Umweg und nüchtern zu mir kommen?«
»Warum soll man nüchtern bleiben, wenn man die Gelegenheit hat, sich vollaufen zu lassen?« verteidigte sich Smith. »Na, finden Sie mal eine vernünftige Antwort darauf. Können Sie nicht? Das ist Logik, Bellamy.«
Bellamy ging zum Tisch und goß ein großes Glas randvoll mit Whisky. Smith streckte die Hand danach aus, aber Bellamy schüttete ihm die ganze Flüssigkeit ins Gesicht. Mit einem Aufschrei zuckte Smith zurück und rieb sich die Augen. »Sie haben mich blind gemacht!« schrie er.
»Halten Sie den Mund! Hier, nehmen Sie das.« Bellamy schob ihm eine Serviette hin, und der Besucher wischte sich stöhnend das Gesicht ab. »Das war hundsgemein«, winselte er. »Sie hätten meine Augen kaputtmachen können.«
»Ich hoffe, ich habe Sie damit einigermaßen nüchtern gemacht, Sie Saufbold! Wenn nicht, werde ich bessere Methoden finden. Stehen Sie auf!« Bellamy packte Smith an der Jacke und zog ihn hoch. Dann umfaßte er mit seinen mächtigen Pranken die beiden Gesichtshälften und hielt sie wie in einem Schraubstock fest.
»Fünf Jahre lang haben Sie mir das Geld aus der Tasche gezogen und nichts dafür getan. Und beim ersten Mal, wenn ich Sie kommen lasse, erscheinen Sie vollkommen besoffen! Werden Sie gefälligst wieder nüchtern!« Bellamy blickte in das durch den Druck seiner Hände entstellte Gesicht und drückte mit beiden Daumen auf die

Augen seines Besuchers. Dieser wehrte sich verzweifelt, kam aber gegen den Alten nicht an. Schließlich stieß Bellamy ihn mit solchem Schwung in den nächsten Stuhl, daß dieses handfeste Möbelstück fast zerbrach.
»Und jetzt hören Sie mal gut zu. Ich habe etwas für Sie zu tun. Neulich schrieben Sie mir, Sie hätten dieses Land satt und würden gerne nach Südamerika gehen. Mit anderen Worten: Die Polizei ist wieder einmal hinter Ihnen her, und ich möchte jede Wette eingehen, daß sie Sie auch schnappen wird. Ich habe vielleicht einen Job für Sie, der Sie außer Landes führt und finanziell für den Rest Ihres Lebens versorgt. Vielleicht – habe ich gesagt; sicher ist er Ihnen noch nicht. Das muß ich erst noch herausfinden. Sind Sie jetzt nüchtern?«
»Ich bin nüchtern, Mr. Bellamy«, knurrte der andere.
Bellamy musterte ihn von oben bis unten. »Ich glaube, Sie wären der geeignete Typ. Häßlich genug sind Sie, außerdem glatt wie eine Schlange. Und eine Schlange ist genau das, was ich jetzt brauche. Also passen Sie auf.«
Er ging zur Tür und verschloß sie. Dann unterhielt er sich eine Stunde mit seinem Gast.

21

Der neue Butler bewohnte das Zimmer seines Vorgängers im Schloßturm. Die ehemaligen Schießscharten waren zu engen Fenstern ausgebaut worden, von denen aus man den Haupteingang des Schlosses überblicken konnte. Der neue Butler hatte bei Dienstantritt zwei Koffer mitgebracht, von denen der eine einen Anzug und Wäsche zum Wechseln enthielt, der andere jedoch Instrumente, die ein Techniker für ihn in aller Eile gebastelt hatte. Es waren lange Dorne aus Stahl, in deren Spitzen kleine Thermometer eingebaut waren. Der Koffer enthielt ferner ein kräftiges Seil, an dessen einem Ende eine Art Kreuzanker aus Stahl befestigt war. Diesen hakte er am Fußende seines eisernen Bettgestells ein und zog kräftig daran. Da das Bett an der Wand nahe dem Fenster festgeschraubt war, war ein guter Halt gesichert. Dann legte der Butler sich einen zweiten Anzug und Filzschuhe bereit. Die Nacht war still und schön. Der Halbmond warf einen breiten Silberstreifen auf den nahen Fluß und tauchte den Park in weiche Pastellfarben. Nach seinen Vorbereitungen schaltete

der Butler das Licht aus und ging in die Halle.
Es war nach Mitternacht, als das Taxi eintraf, das Smith nach London zurückbrachte. Bellamy kehrte vom Hundezwinger zurück. Die vier großen Hunde trabten gemächlich hinter ihm her. Der Butler war als einziger vom Personal noch auf, da Julius ihm aufgetragen hatte, alle Türen zu verschließen. Julius mochte die Hunde nicht.
»Ist Savini im Bett?« fragte der Alte, als der Butler die Tür verriegelte.
»Ja, Sir«, antwortete der Butler. Die Hunde schnüffelten an seinen Schuhen, und der gefährlichere von ihnen knurrte leise.
»Sie haben wohl keine Angst vor Hunden?« fragte Bellamy. »Na ja, das brauchen Sie auch nicht, solange ich dabei bin. Aber lassen Sie sich nicht einfallen, in der Nacht herumzuwandern, junger Mann.«
Als wolle er die Worte seines Herrn unterstreichen, hob einer der Hunde den Kopf und bellte.
»Nun sei schon ruhig«, besänftigte ihn der Alte, insgeheim befriedigt über diese Bestätigung seiner Warnung. »Sie können jetzt schlafen gehen, junger Mann.«
Der Butler ging langsam nach oben. Obwohl einer der Hunde ihm dabei ständig an den Fersen schnüffelte, blickte er sich nicht um. Er schloß hinter sich ab und zog sich um. Drei Minuten später hangelte er sich am Seil aus dem Fenster, nachdem er vorher die Instrumente hinuntergelassen hatte. Dann begann er mit seiner seltsamen Tätigkeit. Er trieb die Dorne an verschiedenen Stellen in die Erde. Nach einiger Zeit zog er sie heraus und las vom Thermometer die Bodentemperatur ab. Alle zeigten dieselbe normale Temperatur. Einen Dorn konnte er nicht wiederfinden, so daß er sich hinkniete und den Boden Zentimeter für Zentimeter absuchte.
Plötzlich hörte er über sich ein Fenster schlagen. Er lehnte sich eng an die Mauer, da er merkte, daß er sich genau unter Bellamys Schlafzimmer befand. Dann rief Bellamy laut: »Dort ist er!« Einen Augenblick glaubte der Butler, man habe ihn entdeckt. Als er jedoch das Gelände überblickte, sah er etwas, was ihn die eigene heikle Lage vergessen ließ. Eine Gestalt hatte sich von der Brüstung der nördlichen Mauer gelöst und stelzte jetzt in Richtung auf die Büsche, die die leichte Anhöhe an der östlichen Mauer bedeckten. Es war eine Frau, und er erriet sofort, wer sie war, weshalb er schnell auf sie zulief.
Bellamy war nicht sofort zu Bett gegangen, da seine Gedanken immer noch um die Zeitungsmeldung kreisten. Er zog sich einen Stuhl ans offene Fenster, stützte die Ellbogen auf die Fensterbank und blickte in den schweigenden Park. Der Mond war hell genug,

um Bellamy freien Blick bis zum Pförtnerhäuschen zu gewähren. Ihn interessierte jedoch weder die Schönheit noch das Geheimnisvolle der Landschaft. Seine Gedanken waren weit weg, viele Jahre vor der Stunde, die es gerade vom Kirchturm geschlagen hatte. War das ein rein zufälliges Zusammentreffen? brütete er. Tausende von Leuten hießen Howett, und es gab sicherlich hundert Valerie Howetts in der Welt. Aber eine Valerie Howett, die von Montgomery County kam – das engte die Möglichkeiten des Zufalls doch sehr ein.
Und wenn sie es war? Er entblößte die Zähne zu einem gnadenlosen Lächeln. Was für eine glorreiche Nachricht, die er der grauhaarigen Frau überbringen konnte. Der Gedanke daran belebte und verjüngte ihn und ließ sein gleichmäßig schlagendes Herz flattern wie seit sieben Jahren nicht mehr. Er stand auf und blickte nochmals aus dem Fenster. War es ein Schatten, oder spielte der Mond ihm einen Streich? Er hätte schwören können, daß eine Gestalt im Schatten der Rhododendronbüsche durch den Park schlich. Da war sie wieder, und jetzt war er ganz sicher. Es konnte niemand vom Personal sein. Die Leute hatten strikte Anweisung, nachts in den Zimmern zu bleiben. Das war der Augenblick, in dem er den lauten Ruf ausstieß. Er wandte sich vom Fenster ab und lief auf den Gang, wo zwei der Hunde sofort zu ihm trabten und ihre Schnauzen an seinen Knien rieben. Die beiden anderen lagen unten in der Halle, wo er ihre Augen in der Dunkelheit glühen sah.
Ohne ein Geräusch zu verursachen, schob Bellamy die gut geölten Riegel zurück und öffnete die Haustür. Er hielt die Hunde noch zurück, bis er sicher war. Ja, da war die Gestalt. »Los, faßt ihn!« brüllte er.
Die Hunde schossen lautlos und schnell über den grünen Rasen. Der Eindringling hatte die Gefahr erkannt, desgleichen der Butler. Bellamy sah die Gestalt in Richtung des Baumgürtels laufen, der parallel zur Mauer verlief.
Valerie raste auf die Mauer zu. Das Herz schlug ihr bis zum Hals, und die Luft drohte ihr auszugehen. Sie hörte das Geräusch der näher kommenden Hunde und auch die Schritte eines laufenden Menschen. Sie erreichte den Rand der Baumgruppe und tauchte in das Gebüsch. Würde sie noch die rettende Leiter erreichen? Sie wagte nicht, sich umzusehen, was auch gar nicht nötig war, denn das aufgeregte Japsen der sie verfolgenden Hunde war unüberhörbar. Nicht einmal die Pistole fiel ihr ein, obwohl sie in ihrer Tasche bei jedem Schritt gegen ihre Hüfte schlug.

Jetzt ging es den Abhang vor der Mauer hinauf, und das Laufen wurde zunehmend schwieriger. Sie hörte, wie die Fänge eines Hundes zuschnappten, als er ihre Ferse um einige Zentimeter verfehlte. Die Gefahr verlieh ihr ungewöhnliche Kraft. Es riß sie einfach vorwärts, sonst wäre sie im nächsten Augenblick vor Schreck zu Boden gestürzt. Denn vor ihr stand, sie aus leeren Augen anstarrend, eine schlanke grüne Gestalt, in der Hand einen großen Bogen, der im Mondlicht glänzte.
Valerie sah noch, wie der Bogen hochgerissen und die gespannte Sehne losgelassen wurde, dann fiel sie um. Ein schwerer Körper schlug gegen ihre Schulter. Für den Bruchteil einer Sekunde erkannte sie einen großen Hund, der sich im Todeskampf wand. Dann wurde sie ohnmächtig.

22

»Mr. Howett möchte gerne wissen, ob Sie zum Frühstück herunterkommen, Madame.«
Valerie setzte sich in ihrem Bett aufrecht und fuhr mit der Hand über die Augen. Ihr Herz schlug immer noch unruhig. »Frühstück?« fragte sie schlaftrunken. »Ja, natürlich. Sagen Sie ihm, ich werde in wenigen Minuten unten sein.« Hatte sie alles nur geträumt? Sie schauderte bei der Erinnerung. Nein, es war kein Traum gewesen. Ihre Golfkleidung lag noch verschmutzt über der Stuhllehne, und sie erinnerte sich, daß sie darin ins Schlafzimmer gekommen war. Was war geschehen? Als sie das Bewußtsein wiedererlangt hatte, befand sie sich im Wohnzimmer – aber wie war sie dahin gekommen? Der grüne Bogenschütze! Sie schauderte erneut. Hatte er sie über die Mauer getragen? Das würden ihr die Leitern verraten, fiel ihr plötzlich ein, und mit einem Satz war sie aus dem Bett.
»Du hättest nicht herunterzukommen brauchen, Liebling«, sagte Howett und gab ihr einen Kuß, als sie das Speisezimmer betrat. Er setzte seine Brille auf und schaute sie prüfend an. »Du siehst heute früh nicht gerade munter aus, Val. Hast du schlecht geschlafen?«
Valerie erschien nur ihrem Vater zuliebe zum Frühstück. Sie konnte nichts zu sich nehmen und entschuldigte sich bald, um draußen die Dienstboten auszufragen.
»Die Gartentür, Miss? Nein, sie war von innen verschlossen und

verriegelt.«
Eins war jetzt gewiß: Sie hatte das Wohnzimmer nicht ohne fremde Hilfe erreicht. Jemand mußte sie über die Mauer getragen haben. Sie eilte in den Garten und zur Mauer. Auf den ersten Blick sah sie die beiden Leitern nebeneinanderstehen. Dann mußte also der Unbekannte auch die Leiter von der jenseitigen Seite der Mauer hochgezogen haben. Valerie kehrte ins Wohnzimmer zurück, um nach einem Hinweis zu suchen, wie sie überhaupt dorthin gelangt war. Das Mädchen hatte inzwischen Staub gewischt und die persönlichen Gegenstände, die im Zimmer verstreut gewesen waren, wie gewöhnlich auf einen kleinen Tisch gelegt. Als erstes sah sie ihr Taschentuch. Es war vom Make-up verschmiert. Jemand hatte es benutzt, um ihr Gesicht abzuwischen. Daneben lag ein zerbrochener Manschettenknopf mit einem winzigen Monogramm aus Email. Valerie läutete nach dem Mädchen und fragte, wo sie ihn gefunden habe.
»Auf dem Fußboden neben dem Sofa. Ich glaubte, er gehöre Mr. Howett. Doch der hat ihn nicht verloren.«
»Das ist aber nur die eine Hälfte«, sagte Valerie. Die drei winzigen Glieder der goldenen Verbindungskette waren in der Mitte durchgebrochen. »Haben Sie die andere Hälfte nicht gefunden? Dann helfen Sie mir bitte suchen. Das gehört einem meiner Bekannten.«
Beide sahen sich auf dem Fußboden um und fanden das fehlende Stück schließlich am Rand des Teppichs. Valerie ging zum Fenster und schaute sich das Monogramm nochmals genau an: »J.L.F.« – James Lamotte Featherstone! Das konnte nicht sein – unmöglich! Sie steckte das Kettchen in die Tasche ihrer Sportjacke, als ihr der Besuch von Spike Holland angekündigt wurde. Er brachte interessante Neuigkeiten.
»Sie haben wohl heute nacht den grünen Bogenschützen nicht gehört? Er war sicherlich hinter Bellamy her und hat dabei einen seiner Hunde erwischt. Bellamy rast vor Wut. Anscheinend hat er den grünen Bogenschützen im Park gesehen. Es ist das erste Mal, daß man ihn außerhalb des Schlosses zu Gesicht bekommen hat. Dann hat Bellamy seine Polizeihunde auf ihn gehetzt. Das Ergebnis – ein toter Hund, glücklicherweise auch noch der, vor dem Julius am meisten Angst hatte. Und nun kommt die andere große Neuigkeit, Miss Howett. Ich überbringe eine Einladung von Abel Bellamy, Esquire, Herr von Schloß Garre, Oberster Richter von Berkshire.«
»Eine Einladung für mich?« Valerie konnte es nicht glauben.

Spike nickte. »Bellamy ist plötzlich ein Mensch wie jeder andere geworden. Er hat mich rufen lassen und gesagt, er möchte seinen Nachbarn das Schloß zeigen – zumindest Ihnen. Er hat Ihren Namen im Lokalblatt gelesen und bittet Sie, sich das Heim des ältesten der Bellamys anzusehen.«
»Das ist aber ein erstaunlicher Wandel«, bemerkte Valerie.
Spike nickte. »Die Einladung bezieht Mr. Howett nicht ein. Doch sollte Bellamy eigentlich nichts dagegen haben, wenn er auch käme. Ich bin jedenfalls nicht geladen. Wenn Sie aber gehen, Miss Howett, dann werde ich als Ihr Begleiter auftreten. Er kann mich dann kaum zurückweisen, und ich habe eine Gelegenheit, mich im Schloß richtig umzusehen.«
Valerie entschloß sich schnell. »Gut, ich gehe. Ob es Mr. Bellamy heute nach dem Lunch passen würde?«
»Ich werde ihn anrufen und fragen. Aber es wird ihm wohl recht sein.«
»Mr. Holland, wissen Sie zufällig, wo Captain Featherstone sich gegenwärtig aufhält?«
»Gestern war er in London. Julius hat ihn dort gesehen.«
»Er ist also nicht im Dorf?«
Spike schüttelte den Kopf. »Warum? Brauchen Sie ihn?«
»Nein, nein. Ich war nur neugierig.« Das konnte die Erklärung sein, dachte sie, als sie alleine war. Jim Featherstone hatte sie ins Haus getragen. Damit war auch das Geheimnis um die von innen verriegelte Gartentür gelöst. Er mußte das Haus durch den Haupteingang verlassen haben. Dann fiel ihr das Geräusch ein, das sie am Abend zuvor gehört hatte – das Aufschließen der Haustür, die Schritte im Gang, der zerbrochene Teller in der Küche und der grüne Pfeil.
»Das ist nicht wahr!« sagte sie laut. »Das kann nicht wahr sein!« Sie gab sich allergrößte Mühe, nicht daran zu glauben, daß Captain Jim Featherstone nicht der grüne Bogenschütze von Garre Castle war. Jedoch . . .

23

Angesichts dessen, was sie wußte, blickte Valerie Howett ihrem Besuch in Garre Castle mit gemischten Gefühlen entgegen. Sie hatte Bellamy zwar oft gesehen, jedoch nie mit ihm gesprochen, und sie

fragte sich, ob es ihr wohl gelingen werde, vor seinen scharfen Augen die Verachtung zu verbergen, die sie für ihn empfand. Die bevorstehende Begegnung schien ihr seit der Entdeckung, die sie soeben gemacht zu haben glaubte, weniger gefährlich. Je öfter sie daran dachte, desto verwirrter wurde sie. Welches Ziel konnte Jim damit verfolgen? Wurde Bellamy von der Polizei verdächtigt, dann gab es doch zahlreiche andere Möglichkeiten, ihn zu beobachten. Dann würde Scotland Yard ja wohl keinen Augenblick zögern, das Schloß vom Dach bis zu den Kellern zu durchsuchen. Warum sollte Jim sich als Bogenschütze verkleiden? Ratlos schüttelte sie den Kopf und war froh, als Spike erschien, um sie abzuholen.
Savini wartete in der Pförtnerloge. »Von Ihnen hat Bellamy nichts gesagt, Holland«, sagte er. »Da muß ich erst einmal mit ihm telefonieren.«
»Es wird nicht telefoniert«, antwortete Spike. »Ich werde es Miss Howett nicht gestatten, das Schloß ohne meine Begleitung zu betreten. Ich habe die Verantwortung für sie, und ich gedenke nicht, sie an jemand anderen zu delegieren.«
Julius gab nach. Als sie zu dritt bei Bellamy eintraten, zeigte dieser kein Zeichen von Verärgerung über Spikes Anwesenheit. Valerie hatte sich bei dieser ersten Begegnung in der Gewalt, obwohl Bellamys Häßlichkeit sie erschreckte. Es war etwas Übermenschliches an ihm, etwas, was seine Exzesse, seinen ungeheuren Haß und seine Verruchtheit erklärte.
»Ich freue mich, daß Sie gekommen sind, Miss Howett.« Ihr schmales Händchen verschwand in seiner Pranke. Seine farblosen Augen ließen nicht eine Sekunde von ihrem Gesicht ab. »Ich hielt es für meine Pflicht, mit den nächsten Nachbarn Kontakt aufzunehmen. Hätte ich von Ihrer Anwesenheit gewußt, dann hätte ich Sie schon früher eingeladen.«
Im Ostflügel des Schlosses befand sich eine Gemäldegalerie mit Werken alter Meister. Spike war überrascht. »Ich wußte nicht, daß Sie Sammler sind, Mr. Bellamy.«
Der Alte warf ihm einen kalten Blick zu. »Ich habe mein Leben lang nichts als Geld gesammelt«, sagte er lakonisch. »Die Bilder habe ich beim Kauf des Schlosses miterworben. Sie kosteten mich eine halbe Million Dollar, und man hat mir gesagt, sie seien das Doppelte wert. Sehen Sie sich doch einmal dieses Bild hier genauer an, Miss Howett. Es nennt sich ›Die Dame mit der Narbe‹.«
Das Gemälde entstammte der flämischen Schule und zeigte eine

schöne Frau mit nacktem Arm, auf dem die Andeutung einer Narbe zu sehen war.

»Die meisten Damen hätten es nicht gerne, wenn man ihre Narben sehen würde«, sagte er. »Eine Dame unserer Zeit würde das wohl nicht zulassen, nicht wahr, Miss Howett?«

Das war eine Herausforderung, die sie sofort annahm. »Ich glaube kaum, daß zum Beispiel ich etwas dagegen hätte«, erwiderte sie kühl. »So habe ich eine Narbe am linken Ellbogen, die ich absolut nicht zu verbergen brauche. Ich bin als Baby gefallen und habe mir dabei die Haut aufgeschnitten.«

Kaum hatte sie das gesagt, bedauerte sie auch schon ihre Worte.

»So, Sie haben also eine Narbe am linken Ellbogen«, wiederholte Bellamy langsam. Und jetzt wußte sie, warum er sie eingeladen hatte. Bellamy wollte absolut sicher sein. Diese Mühe hätte sie ihm ersparen können.

Bellamy geleitete seine Gäste zurück zur Bibliothek. Urplötzlich schien sein Interesse an der Schloßbesichtigung erloschen, und er deutete an, es gebe eigentlich nichts weiter zu sehen. »Sie haben uns noch nicht die Verliese gezeigt, Mr. Bellamy«, sagte Spike.

»Warum auch? Ich kann mir nicht vorstellen, daß Miss Howett an düsteren Kellern interessiert ist.«

»Oh, die würde ich schon gerne sehen.« Obwohl Valerie sich zu beherrschen versuchte, klang ihre Stimme doch brüchig.

»Nun, dann sollen Sie sie auch sehen. Sie sind aber heute noch so düster wie im Mittelalter.« Bellamy ließ Savini die Schlüssel bringen und ging dann der Gruppe voraus. Über eine steinerne Wendeltreppe gelangten sie in ein Gewölbe. »Ich werde das Licht einschalten«, sagte Bellamy. Als das geschehen war, zeigte sich, daß sie sich in einer großen, von drei Steinsäulen gestützten unterirdischen Kammer befanden. »Das hier war das eigentliche Gefängnis«, erläuterte Bellamy. »Die Ringe, die Sie dort an den Säulen sehen, dienten dazu, die Häftlinge anzuketten.«

»Wie entsetzlich!« rief sie, und er lachte.

»Verglichen mit den kleinen Verliesen ist das hier noch das Paradies.« Am anderen Ende des Gewölbes bückte er sich und hob eine Falltür hoch. »Wenn Sie noch Lust haben, da hinunterzugehen, dann werden Sie die weniger angenehmen ›Appartements‹ sehen. Dazu möchte ich Ihnen aber nicht raten. Die Treppe ist sehr steil, und es gibt kein elektrisches Licht.«

»Ich würde es dennoch gerne tun«, beharrte Valerie. Bellamy schick-

te Savini nach einer Laterne. Die Verliese auf der untersten Ebene bestanden aus vier Kammern, von denen zwei sehr groß und die beiden anderen ungewöhnlich klein waren, etwa wie ein Hundezwinger. Und doch hatten hier, wie Bellamy erzählte, Männer und Frauen jahrelang gehaust. Einzelne Steine, die den Gefangenen als Bett gedient hatten, waren so abgenutzt, daß sie praktisch die Form des menschlichen Körpers wiedergaben. Valerie blickte voller Entsetzen auf diese Stätte. »Was für Bestien waren die Leute doch damals, daß sie menschliche Wesen so behandeln konnten.«
»Ach, ich weiß nicht«, stieß Bellamy hervor. »An der Sache war doch etwas dran.«
»Warum hat man die Gefangenen dann nicht lieber gleich umgebracht?«
»Und sie damit aus der Hand gegeben?« kam die erstaunte Antwort. »Wozu soll das gut sein? Nehmen Sie einmal an, Sie hassen jemanden. Was nützt es Ihnen, wenn Sie ihn umbringen? Damit entkommt er Ihnen doch. Man hat doch eher das Bedürfnis, ihn irgendwo festzuhalten, wo man ihn von Zeit zu Zeit sehen kann.«
Valerie antwortete nicht. Sie war froh, als die kleine Gruppe wieder ins Tageslicht zurückkehrte. Als Bellamy Anstalten machte, sie zum Ausgang des Schlosses zu geleiten, fragte Valerie: »Mr. Bellamy, kann ich Sie einen Augenblick unter vier Augen sprechen?«
Bellamy warf ihr einen argwöhnischen Blick zu. »Selbstverständlich, Miss Howett«, antwortete er langsam. »Ich lasse in der Bibliothek Tee servieren. Vielleicht gleich danach?«
Sie nickte. Was für eine Närrin sie doch war, daß sie immer so impulsiv handelte. Um ihre Torheit danach immer wieder zu bedauern, sagte sie sich. Auch jetzt war das so, und sie überlegte, was sie als Grund für die Bitte um ein vertrauliches Gespräch angeben könnte.
Ein Hausmädchen wartete beim Teewagen. »Wo ist Philip?« brummte der alte Mann.
»Er hat seinen freien Nachmittag, Sir«, erwiderte Julius an ihrer Stelle.
»Wie viele freie Nachmittage hat dieser Mensch in der Woche?« begann Bellamy, schluckte dann jedoch weitere cholerische Bemerkungen hinunter, die nicht zu seiner augenblicklichen Rolle als jovialer Gastgeber gepaßt hätten.
Nach dem Tee erhoben sich Savini und Spike, um Valerie und Bellamy für das persönliche Gespräch alleine zu lassen. Valeries Mut

schwand immer mehr dahin. Als die Tür sich hinter den beiden Männern geschlossen hatte, stand Bellamy breitbeinig vor ihr, beide Hände in den Hosentaschen, die breiten Schultern zusammengezogen. »Also, Miss Howett«, begann er mit unverkennbar drohendem Unterton. »Was wollten Sie mit mir besprechen?«
Es bedurfte nur dieser leisen Andeutung von Gegnerschaft, um ihr sofort ihre Stärke zurückzugeben. »Mr. Bellamy, ich möchte etwas von Ihnen wissen.«
»Ich werde Ihnen alles sagen, was für Sie zu wissen gut ist«, antwortete er.
»Dann sagen Sie mir folgendes: Wo ist meine Mutter?«
Nicht ein Muskel bewegte sich in seinem Gesicht. Unbewegt starrte er auf sie herunter. »Wo ist meine Mutter?« wiederholte sie.
Jetzt ging ein Zucken durch seinen schweren Körper. Sein Gesicht lief blutrot an, der schiefe Mund verzog sich noch mehr. Langsam, als bewege er sich gegen seinen eigenen Willen, streckte er die Hände nach ihr aus. Valerie fuhr zurück. In diesem Augenblick fragte eine Stimme: »Soll ich im Kamin Holz nachlegen, Sir?«
Der alte Mann schaute sich um. Es war der neue Butler, dienernd und unterwürfig. Bellamy unternahm eine beinahe übermenschliche Anstrengung, sich zu beherrschen. Die Adern an seiner Stirn drohten zu platzen, und er zitterte vor unterdrücktem Zorn. »Ich werde läuten, wenn ich Sie brauche, Philip. Ich dachte, Sie hätten Ihren freien Nachmittag?«
»Ich bin früher zurückgekommen, Sir.«
»Raus! Verschwinden Sie!« Diese Worte klangen wie Pistolenschüsse. Der Butler verbeugte sich und ging. Bellamy wandte sich wieder seiner totenblassen Besucherin zu.
»Sie sprachen von Ihrer Mutter? Ich kann nur sagen, daß ich ihr nie begegnet bin. Nein, ich bin weder Ihrer Mutter noch Ihnen je begegnet. Sie hatten im Juli vor sieben Jahren in New York ein Zimmer im selben Hotel wie ich. Damals wurden, während ich in England war, Briefe an mich in dieses Hotel geschickt. Einige dieser Briefe wurden gestohlen. Vielleicht fand der Dieb darin irgendeinen Hinweis, der ihn glauben ließ, ich wüßte, wo Ihre Mutter ist. Ich bin aber nicht verantwortlich für das, was Diebe sich vorstellen, seien sie männlichen oder weiblichen Geschlechts. Ich weiß nicht, wo Ihre Mutter ist«, wiederholte er mit monotoner Stimme. »Und selbst wenn ich es wüßte, wäre es nicht meine Sache, es Ihnen zu sagen. Wahrscheinlich ist sie tot. Die meisten Menschen, deren Spur man

verliert, sind tot. Es gibt kein besseres Versteck als das Grab.«
»Wo ist meine Mutter?« Valeries Stimme klang hohl und schwach.
»Wo ist meine Mami?« äffte er sie nach. »Ich habe Ihnen doch schon geantwortet. Sie haben verrückte Ideen im Kopf, Valerie Howett. Das kommt davon, wenn man gestohlene Briefe liest.«
Mit einer ruckartigen Kopfbewegung deutete er an, daß die Unterredung beendet war, und sie ging mit wackeligen Beinen zur Tür. Als sie sich noch einmal umdrehte, sah sie in seinen Augen eine Bösartigkeit, die sie erschauern ließ.
»Hoppla, was ist mit Ihnen?« Spike kam auf die leicht schwankende Valerie zu und faßte sie am Arm.
»Danke, es geht schon. Ich fühle mich nicht ganz wohl. Würden Sie mich bitte nach draußen begleiten, Mr. Holland?«
»Hat er Ihnen etwas getan?« fragte Spike entrüstet. »Und wenn der Kerl stark ist wie ein Bär, ich werde reingehen und ihm –«
»Nein, nein!« stoppte sie seinen Eifer. Sie drehte sich nach dem Butler um, konnte ihn aber nicht entdecken. »Bitte bringen Sie mich nach Hause, und lassen Sie uns ganz langsam gehen. Falls ich hysterisch werden sollte, schütteln Sie mich ruhig.«
Während die beiden langsam durch den Park zum Ausgang wanderten, beeilte Savini sich, den neuen Butler zu finden. »Der Alte will Sie sehen«, sagte er leise. »Der hat eine Stinkwut auf Sie.«
»Ich selbst bin auch nicht wenig wütend«, antwortete der Butler und ging gelassen zu Bellamy.
»Wie heißen Sie?« bellte der ihn an.
»Philip, Sir. Philip Jones.«
»Wie oft habe ich Ihnen gesagt, Sie sollen nicht in dieses Zimmer kommen, wenn ich Sie nicht gerufen habe?«
»Ich glaubte, die Teestunde finde hier statt, und wollte mich nützlich erweisen«, entschuldigte sich der Butler.
»Das glaubten Sie, ja? Haben Sie gehört, was die Dame zu mir gesagt hat?«
»Als ich hereinkam, hat die junge Dame überhaupt nichts gesagt. Ich dachte, Sie würden ihr ein paar Kartenkunststücke zeigen.« Der Butler verzog keine Miene.
»Was dachten Sie?« donnerte Bellamy.
»Aus der Haltung Ihrer Hände glaubte ich zu entnehmen, Sie würden ihr einen Taschenspielertrick zeigen. In den vornehmen englischen Familien mögen es die Gentlemen, ihren Besuchern neue Tricks vorzuführen.« Bei diesen Worten stocherte der Butler im

Kaminrost herum. »Es tut mir ehrlich leid, Sir, daß ich *de trop* war.«
»Das verstehe ich nicht«, reagierte Bellamy verblüfft.
»Entschuldigung, das war ein französischer Ausdruck.«
»Verdammt noch mal! Mir gegenüber können Sie auf französische Ausdrücke verzichten«, brüllte Bellamy ihn an. »Und wenn Sie nochmals unaufgefordert hier hereinkommen, dann sind Sie gefeuert! Haben Sie das kapiert?«
»Jawohl, Sir. Was würden Sie gerne zu Abend essen?«
Bellamy konnte nur sprachlos auf die Tür weisen.

24

Valerie wanderte in der Abenddämmerung ruhelos durch den Garten. Sie versuchte, die chaotischen Ereignisse der vergangenen vierundzwanzig Stunden nochmals zu überdenken. Etwas Weißes kam über die Mauer geflogen, und sie beeilte sich, die Botschaft aufzuheben. Sie öffnete den zusammengefalteten Zettel, las ihn und steckte ihn in ihre Jackentasche. Gegen zehn Uhr erschien ein Besucher, James Featherstone.
»Gut, daß Sie gekommen sind«, sagte sie schnell. »Ich werde Ihnen jetzt die Geschichte von Mrs. Held erzählen. Aber zuerst will ich Ihnen etwas geben, was das Mädchen heute früh gefunden hat und was sicherlich Ihnen gehört.« Sie nahm ein kleines Päckchen vom Schreibtisch.
»Ach so, mein Manschettenknopf. Ich suchte zwar nach ihm, hatte aber nicht viel Zeit, weil ich draußen sein wollte, bevor Sie wieder zu Bewußtsein kamen.«
»Dann haben Sie mich also hierhergebracht. Nein, nein, sagen Sie nichts.« Sie hob abwehrend die Hand. »Ich will nichts weiter wissen. Sie waren unwahrscheinlich gut zu mir, Captain Featherstone, und ich hätte mir viele Unannehmlichkeiten ersparen und weniger töricht erscheinen können«, fügte sie mit leisem Lächeln hinzu, »wenn ich Ihnen vorher erzählt hätte, was ich Ihnen jetzt erzählen werde. Sie werden vielleicht schon erraten haben, daß der liebe Mr. Howett nicht mein wirklicher Vater ist.«
Featherstones Gesichtsausdruck entnahm sie, daß dies neu für ihn war. »Vor einem Vierteljahrhundert war Mr. Howett ein sehr armer Mann«, begann sie. »Er lebte auf einer kleinen Farm in Montgomery,

wo er mit Mühe das Existenzminimum erarbeiten konnte. Damals litt er an einer schlimmen Augenkrankheit, die ihn fast blind machte. Er und meine Pflegemutter hatten keine Kinder, hätten aber gerne ein Kind adoptiert. Auf eine entsprechende Anzeige hin erhielt Mr. Howett eines Tages unter anderen diesen Brief.« Valerie holte einen Bogen Papier aus der Schublade und gab ihn dem Detektiv. Die Absenderadresse war ein Hotel »Fifth Avenue« in New York. Der Brief lautete:

> Lieber Freund, in Beantwortung Ihrer Anzeige wäre ich sehr erfreut, wenn Sie ein kleines Mädchen im Alter von zwölf Monaten adoptieren könnten, dessen Eltern vor kurzem verstorben sind. Ich bin bereit, für diesen Dienst eintausend Dollar zu zahlen.

»Damals«, fuhr Valerie fort, »hatte Mr. Howett große Schwierigkeiten, eine Hypothek auf seine Farm zurückzuzahlen. Das Angebot war geeignet, beide Probleme zu lösen, und er nahm es an. Ein paar Tage später fuhr dann ein Mann in einem alten Auto vor und übergab Mrs. Howett ein kleines Bündel – mich! Damals lebte auf der Farm noch ein junger Mann, dessen Hobby das Fotografieren war. Jemand hatte ihm eine neue Blitzlichtkamera geschenkt, und das erste Bild, das er damit aufnahm, war das Auto vor der Tür mit dem Mann, der gerade ausstieg. Er überließ es Mrs. Howett, und ich habe mir später eine Vergrößerung davon machen lassen. Sehen Sie hier.« Valerie entnahm ihren Unterlagen ein Foto und legte es so unter die Lampe, daß es gut beleuchtet war.
»Da gibt es nicht den geringsten Zweifel«, sagte Featherstone nach einem kurzen Blick auf das Bild. »Der Mann ist einwandfrei Bellamy. Dieses Gesicht ist nicht zu verkennen.«
»Mr. und Mrs. Howett waren beide kurzsichtig, so daß ihnen an diesem Mann überhaupt nichts aufgefallen ist«, berichtete Valerie weiter. »Ich wurde adoptiert und als Kind der Howetts aufgezogen. Dem Gesetz nach ist Mr. Howett mein Vater. Erst nach dem Tod meiner Pflegemutter erfuhr ich die Wahrheit. Damals war ich nicht sehr daran interessiert, meine wahren Eltern zu finden. Erst später kam mir der Gedanke, ich sollte zumindest herausfinden, wer meine Eltern waren. Inzwischen waren wir ja durch den Umzug auf eine andere Farm, auf deren Grund dann Öl gefunden wurde, unerwartet reich geworden. Ich habe eigene Anteile an den Ölfeldern, und auch meine Pflegemutter hat mir eine Menge Geld hinterlassen. Ich ließ

also von dem Negativ des Fotos eine Vergrößerung machen und wußte sofort, daß es Bellamy war. Ich hatte ein Bild von ihm in der Zeitung gesehen und von seinem schlechten Ruf gehört. Je mehr ich über ihn erfuhr, desto stärker wurde meine Gewißheit, daß ich nicht mit ihm verwandt war und daß er mich den Howetts nur aus Eigennutz gebracht hatte. Ich beauftragte Privatdetektive, die herausfanden, daß er einen jüngeren Bruder hatte, der vor achtzehn Jahren gestorben war. Die beiden waren verfeindet gewesen.
Ich habe Mr. Howett nichts gesagt, aber meine ganze Aufmerksamkeit auf Bellamy konzentriert. Damals war ich erst siebzehn Jahre alt. Jeder Tag machte mich entschlossener, das Geheimnis zu ergründen. Ich bezahlte Leute, die Bellamys Post abfingen. Einer von ihnen entdeckte schließlich einen Brief, dessen Original ich besitze.«
Valerie legte auch diesen Brief unter die Lampe. Die Tinte war verblaßt, die Handschrift ziemlich krakelig.

Little Bethel Street, London N.W.

Du hast mich geschlagen. Gib mir das Kind zurück, das Du mir genommen hast, und ich werde auf alles eingehen. Ich bin ein gebrochener Mensch, gebrochen an Leib und Seele durch Deine nicht endende Verfolgung. Du bist ein Teufel, ein satanisches Wesen ohnegleichen. Du hast mir alles genommen, mich aller Dinge beraubt, die mir teuer waren. Ich möchte nicht weiterleben.

Elaine Held

Darunter waren noch einige Worte gekritzelt, die selbst Featherstone, sonst Fachmann für derlei Dinge, nur schwer entziffern konnte.

Kannst du nicht einmal großzügig sein und mir sagen ... kleine Valerie ... Im letzten April waren es ... Jahre.

»Vor dreiundzwanzig Jahren im April wurde ich zu Mr. Howett gebracht«, sagte Valerie ruhig. »Bellamy ist damals der Fehler unterlaufen, Mr. Howett meinen Vornamen zu nennen – Valerie. Er versuchte dann zwar, das zu korrigieren, und erzählte, das sei nicht der richtige Name. Er empfahl, mich Jane zu nennen. Mrs. Howett jedoch fand Valerie viel hübscher, und so blieb es dabei.«
Featherstone ging, die Hände auf dem Rücken gefaltet, ruhelos im Zimmer auf und ab. »Glauben Sie, daß Ihre Mutter noch am Leben ist?« fragte er schließlich.

Valerie nickte, und ihre Lippen bebten vor Erregung.
»Und Sie glauben, Bellamy weiß, wo sie sich befindet?«
»Ja. Ich dachte, sie sei im Schloß. Sie ahnen ja nicht, was ich mir alles ausgedacht habe, um sie zu finden.«
Featherstone nahm seine Wanderung durch das Zimmer wieder auf. »Sie hatten doch ein ganz privates Gespräch mit Bellamy. Wie ist es verlaufen?«
Als sie ihm alles genau erzählt hatte, nickte er. »Ich bewundere Ihren festen Glauben. Ich möchte Ihnen keine Hoffnung machen, Miss Howett –«
»Neulich haben Sie mich Valerie genannt. Das war wohl ein ähnlicher Versprecher wie der von Bellamy, den ich vorhin erwähnte. Bitte sagen Sie weiterhin Valerie. Wenn ich Sie erst besser kenne, werde ich Sie vielleicht auch bei Ihrem Vornamen nennen ... William, nicht wahr?«
»Man nennt mich Jim«, sagte er beinahe feierlich, und trotz ihres Kummers belustigte sie es insgeheim zu sehen, wie ihm die Röte ins Gesicht stieg. »Nun gut, Valerie. Sie dürfen jetzt auf keinen Fall mehr ins Schloß gehen oder sonst etwas tun, was das geringste Risiko für Sie birgt.«
»Vorhin haben Sie einen Satz nicht beendet. Sie sagten gerade, Sie wollten mir keine Hoffnung machen...«
»Ich wollte sagen, daß ich Ihren Glauben teile, wenigstens bis zu einem gewissen Grad. Das Gebäude meiner Hoffnung ist auf sehr schwachem Fundament errichtet. In ein paar Tagen werde ich vielleicht sagen können, wie fest es wirklich ist. Übrigens – kann ich den alten Plan des Schlosses wiederhaben? Ich habe dafür vermutlich bessere Verwendung als Sie«, sagte er geheimnisvoll.
Valerie begleitete ihn bis zur Außentür. »Sie werden von jetzt an brav sein«, ermahnte er sie. Sie nickte. Es war gerade noch hell genug, daß er ihr Gesicht sehen konnte.
»Gute Nacht«, wünschte er und hielt dabei ihre Hand länger als notwendig.
»Gute Nacht – Jim!« James Lamotte Featherstone wanderte zurück zum Schloß, leichten Schrittes und noch leichteren Herzens.

25

Julius Savini fühlte sich recht unglücklich. Seine zusätzliche Einnahmequelle war unerwartet versiegt. Jetzt mußte er sich nach anderen Möglichkeiten umsehen. Vielleicht gelang es ihm, hinter ein Geheimnis von Bellamy zu kommen und sich damit ein so regelmäßiges Einkommen zu sichern, wie Coldharbour Smith es erhielt. Während eines Jahres in Diensten des Mannes aus Chicago hatte er noch nichts entdeckt, was auch nur einen Penny wert gewesen wäre. Und die Nachforschungen wurden zunehmend schwieriger. Das Auftauchen des grünen Bogenschützen und die Anwesenheit bösartiger Polizeihunde verhinderten weitere nächtliche Erkundungsgänge, und bei Tag hatte er nie Gelegenheit dazu. Früher oder später würde er von hier verschwinden und eine weniger zeitraubende Tätigkeit in einem anderen Land finden.
Als gerissener Geschäftsmann hatte Julius seiner Frau das Haushaltsgeld gekürzt. Zur Begründung erklärte er ihr, er habe Lust, wieder nach London zurückzukehren. Sie hatte sofort einen Vorschlag für ihn parat. Ihr Bruder hatte sich einer Bande von Falschspielern angeschlossen, die sich auf den Passagierdampfern im Atlantikverkehr betätigte. Für einen Mann mit Savinis Fähigkeiten war da stets ein Platz frei. Julius fühlte sich jedoch nur einen Augenblick wirklich versucht. Das Risiko war zwar gering – aber auch der zu erwartende Gewinn. Er konnte es sich nicht leisten, kleinen Summen nachzulaufen. Hier im Schloß war das große Geld zu haben.
Julius hatte es durchaus ernst gemeint, als er einmal zu Fay sagte, unter gewissen Umständen würde er nicht zögern, Abel Bellamy ins Jenseits zu befördern. Wäre er ganz sicher gewesen, nicht entdeckt zu werden, hätte er seinen Chef mit derselben Gleichgültigkeit umgebracht wie etwa eine Ratte. Julius lehnte das Angebot seiner Frau als unsinnig ab und warnte sie davor, ihrerseits der neugebildeten Gaunerbande beizutreten. Als sie sich störrisch zeigte, fuhr er kurz entschlossen in seine Stadtwohnung und warf seinen handgreiflich werdenden Schwager Jerry mit der Pistole in der Hand aus dem Haus.
»Und du wirst dich jetzt anständig benehmen und tun, was ich dir sage«, ermahnte er seine Frau mit sanfter Stimme. »Du hast mir neulich viel verdorben und mich vor anderen als Narren hingestellt. Vergessen habe ich das nicht!«

»Du Jammerlappen!« giftete sie.
»Vielleicht bin ich das«, antwortete Julius Savini. »Ich habe vor allerlei Dingen Angst, aber nicht vor dir und dem Pack, mit dem du dich abgibst. Ich arbeite bei einem wilden Tier und habe deswegen das Recht, gelegentlich weiche Knie zu bekommen. Vor Kaninchen aber habe ich keine Angst. Du wirst jetzt ganz ruhig hierbleiben, weil es sein kann, daß ich dich ganz plötzlich brauche. Wenn du dich an diese Bande hängst, werde ich dir folgen, notfalls bis ans Ende der Welt, und dich umbringen. Ich habe dir meinen Namen gegeben; das ist vielleicht nur der Name eines erstklassigen Gauners. Wenn er aber beschmutzt werden soll, dann durch niemand anderen als durch mich selbst.«
Er ging – und sie blieb, wie er nicht anders erwartet hatte. Insgeheim verachtete sie ihn. Schließlich war er ein Mischling, was nach dem damals geltenden Ehrenkodex als minderwertig galt.
Im Schloß lief alles seinen alten Gang, nur daß Bellamy noch schweigsamer geworden war. Am dritten Abend erschien unerwartet Coldharbour Smith, diesmal absolut nüchtern. In diesem Zustand wirkte er noch unangenehmer, als wenn er betrunken war – ein Kerl mit totenblassem Gesicht, kurzer Oberlippe und einem riesigen Kiefer, bei dem die Unterlippe ständig vor die Oberlippe geschoben war. Wahrscheinlich rasierte er sich auch gelegentlich. Doch sah es leider stets so aus, als sei das »gelegentlich« schon einige Tage her. Sein Haupthaar war bereits stark gelichtet, und aus den tiefliegenden Augen kam ein stechender Blick.
Als der neue Butler hörte, daß Smith erwartet werde, bat er Julius, den Mann in Empfang zu nehmen.
»Können Sie das nicht selbst tun?« maulte Julius.
»Ich kann das Gesicht nicht ausstehen, da kriege ich Alpträume.«
Am Tag darauf passierten aufregende Dinge. Es begann nach dem Frühstück. Bellamy holte die Hunde aus dem Zwinger, damit sie sich im Park auslaufen konnten. Dabei kam er mit ihnen am Haupteingang vorbei, wo der neue Butler gerade damit beschäftigt war, einem jungen Dienstmädchen die Handhabung eines Haushaltsgerätes zu erklären. Unvermutet löste sich einer der Hunde von Bellamy und sprang das Mädchen an. Sie schrie auf und fiel zu Boden, während der Hund sich in ihre Schulter verbiß. Der Butler bückte sich, hob den großen Hund ohne Anstrengung hoch und schleuderte ihn den Abhang hinunter. Mit wütendem Geheul stürzte sich das Tier auf den jungen Mann. Bellamy machte nicht den geringsten Versuch

einzugreifen, sondern beobachtete fasziniert, wie der Hund zum Sprung ansetzte. In dem Augenblick, in dem der Hund sprang, duckte sich der Butler und stieß seinen Arm so nach oben, daß er die Unterseite des nach ihm schnappenden Kiefers traf. Es gab einen dumpfen Laut, als er mit der anderen Faust zuschlug. Der Hund flog ein paar Meter zur Seite und blieb erschöpft liegen.

»Was haben Sie mit dem Hund gemacht!« schrie Bellamy wütend. »Wenn Sie ihn getötet haben –«

»Er ist nicht tot, nur groggy. Aber es wäre leicht gewesen, ihn zu töten.«

Bellamy musterte seinen Butler von oben bis unten. »Sie haben vielleicht Nerven, meinen Hund zusammenzuschlagen«, sagte er.

»Und Sie haben vielleicht Nerven, sich darüber zu beklagen – nach dem Angriff der Bestie auf das arme Mädchen. Hätten Sie dem Hund gepfiffen, wäre er nicht gesprungen.«

Bellamy traute seinen Ohren nicht. »Wissen Sie überhaupt, mit wem Sie sprechen?«

»Soweit mir bekannt, spreche ich zu Mr. Bellamy. Sie haben mich angestellt, damit ich mich um Ihr Personal kümmere und nicht, um Ihre Hunde zu füttern.« Mit diesen Worten machte der Butler kehrt und folgte dem weinenden und völlig verschreckten Mädchen in die Halle.

Bellamy wollte ihm folgen, änderte dann aber seine Meinung und setzte seinen Spaziergang fort. Als er, immer noch wutentbrannt, zurückkehrte, ließ er Savini kommen. »Wo ist Philip?«

»Er kümmert sich um das Mädchen, das vom Hund gebissen wurde. Sie hat einen hysterischen Anfall.«

»Sie ist fristlos entlassen«, brüllte Bellamy. »Und sagen Sie diesem Idioten von Butler, ich bezahle ihn nicht dafür, daß er sich mit dem Dienstmädchen abgibt. Er soll sofort herkommen.«

Einen Augenblick später erschien der Butler.

»Jetzt hören Sie mal zu, Sie ... wie immer Sie heißen ... Sie packen sofort Ihre Sachen und verschwinden von hier. Und Ihr Mädchen können Sie gleich mitnehmen.«

»Das ist nicht *mein* Mädchen«, erwiderte der Butler freundlich. »Gäbe es jedoch irgendein weibliches Wesen, für das ich die Verantwortung hätte, dann würde es gewiß nicht mehr hier sein. Nehmen Sie sich in acht, Mr. Bellamy«, fügte er hinzu, als er sah, wie Bellamy in einem neuen Wutanfall aufsprang, »Sie haben es jetzt nicht mit Valerie Howett zu tun, und auch nicht mit ihrer Mutter.«

Aus Bellamys Gesicht wich jede Farbe. Es war jedoch nicht Furcht, sondern blinder Zorn.
»Mich können Sie nicht so bedrohen, wie Sie die beiden Frauen bedroht haben. Das wollte ich nur klarstellen.«
»Sie ... Sie ...«
»Bleiben Sie auf Distanz. Sie sind ein alter Mann, und ich will Sie nicht verletzen. Das gehört nicht zu meinen dienstlichen Aufgaben.«
»Ihren ... dienstlichen Aufgaben?« Abel Bellamy konnte diese Worte nur noch flüstern.
Der Butler nickte. »Mein Name ist Captain James Featherstone. Ich bin Commissioner bei Scotland Yard und habe hier einen Haussuchungsbefehl für Garre Castle und, wenn notwendig, die Ermächtigung, Sie in Haft zu nehmen – wegen illegalen Festhaltens einer Frau namens Elaine Held.«

26

Abel Bellamy schien nicht zu verstehen, so daß Featherstone seine Worte wiederholte. »Sie ... Sie sind also von der Polizei«, stieß er endlich heraus. Er hatte sich wieder in der Gewalt. »Ich weiß zwar nichts von Ihrem Durchsuchungsbefehl, aber die Genehmigung werden Sie sicherlich haben. Doch ich warne Sie, Featherstone, oder wie Sie heißen. Dafür werden Sie mir büßen. Ich bin amerikanischer Staatsbürger –«
»Die Frau, die wir suchen, ist ebenfalls amerikanische Staatsbürgerin.« Featherstone öffnete die Tür, und zu Bellamys Überraschung stand ein Dutzend Männer in der Halle.
»Eine richtiggehende Razzia also«, sagte Bellamy heiser. »Na, bitte schön, fangt an und seht, was ihr finden könnt.«
Featherstone hielt seine offene Hand hin. »Ihre Schlüssel bitte! Und machen Sie keinen Ärger, Bellamy. Wir müssen unseren Auftrag durchführen.«
Bellamy warf ein Schlüsselbund auf den Tisch.
»Und jetzt noch den Schlüssel, den Sie an einer Kette am Körper tragen.«
Einen Augenblick stand Bellamy regungslos da, dann löste er den Schlüssel von der Kette und warf ihn zu den anderen.
»Wo schließt dieser Schlüssel?«

»Den Safe«, brummte Bellamy. »Soll ich Sie etwa noch herumführen und Ihnen zeigen, wo sich der Safe befindet?«
»Die Mühe kann ich Ihnen ersparen«, lautete die kühle Antwort. Featherstone ging zur Wand neben dem Kamin, griff nach einer hervorstehenden Kante der Holzvertäfelung und zog daran. Ein Teil der Täfelung glitt zurück und gab eine schwarze, stählerne Fläche frei. Er steckte den Schlüssel ins Schloß, drehte ihn zweimal und öffnete dann die Tür. Im Safe standen mehrere Kassetten aus Stahl. Obenauf lag eine Ledermappe.
Featherstone trug eine der Kassetten zum Tisch und öffnete sie. Sie war mit Dokumenten gefüllt. »Ich halte es für besser, wenn Sie sich vorläufig auf Ihr Zimmer begeben, Mr. Bellamy. Ich werde hier wohl einige Stunden zu tun haben. Betrachten Sie sich als vorläufig festgenommen.«
Sollte Featherstone erwartet haben, Bellamy werde sich widersetzen, so irrte er sich. »Wenn Sie Ihre Lektüre beendet haben, lassen Sie es mich wissen. Ich hoffe, Sie sind ein besserer Polizist als ein Butler.« Mit diesem Seitenhieb marschierte der alte Mann aus der Bibliothek. Einer der Beamten begleitete ihn zu seinem Zimmer.
Nach und nach wurde der ganze Inhalt aus dem Safe geholt und sorgfältig geprüft. Plötzlich rief Featherstone seinen Assistenten: »Jackson, sehen Sie sich das mal an.«
Es war ein Stock von etwa dreißig Zentimeter Länge, der mit drei breiten Samtbändern überzogen war. Er war so dick, daß Featherstones Hand ihn kaum umspannen konnte. Von einem Ende hingen mehrere Peitschenleder herab, zweimal so lang wie der Griff. Das Ende jedes Peitschenleders war fest mit gelber Seide umwickelt. Featherstone ließ die Enden durch seine Finger gleiten. Es waren insgesamt neun – und sie waren mit dunklen Flecken bedeckt.
»Was halten Sie davon, Jackson?«
Der Sergeant nahm die Peitsche in die Hand. »Das ist eine neunschwänzige Katze, Sir.« Er betrachtete den Griff, auf dem ein verblaßtes Etikett klebte, oben eine Krone, darunter die Worte »Eigentum der Gefängnisverwaltung«.
»Ich wette, das ist ein Geschenk Creagers«, sagte Featherstone. Er sah sich die Peitschenenden näher an. Die Flecken darauf waren sehr alt, und sein fachmännisches Auge sagte ihm, daß dieser Gegenstand nur einmal benutzt worden war. Er konnte sich nur über die Mentalität Bellamys wundern, der dieses gruselige Relikt wie einen Schatz aufbewahrte und sich bei seinem Anblick über die Pein

freute, die es früher einmal einem unglücklichen Menschen bereitet hatte.
Die systematische Untersuchung aller Fächer des Safes erbrachte keinen Hinweis auf die vermißte Mrs. Held. Abel Bellamy hatte nur ein Bündel vergilbter Briefe aufbewahrt, die aus den verschiedensten Orten der Vereinigten Staaten gekommen waren und alle mit »Michael« unterzeichnet waren. Aus ihnen ging hervor, daß es sich um Bellamys Bruder handelte, der sich damals in großen Schwierigkeiten befunden haben mußte und seinen großen Bruder um Hilfe anging. Zu spät entdeckte er, daß ausgerechnet dieser hinter der Organisation stand, die dabei war, ihn zu ruinieren. Am aufschlußreichsten hierfür war der letzte Brief.

> Lieber Abel, ich finde keine Worte zu dem, was Du mir mitgeteilt hast. Was habe ich Dir eigentlich getan, daß Du Dich so kaltblütig daran machst, mich zu ruinieren? Um der Zukunft meines Jungen wegen appelliere ich in letzter Stunde an Dich, die vielen Forderungen zu stoppen, die täglich mein Büro überfluten.

Der Zukunft des Jungen wegen! Der arme Michael Bellamy hätte nichts sagen können, was mehr geeignet gewesen wäre, die Lust seines Bruders am Ruin eines anderen noch anzufachen. Abel Bellamy traf die, die er zu seinen Feinden zählte, mit Vorliebe über deren Kinder. Auf diese Weise hatte er auch Mrs. Held zerbrochen.
Nach dreistündiger Lektüre legte Featherstone alle Dokumente in den Safe zurück. Nach und nach hatten die Beamten, die das Schloß durchstöberten und dabei kein Mauseloch ausließen, ihm Bericht erstattet. Ohne Ergebnis!
Featherstone schickte nach Savini. Der Mann mit dem olivfarbigen Gesicht war blaß, und seine Lippen zitterten. »Das wird mich schwer in die Bredouille bringen«, klagte er. »Der Alte wird denken, ich hätte über Sie Bescheid gewußt.«
»Und haben Sie das etwa nicht? Machen Sie sich da keine Gedanken. Sollte er etwas in dieser Richtung sagen, dann können Sie immer noch behaupten, ich hätte Sie unter massiven Druck gesetzt, den Mund zu halten. Höchstens gegenüber Spike Holland müssen Sie wahrscheinlich Ihren angekratzten Ruf als wahrheitsliebender Mensch wieder aufpolieren. Sie haben sich großartig verhalten.« Featherstone schlug ihm in ironischer Anerkennung auf die Schulter. »Und jetzt können Sie hinaufeilen zu Bruder Bellamy und ihm

mitteilen, wir stellten ihm ein Attest aus, wie es sich ein Mann seines Charakters nur wünschen kann.«
Abel Bellamy kam gemächlich in die Bibliothek zurück, mit triumphierendem Blick. »Nun, haben Sie die Mrs. – wie heißt sie doch – gefunden?«
»Sie ist nicht hier. Es sei denn, die Pläne vom Schloß stimmen nicht, und es gibt irgendwo einen geheimen Raum, den wir nicht gefunden haben.«
»Wahrscheinlich haben Sie zu viele Kriminalromane gelesen, Mr. Featherstone. Schlimm für Sie, das verwirrt den Kopf. Sie werden demnächst von meinen Anwälten hören.«
»Ich nehme mit Vergnügen zur Kenntnis, daß Sie auch respektable Menschen beschäftigen. Hier Ihre Schlüssel.«
Als Featherstone sie gerade auf den Tisch legen wollte, hörte er einen Schrei, und er erstarrte. Alle hatten ihn gehört – Bellamy, Julius, Jackson. Es war ein zitternder Laut wie das laute Wimmern eines Babys, das anstieg, dann nachließ und mit einem erschütternden Schluchzen endete.
Jim Featherstone stockte fast der Atem. »Was war das?« fragte er heiser.

27

Abel Bellamy starrte ins Leere. Langsam drehte er sich um und sah den Fragenden an. »Das sind die Wasserrohre, nehme ich an. Jedesmal, wenn wir die Heizung anstellen, geben sie eigenartige Geräusche von sich.«
Jim wartete, ob der Laut sich wiederholen würde, doch alles blieb still. Dann sah er Bellamy an, der seinem Blick begegnete, ohne mit der Wimper zu zucken.
»Was ist hier drunter?« fragte er und zeigte auf den Boden.
»Nichts. Die Kellerräume beginnen erst unter der Halle. Früher führte eine Treppe hinunter, aber sie wurde zugemauert.«
Jim verließ die Bibliothek und untersuchte persönlich alle Verliese bis hinunter zu den kleinen Kammern. Die ehemaligen Gefängniszellen erstreckten sich bis unter die Halle. Er sah auch die Überreste der Steintreppe, von der Bellamy gesprochen hatte. Nach dem Plan stand die Bibliothek auf solidem Grund, was jedoch nicht zu

stimmen brauchte, da Jim bereits mehrere Ungenauigkeiten entdeckt hatte. So waren etwa die untersten Verliese überhaupt nicht verzeichnet.

Während er noch alle Räume untersuchte, vernahm er einen schwachen Laut. Aufschauend erblickte er ein schwarzes Eisenrohr in einer Ecke des Gewölbes. Er wartete und hörte erneut ein kehliges Stöhnen, das jedoch anders klang als das von vorhin. Es war also durchaus möglich, daß Bellamys Erklärung stimmte. Enttäuscht kehrte er in die Bibliothek zurück. »Nun, haben Sie die Wasserleitung verhaftet?« fragte der Alte höhnisch. »Es würde mich übrigens freuen, wenn Sie den Klempner einlochen würden, der sie gelegt hat.«

Jim lächelte, war jedoch nicht zu Scherzen aufgelegt. Er begab sich mit seinen Männern langsam zum Pförtnerhäuschen, als Bellamy ihn zurückrief. »Haben Sie nichts vergessen?«

Jim setzte den Koffer ab, der die wenigen Habseligkeiten enthielt, mit denen er ins Schloß gekommen war. »Nicht daß ich wüßte.«

Der Alte faßte in die Tasche und holte einen Geldschein hervor. »Nehmen Sie das, es ist Ihr Lohn«, sagte er ironisch.

»Geld stinkt nicht«, konterte Jim und steckte die Fünfpfundnote ein.

Im Dorf begegnete er Spike, der wie ein Rohrspatz über die Verlogenheit von Savini schimpfte. »Ich hatte ihn ausdrücklich gefragt, ob Sie der neue Butler sind. Und dieses Stinktier schwor Stein und Bein, er habe den neuen Butler noch nie zuvor gesehen.«

»Er meinte wohl ›beruflich‹, Spike«, sagte Jim, der ihn am Arm faßte und auf den Gasthof zusteuerte. »Auf jeden Fall bin ich für seine Lüge verantwortlich. Ich hatte ihn unter Druck gesetzt, niemandem etwas zu sagen, wobei ich Sie ganz besonders erwähnt habe.«

»Hat die Haussuchung etwas gebracht? Als ich heute früh die Gaststätte voller bulliger Männer in schweren Stiefeln vorfand, dachte ich mir gleich, daß etwas bevorstehe. Das Dumme an einem Polizisten ist, daß er stets wie einer aussieht. Sie können ihn elegant kleiden wie den Prinzen von Wales oder als Vagabunden ausstaffieren. Was von ihm dann noch aus seiner Kleidung herausragt, schreit sofort ›Polente‹! Aber Scherz beiseite – haben Sie etwas gefunden?«

Jim schüttelte den Kopf. »Nichts, aber auch gar nichts, was den Aufenthaltsort von Mrs. Held verraten könnte.«

»Wer ist überhaupt diese Mrs. Held?« fragte Spike sofort. Jim wurde in diesem Augenblick klar, daß es sich hier um eine Angelegenheit handelte, die weitaus delikater war als eine rein polizeiliche Infor-

mation und deshalb auf keinen Fall publik werden durfte. Deshalb erläuterte er die Zusammenhänge so gut wie möglich, ohne Valerie Howett in diesem Zusammenhang überhaupt zu erwähnen. Spike pfiff erwartungsvoll vor sich hin.
»Eine Gefangene? He, das wäre ja eine tolle Story, wenn ich sie verwenden dürfte. Sagen Sie, Featherstone, kann ich nicht zumindest die Tatsache erwähnen, daß die Polizei glaubte, in den dunklen Verliesen von Garre Castle werde eine Frau gefangengehalten?«
»Um Himmels willen, es wird schon genug Ärger geben, wenn Bellamy wirklich seine Anwälte einschalten sollte. Er wird es wahrscheinlich nicht tun; berichten Sie aber über die Haussuchung, wird er zum Handeln geradezu gezwungen.«
Jim ließ seinen Koffer im Gasthof und begab sich zu »Lady's Manor«. Valerie sah ihn von ihrem Zimmer aus kommen und lief nach unten, um ihn zu begrüßen.
»Heute früh haben wir eine Razzia gemacht und das Schloß von oben bis unten durchsucht, dabei aber leider nichts gefunden. Ich fürchte, jetzt werde ich den grünen Bogenschützen nur von ferne sehen können.«
Valerie warf ihm einen schnellen Blick zu. »Haben Sie ihn schon aus der Nähe gesehen?« fragte sie leise.
»Nein, wie kommen Sie darauf?« fragte er erstaunt. »Ich bin aber ganz sicher, daß er sich im Schloß herumtrieb, als Sie Ihren gefährlichen nächtlichen Ausflug dorthin machten.«
Sie sah ihn forschend an. Wie konnte er nur so tun, als wisse er nichts vom grünen Bogenschützen! Deshalb stellte sie ihm jetzt mit betont ruhiger Stimme eine Frage, die sie schon lange bedrückte. »Jim, haben Sie aus irgendeinem Grund – vielleicht weil Sie Bellamy beobachteten oder sonst polizeilich tätig waren – sich als grüner Bogenschütze verkleidet? Einmal zumindest haben Sie es getan, nicht wahr?«
Jim zeigte sich ehrlich verblüfft. »Niemals«, sagte er. »Von so etwas würde ich nicht einmal träumen, selbst nicht, wenn ich dem Alten damit einen Schreck einjagen könnte. Damit wäre doch überhaupt nichts zu erreichen.«
»Aber sagten Sie nicht, Sie hätten den Bogenschützen gesehen? Sie müssen ihn doch bestimmt in der Nacht gesehen haben, in der Sie mich ins Haus getragen haben.«
Jim konnte nur den Kopf schütteln. »Ich weiß nicht, worauf Sie hinauswollen. Als der Alte die Hunde auf Sie hetzte, war ich gerade

im Freien mit eigenen Nachforschungen beschäftigt. Ich habe die Bodentemperatur rings um das Schloß gemessen. Wirklich, ich scherze nicht. Es war eine der seltsamsten Betätigungen, denen ich jemals nachgegangen bin. Als ich sah, wie er die Hunde auf jemanden hetzte, fürchtete ich gleich, das könnten Sie sein, und eilte Ihnen nach.«

»Dann waren es also Ihre Schritte, die ich hinter mir hörte.«

Jim nickte. »Ich verlor Sie und auch den Hund aus den Augen. Als ich dann auf die Lichtung vor der Mauer kam, sah ich Sie dort ohnmächtig liegen und den Hund tot daneben. Vom Bogenschützen war nichts zu sehen. Damals bemerkte ich noch nicht einmal, daß der Hund von einem Pfeil getötet worden war. Ich dachte nur daran, Sie in Sicherheit zu bringen, und habe Sie zur Mauer getragen, wo ich zu Recht eine Leiter vermutete. Es hat ziemlich lange gedauert, bis ich Sie auf der anderen Seite hatte und ins Haus bringen konnte. Als später mein Manschettenknopf zersprang, war ich gerade dabei, es Ihnen auf dem Sofa bequem zu machen. Ich habe fast zehn Minuten nach den abgesprungenen Teilen gesucht.«

Valerie lächelte schwach, als sie sich erinnerte, daß das Hausmädchen so viele abgebrannte Streichhölzer auf dem Boden gefunden hatte. Jetzt wußte sie den Grund dafür. »Dann verließ ich Ihr Haus und konnte glücklicherweise durch den Haupteingang ins Schloß zurück – sonst hätte ich wie ein indischer Fakir das Seil hochklettern müssen.«

Valerie seufzte erleichtert. »Dann sind Sie also nicht der grüne Bogenschütze?«

»Du liebe Güte, nein! Ich bin ein in Ungnade gefallener Butler, und vielleicht werde ich demnächst ein Polizeibeamter in Schwierigkeiten sein.«

»Und Sie haben nichts herausgefunden im Zusammenhang mit...« Sie beendete den Satz nicht.

»Nichts, was für Sie von Interesse ist. Ein paar Briefe seines Bruders, das ist alles.« Jim vermied es, die neunschwänzige Katze zu erwähnen. Das war kein Thema für eine junge Dame.

Auf dem Weg zurück zum Gasthof überlegte Jim die nächsten Schritte. Sein Wagen, mit dem er täglich einmal nach London ins Büro gefahren war, stand im nächsten Dorf. Als Valerie Bellamy im Schloß aufsuchte, war er ebenfalls dortgewesen, hatte es aber für klüger gehalten, nicht in Erscheinung zu treten. Erst als Valerie mit Bellamy alleine war, hatte Savini ihn nach einem verabredeten

Signal in sein Zimmer gelassen, von wo aus der neue Butler dann im richtigen Augenblick eingreifen konnte.
»Ich muß nach London zurück, werde aber ab und zu hier auftauchen, weshalb ich mein Zimmer im Gasthaus behalte«, erläuterte Jim gegenüber Spike Holland die Situation. »Sie könnten aber inoffiziell etwas Polizeiarbeit leisten und mich sofort verständigen, wenn sich etwas Ungewöhnliches ereignen sollte. Einer meiner Leute bleibt ebenfalls hier.«
»Soll ich auf Bellamy aufpassen?«
»Nicht direkt. Sie sollten sich nur ganz allgemein für die Dinge hier interessieren.«
»Und natürlich auf Miss Howett achtgeben«, bemerkte Spike grinsend.
Auf dem Weg nach London durchdachte Jim das Problem Bellamy aus allen denkbaren Perspektiven. Gefahr drohte – dessen war er sicher –, und zwar Gefahr für Valerie Howett. Und da ergab es sich fast von selbst, daß er den Besuch von Coldharbour Smith bei Bellamy mit dieser Gefahrensituation in Zusammenhang brachte. Ein guter Grund, der Kneipe »Golden East« einen Besuch abzustatten.

28

Der »Golden East« war einmal ein angesehener Club gewesen, dem nur Offiziere der Handelsmarine im Linienverkehr mit Indien angehören durften. Da kein Club von den Einnahmen aus einer so begrenzten Mitgliedschaft existieren kann, wurden die Zulassungsbedingungen nach und nach dahin ausgeweitet, daß schließlich jeder Mitglied werden konnte, der sich mit einiger Phantasie als im Fernosthandel tätig bezeichnen konnte. Selbst dieses Stadium gehörte längst der Vergangenheit an. Der Ruf des Clubs verschlechterte sich von Jahr zu Jahr, bis er zu einer verrufenen Kneipe abgesunken war.
Coldharbour hatte zunächst einen beherrschenden Anteil erworben und wurde schließlich alleiniger Besitzer. Seltsame Dinge spielten sich dort ab, die mit den Lizenzbedingungen eines Clubs wirklich nicht in Einklang zu bringen waren und laufend das Eingreifen der Polizei gerechtfertigt hätten. Aber in den Augen von Scotland Yard

erfüllte die Kneipe einen nützlichen Zweck. Sie funktionierte als eine Art Abfallgrube, in die alles mögliche Gesindel geschwemmt wurde. Gerade die Tatsache, daß die Polizei sich dort so selten blicken ließ, ermöglichte Festnahmen von mehr steckbrieflich gesuchten Ganoven, als es bei der Schließung des Clubs der Fall gewesen wäre.

Scotland Yard zog auch Nutzen daraus, daß Coldharbour Smith sich einbildete, seine großzügigen Spenden an einzelne Beamte der lokalen Polizei wären die Ursache dafür, daß man sich nicht um seine Kneipe kümmerte. Er wäre sehr erstaunt gewesen, hätte er erfahren, daß die Pfundnoten, die er jeden Samstag einem lokalen Kriminalinspektor zusteckte, sofort in die Kasse des Heimes für Waisenkinder von Polizeibeamten flossen und regelrecht verbucht wurden. Der »Golden East« war in Mode, war gewissermaßen »in«. Er gehörte ebenso zum Besichtigungsprogramm für auswärtige Touristen wie die Slums oder bestimmte Kirchen.

Die Stimmung war auf dem Höhepunkt, und die laute Musik der Jazzkapelle mischte sich mit dem Gelächter der Gäste, als Jim mit kurzem Kopfnicken am Türhüter vorbei über die mit Läufern ausgelegte Treppe nach oben ging. Der Türhüter hatte unauffällig auf einen Knopf gedrückt, und als Jim den Tanzsaal erreichte, war es dort auffällig still geworden. Das Orchester hatte zu spielen aufgehört, die Tanzpaare waren auf dem Weg zu ihren Tischen. Denjenigen, die nicht zu den Stammgästen gehörten, verursachte das magische Wort »Polizei« ein gewisses Prickeln unter der Haut.

»Erfreut, Sie zu sehen, Captain«, grüßte Coldharbour, der Jim halben Wegs entgegenkam und ihm die mit dicken goldenen Ringen geschmückte Hand reichte.

»Ziemlich ruhig heute bei Ihnen, Smith.«

»Nun ja, das ist nicht ungewöhnlich. Hier ist nie viel Lärm.« Jim musterte mit geschultem Blick die Anwesenden. »Sehr respektable Gäste haben Sie. Wer hat denn an diesem Tisch hier gesessen?«

»Ein paar Burschen, die vor einer halben Stunde gegangen sind.«

»Und da lassen die so einfach eine teure Flasche Champagner kaum zur Hälfte geleert stehen? Der perlt ja noch in den Gläsern.«

»Die Leute kennen Sie bestimmt nicht, Captain. Das waren ein paar Typen vom Westend. Vermutlich wollten sie hier nicht gesehen werden.«

Smith ging zur Bar voraus, und Jim folgte ihm. »Wie wär's mit einem Drink, Captain?« fragte Smith mit einem schnellen Blick zum Bar-

keeper.
»Lieber nicht. Ich bin nur hergekommen, um mich in Ruhe mit Ihnen zu unterhalten. Wo können wir unter vier Augen sprechen?«
Coldharbour führte seinen Besucher in ein ruhiges Zimmer hinter der Bar. Als er das Licht einschaltete, hob Jim die Nase und schnupperte. Dann sah er Coldharbour, der ein betroffenes Gesicht machte, aus kalten Augen an. »Sorgen Sie dafür, daß hier nicht wieder Opium geraucht wird, Smith. Wir lassen so manches durchgehen, Rauschgift aber nicht!«
»Das war bestimmt einer von diesen Portugiesen«, beeilte sich Smith zu antworten. »Mein Manager hat sie hier hereingelassen. In diesem Haus erlaube ich keine Opiumpfeifen, das schwöre ich Ihnen, Captain. Das ist während meiner Abwesenheit passiert. Als ich es dann merkte, habe ich die Kerle an die Luft gesetzt.«
»Lassen wir das Thema jetzt und kommen wir zur Sache.« Featherstone zog sich einen Stuhl heran, setzte sich und stützte sich mit den Armen auf den Tisch, wobei er sein Gegenüber fest im Auge behielt. »Neulich waren Sie in Garre Castle?«
»Ja, zweimal. Ich hatte mit Mr. Bellamy geschäftlich zu tun. Woher wissen Sie das?« fragte er unschuldig. Jim lächelte.
»Heute hat Bellamy mit Ihnen telefoniert und Ihnen erzählt, daß ich bei ihm eine Haussuchung gemacht habe. Sie brauchen gar nicht zu leugnen – unsere Leute waren in die Telefonvermittlung eingeschaltet.«
Jim bluffte. Da aber bei seinem Eintreffen in der Kneipe eine so erwartungsvolle Atmosphäre geherrscht hatte, erriet er, daß Bellamy seinen Helfershelfer vorgewarnt hatte, daß mit polizeilichem Besuch zu rechnen sei.
»Richtig, ich hatte heute früh mit Mr. Bellamy eine private Angelegenheit zu besprechen«, räumte Smith ein und wollte sofort auf ein anderes Thema übergehen.
»Welche Art von Geschäften betreiben Sie denn mit Bellamy?«
»Er ist ein guter Freund«, antwortete Smith ausweichend, »und hat mir seinerzeit Geld geliehen, damit ich den Betrieb hier kaufen konnte.«
»Sie haben nicht zufällig sein Leben gerettet, sind nicht ins Wasser gesprungen und haben ihn rausgezogen?«
»Nein, Sir, das habe ich nicht.« Coldharbour Smith antwortete höflich, doch bemerkte Jim in seinen Augen ein boshaftes Funkeln, das ihm die wahre Stimmung seines Gegenübers verriet.

»So, er hat Ihnen also Geld geliehen. Da sind Sie ihm natürlich sehr dankbar, und jetzt, nehme ich an, gibt es eine besondere Gelegenheit, es ihm zurückzuzahlen?«
Smith antwortete nicht, sondern starrte vor sich hin.
»Übrigens, Smith, wo haben Sie gewohnt, bevor Sie hierherkamen? Ich hatte noch keine Zeit, mir Ihre Akte anzusehen.«
»Ich habe ganz in der Nähe gewohnt, in Camden Town«, antwortete der Mann unwillig.
»In welchem Teil von Camden Town?« fragte Jim schnell.
»Little Bethel Street.«
»In der Little Bethel Street!« Jim sprang hoch und zeigte mit einem Finger anklagend auf Smith. »Sie kannten Mrs. Held, geben Sie es zu!«
»Wer ist Mrs. Held? Ich habe nie von ihr gehört!« Smith leugnete mit lauter Stimme. »Was ist los mit der Frau?«
»Sie haben sie gekannt und an ihrem Verschwinden mitgewirkt.«
Smith wurde um einige Schattierungen blasser.
»Jetzt rücken Sie mal raus mit der Wahrheit, Smith. Wenn Sie reden, werde ich dafür sorgen, daß Ihnen nichts passiert; wenn nicht –« Jims Faust knallte auf den Tisch –, »lasse ich den Laden hier binnen einer Woche schließen.«
Diese Drohung bewirkte bei Smith nur ein breites Lächeln. »Damit können Sie mich nicht mehr schrecken, Captain. Der ›Golden East‹ ist verkauft, und die Hälfte des Geldes ist bereits hier.« Er klopfte genüßlich auf seine Brusttasche. »Wenn Sie den Laden dichtmachen, trifft mich das nicht so viel.« Er schnippte mit den Fingern. Jim sah auf den ersten Blick, daß er die Wahrheit sprach.
»Also, was soll's, Captain. Was versprechen Sie sich davon, mich unter Druck zu setzen. Sie haben nichts gegen mich in der Hand. Ich bemühe mich, freundliche Beziehungen zur Polizei zu unterhalten. Darauf sollten wir einen trinken.«
Dreierlei war Jims Aufmerksamkeit nicht entgangen. Da war zunächst der auffordernde Blick, den Smith dem Barkeeper zugeworfen hatte. Zweitens fiel ihm das Drängen auf, er solle einen Drink akzeptieren. Smith mußte aus Erfahrung wissen, daß Jim dieses Angebot ablehnen würde. Und drittens: Als Smith sich mit Blicken mit dem Barkeeper verständigte, hatte dieser etwas einem Mann signalisiert, der nach Jim in die Kneipe gekommen war.
»Was soll das?« fragte Jim. »Sie wissen doch, daß ich hier nie etwas trinke.«

»Wollen Sie nicht wenigstens einmal etwas geselliger sein?« fragte Smith grinsend zurück.
In einer Ecke des Zimmers stand ein Telefon. »Darf ich mal eben einen Freund anrufen?« fragte Jim plötzlich.
Smith zögerte. »Das Telefon ist außer Betrieb.«
»Das wird sich ja zeigen«, reagierte Jim gelassen und nahm den Hörer ab. Sofort meldete sich die Vermittlung, der er eine Nummer nannte. Smith stand in der Mitte des Zimmers und kaute nervös an seinen Fingernägeln. Jim merkte sofort, daß etwas im Gange war.
»Wer ist dort? Der diensthabende Sergeant in Limehouse? Hier spricht Captain Featherstone. Ich bin im ›Golden East‹. Schicken Sie mir sofort vier handfeste Männer, die draußen vor dem Club auf mich warten. Danke.« Jim legte den Hörer auf. Das verstörte Gesicht von Smith beseitigte seine letzten Zweifel.
»Sie haben wohl draußen eine kleine Party für mich arrangiert, Smith? Ich habe den Kerl bemerkt, der mir ins Lokal folgte und Ihnen signalisierte, daß ich alleine gekommen bin. Was sollte es denn werden? So eine unglückselige Schlägerei auf der Straße, in die ich verwickelt würde? Ein bißchen zu simpel, Smith.«
Mit einem Nicken ging Jim zur Tür und drückte die Klinke herunter – sie war abgeschlossen. Jim drehte sich blitzschnell um.
»Der Barkeeper hat wohl versehentlich zugeschlossen«, sagte Smith mit heiserer Stimme. »Es gibt noch einen anderen Ausgang.« Er öffnete eine Tür, die zu einer Treppe führte. »Unten finden Sie eine Haustür, Captain –«, begann er.
»Ich schlage vor, Sie finden sie für mich«, erwiderte Jim freundlich, und Smith akzeptierte diese Aufforderung bereitwillig. Er lief vor dem Detektiv die Treppe hinunter und öffnete die Tür. Jim sah draußen trübes Licht und die Umrisse von Coldharbours Gestalt an der Wand.
»Gute Nacht, Captain«, sagte Smith überlaut.
»Gute Nacht«, antwortete Jim. Er tat so, als wolle er am Besitzer des »Golden East« vorbeigehen. Dann aber packte er ihn nach einer unvermuteten Körperdrehung am Kragen und stieß ihn durch den offenen Torweg auf die Straße. Kaum war Smith hinausgestolpert, da schlug ihm jemand, der sich im Mauerschatten verborgen hatte, mit einem schweren Schlaginstrument zweimal auf den Schädel, und Smith fiel stöhnend wie ein Stein zu Boden.
Wie der Blitz war Jim auf der Straße und verfolgte den flüchtenden Schläger. Nach zwanzig Metern hatte er ihn erreicht. Er brachte ihn

mit einem Tritt in die Fersen zu Fall und stellte ihn dann gewaltsam wieder auf die Füße.

»Ich komme ja schon freiwillig mit«, maulte der Kerl, der sein Schlaginstrument klappernd fallen ließ. »Ich sage Ihnen auch gleich, wie es ist. Coldharbour Smith hat mich dafür bezahlt, daß ich einen Mann niederschlage, sobald er aus dem Club kommt.«

»Ich nehme an, mein Freund, daß Smith in diesem Augenblick sehr bedauert, Ihnen diesen Auftrag gegeben zu haben.« Jim zog seinen Gefangenen ins Licht der Straßenlaterne und riß ihm den Kopf nach oben, damit er das Gesicht sehen konnte. Wie erwartet, war es der Kerl, der ihm in den Club gefolgt war. Das Erkennen war gegenseitig. Der Mann wand sich unter dem Polizeigriff. »Coldharbour wird mich dafür umbringen«, winselte er.

Sie fanden Smith auf dem Boden sitzend, wie er sich den blutenden und schmerzenden Kopf hielt. Voller Interesse und Vergnügen lauschte Jim dem nun folgenden Austausch von Beschuldigungen.

»Wenn Sie behaupten, ich hätte Sie beauftragt, diesen Herrn anzugreifen, dann sind Sie ein Lügner, und ich werde Sie bei nächster Gelegenheit windelweich schlagen«, schimpfte Smith. »Sie dreckiger kleiner Flußhai. Sperren Sie ihn ein, Captain.«

»Mich einsperren!« höhnte der andere. »Wenn man Sie nicht schon längst eingelocht hat, Smith, dann doch nur deswegen, weil Sie die Polizei bestochen haben. Sie sind doch der erste, der in den Knast gehört, Sie Hund!«

Zutiefst getroffen durch den Verrat seines Arbeitgebers, wurde der Mann immer ausfallender. »Dann würden Sie hier keine Drinks mehr verkaufen können. Sie würden auch keine Valerie bekommen –«

Kaum hatte er diesen Namen genannt, da riß Jim ihn herum. »Was bedeutet das?« fragte er scharf.

»Ich rede von Valerie Howett, der künftigen Mrs. Smith«, schrie der Gefangene, und Jim fühlte, wie es ihm kalt den Rücken herunterlief.

29

»Hören Sie nicht auf ihn, Captain«, sagte Smith. »Der Kerl hat nicht alle Tassen im Schrank. Der war schon immer ein Spinner. Du warst doch in einer Nervenheilanstalt, nicht wahr, Isaac?«

»Das stimmt«, gab der andere zu. »Ich bin für meine Reden nicht voll verantwortlich. Ich habe den Paragraphen.«
In diesem Augenblick trafen die vier Beamten ein, die Jim angefordert hatte, um den Schläger mitzunehmen. Jim wandte sich an Smith: »Sie haben wahrscheinlich schon seit langem gebetet, der Herrgott möge Ihnen endlich einmal richtige Schwierigkeiten bereiten. Dieses Gebet wird nun erhört. Wenn ich mit diesem Kerl fertig bin, komme ich zu Ihnen zurück.«
»Sie können mir keine Angst einjagen, Captain«, antwortete Smith, der seine Beulen am Kopf betastete.
»Davon ist auch keine Rede. Es geht um Ihr Leben. Darüber sollten Sie sich klarwerden.« Jim folgte den Beamten zur Polizeiwache und ließ den Gefangenen in eine Zelle sperren.
»Isaac hat die Wahrheit gesagt, Captain Featherstone«, meldete der diensthabende Sergeant. »Der Mann ist ein kleines Licht. Meines Wissens war der schon mehrmals in einer Klapsmühle.«
»Und wie steht es um sein Strafregister?«
»Sehr schlecht. Dreimal Old Bailey – tätlicher Angriff und Raub. Seit kurzem arbeitet er im ›Golden East‹. Coldharbour Smith hat ihn da ausgehalten.«
Die Situation war ziemlich hoffnungslos, dachte Jim. Er war fest davon überzeugt, daß der Mann Valerie nicht zufällig erwähnt hatte. Mrs. Smith! Welchen teuflischen Plan heckte dieser Satan in Garre Castle mit Hilfe seines Handlangers Smith wohl aus?
Das anschließende Verhör erwies sich als Zeitvergeudung. Isaac, ein Kerl mit niedriger, fliehender Stirn, war zwar geistig zurückgeblieben, aber doch schlau genug, diesen Mangel für seine Zwecke auszunutzen. Auf Jims Fragen antwortete er mit gespielter Verständnislosigkeit.
»Ich kann mich nicht erinnern, etwas über ... wie heißt doch die Dame ... gesagt zu haben.«
»Ein hoffnungsloser Fall«, meinte Jim, nachdem er wieder im Büro der Polizeiwache war. »Ich weiß nicht, ob es lohnt, ihn festzuhalten. Außerdem ist es Angelegenheit von Smith, ihn anzuzeigen. Wenn Smith es nicht tut, lassen Sie ihn laufen.«
Smith zeigte kein Interesse an einer Anzeige und sagte das ganz offen. »Ich habe mich bei diesem Subjekt hinreißen lassen. Hatte ich nicht allen Grund dazu, als ich merkte, daß er dort gewartet hatte, um Sie niederzuschlagen? Gottlob hat er mich und nicht Sie getroffen«, sagte Smith scheinheilig.

»Ich bin zutiefst gerührt«, antwortete Jim. »Und jetzt wollen wir mal von Miss Valerie Howett sprechen und davon, warum Isaac sie mit Ihnen in Verbindung gebracht hat.«

Die beiden Männer saßen wieder im Hinterzimmer der Bar, nur daß diesmal ein Polizist vor der Tür stand und zwei andere in der Halle postiert waren.

»Ich weiß nicht mehr als Sie. Diese Verrückten sind sonderbare Leute. Irgendwo schnappen sie einen Namen auf...«

»Lassen Sie solch dumme Ausreden, Smith«, sagte Jim mit gefährlich ruhigem Unterton in der Stimme. »Sie selbst zumindest sind nicht verrückt.«

»Captain, ich weiß gar nichts. Ich habe den Namen der Dame nie gehört. Ich bin doch nicht verantwortlich für das, was ein Verrückter sagt.«

»Isaac hat nur wiederholt, was Sie in besoffenem Zustand ausgeplaudert haben, Sie befinden sich in Gefahr, Smith. Da brauchen Sie gar nicht so zu lächeln. Ich meine nicht die Gefahr, an die Sie jetzt denken. Es geht nicht darum, Sie in den Knast zu bringen. Das könnte ich jeden Augenblick. Sie glauben, Sie seien sicher, weil man Ihnen bisher keine Schwierigkeiten gemacht hat. Da sind Sie auf dem Holzweg, mein Lieber. Für einen Mann wie Sie gibt es keine Sicherheit. In Ihrem Fall brauchte man nicht einmal einen Tatbestand zu erfinden. Die Gefahr für Sie«, und Jim hob warnend den Finger, »diese Gefahr kommt von mir, von jemandem, der keine Gnade walten lassen wird.« Mit dieser Drohung ging Jim. Coldharbour Smith öffnete die Verbindungstür zur Bar und rief den Barkeeper. »Schicken Sie mir den Skipper rein. Und bringen Sie gleich noch eine Flasche Schnaps und Zigarren. Ich werde den größten Teil der Nacht hierbleiben.«

30

John Wood erhielt ein dringendes Telegramm aus London, verließ sein Kinderheim in Wenduyne und begab sich zu Scotland Yard. Es war Jim Featherstones erste Begegnung mit dem Philanthropen, obwohl er sich dunkel erinnerte, ihn während eines Mittagessens mit den Howetts an einem Nebentisch gesehen zu haben. Es war unmöglich, John Wood zu begegnen, ohne von ihm beeindruckt zu sein. Menschen tragen in ihrem Gesicht das aufgeschlagene Buch ihres Lebens, und die Geschichte, die Jim in den lächelnden Augen John Woods las, erweckte in ihm ausgesprochen freundliche Gefühle für seinen Besucher.

»Ich fürchte, ich habe Ihnen eine lange und unbequeme Reise aufgebürdet, Mr. Wood«, begann Jim die Unterhaltung. »Natürlich kommt Scotland Yard für Ihre Reisespesen auf. Wir werden aber sicherlich nicht den Verlust an Ihrer Lieblingsbeschäftigung ersetzen können.«

John Wood lachte. »Ich nehme an, Spike Holland hat Ihnen von meinen Pflegekindern erzählt. Und dann hat er Ihnen vermutlich eine Geschichte erzählt, die ich ihm vertraulich berichtet habe. Ich will das nicht verurteilen, denn früher oder später wäre das ohnehin fällig gewesen. Sie wollen mich also wegen Bellamy sprechen?«

Jim nickte. »Es geht mir dabei vor allem um das Kind, das Bellamy nach Ihrer Ansicht umgebracht hat.«

Wood hatte sich nicht gesetzt, sondern stand mitten im Zimmer, die Hände gefaltet, die Augen in die Ferne gerichtet. »Das Kind«, sagte er leise. »Was kann ich Ihnen da erzählen? Die Geschichte liegt in einer fernen Vergangenheit und ist seither von jedermann außer mir vergessen, abgesehen hoffentlich von Bellamy. Wobei ich ernsthaft bezweifle, daß diese düstere Angelegenheit ihn jemals wirklich berührt hat.«

Einen Augenblick lang schien Wood sich zu sammeln. Dann begann er zu erzählen: »Der Fall gehört rein juristisch vor die amerikanische Polizei, und ich bezweifle sehr, daß Sie – selbst wenn ich Ihnen alle Einzelheiten des Verbrechens mitteilen könnte, wozu ich nicht in der Lage bin – rechtliche Schritte gegen ihn unternehmen könnten. Bellamy hat den ihm sehr früh zugefallenen Wohlstand stets dazu benutzt, jeglichen Widerstand gegen seine Pläne zu brechen. Ich will damit nicht sagen, daß er ein lasterhafter Mensch im allgemeinen Sinne des Wortes ist. Dieser Mann huldigt nur einem – der Macht. Und um sich diese Macht zu sichern, hat er gegenüber anderen auch die übelsten Methoden nicht gescheut. Widerstand gegen seine Pläne und Maßnahmen weckt den Teufel in ihm. Und wenn dieser Widerstand von jemandem ausging, den er verletzen konnte, dann hat er bisher stets schnell und zielsicher zugeschlagen. Seine gemeinste Methode war, die Gegner über deren Kinder zu treffen. Ich kenne zwei authentische Fälle, in denen er das getan hat. Ich will jetzt nicht im einzelnen darauf eingehen, was bei Bellamy solchen

Haß erweckt hat. Das Kind der Leute, um die es sich in diesem Fall handelt, verschwand eines Tages unter rätselhaften Umständen. Der Vater war außer sich, die Mutter versank in Schwermut. Zwischen der Mutter und Bellamy muß es irgendeine Verbindung gegeben haben, von der der Vater nichts wußte. Eine Kinderschwester war mit dem Baby ausgefahren und kehrte mit dem leeren Kinderwagen zurück. Das Kind war verschwunden, während sie sich mit einer Bekannten unterhielt. Vierzehn Tage später ereignete sich ein Eisenbahnunglück, bei dem mehrere Personen den Tod fanden. In den Trümmern fand man auch den Schuh eines Babys, den der Vater als den des entführten Kindes wiedererkannte. Zeugen berichteten, sie hätten eine Frau gesehen, die ein Baby in den Zug trug, und es besteht wohl kaum ein Zweifel, daß das Kind zu den Opfern des Unglücks gehörte. Man nahm damals an, der Kidnapper sei auf dem Wege zu einem unbekannten Bestimmungsort gewesen, als das Unglück ihn oder seinen Beauftragten ereilte.«

»Wurde die Sache der Polizei gemeldet?«

Zu Jims Überraschung schüttelte Wood den Kopf. »Nein. Deshalb bin ich ja so sicher, daß die Mutter wußte, wer hinter der Kindesentführung stand, und daß sie aus Angst um das Schicksal des Kindes die Information zurückhielt, die zu seinem Auffinden hätte beitragen können. Ich habe nicht den geringsten Zweifel, daß Abel Bellamy der Verantwortliche war.«

»Sind Sie absolut sicher, daß das Kind umgekommen ist? Und wann ist das geschehen?«

Jim zeigte sich von der Antwort enttäuscht. »Schade, ich hatte eben noch gehofft, Ihnen sagen zu können, daß das Kind lebt. Aber leider passen die Daten nicht zusammen, es sei denn, der Mann hat mehrere Verbrechen dieser Art begangen.«

»Ich bin ziemlich sicher, daß dies nicht das einzige war«, sagte Wood. »Es mag eine nahezu unglaubliche Beschuldigung eines Mannes von der Reputation Bellamys sein, aber ich bin zwei geheimnisvollen Fällen auf die Spur gekommen, bei denen jedesmal das Kind eines Mannes verschwunden ist, der sich gegen ihn gestellt hatte. Wie ich schon sagte, ist sein ganzes Leben vom Streben nach Macht beherrscht. Vielleicht ist der Mann wahnsinnig.«

»Können Sie mir noch etwas mehr über ihn erzählen, Mr. Wood?« Dieser winkte ab. »Das kann ich leider nicht.«

»Und wie ist der Name des Kindes?«

»Nicht einmal das darf ich Ihnen sagen. Sehen Sie, Captain Feather-

stone, in dieser Angelegenheit habe ich eine gewisse Verantwortung, die mich bindet.«
Vor dem Abschied fragte John Wood noch etwas, das ihn seit einigen Minuten beschäftigte. »Sie sprachen eben davon, daß die Daten nicht zusammenpassen, Captain. Haben Sie noch andere Opfer dieses Bösewichts aufgespürt?« Jim nickte. »Können Sie mir sagen, wer das war?«
»Ich fürchte, ich muß Ihrem Beispiel folgen und Sie bitten, nicht weiter in mich zu dringen«, erwiderte Jim lächelnd. »Sind Sie absolut sicher, daß die Kindesentführung vor zwanzig Jahren geschah?«
»Da gibt es keinen Zweifel. Das Unglück ereignete sich an einem Ort namens River Bend und wurde damals in allen Zeitungen als River-Bend-Katastrophe beschrieben.«
John Wood erledigte noch einen Telefonanruf, bevor er den Nachmittagszug nach Belgien nahm. Zu seiner Enttäuschung war Spike nicht in London. Mr. Syme empfing den Besucher, und der Mr. Syme, der eine in der Öffentlichkeit bekannte Persönlichkeit interviewte, benahm sich ganz anders, als man es von ihm gewohnt war. »Holland ist noch in Garre, aber ich rufe ihn morgen zurück«, erklärte Syme seinem Besucher. »Das öffentliche Interesse am Bogenschützen ist ziemlich erloschen. Er ist seither nicht mehr in Erscheinung getreten, so daß ich annehme, daß der grüne Bogenschütze tot ist. Vielleicht wird er es von dem Augenblick an sein, an dem ich Holland in die Redaktion zurückhole«, fügte er hoffnungsvoll hinzu.

31

Seit der Entlassung des neuen Butlers waren viele seiner Pflichten auf Julius Savini übergegangen. Der mußte jetzt jeden Morgen die kleine Tür öffnen, die zum Vorratsraum führte, und die Dienstboten einlassen, die den bewohnten Teil des Schlosses zu reinigen hatten. Bellamys Haushalt war so organisiert, daß seine persönliche Bequemlichkeit so wenig wie möglich gestört wurde. Die Bibliothek etwa wurde während seines Morgenspaziergangs geputzt, den er bei jedem Wetter unternahm. Sein Schlafzimmer und die Flure waren unmittelbar danach an der Reihe.

Obwohl Julius sich auf diese Weise noch unentbehrlicher gemacht hatte, spürte er, daß der Alte sich mit dem Gedanken trug, ihn zu entlassen. Die von Bellamy neuerdings zur Schau getragene auffallende Sanftmut verstärkte diesen Verdacht noch. Demzufolge überlegte Savini fieberhaft, wie er seinen Abschied möglichst einträglich gestalten könnte.
Bellamy behielt immer nur wenig Bargeld im Haus. Bei der lokalen Zweigstelle seiner Londoner Bank unterhielt er ein kleines Konto. Brauchte er größere Beträge, mußte Savini mit dem Wagen nach London fahren und sie dort abheben. Freilich waren die Summen, die Savini bisher in London abgeholt hatte, nicht von der Größenordnung, daß sie ein Risiko gerechtfertigt hätten. Da Bellamy Julius das Ausfüllen der Schecks überließ und sie nur unterschrieb, lag das Scheckbuch stets auf Savinis Schreibtisch. Als der Zeitpunkt gekommen war, der für den großen Coup geeignet schien, entwarf Julius einen Plan, der den Vorzug der Einfachheit besaß. Eines Morgens legte er dem Alten wieder mehrere Schecks zum Unterzeichnen vor. Mit den meisten sollten kleinere Haushaltsrechnungen für Lieferanten und Handwerker beglichen werden. Der letzte war für den lokalen Zeitschriftenhändler bestimmt und belief sich auf eine lächerlich geringe Summe.
»Warum bezahlen Sie das nicht in bar?« brummte der Alte, als er unterschrieb. Er konnte nicht wissen, daß Julius genau das vorhatte und es auch noch am selben Nachmittag tat. Den Scheck hatte er sorgfältig in der Brieftasche aufbewahrt. Datum, Name des Empfängers und die Summe waren mit einer Tinte geschrieben, die nach drei Stunden unsichtbar wurde. Als Savini sich den Scheck nach dieser Zeit ansah, war daraus ein Blankoscheck geworden, der nur noch Bellamys Unterschrift trug.
An diesem Nachmittag fuhr Julius nach London und suchte seine Frau auf. »Bald ist es soweit. Ich werde zunächst alleine verduften. Du kommst später nach. Es wird dir nicht schwerfallen, von hier nach New York zu verschwinden, und von dort aus kommst du dann auf Umwegen nach Rio. Ich werde dir an die alte Adresse schreiben.«
Die alte Adresse, das war die Kneipe »El Moro«, die täglich Briefe mit seltsamen Empfängernamen erhielt und sorgsam aufbewahrte.
Als er wieder in seinem Zimmer im Schloß war, nahm Julius den Blankoscheck aus seiner Brieftasche und setzte die Summe von einhunderttausend Dollar ein. Bellamy unterhielt angesichts des schwankenden Wechselkurses des Pfund Sterling ein Dollarkonto.

Wie erwartet, sagte Bellamy ihm am folgenden Morgen als erstes: »Ich werde Sie morgen nach London schicken, um Geld zu holen, Savini.«
»Könnte ich nicht heute fahren?« fragte Julius eingedenk der Tatsache, daß er den Scheck auf diesen Tag datiert hatte. »Ich habe sonst nicht viel zu tun.«
»Sie fahren morgen ganz früh«, fuhr der Alte ihn an. »Stellen Sie einen Scheck auf fünftausend Dollar aus.«
Julius kam mit dem Scheck und dazu mit einem an den Manager der Bank gerichteten Brief. »Was soll das?« fragte der Alte argwöhnisch.
»Als ich das letztemal fünftausend abhob«, erwiderte Julius eilfertig, »da sagte mir Mr. Sturges, er zahle ungern größere Beträge aus, wenn der Scheck nicht noch durch einen Begleitbrief abgesichert sei.«
»Allmählich sollten die Burschen doch Bescheid wissen«, knurrte Bellamy, als er den Brief unterzeichnete, der den Bankier autorisierte, den Scheck durch den Überbringer einlösen zu lassen.
So einfach ist das, dachte Julius mit einem Vorgefühl bösartiger Befriedigung, als er sich vorstellte, wie der Alte rasen würde, wenn der Betrug ans Licht kam. Zu dem Zeitpunkt würde Julius Savini schon außer Reichweite sein.
Am Nachmittag ließ Bellamy den Wagen vorfahren und fuhr fort, ohne zu sagen, wohin. Julius tippte auf eine Begegnung mit Coldharbour Smith, denn Bellamy hatte am Morgen nach Limehouse telefoniert und sich dabei eine Weile eingeschlossen. Julius war froh über Bellamys Abwesenheit, hatte er doch noch eine Menge zu tun. Briefe mußten verbrannt, Kleidungsstücke, die er zurücklassen wollte, genau untersucht werden, ob er darin auch nichts vergessen hatte, was andere auf seine Spur setzen könnte. Als alles erledigt war, ging Julius langsam den Gang entlang, besorgt, ob seine Nerven den Belastungen der zwölf Stunden, die er noch in Bellamys Gegenwart verbringen mußte, standhalten würden. Am Ende des Ganges, nahe der Treppe, war die schmale Tür, durch die am Morgen die Reinemachefrauen eingelassen wurden und durch die der grüne Bogenschütze verschwunden war. Seit der Entlassung des Butlers wurde sie von Julius geöffnet und abgeschlossen. Savini, mit seinen Gedanken schon ganz bei seiner geplanten Flucht, bemerkte plötzlich, wie die Tür sich langsam öffnete. Obwohl es mitten am Tag war und alles dafür sprach, daß es sich um jemand vom Personal handelte, der zurückkehrte, um irgendeine liegengebliebene Tätigkeit zu beenden, stand Savinis Herz einen Augenblick beinahe still.

Ihm kam sofort der grüne Bogenschütze in den Sinn. Schließlich war die Tür ganz offen, und ein Mann trat vorsichtig in den Gang – ein schlanker, hagerer, kahlköpfiger Mann mit großer Hornbrille. Er konnte Julius höchstens schemenhaft gesehen haben, sprang jedoch mit einem Satz zurück und zog die Tür quietschend zu. Julius stand entgeistert da und starrte auf die geschlossene Tür. Der Mann war Mr. Howett.

32

Howett kam durch die Tür, die auch der grüne Bogenschütze benutzte. Er kannte also trotz aller Vorsichtsmaßnahmen einen geheimen Zugang zum Schloß. Julius seufzte tief und lang, kehrte in sein Zimmer zurück, holte den gefälschten Scheck hervor und verbrannte ihn. Jetzt sah er einen einträglicheren und weniger riskanten Weg vor sich. Howett war ein sehr reicher Mann, und er würde zahlen! Mit diesen Gedanken schloß er die kleine Tür auf und ging die Steintreppe hinunter zum Lagerraum. Wie erwartet war dieser Raum leer. Die zur Küche führende Tür war unverschlossen, und er betrat das Reich der Köchin. »Nein, Sir, hier ist niemand durchgekommen«, antwortete sie auf seine Frage. »Die Putzfrauen sind schon vor Stunden gegangen.«
Jetzt kümmerte es Julius nicht mehr, ob sein Boss ihn behalten oder entlassen würde. Er würde nun eine Einkommensquelle für den Rest seines Lebens haben. Während er durch den Park schlenderte, betrachtete er »Lady's Manor« schon mit den Augen des Besitzers und träumte von zukünftigem Reichtum. Der Anblick eines Mannes, der ihm vom Pförtnerhäuschen entgegenkam, lenkte seine Gedanken zur Wirklichkeit zurück. Es war Jim Featherstone.
»Was, zum Teufel, machen Sie hier, Featherstone?« fragte er, wobei seine rosigen Träume plötzlich zerstoben. »Sie können jetzt nicht ins Schloß«, fuhr er aufgeregt fort. »Ich habe meinen Job praktisch schon verloren.«
»Das habe ich mir gedacht«, sagte Jim.
»Wieso haben Sie sich das gedacht?«
»Mein lieber Savini: Wenn ein Mann wie Sie damit anfängt, sich über Schiffsverbindungen nach Rio zu informieren, dann meine ich, erwarten Sie, demnächst gefeuert zu werden, und bereiten eine

Luftveränderung vor. Dazu kann ich Ihnen nur eines sagen: Selbst wenn Abel Bellamy der Teufel in Person wäre, müßte ich alles tun, ihn vor Beraubung zu schützen. Nehmen Sie meine Warnung ernst. Sollten Sie versuchen, London ganz prosaisch mit dem Fährschiff oder auf dem romantischeren Luftweg zu verlassen, dann werden wir Sie sehr gründlich unter die Lupe nehmen.«

Julius wurde es noch nachträglich mulmig. Welch ein Glück, daß er auf sein ursprüngliches Vorhaben verzichtet hatte. »Ich weiß nicht, warum Sie so von mir denken«, sagte er mit dem Ausdruck gekränkter Unschuld. »Ich versuche seit langem, ein ehrlicher Mensch zu bleiben. Aber ihr von der Polente mißtraut einem bis an sein Lebensende.«

Jim lachte. »Sie reden wie ein urchristlicher Märtyrer. Das geht mir wirklich zu Herzen. Aber Sie könnten sich jetzt einmal ausgesprochen nützlich machen. Ich suche etwas im Garten, brauche das Haus also gar nicht zu betreten.«

»Was ist es denn?« fragte Julius, bei dem die Neugier über die Angst siegte.

»Ich habe neulich nachts einige Stahldorne in den Boden getrieben und alle außer einem gefunden. Es war in der Nacht, als die Hunde den grünen Bogenschützen jagten. Ich will Ihnen nicht erst lang und breit erklären, warum ich das getan habe. Helfen Sie mir lieber suchen. Es war an einem Blumenbeet dicht bei der Mauer. Übrigens, ist das nicht die Rückwand von Bellamys Bibliothek?« Er deutete auf die graue, verwitterte Mauer.

Julius nickte. »Allmählich sollten Sie sich doch hier auskennen, Captain Featherstone. Was meinen Sie wohl, was der Alte mit mir anstellen würde, wüßte er, daß mir Ihre Identität bekannt war.«

»Haben Sie inzwischen einen neuen Butler?«

»Der bin ich«, antwortete Julius verärgert. »Der alte Teufel behandelt mich wie einen Dienstboten.«

Die Suche dauerte nicht lange. Nach wenigen Minuten sah Jim einen metallenen Gegenstand glänzen und zog den langen Stahldorn aus dem Erdreich.

»Was ist das?«

»Ein Thermometer. Und ich kann Ihnen im voraus sagen, daß es eine Temperatur von vierzig Grad Fahrenheit anzeigen wird«, antwortete der Detektiv. Er wischte die Erde vom Glas des Instruments und prüfte die Quecksilbersäule. Dann stieß er einen langen Pfiff aus.

»Achtzig Grad«, sagte er, halb zu sich selbst. Ein Irrtum war nicht

möglich. Das Instrument war in Ordnung, und der rotgefärbte Quecksilberfaden berührte die Markierung achtzig. »Achtzig Grad«, wiederholte Jim und schaute den verwirrten Julius an. »Der Boden hier, Savini, ist um vierzig Grad wärmer als überall sonst um das Schloß. Das erklärt wohl auch die hohe Gasrechnung.«
»Was soll das alles?« fragte Julius. »Und was hat die Gasrechnung damit zu tun? Sie meinen doch nicht, daß Bellamy den Erdboden beheizt?«
»Genau das ist es, was ich denke.« Jim prüfte nochmals das Thermometer. Die Außentemperatur betrug im Augenblick fünfundfünfzig Grad. Aber irgendwann zwischen dem Zeitpunkt, als das Thermometer in den Erdboden versenkt wurde, und dem, als er es wieder herauszog, war es einer Wärme von achtzig Grad Fahrenheit ausgesetzt gewesen.
»Ich begreife das alles nicht, Featherstone«, sagte Julius gereizt. »Was soll ich denn nun dem Alten sagen, wenn er zurückkommt?«
»Sie werden ihm nichts sagen und dieselbe Diskretion wahren, die Ihr Verhalten so auszeichnete, als ich noch die Ehre hatte, unter demselben Dach wie Sie zu schlafen.«
Julius blieb es erspart, lügen zu müssen. Denn gerade als Jim gehen wollte, kam Bellamys Wagen die Auffahrt herauf, und der Alte sprang heraus, ehe das Fahrzeug hielt.
»Haben Sie etwa einen neuen – wie heißt es doch – Durchsuchungsbefehl?« fragte er. »Freut mich, Sie zu sehen, Captain Featherstone. Was mir an England so gut gefällt, ist die Art und Weise, wie die Menschen einen aufsuchen, ohne eingeladen zu sein. Was ist das?« fragte er scharf.
Jim reichte ihm wortlos den langen Stahldorn, und Bellamy blickte ihn stirnrunzelnd an.
»Einige Nächte, bevor ich aus Ihrem Dienst schied, Mr. Bellamy, habe ich mir erlaubt, einige dieser Instrumente in den Boden rund um das Schloß zu versenken. Jedes enthält ein Thermometer. Alle außer diesem, das ich zunächst nicht wiedergefunden hatte, zeigten eine Temperatur von vierzig Grad an. Dies hier ist auf achtzig gestiegen.«
Kein Muskel zuckte in Bellamys Gesicht. »Vielleicht sind Sie auf einen Vulkan oder eine heiße Quelle gestoßen? Wollen Sie mich einsperren, nur weil der Erdboden hier warm ist?«
»Ich stelle nur fest, daß das sonderbar ist.«
Bellamy lachte. »Ich bedaure, einen so cleveren Burschen wie Sie

enttäuschen zu müssen. Im Pförtnerhaus wird man Ihnen bestätigen, daß ich mit echt amerikanischer Gründlichkeit eine Warmwasserleitung für die Wohnung des Pförtners habe legen lassen. Sie sind mit Ihrem Instrument auf diese Leitung gestoßen. Dennoch würde mich interessieren, was Sie gefunden zu haben glauben.«
Die Erklärung war überzeugend, und Jim mußte zugeben, daß Bellamy wieder einmal einen Pluspunkt gesammelt hatte. Der Pförtner bestätigte die Angabe. Jim gestand dies später auch gegenüber dem mitfühlenden Spike ein.
»Ich kann Ihnen nicht genau sagen, was ich zu finden erwartete«, sagte er nachdenklich. »Als ich im Schloß arbeitete, hatte ich Gelegenheit, den Gaszähler zu prüfen. Der zeigte erheblich mehr, als die Heizöfen und der Küchenherd verbrauchen können.« Das Thema konnte nun abgeschlossen werden. Jim wandte sich daher mit ernstem Gesicht Spike zu.
»Sie könnten mir jetzt wertvolle Hilfe leisten, Holland. Ich will Sie ins Vertrauen ziehen und Ihnen verraten, daß Miss Howett sehr wahrscheinlich in großer Gefahr ist. Welcher Art diese Gefahr ist, kann ich Ihnen nicht sagen, weil ich es selbst nicht weiß. Gewiß ist nur, daß Bellamy die junge Dame aus mir unbekannten Gründen haßt. Wenn Sie willens wären, hierzubleiben, dann würde ich das mit Ihrem Chefredakteur persönlich regeln. Ich weiß inzwischen genug, um ihm klarzumachen, daß Garre Castle noch eine tolle Story hergeben wird. Und wenn Sie mir helfen, werde ich dafür sorgen, daß Sie den Knüller exklusiv bekommen.«
»Was soll ich nun tun?«
»Sie sollen den Hauptteil des Tages im Bett und den größten Teil der Nacht in Reichweite von ›Lady's Manor‹ verbringen.«
»Sind Sie hinter dem grünen Bogenschützen her?«
Featherstone schüttelte den Kopf. »Der macht mir im Augenblick am wenigsten Sorgen. Der kann auf sich selbst aufpassen, und ich habe Grund zu der Annahme, daß er gegenüber Miss Howett nichts Böses plant. Coldharbour Smith heißt der Mann, den ich im Moment für gefährlicher halte als alle Bogenschützen, die jemals in grüner Kluft herumgelaufen sind.«
Als Jim nach London zurückfuhr, hielt er seinen Wagen auf der Anhöhe an, von der aus man Garre Castle überblicken konnte. Die düsteren Umrisse des Schlosses hoben sich drohend gegen die Abenddämmerung ab. Welche Tragödie mochte sich dort abspielen? Daß dieses Geheimnis noch nicht enthüllt war, dessen war er sicher.

33

Um acht Uhr abends schob eines der Dienstmädchen den Servierwagen in die Bibliothek, auf dem ein umfangreiches Mahl angerichtet war. Sie schob ihn auf den freien Platz hinter dem Schreibtisch, stellte einen Stuhl davor und flüchtete mit einem scheuen »Es ist angerichtet, Sir« aus dem Zimmer. Bellamy brummte etwas vor sich hin, was sie nicht verstand, dann ging er langsam zur Tür und verschloß sie. Ohne sich zu setzen, füllte er von den Gerichten auf einen Teller. Dann schob er den Wagen von dem kleinen Teppich und rollte diesen so auf, daß der Parkettfußboden zum Vorschein kam. Aus dem Schreibtisch holte er einen Vakuumsauger, über dessen Zweck Julius sich oft den Kopf zerbrochen hatte. Er preßte ihn auf eines der Holzplättchen des Parketts und hob es auf diese Weise hoch. Ein kleines Schlüsselloch wurde sichtbar. Er führte den Schlüssel ein, den er an einem Kettchen um den Hals trug, und öffnete damit eine Falltür, die zu einer Steintreppe führte. Bellamy holte den gefüllten Teller vom Serviertisch und betrat damit über die Treppe die unter der Bibliothek liegende unterirdische Kammer. Trotz der hier herrschenden Dunkelheit fand er seinen Weg bis zu einer Bank, auf die er den Teller stellte. Dann zündete er mit einem Streichholz eine Gasdüse an. Am anderen Ende des Ganges befand sich eine Tür, die er entriegelte und aufstieß. Nachdem er sie durchschritten hatte, befand er sich bereits außerhalb des Schlosses. Die Tür hatte man in die Fundamente des Schlosses eingebaut. Dahinter lag ein großer Raum, der in zwei kleinere Zimmer unterteilt war und von sechs Gasdüsen hinter durchsichtigen Glasscheiben beleuchtet wurde. Dieser gewölbte Raum mit seinen massiven Pfeilern war wohl das Bemerkenswerteste im ganzen Schloß. Bellamy hatte ihn mit großem Kostenaufwand möbliert und ausgestattet, an den Wänden hingen kostbare Gobelins, rundum standen bequeme Sessel und Sofas. Selbst Blumen waren da, auf einem kleinen Tisch in einer Silbervase. Jeden Gegenstand in diesem Raum hatte Bellamy eigenhändig hereingebracht, besser gesagt: hereingeschmuggelt.

Er stellte den Teller auf einen Tisch und sah sich um. Der Raum war leer. Er ging zu einer der Türen und stieß sie auf. Dahinter befand sich eine vollkommen ausgestattete kleine Küche, von der aus man in ein Badezimmer gelangte.

»Elaine!« rief er scharf. Eine Frau kam langsam aus dem dritten

Raum. Sie trug ein schlichtes schwarzes Kleid, ihre Bewegungen waren langsam, fast apathisch.
»Hier ist dein Abendessen«, brummte Bellamy. »Hast du schon mal daran gedacht, was passieren würde, wenn ich dich vergesse? Stell dir mal vor, ich falle tot um.« Bei diesem Gedanken stieß er ein dröhnendes Gelächter aus. »Wer würde dich hier finden? Du würdest verhungern, Elaine. In hundert, vielleicht erst in tausend Jahren würde man dich finden und dann für eine der ehemaligen Königinnen halten. Was meinst du, Elaine?«
Sie hatte das schon so oft gehört, daß sie gar nicht mehr darauf achtete. Sie zog nur langsam einen Stuhl zu dem Tisch, auf dem das Essen stand, und setzte sich. Er beobachtete sie, während sie fast mechanisch aß. Acht Jahre Isolation hatten ihre Spuren im Gesicht der Frau hinterlassen. Dennoch hatte nichts von dem, was sie in dieser Zeit erdulden mußte, weder die Beleidigungen und Sticheleien noch die ausgeklügelte Brutalität, mit der Bellamy sie behandelte, ihren Geist gebrochen oder Runzeln in ihre schönen Züge geprägt. Man hätte sie immer noch für eine Frau von dreißig Jahren halten können, nur das graue Haar verriet ihr höheres Alter.
Bellamy lehnte sich mit verschränkten Armen an einen der dicken Pfeiler und sah auf sie herab. »Heute habe ich Valerie gesehen, Elaine Held«, sagte er. »Sie hätte dich bestimmt grüßen lassen, wenn sie gewußt hätte, wo du bist. In einem Monat wird sie glückliche Braut sein, meine Liebe. Erinnerst du dich noch an Coldharbour Smith? Er ist der Bräutigam.«
Die Frau schaute auf. »Ich glaube dir nicht, daß du Valerie gesehen hast oder daß sie hier in der Nähe ist. Das ist nur wieder eine deiner typischen Lügen. Alles, was du mir gesagt hast, war Lüge.«
»Kennst du Coldharbour Smith?« wiederholte er.
Sie antwortete nicht, aber das Glas Wasser in ihrer Hand zitterte.
»Du solltest dich besser an ihn erinnern«, sagte Bellamy mit drohendem Unterton. »Übrigens schnüffelt ein Kriminalbeamter hier in der Gegend herum. Als du neulich wieder einmal einen deiner verrückten Anfälle hattest, hat er dich gehört. Jawohl, meine Dame, er stand genau über dir und hörte dein Kreischen.« Er lachte schallend, so daß es im Gewölbe widerhallte. »Ein kluges Bürschchen. Er hat sogar die Bodentemperatur gemessen und ist dabei auf deine Küche gestoßen. Er hat zwar richtig getippt, am Ende habe ich ihn aber doch an der Nase herumgeführt.«
Sie antwortete immer noch nicht. Er fuhr unbekümmert fort: »Vale-

rie ist übrigens ein reizendes Mädchen und Elaine Held wie aus dem Gesicht geschnitten – dieselben Augen, dasselbe Haar, dieselbe Hochnäsigkeit. Ich werde sie, wie gesagt, in einem Monat verheiraten.«
Die Frau stand mit einem Seufzer auf, sah ihn einen Augenblick unbewegt an und sagte dann nur: »Für mich ist Valerie tot.«
»Du bist eine Närrin und bist stets eine gewesen. Du hattest deine Chance, als ich dich heiraten wollte. Jetzt will ich dich nicht mehr.«
»Das ist das Erfreulichste, was du mir bisher gesagt hast. Oh, mein Gott, ich wünschte, ich wäre tot.« Sie bedeckte ihr Gesicht mit beiden Händen und zitterte am ganzen Körper.
»Warum stirbst du dann nicht?« fragte Bellamy verächtlich. »Weil du feige bist! Stirb doch! Es geht so leicht. Du brauchst nur eine dieser Gaslampen aufzudrehen und dann schlafen zu gehen. Du hast doch auch Messer – kannst du sie nicht schärfen?«
»Auf diese Art will ich nicht sterben. Ich will leben, und sei es nur, um mit anzusehen, wie du für alles Böse bestraft wirst, das du angerichtet hast, für all das Leid, das du anderen zugefügt hast, Abel Bellamy.«
Er entblößte voller Wut die Zähne. Dann trat er blitzschnell auf sie zu und packte sie an den Schultern. »Du hast Angst vor dem Tod!« keuchte er. »Ich fürchte den Tod nicht! Ich warte schon auf den Tag, an dem es mich erwischt – mich da oben. Und du hockst hier unten, ohne daß jemand etwas von dir weiß. Das wird ein angenehmer Gedanke sein, den ich ins Jenseits mit hinübernehme. Und wenn sie mich im Sarg aus dem Schloß tragen, werden sie dabei über dein Grab marschieren, Elaine, und niemand wird und soll es je wissen.«
Sie schauderte. »Du bist kein menschliches Wesen«, murmelte sie.
Bellamy lockerte seinen Griff, nahm den leergegessenen Teller an sich und balancierte ihn auf der Hand, während er sie nachdenklich ansah. »Sie werden dich nie finden«, sagte er mehr zu sich selbst. »Nie! Ich behalte dich hier.«
Mit einem Ruck drehte er sich um, verließ den Raum und schlug die Tür zu, die er verriegelte. Oben stellte er den leeren Teller auf den Servierwagen. Dann ließ er die Falltür zuklappen.

34

Die bissigen Hunde wurden tagsüber in einen alten Schuppen gesperrt, in dem die mittelalterlichen Schloßherren ihre Jagdhunde gehalten hatten. Bellamy hatte genau festgelegt, wie sie zu füttern waren. Ihr letztes Fressen erhielten sie am frühen Nachmittag. Danach ließ er sie absichtlich hungern. Ein hungriger Hund ist ein wachsamer Hund und ein angriffslustiger dazu. Am Morgen fütterte Bellamy sie persönlich. Gewöhnlich fand er sie feierlich vor seinem Schlafzimmer aufgereiht, die wachsamen Augen ihm zugewandt.

»Wenn Sie morgen nach London fahren, Savini, sollten Sie früh zurück sein. Ich brauche Sie. Wie ich höre, sind Sie verheiratet.«

»Jawohl, Sir«, antwortete Julius, der sich fragte, woher der Alte diese Information wohl hatte. Von Featherstone stammte sie sicher nicht, das wußte er. Es konnte nur Coldharbour Smith gewesen sein, ein Mann, auf dessen Verschwiegenheit man sich grundsätzlich nicht verlassen konnte.

»Soll recht hübsch sein, Ihr Frauchen«, sagte Bellamy und sah seinen Sekretär von oben her unter buschigen Augenbrauen an. »Eine tolle Puppe, hieß es. Stimmt das?«

»Jawohl, Sir«, antwortete Julius, neugierig, was jetzt wohl kommen würde.

»Smith hat einen guten Job für sie«, fuhr Bellamy fort, während er sich wieder dem Studium einer Illustrierten zuwandte. »Ich nehme an, Sie hätten nichts dagegen, wenn Ihre Frau zusätzlich Geld verdiente?«

Die Neugier herauszufinden, was der Alte vorhatte, ließ Julius die in Bellamys Bemerkung spürbare Geringschätzung überhören. Hier schien sich eine unerwartete Entwicklung anzubahnen. Daß Bellamy damit nicht eine freundschaftliche Geste im Sinn hatte, war Julius von vornherein klar.

»Es freut mich, daß Sie das sagen, Sir«, antwortete er liebedienernd. »Fay ist ein nettes Mädchen, das nichts von meinem früheren Leben weiß –«

»Lügen Sie nicht schon wieder! Sie gehörte doch zu eurer Bande.« Julius verfluchte im stillen den Informanten. »Wäre sie ein ehrliches Mädchen, dann hätte ich gar keine Verwendung für sie. Zumindest Smith hätte das nicht. Schreiben Sie ihr, Savini. Nein, fahren Sie lieber zu ihr. Sie sind doch morgen ohnehin in London. Sprechen Sie mit ihr, und sagen Sie ihr, sie solle zusagen, wenn Smith ihr

Mitarbeit anbietet. Sie soll gut bezahlt werden.«
Mit seiner charakteristischen Kopfbewegung beendete Bellamy das Gespräch. Julius ging in sein Zimmer, während Bellamy zum Hundezwinger wanderte. Savini wartete niemals ab, bis Bellamy mit den Hunden erschien. Nach wenigen Minuten war es soweit. Bellamy kam zurück, die Hunde folgten ihm auf den Fersen. Sie schauten erwartungsvoll zu, als er die Tür abschloß und zusätzlich verriegelte, und folgten ihm dann die breite Treppe hinauf. An der Tür seines Schlafzimmers drehte er sich um. Einer der Hunde hatte sich auf dem obersten Treppenabsatz niedergelegt, die anderen schnüffelten an der Tür zu Savinis Zimmer.
Die Uhr schlug zwei, als die Tür zum Vorratsraum Zentimeter für Zentimeter geöffnet wurde, so langsam und lautlos, daß selbst der Hund, der knappe zehn Meter entfernt auf dem Boden lag, sich nicht rührte. Genauso langsam wurde sie wieder geschlossen. Aber jetzt stand etwas auf dem Boden neben der Wand, was vorher nicht dagewesen war – eine große Schale mit Milch. Als erster sah sie einer der Hunde, die sich ruhelos in der Halle herumtrieben. Das Geräusch seiner schlabbernden Zunge lockte auch die anderen herbei. Die hungrigen Tiere versammelten sich um die Schale. Bald war sie leer, und einer nach dem anderen trollte sich davon, um sich irgendwo satt und zufrieden hinzulegen. Derjenige, der als erster die Milch gefunden hatte, streckte sich bald aus, legte den Kopf zwischen die Pfoten und schloß die Augen. Die anderen folgten kurz danach seinem Beispiel. Einige Minuten vergingen, dann glitt eine grüne Gestalt durch die Tür, huschte zu den Lichtschaltern und schaltete die Beleuchtung in der Halle aus.
Alle Bewegungen waren zielsicher und lautlos. Die Gestalt bückte sich und kraulte einen der Hunde am Kopf. Der öffnete für einen Augenblick die Augen und versank dann wieder in tiefen Schlaf. Die Gestalt blieb im Dämmerlicht bewegungslos vor Bellamys Schlafzimmer stehen. Sie sah furchterregend aus. Vor allem das weiße Gesicht war grotesk und in seiner Starrheit erschreckend. In einer Hand hielt die Gestalt einen langen Bogen, von der Schulter hing ein Köcher mit grünen Pfeilen. Sie wartete noch eine geraume Zeit und schob dann ein schmales Instrument ins Schlüsselloch, an dessen vorderem Ende ein kräftiger Draht befestigt war, mit dem man den innen steckenden Türschlüssel geräuschlos drehen konnte. Jetzt war die Außentür weit offen und gab die innere, lederbeschlagene Tür frei. Wieder trat das Instrument in Aktion. Diesmal wirkte es auf die

Eisenstange ein, die quer durch die Tür verlief und das Aufschnappen des Schnappschlosses verhindern sollte. Das stark magnetisierte Ende ließ das Schloß aufspringen.
Als Bellamy Stunden später aufwachte, zeigten die Leuchtziffern der Uhr auf seinem Nachttisch auf Viertel nach vier. Er hatte es sich seit einiger Zeit angewöhnt, sofort nach dem Aufwachen nachzusehen, ob die Türen geschlossen waren. Nachdem er festgestellt hatte, daß dies der Fall war, legte er sich beruhigt wieder zurück und schob das Kopfkissen so unter den Kopf, daß er besonders bequem lag. Dabei hörte er ein schwaches Geräusch, als ob ein Gegenstand aus Stahl an einen anderen stoße. Mit einem Satz war er aus dem Bett, um dann fluchend festzustellen, daß nur die Kette mit dem Schlüssel zu Boden gefallen war.
Bellamy schlief nicht wieder ein, sondern dachte über seine Pläne nach. Valerie Howett! Sie lag jetzt bestimmt in tiefem Schlaf und würde wohl selbst in ihren Träumen nichts von der Gefahr ahnen, die auf sie zukam. Aber er irrte sich. Valerie war nämlich ebenfalls hellwach.
Alle Frauen werden sich früher oder später darüber klar, daß ihr bis dahin freies und problemloses Leben im Grunde doch weitgehend von anderen abhängig ist. Dieses Wissen kann angenehm sein, kann aber auch irritieren. Besonders irritierend pflegt diese Situation dann zu sein, wenn die Beziehungen zu der Person, die das eigene Leben irgendwie beeinflußt, noch unklar und ungewiß sind. Valerie Howett hatte in ihrer Beziehung zu Jim Featherstone einen Punkt erreicht, an dem zwar von Liebe oder gar Heirat überhaupt noch nicht ernsthaft die Rede war. Andererseits fühlte sie sich schon so an ihn gebunden, daß sie sich als verlobt bezeichnet hätte, wenn irgendein anderer Mann ihr die Ehe angetragen hätte. Dabei wußte sie noch nicht einmal, ob Jim überhaupt ungebunden war. In Gedanken versuchte sie, ihr Problem dadurch übersichtlicher zu machen, daß sie sich nochmals die Umstände vor Augen führte, unter denen sie Captain Featherstone kennengelernt hatte. Diesen Gedankengang aber gab sie schnell wieder auf, als er in die Richtung führte, daß Featherstone aller Wahrscheinlichkeit nach an ihr nur wie an einem Kriminalfall interessiert war. Schließlich hatte ihr Vater ihn gebeten, sich beruflich für Valerie zu interessieren, und vermutlich war es noch immer dasselbe berufliche Interesse, das er an ihr fand – trotz dieses sonderbaren Untertons in seiner Stimme, als er ihr am Hauseingang gute Nacht gewünscht hatte. Doch diese

Gedanken führten zu nichts, weshalb sie sich angenehmeren Überlegungen zuwandte.
Es schien ihr bereits eine Ewigkeit her, seit sie Jim zum letztenmal gesehen hatte, und doch waren es genaugenommen erst wenige Stunden. Und weil sie ihn auf so spürbare Weise vermißte, ärgerte sie sich über sich selbst und zerriß den Brief, den sie gerade an ihn geschrieben hatte. Howett hatte sich an diesem Abend früher zurückgezogen als gewöhnlich. Deshalb überließ Valerie es jemandem vom Personal, das Haus abzuschließen, und ging selbst ebenfalls zu Bett, unzufrieden ob ihrer eigenen Unbeständigkeit. Denn irgendwie hatte die Suche nach Elaine Held an Dringlichkeit verloren, und sie konnte sich nicht erklären, warum das so war.
Valeries Schlafzimmer lag an der Vorderseite von »Lady's Manor«. Von ihrem Fenster aus konnte sie den Vorgarten übersehen. Auf der Straße jenseits der Hecke, die das Grundstück umgab, ging ein Mann auf und ab, dessen Zigarre sie ab und zu aufglühen sah. Sie lächelte, da sie wußte, daß es Spike Holland war, der es übernommen hatte, über sie zu wachen. Der Gedanke an Jim, der damit assoziiert war, munterte sie wieder auf.
Gewöhnlich hatte Valerie einen gesunden Schlaf. In dieser Nacht aber warf sie sich unruhig von einer Seite auf die andere und wurde mehrfach wach. Beim zweitenmal entschloß sie sich, aufzustehen und sich als Schlaftrunk etwas Milch anzuwärmen. Sie blickte auf die verlassene Straße. Spike war nicht zu sehen, und sie hoffte, er sei endlich ins Bett gegangen. Valerie warf sich einen Morgenrock über und wollte sich auf den Weg in die Küche machen. Als sie die Tür öffnete, hörte sie jedoch etwas, was sie veranlaßte, die Kerze zu löschen und angestrengt zu lauschen. Flüsternde Stimmen drangen von unten her nach oben.
Mit klopfendem Herzen schlich Valerie langsam zum Treppengeländer und blickte nach unten in die Halle. Es war nichts zu sehen, doch waren die Stimmen jetzt deutlich hörbar. Jemand weinte. Sie träumte doch nicht etwa? Valerie kniff sich in den Arm. Sollte sie ihren Vater wecken? Sie zögerte noch. Wieder hörte man es flüstern, dazwischen immer wieder leises Weinen, das nicht aufhörte. Es konnte niemand vom Hauspersonal sein. Wäre jemand plötzlich erkrankt, dann hätte das Zimmermädchen Valerie geweckt und es ihr gemeldet. Valerie öffnete leise die Tür zum Schlafzimmer ihres Vaters und ging hinein. Das Bett war leer! Sie traute ihren Augen nicht. Mit zitternder Hand riß sie ein Streichholz an und entzündete

die Kerze. Das Bett war unberührt, der Pyjama lag zusammengefaltet auf dem Kissen.
Valerie war verwirrt und erleichtert zugleich. Dann hatte sie also Howett gehört, der wahrscheinlich von einem Mädchen geweckt worden war. Sie machte sich auf den Weg nach unten, die brennende Kerze in der Hand. Beim ersten Geräusch, das ihre Füße auf der Treppe machten, hörte das Geflüster und das Schluchzen auf. Sie ging direkt zum Wohnzimmer, woher die Laute gekommen waren – die Tür war verschlossen.
»Wer ist da drin?« fragte sie atemlos.
Einen Augenblick lang war es still; dann hörte sie wieder ein Flüstern und dann die Stimme ihres Vaters: »Ich bin es, Valerie.«
»Was ist passiert?« fragte sie mit einem Seufzer der Erleichterung.
»Ich spreche hier mit einem Freund. Ich bin bald wieder oben«, lautete die zögernde Antwort.
»Aber wer ist denn bei dir, Daddy?« fragte sie überrascht.
»Bitte geh wieder ins Bett, Liebling.« Die Aufforderung klang sehr dringend. »Ich möchte nicht, daß jemand vom Personal wach wird.«
Valerie machte sich widerstrebend auf den Rückweg. Welcher Freund war zu so ungewöhnlicher Stunde gekommen, und warum war ihr Vater überhaupt nicht ins Bett gegangen? Das sah ihm gar nicht ähnlich. Er war ein Mann der Routine, der ihrer Erinnerung nach noch nie etwas so Ungewöhnliches getan hatte. Sie hatte ihn stets für einen Menschen gehalten, dem alles Geheimnisvolle zuwider war, und nun schien er auf einmal in eine höchst undurchsichtige Situation verwickelt. Wem mochte die andere Stimme gehören?
Valerie ließ ihre Schlafzimmertür offen, setzte sich auf die Bettkante und lauschte. Endlich hörte sie, wie jemand aus dem Wohnzimmer kam und die vordere Tür öffnete. Ihre Neugier gewann die Oberhand, und sie schlich leise zum oberen Treppenabsatz, um nach unten zu sehen. Glücklicherweise hielt sie sich am Treppengeländer fest, weil sie sonst vor Erregung gestolpert wäre. Denn dort in der Halle und nur trübe beleuchtet vom Licht, das durch die offene Tür fiel, stand der grüne Bogenschütze!

35

Valerie warf nur einen schnellen Blick auf die unheimliche Gestalt und flüchtete dann in ihr Zimmer, wo sie hinter sich abschloß. Es war unglaubhaft, unmöglich, jenseits aller Vernunft. Ihr Vater! Und wer war wohl der Besucher gewesen?
Ein Automobil fuhr leise summend weg; sie stand aber nicht auf, um nach draußen zu schauen. Instinktiv wußte sie, daß der Fremde abgefahren war und daß sie sein Schluchzen gehört hatte. Aber Howett – der grüne Bogenschütze! In ihrem Kopf ging alles wirr durcheinander. Sie saß da, den Kopf in die Hände gestützt, und rührte sich auch nicht, als sie hörte, wie Howett in sein Zimmer ging und hinter sich abschloß. Als sie am Morgen zum Frühstück nach unten ging, hatte sie Kopfschmerzen und fühlte sich wie zerschlagen. Sie war begierig zu erfahren, welche Erklärungen ihr Vater ihr anbieten würde. Auf keinen Fall wollte sie auch nur die leiseste Andeutung machen, daß sie sein Geheimnis kannte. Als er erschien, begrüßte sie ihn, als sei nichts geschehen.
»Dein Besucher hat dich aber lange aufgehalten, Daddy«, sagte sie, als er ihr gegenübersaß. Er sah blaß und krank aus; offensichtlich hatte auch er nicht geschlafen.
»Ja, Val«, murmelte er und vermied es, ihr in die Augen zu sehen. »Ich hatte dir wohl versprochen, anschließend noch zu dir zu kommen, nicht wahr? Aber ich hatte ... ja, ich hatte einen ziemlichen Schock. Bitte erlaß es mir, diese Angelegenheit zu erörtern.«
»Aber natürlich, Daddy«, antwortete sie mit gespielter Munterkeit. Einen Augenblick später kam er jedoch aus eigenem Antrieb nochmals auf die Nacht zurück. »Wahrscheinlich hast du heute nacht zunächst Angst gehabt, und gerade das war es, was ich vermeiden wollte. Warst du in meinem Schlafzimmer?« Sie nickte. »Und da hast du mein Bett leer gefunden. Das muß dir natürlich Sorge gemacht haben. Ich hätte viel darum gegeben, wenn du nicht wach geworden wärst.«
»War es wichtig?«
»Es war sogar sehr wichtig. Valerie, so mag ich die Eier nicht, wie die Köchin sie heute gemacht hat.«
Diese Klage hörte man öfters von ihm, vor allem immer dann, wenn er das Thema wechseln wollte. »Ich werde nachher in die Stadt fahren«, fuhr er fort. »Es kommt jemand aus Philadelphia, den ich unbedingt sprechen muß. Wahrscheinlich werde ich erst ziemlich

spät zurück sein.« Er erläuterte seinen Stadtbesuch so ausführlich und umständlich, daß es sofort als Ausrede zu erkennen war. Valerie stellte auch keine Fragen und tat so, als finde sie sein Verhalten keinesfalls ungewöhnlich. Dabei hatte er ihr erst am Vortag erklärt, nur eine ernste Krankheit werde ihn von der Arbeit an seinem Buch abhalten.

In einer Hinsicht war sie froh, daß er wegfuhr. Sie hatte sich vorgenommen, dem Personal einige Fragen zu stellen. Und vielleicht würde ihr eine genauere Untersuchung des Wohnzimmers Hinweise auf die Identität des Besuchers geben.

Spike sah Howett fortfahren und beeilte sich, Valerie einen kurzen Besuch abzustatten. »Es ist doch hoffentlich alles in Ordnung?« fragte er besorgt.

»Welche Frage für den Schutzengel der Howetts!« antwortete Valerie lächelnd. Spike machte daraufhin ein schuldbewußtes Gesicht.

»Leider hatte sich ihr Schutzengel unter eine Hecke gesetzt, wo er dann in einen komaähnlichen Zustand verfiel.« Er sah Valeries erschreckten Gesichtsausdruck und beruhigte sie mit dem Eingeständnis, er sei dort schlicht und einfach eingeschlafen. »Natürlich hätte ich vorher ein paar Stunden schlafen sollen. Aber die Tage hier sind rundum so interessant, daß ich stets vergesse, mich bei Tageslicht durch Schlafen auf die Nachtwache vorzubereiten. Übrigens – im Schloß ist wieder einmal der Teufel los!«

»Was ist denn geschehen?«

»Unser großer Unbekannter war heute nacht wieder aktiv. Als der alte Bellamy heute früh aufwachte, fand er seine Hunde in tiefem Schlaf. Jemand hatte ihnen ein sehr wirksames Schlafmittel verpaßt. Ich habe vorhin mit Julius gesprochen. Der Alte hatte einen Wutanfall, ließ alle Dienstboten zusammenrufen und hat sie einem scharfen Kreuzverhör unterzogen. Auf einmal spricht er sogar davon, er werde sich an die Polizei wenden. Die Hunde sollen künftig nachts in seinem Schlafzimmer liegen.«

»Dann dürfte der arme Savini sich wohl in einer wenig angenehmen Lage befinden«, meinte Valerie mitfühlend.

»Seltsamerweise ist das gerade nicht der Fall. Ich habe ihn noch nie so lebhaft und guter Laune gesehen. Für ihn ist die ganze Angelegenheit ein Spaß. Nur wäre es ihm lieber gewesen, der grüne Bogenschütze hätte die Hunde vergiftet, statt sie nur zu betäuben. Ihr Vater ist heute sehr früh weggefahren, Miss Howett.«

»Ja, er hat eine geschäftliche Verabredung in London.«

»Das hat Julius auch«, schwatzte Spike weiter. »Übrigens, heute früh habe ich mit Featherstone telefoniert.«
Valerie ging darauf nicht ein, sondern fragte: »Mr. Holland, ist heute sehr früh morgens ein Wagen an Ihnen vorbeigefahren?«
»Ja«, antwortete er sofort. »Der hat mich übrigens geweckt. Es war ein zweisitziges Coupé, dessen Verdeck jedoch hochgeklappt war, obwohl es nicht regnete. Ich fragte mich noch, woher der Wagen zu dieser frühen Stunde gekommen sein konnte. Warum fragen Sie?«
»Mich hat der Wagen auch geweckt. Ich sah ihn aus dem Fenster vorbeifahren. Haben Sie vielleicht gesehen, wer am Steuer saß?«
»Nur sehr flüchtig. Die Scheinwerfer haben mich wach gemacht. Sie müssen aber einen sehr leichten Schlaf haben, Miss Howett, denn der Motor war erheblich leiser als bei den meisten mir bekannten Modellen. Was mir besonders auffiel, war, daß eine Frau am Steuer saß, jemand in einem langen, weiten Mantel. Ich habe sie nur für den Bruchteil einer Sekunde gesehen.«
»Und sonst war niemand im Wagen?«
»Das könnte ich nicht beschwören. Warum fragen Sie?« fragte er mißtrauisch. »Ich hoffe doch, es ist heute nacht in ›Lady's Manor‹ nichts passiert?«
»Nichts, wirklich nichts«, beruhigte ihn Valerie. »Ich habe mich nur gefragt, wer zu dieser wirklich ungewöhnlichen Stunde da vorbeigefahren ist.«
Als Spike gegangen war, begann Valerie vorsichtig das Personal auszufragen, was aber nichts Neues erbrachte. Auch die genaue Untersuchung des Wohnzimmers lieferte keinen Hinweis auf die Identität des geheimnisvollen Besuchers. Sollte sie vielleicht auch das Zimmer ihres Vaters durchsuchen? Die Loyalität gegenüber dem Menschen, der sie als Baby aufgenommen und liebevoll aufgezogen hatte, ließ sie darauf verzichten. Sie mußte sich also mit dem begnügen, was sie mit eigenen Augen gesehen hatte.

36

Als Julius am folgenden Morgen aus London zurückkehrte, wurde er schon ungeduldig von Bellamy erwartet, der den Wagen bereits auf der halben Auffahrt stoppte.
»Haben Sie mit Ihrer Frau gesprochen?«

KAFFEE

TEE

KAKAO

»Jawohl, Sir. Ich war bei ihr.«
»Und? Wird sie tun, was ich – das heißt, was Mr. Smith von ihr erwartet?«
»Nein«, antwortete Julius kühl. »Sie sagt, sie ist an dem Job nicht interessiert.«
»Sie sind sich doch wohl darüber im klaren, daß dies Ihre fristlose Entlassung bedeutet?« fragte Bellamy drohend.
»Es würde mir sehr leid tun, Mr. Bellamy –«, begann Julius.
»Geben Sie mir das Geld«, grollte Bellamy, und der Sekretär zählte ihm die Geldscheine in die Hand, die er von der Bank abgehoben hatte. Julius war schon fast in der Halle verschwunden, als Bellamy ihn zurückrief. »Hat Ihre Frau Ihnen gesagt, was Smith von ihr wollte?«
»Nein, Sir.«
Der Alte sah ihn mißtrauisch an. »Sie können gehen«, sagte er dann. Er hatte sein Abendessen früher bestellt, weil er an diesem Tage nicht zu Mittag gegessen hatte. Für die grauhaarige Frau war dies ohne Bedeutung. Sie verfügte über einen ausreichenden Vorrat an Nahrungsmittelkonserven, um die Zeit zu überbrücken, wenn Bellamy unterwegs war oder ihr keinen Besuch abstattete. Einmal hatte er absichtlich gewartet, bis der Vorrat erschöpft war. Sie war zwei Tage ohne Nahrung geblieben, doch hatte sie diesen Akt der Bösartigkeit zu seinem großen Ärger ohne jeden Kommentar hingenommen.
Wenn das Schloß sozusagen sein Augapfel war, so war das geheime Gefängnis das Herzstück. Er hatte es höchstpersönlich eingerichtet, mit eigener Hand die Gasleitung angeschlossen und die Lüftung installiert. Der Anschluß an das elektrische Leitungsnetz hätte unnötige Gefahr bedeutet, weil ein einfacher Kurzschluß die Elektriker ins Schloß gebracht hätte, die dann überall nach der Ursache forschen würden. Eine volle Woche hatte er daran gearbeitet, einen der alten Schornsteine des Hauptgebäudes mit dem unterirdischen Raum zu verbinden, um dort für ständige Luftzufuhr zu sorgen.
Das Abendessen wurde in den üblichen großen Portionen hereingebracht. Julius überwachte das Servieren und zog sich dann zurück. Diesmal aß Bellamy selbst, bevor er das Tablett mit Speisen für seinen unglückseligen Gast belud. Die ganze Zeit über dachte er an den grünen Bogenschützen. Wie wundervoll wäre es doch, könnte er ihn erwischen, durch die Falltür stoßen, ihm das eiserne Gitter vor der Nase zuschlagen. Dann könnte er da unten langsam, Jahr für Jahr, verkommen, bis er eines Tages starb, ohne daß jemand es jemals

erfahren würde. Es gab außerdem die Möglichkeit, die Steintreppe noch durch Zement bis zu den untersten Verliesen zu verlängern. Dort konnte man ihn sich selbst überlassen, bis er wahnsinnig wurde... Bei diesen Gedanken atmete Bellamy schneller. Doch wer war der grüne Bogenschütze überhaupt? Zunächst hatte er Julius im Verdacht gehabt. Dann hatte er gemeint, es könnte der überall herumschnüffelnde Polizeibeamte Featherstone sein. Oder war es eine Frau? Vielleicht Valerie? Für sie würde er auf der untersten Ebene ein eigenes Verlies einrichten. Bellamy schüttelte den Kopf. Nein, der andere Plan war besser. Smith! Er kicherte leise, während er aufstand und den Schreibtisch beiseite schob.

An diesem Abend ließ er sich Zeit; er war nicht in der Stimmung, sich zu beeilen. Als die Falltür hochklappte, stieg er noch nicht nach unten. In Gedanken beschäftigte er sich immer noch mit der Frage, was er mit Valerie anstellen sollte. Was war die beste Lösung? Daß Smith sie bekam? Dem traute er nicht über den Weg. Würde der wirklich Wort halten und Elaine Helds Tochter das Leben zur Hölle machen? Das Tablett auf der Hand balancierend, stieg Bellamy ins Dunkle. Er zündete die Gasbeleuchtung an und öffnete die Tür. Nachdem er das Tablett auf den Tisch gestellt hatte, rief er die Frau beim Namen. Sie antwortete nicht, weshalb er zur Tür ihres Schlafzimmers ging und sie aufstieß.

»Hier ist dein Essen. Antworte gefälligst, wenn ich dich rufe!« brüllte er. Nur das Echo seiner Stimme war zu vernehmen. »Elaine!« rief er noch einmal. War sie etwa seinem Rat gefolgt und hatte sich das Leben genommen? Hatte sie den Gashahn aufgedreht und damit den Weg aus ihrem Gefängnis gefunden? Es roch aber nicht nach Gas. Dann stieß er die Küchentür auf. Leer! Das Badezimmer. Ebenfalls leer! Wie ein Verrückter lief er von Raum zu Raum und um die Stützpfeiler herum, als hätte sie sich dahinter verstecken können. Er stolperte über ein kleines Tischchen, lief zur Tür zurück und blickte hinaus.

»Elaine!« schrie er mit gellender Stimme. Aber Elaine war nicht da. Wo war sie? Die Mauern waren solide. Es gab hier keine der geheimen Türen und Gänge, von denen im Schloß so viele existieren sollten, wie man ihm erzählt hatte. Als er das Gefängnis einrichtete, hatte er jeden Stein abgeklopft, jede Ritze im verwitterten Fußboden genau untersucht. Bellamy lief ins Schlafzimmer und zog das Bett von der Wand. Vielleicht versteckte sie sich dort, um ihm Angst zu machen. Aber das Bett war leer und niemand dahinter. Ihre armseli-

ge Kleidung hing an zwei Haken, die er seinerzeit mit Mühe in die Wand getrieben hatte. Völlig verwirrt setzte er sich und stützte den Kopf in beide Hände. Die grauhaarige Frau war fort. Aber wohin? Wie war sie hier herausgekommen? Es gab doch nur den einen Weg durch die Bibliothek und vorher durch die Falltür. Nein, das war unmöglich. Die Tür war verriegelt. Der grüne Bogenschütze? Immer wieder der grüne Bogenschütze! Aber der hätte nicht den geheimen Eingang im Parkettfußboden benutzen können. Kein anderer Schlüssel würde jemals zu diesem Schloß passen, das eigens von einem Spezialisten aus Deutschland angefertigt worden war.
Bellamy trug das Tablett zurück in die Bibliothek und überprüfte genau die Steintür, ehe er sie wieder einrasten ließ. Es gab keinen Hinweis, nicht den geringsten Kratzer, aus dem man schließen konnte, daß die Tür durch Gewaltanwendung geöffnet worden war. Nein, es war einfach unmöglich, daß die grauhaarige Frau diesen Weg genommen hatte.
Es war fast neun Uhr, als er aus der Bibliothek kam. Julius starrte ihn entgeistert an. Das ganze Erscheinungsbild des Mannes hatte sich geändert. Das Gesicht war grau und verfallen, und die Augen blickten hohl. »Stellen Sie eine Verbindung mit Limehouse her«, befahl er. »Und sagen Sie Sen, daß ich ihn gleich sehen will. Hier.«
Julius war erstaunt. Nie zuvor hatte Sen, der Chauffeur, die Schwelle des Hauptgebäudes überschritten. Sen war Chinese. Abel Bellamy war auf ihn während eines Aufenthaltes in Seattle gestoßen. Sen war ein schmaler, undurchschaubarer Mann. Er verstand vier Fremdsprachen, ohne eine von ihnen zu sprechen, da er von Geburt an stumm war. Gerade dieser Mangel hatte ihm den Job bei Bellamy verschafft. Bellamy hatte ihn zum Chauffeur ausbilden lassen und beschäftigte ihn nunmehr seit achtzehn Jahren. Sen wohnte über der Garage, die der Alte in einer entfernten Ecke des Parks hatte bauen lassen. Dort lebte er bescheiden und hielt seine Wohnung peinlich sauber. Die Zeit, die er nicht für die Pflege des Rolls-Royce aufwendete, verbrachte er damit, chinesische Texte ins Englische zu übersetzen. Nur Bellamy wußte, welchen Lohn Sen erhielt. Was er außerhalb seines Dienstes tat, das wußte niemand, nicht einmal sein Arbeitgeber.
Sen kannte nur einen Gott, und der hieß Bellamy, obwohl dieser im Laufe eines Jahres kaum mehr als ein Dutzend Sätze mit ihm sprach. Als Folge dieser Zuneigung war Sen der einzige Mensch auf der Welt, den Bellamy in Ruhe ließ und über den er sich nicht aufregte.

Sen erhielt seine Anweisungen über ein privates Telefon. Hatte er verstanden, tippte er einmal auf die Telefongabel, wollte er die Anweisung wiederholt haben, tippte er zweimal. Mit seinen dunklen Augen und regelmäßigen Gesichtszügen sah er wirklich gut aus, und wenn er seine schmucke Chauffeursuniform trug, war seine eigentliche Nationalität nicht so rasch zu erkennen. In einer Seitentasche neben dem Fahrersitz lagen mehrere bedruckte Karten. Eine trug die Beschriftung: »Ich bin stumm, aber ich verstehe Sie.« Auf anderen Karten waren verschiedene Wünsche aufgedruckt, die mit dem Betrieb eines Kraftwagens zusammenhingen, etwa nach Benzin, Reifen oder bestimmten Kontrollen.
Seine Absonderung vom Schloßhaushalt war vollkommen. Er ging sogar Julius aus dem Weg. Auf den einzigen Versuch des Sekretärs, sich ihm freundschaftlich zu nähern, reagierte Sen mit einem kalten Blick und eiligem Rückzug.
Julius ging ans Telefon und rief bei Sen an: »Sie sollen sofort zu Mr. Bellamy kommen. Er braucht nicht den Wagen, sondern Sie persönlich!« Kurz danach erschien Sen, die Hände in den Taschen seiner weiten Chinesenjacke, die er in seiner Freizeit zu tragen pflegte.
»Du nimmst jetzt den zweiten Wagen und fährst nach Newbury Junction. Dort wartest du in der dunklen Straße neben dem Bahnhof und wechselst das Nummernschild. Ein Mann wird dich ansprechen, den du dann dahin fährst, wohin er gefahren werden will. Am Abend kommst du nach Garre zurück. Verstanden?«
Sen neigte den Kopf. Als keine weiteren Befehle kamen, ging er hinaus.

37

Jim Featherstone kleidete sich zum Abendessen um. Sein Diener ließ dabei die Bemerkung fallen, sein Herr scheine sich kaum auf das Ereignis zu freuen, auf das er sich gerade vorbereite – ein Treffen mit alten Kriegskameraden im Rahmen eines festlichen Dinners seines alten Regiments.
»Wie wahr, Angus. Sie haben wieder einmal den Nagel auf den Kopf getroffen. Selten hatte ich weniger Lust als heute, mir patriotische Reden und Erinnerungen an vergangene Gefahren und kameradschaftlich geteilte Strapazen anzuhören.«

»Vielleicht ändert sich das, wenn Sie erst einmal ein paar Glas getrunken haben«, meinte der Diener hoffnungsvoll.
»Wenn Sie damit etwa sagen wollen, ich könnte nur fröhlich sein, wenn ich angeheitert bin, dann liegen Sie allerdings falsch, Angus. Ich habe keine Lust zu diesem Dinner, weil ich lieber woanders wäre.«
Jim fingerte mit steifen Fingern an seiner Smokingschleife herum. Dabei fragte er sich, was der redselige Angus wohl zu bemerken hätte, würde er ihm gestehen, daß er lieber in einem bestimmten Wohnzimmer sitzen und in die schönsten Augen der Welt blicken würde. Für solche Anwandlungen hätte Angus wahrscheinlich nur Verachtung übrig, denn Liebe war ein ihm fremder Begriff. Außerhalb seines Dienstes lebte er bei seiner Mutter und züchtete Kaninchen.
Das Dinner entwickelte sich dann doch zu einem fröhlichen Treffen, und einen Augenblick lang empfand Jim so etwas wie ein Schuldgefühl darüber, daß er so rasch bereit gewesen war, die Gelegenheit zu versäumen, so viele Kameraden wiederzusehen, mit denen er jene furchtbaren Jahre in Flandern verbracht hatte und oft genug dem Tod nahe gewesen war.
Gegen elf Uhr abends war für Jim die Wiedersehensfeier beendet. Anschließend fuhr er nach Scotland Yard, um die Berichte anderer Dienststellen zu studieren, deren Leiter er an diesem Abend vertrat. Als er gerade dabei war, die kurzen Meldungen über Festnahmen der letzten Stunden zu überfliegen, trat der diensthabende Sergeant ins Zimmer. »Eine Dame möchte Sie sprechen, Sir.«
»Wartet sie schon lange?«
»Nein, Sir. Sie ist eben erst gekommen.«
»Wer ist es?« fragte Jim, der sofort an Valerie dachte.
»Ich kenne sie nicht, Sir. Sie sagt, es sei sehr wichtig. Ihr Name ist Fay Clayton.«
»Fay!« rief Jim überrascht. »Lassen Sie sie eintreten.«
»Guten Abend, Fay, das ist aber ein unerwartetes Vergnügen.« Fay stand in der offenen Tür und musterte ihn, wobei sie sich gegen ihren Willen eingestehen mußte, daß Featherstone im eleganten Abendanzug und mit seinen dekorativen Kriegsauszeichnungen blendend aussah.
»Niemand würde Sie so für einen Polizisten halten, Featherstone. Sie sehen ja beinahe wie ein Gentleman aus. Was bedeuten denn alle die bunten Glitzerdinge auf Ihrer Jacke?«

»Das sind Medaillen von der Viehzuchtschau. Wollen Sie sich nicht setzen? Nun, Fay, was führt Sie zu mir?«
»Es wäre mir lieber, Sie würden mich nicht immer Fay nennen«, sagte sie spröde. »Sie wissen doch bestimmt, daß ich verheiratet bin. Nicht daß mir das etwas ausmacht. Mein Problem besteht darin, daß ich das Leben leichtnehme.« Plötzlich änderte sie ihren Ton. »Featherstone, Sie sollten besser auf das Mädchen aufpassen.«
»Welches Mädchen?« fragte er, wobei er sich des Ernstes ihrer Warnung bewußt war. »Meinen Sie Miss Howett?«
Sie nickte. »Da ist etwas im Gange, obwohl ich nicht so recht weiß, was geplant ist. Heute früh hat Coldharbour Smith mich besucht. Sie kennen ihn vielleicht... Aber natürlich kennen Sie ihn.«
»Was ist los mit Coldharbour Smith?« fragte Jim ungeduldig. »Worum handelt es sich? Entschuldigen Sie, wenn ich so kurz angebunden bin«, beschwichtigte er sie, als er ihren leicht gekränkten Gesichtsausdruck sah. »Sie müssen wissen, daß ich mir in dieser Angelegenheit große Sorgen mache.«
»Er plant, Miss Howett einen üblen Scherz zu spielen. Ich habe jedenfalls nicht darüber lachen können, obwohl mir das im allgemeinen leichtfällt. Schließlich habe ich auch schon über Witze im *Punch* gelacht. Ich sollte zu Miss Howett gehen und ihr sagen, daß die Frau, die sie sucht, ihre Mutter, sich in Coldharbours Club ›Golden East‹ aufhält. Dann sollte ich sie nach Limehouse bringen, womit meine Aufgabe beendet sein würde. Dafür sollte ich fünfhundert Pfund bekommen. Was halten Sie davon, Captain Featherstone?«
Sein Gesichtsausdruck machte die Frage überflüssig. »Wann sollte das geschehen?« fragte er hastig.
»Das weiß ich nicht. Ein bestimmtes Datum wurde mir nicht genannt. Doch habe ich so eine Idee, daß es noch in dieser Woche sein sollte.«
Featherstone war aufgestanden, wanderte zum Kamin und starrte nachdenklich auf die glühenden Scheite. Sie konnte sein Gesicht nicht sehen und nahm an, daß er sich aus eben diesem Grunde so hingestellt hatte. »Ich kann Ihnen gar nicht sagen, wie dankbar ich Ihnen bin, Mrs. Savini«, begann Jim. »Als Sie dieses Ansinnen ablehnten, haben Sie gehandelt, wie meiner Meinung nach jede anständige Frau handeln sollte. Ich habe von Ihnen auch gar nichts anderes erwartet.«
Fay errötete. Immerhin war es das erste Kompliment, das sie seit Jahren zu hören bekam.

»Ich habe mir gleich gedacht, daß da etwas Hinterhältiges geplant ist, und hätte mich unter keinen Umständen dazu hergegeben, Mr. Featherstone.«

»Damit verfügen Sie über ein großes persönliches Guthaben bei mir, Mrs. Savini. Ich werde es Ihnen nicht vergessen.« Jim blickte auf die Uhr. Es war eine halbe Stunde nach Mitternacht. »Ich muß gleich mal mit Spike Holland Kontakt aufnehmen...«

Vorher aber ging er zu ihr und reichte ihr die Hand.

»Wenn Sie mich zu Ihrer Hochzeit einladen, Featherstone, und dann einige Ihrer Hochzeitsgeschenke vermissen – Sie können sicher sein, daß ich sie nicht genommen habe.«

»Können Sie einen Augenblick warten, bis ich telefoniert habe?«

Sie nickte. Er bekam sofort eine Verbindung zum »Blue Boar«, dem Gasthof in Garre, und zu seiner Verwunderung war Spike Holland einen Augenblick später am Apparat.

»Ich dachte, Sie seien auf Wachtposten, Holland.«

»Nicht mehr nötig, Captain. Miss Howett ist um sieben Uhr abgefahren.«

»Abgefahren? Mit wem?« fragte Jim schnell.

»Mit einem Ihrer Leute – mit dem Beamten, den Sie vom Yard geschickt haben. Ist sie noch nicht bei Ihnen angekommen?«

»Nein«, antwortete Jim heiser und legte auf.

»Was ist los?« fragte Fay.

»Miss Howett ist nicht in Garre. Sie ist heute abend mit einem Mann weggefahren, der behauptete, er sei ein Beamter von Scotland Yard«, antwortete Jim konsterniert.

Der Schock dieser Mitteilung machte ihn einige Sekunden lang beinahe hilflos. Dann aber riß er sich zusammen, drückte auf den Klingelknopf und erteilte dem herbeieilenden Sergeant schnelle Befehle. »Alarmieren Sie die Abteilung K, auch alle Männer der Reserve. Lassen Sie einen Ring um den Club ›Golden East‹ bilden. Nehmen Sie zwei Mannschaftswagen. Verstanden?«

»Jawohl, Sir.« Der Beamte notierte die Anweisungen.

Jim entnahm einer Schublade seines Schreibtischs einen Browning mit langem Lauf, öffnete die Kammer und schob ein volles Magazin ein. Dann steckte er die Waffe in die Tasche seines Abendanzugs und nahm seinen Mantel vom Tisch.

»Ursprünglich wollte ich Ihnen vorschlagen, mich zu begleiten«, sagte er. »Jetzt halte ich es für besser, wenn Sie es nicht tun. Hat jemand Sie gesehen, als Sie hierherkamen?«

Fay schüttelte den Kopf. »Featherstone, dieser Coldharbour Smith weiß etwas über mich, was für Sie nicht besonders interessant wäre; aber es würde viel ausmachen, wenn Julius es erfahren würde. Wenn er es auf einen Kampf ankommen läßt, dann legen Sie ihn ruhig um.«
Ein Anflug von Lächeln huschte über Jims angespanntes Gesicht. »Was sind Sie doch für eine blutdürstige Frau«, rief er ihr beinahe schäkernd zu, dann war er draußen.
Auf dem Hof des Yard war schon ein halbes Dutzend Beamte der Sonderabteilung versammelt, denen er kurz das Ziel der Razzia erläuterte. »Alles herhören. Nach außen hin ist dies eine Razzia nach verbotenen Glücksspielen. Den entsprechenden Durchsuchungsbefehl habe ich schon seit drei Monaten. Ich erwarte jedoch, daß wir irgendwo im Gebäude eine Dame versteckt finden. Und wenn ihr mir einen besonderen Gefallen tun wollt, dann hindert mich daran, Coldharbour Smith zu erschießen.«

38

In diesem Augenblick traf der erste der beiden angeforderten Mannschaftswagen ein. Die Beamten sprangen hinein und rasten, ohne auf den zweiten zu warten, am Themseufer entlang, passierten die menschenleere City und kamen dann in das Lichtergewimmel von Whitechapel, wo gerade die Menschen aus Theatern und Kinos strömten, so daß sich das Fahrtempo verlangsamte. Doch bogen sie schon nach einer Viertelstunde in die Straße ein, in der der Club »Golden East« lag. Jim sprang heraus, bevor der Wagen hielt. Der Polizeikordon war bereits gebildet und die Straße schon von unauffälligen Passanten bevölkert, die sich dem Gebäude näherten, als Jims Wagen vorfuhr. Jim schob den Türhüter beiseite und lief die Treppe hinauf. Die Jazzband spielte, und einige Paare wiegten sich auf dem glatten Parkett. Ohne sie zu beachten, hastete Jim an ihnen vorbei in die Bar, wo der Gehilfe von Coldharbour Smith in seiner weißen Jacke lässig über der Theke lehnte und scheinbar ganz in die Beobachtung der tanzenden Paare versunken war.
»Wo ist Smith?« fragte Jim.
»Der ist heute noch nicht hier gewesen, Captain.«
Jim nickte, wandte sich dem Tanzsaal zu und gab der Kapelle ein Zeichen, die daraufhin zu spielen aufhörte. »Jeder in diesem Raum

nimmt jetzt seine Garderobe und kommt einzeln an mir vorbei«, befahl er. Die meisten Gäste befolgten die Anweisung widerspruchslos. Nur zwei oder drei verärgert aussehende Tänzer schienen sich gegen diese Störung ihres abendlichen Vergnügens auflehnen zu wollen.
In der Zwischenzeit waren die Männer der Sonderabteilung ins Gebäude eingedrungen. Zwei von ihnen folgten Jim hinter die Bar. Jim wollte ins Hinterzimmer.
»Die Tür ist abgeschlossen. Den Schlüssel hat Coldharbour«, sagte der Barmann schlecht gelaunt.
Jim trat mit aller Kraft zu; die Tür sprang krachend auf. Im leeren Raum brannten die Lampen. Auf dem Tisch stand eine halbvolle Flasche Champagner neben einem einzigen Glas. Er nahm es und roch daran.
»Hier durch!« Er wies auf die Tür, die zur Straße führte. »Dort unten ist noch ein Ausgang.« Er selber setzte seinen Weg nach oben fort. Hinter einem kleinen Treppengeländer stieß er auf eine verschlossene Tür, unter der Licht hervorschimmerte. Er klopfte, und im selben Augenblick ging das Licht aus. Jim wartete nicht, lehnte sich mit der Schulter gegen die Tür und drückte sie ein. »Licht an!« rief er scharf. »Auf jeden, der versucht, mich hier zu überrennen, wird geschossen.« Einer der Beamten hinter ihm leuchtete mit der Taschenlampe ins Zimmer. Der Lichtstrahl erfaßte ein Dutzend aufgeschreckter Männer, einen grünbespannten Tisch und darauf ausgebreitete Spielkarten. Dann ging das Licht wieder an.
»Sie sind alle vorläufig festgenommen«, rief Jim. »Was wird hier gespielt? Faro?«
»Wir spielen nur Bridge«, antwortete eine Stimme.
»Das können Sie morgen früh dem Richter erzählen«, antwortete Jim kurz angebunden. Er ging durch die nächste Tür und befand sich in der Küche des Unternehmens. Sie war leer. Dann lief er wieder nach unten in das Hinterzimmer der Bar. Der dort sitzende Barmann verhielt sich nun nicht mehr so provozierend wie noch einige Minuten zuvor.
»Das ist ein schwerer Schlag für mich, Captain«, lamentierte er. »Ich habe den Betrieb erst vor einer Woche von Coldharbour gekauft und dabei meine letzten Ersparnisse eingebracht.«
»Die dürften nunmehr futsch sein«, erwiderte Jim. Er spürte, daß der Mann die Wahrheit sprach, und erinnerte sich auch an eine Bemerkung von Coldharbour, er habe seinen Betrieb verkauft und man

könne ihm nichts mehr anhaben.
»Ich werde diesen Club eine Woche nach der Verurteilung der Männer da oben schließen. Was halten Sie davon, Barnett?«
»Das trifft mich wirklich hart...«, begann dieser wieder.
»War Coldharbour heute abend hier? Und wer war bei ihm?«
Der Mann weigerte sich zu sprechen.
»Ich gebe Ihnen jetzt eine letzte Chance. Wenn Sie mir sagen, wann Coldharbour hier war, werde ich die Anklage gegen Sie so schonend wie möglich formulieren und auch nichts unternehmen, um Ihnen die Lizenz zu nehmen.«
»Also gut. Er war vor einer halben Stunde hier.«
»Und wer war bei ihm?«
»Eine Dame.«
»Wer sonst noch?«
»Der Mann, der sie hierhergebracht hat. Der ist aber gleich wieder gegangen.«
»Und wo sind sie jetzt?«
»Das weiß ich nicht, Captain. Ich schwöre, daß ich es nicht weiß. Ich kann nur sagen, daß Coldharbour alles einkassiert hat, was ihm an Geld zustand, und dann verschwand. Er sagte, er wolle endgültig nach Südamerika.«
»Wie will er das machen? Seit Montag ist kein Schiff von hier mit dieser Bestimmung ausgelaufen. Wie wollte er denn von hier wegkommen?«
»Ich weiß es wirklich nicht.« Der Mann zögerte. »Er hat sich hier aber regelmäßig mit Kapitänen von Überseeschiffen getroffen. Vor allem mit einem von ihnen hat er ziemlich viel zu tun gehabt – manchmal saß er stundenlang mit ihm zusammen.«
»Wie heißt der Mann?«
»Fernandez. Ihm gehört ein kleines Trampschiff, die ›Contessa‹. Die liegt draußen im Pool. Auf jeden Fall lag sie heute nachmittag noch dort, denn der Kapitän war gegen Abend noch hier.«
Jim griff nach dem Telefon und verlangte eine Nummer. »Ist dort die Wasserschutzpolizei? Hier spricht Captain Featherstone. Ich möchte, daß die ›Contessa‹ festgehalten wird. Es ist ein Trampschiff, das im Pool liegt... Ach, Sie kennen den Kahn?« Er wartete einen Augenblick, bis er mit der Polizeistation an der Themse weiterverbunden wurde. »Hier Captain Featherstone. Ich möchte, daß Sie die ›Contessa‹ festhalten, Inspektor. Liegt sie immer noch im Pool? Gut, ich komme.«

Der Dienstwagen brachte ihn zu einer Außenstelle der Wasserschutzpolizei, wo ein kleines Motorboot schon auf sie wartete.
»Auf der ›Contessa‹ deutet nichts darauf hin, daß sie auslaufen soll. Sie liegt noch vor Anker«, sagte der Inspektor, der das Boot führte.
»Hat irgendein anderes Schiff den Pool verlassen?«
»Heute früh ist die ›Messina‹ ausgelaufen, nach Südamerika.«
Sie näherten sich jetzt der »Contessa«, die etwa in der Mitte des Pool ankerte, jener breiten Strecke auf der Themse unterhalb der London Bridge, auf der sich früher oder später alle Schiffe der Welt einmal treffen. Das Polizeiboot legte längsseits an, und die Beamten kletterten das Fallreep hoch.
Es gab offensichtlich keine Wache an Bord, denn das Deck war leer. Der Kapitän wurde aus seiner Koje geholt und in den Salon gebracht. Er war stockbetrunken und behauptete, er habe nichts gesehen und nichts gehört. Die ganze Schiffsbesatzung war betrunken, Offiziere und Mannschaft gleichermaßen.
»Das kann nicht das richtige Schiff sein«, erklärte Jim, als die Beamten wieder an Deck waren. »Es gibt an Bord im Augenblick nicht einen Menschen, der imstande wäre, das Schiff flußabwärts zu steuern.« Die Durchsuchung ging rasch vonstatten, da die Beamten sehr schnell herausfanden, daß die Kessel nicht unter Dampf standen, so daß es praktisch unmöglich war, das Schiff in Bewegung zu setzen, selbst wenn man es gewollt hätte.
»Dann muß es wohl das andere Schiff gewesen sein, das heute nachmittag flußabwärts gefahren ist«, meinte Jim betroffen.
Der Mann von der Wasserschutzpolizei schüttelte den Kopf. »Das Schiff müßte jetzt schon auf See sein, es sei denn, es hat auf den Kerl irgendwo gewartet. Wenn es ihn auf der Höhe von Tilbury an Bord genommen hat, konnte er es mit einem Kraftwagen leicht schaffen.«
Die Männer vom Yard kletterten wieder das Fallreep hinunter in die Barkasse. Valerie Howett hörte das Tuckern des Motors, als das Boot ablegte, und begann zu verzweifeln.

39

»Hier ist eine Mitteilung für Sie mit einer Nachgebühr, Miss«, sagte der Postbote. Fay war im Morgenrock an die Tür gekommen, nachdem das laute Klopfen sie geweckt hatte.

»Ich nehme grundsätzlich keinen Brief an, der nicht frankiert ist«, sagte sie verärgert.
»Es ist kein Brief und auch keine Postkarte«, antwortete der Bote und betrachtete den zerknitterten Zettel in seiner Hand.
»Wer ist denn der Absender?« fragte Fay, und der Bote grinste. »Es ist gegen die Vorschrift, das zu sagen. Aber es ist von jemandem, der sich ›Julius‹ nennt.« Fay riß ihm den Zettel beinahe aus der Hand. Sie mußte ins Schlafzimmer gehen, um Geld zu holen. Danach brauchte sie beinahe fünf Minuten, um die Botschaft zu entziffern, die auf einen aus einem Notizbuch herausgerissenen Zettel gekritzelt war. In unregelmäßiger Bleistiftschrift stand geschrieben: »Lacy hat Miss H. entführt. Habe sie im Dorf gesehen und bin auf den vorbeifahrenden Wagen aufgesprungen. Sie fuhren zum ›Golden East‹. Smith, L. und Miss H. kamen wieder heraus und fuhren mit dem Boot zu einem Schiff. Ich folge ihnen. An Featherstone melden.«
Kaum hatte Fay die Mitteilung entziffert, griff sie auch schon zum Telefon. Sie versuchte Jim Featherstone unter drei verschiedenen Nummern zu erreichen, und hinterließ, als ihr das nicht gelang, bei jeder eine Mitteilung. Als sie sich fertig angekleidet hatte, klingelte es anhaltend, und sie hörte Jims müde Stimme. »Sie wollten mich sprechen, Fay?« Ohne jede Vorrede las sie ihm die Mitteilung vor.
»Guter Julius. Wo ist der Brief abgestempelt?«
Sie sah sich das Papier genauer an. »Postamt E.5«, sagte sie. »Sie haben Julius noch nicht gesehen?«
»Nein, nichts gesehen, nichts gehört.«
Zehn Minuten später war er bei ihr, übermüdet, unrasiert und in verschmutztem Anzug. »Wir haben ein Schiff in der Flußmündung gestoppt, aber sie waren nicht an Bord. Sie hätten es auch gar nicht sein können, wenn das Schiff, von dem Julius spricht, noch am Abend auf dem Fluß war. Es war Ebbe, und man hätte kaum vor fünf Uhr die Anker lichten können.«
Fay hatte in der Küche gewirtschaftet und erschien mit einer Tasse heißem Kaffee, den Jim dankend annahm. »Ihr Telefon läutet«, sagte Jim plötzlich und sprang hoch. »Vielleicht ist es Julius. Darf ich abnehmen?«
»Ich werde meinen guten Ruf aufs Spiel setzen«, antwortete sie. »Aber Sie können dem Anrufer ja sagen, es gehöre nicht zu meinen festen Angewohnheiten, Polizeibeamte zum Frühstück einzuladen.«
Im selben Augenblick, in dem der Anrufer sich meldete, erkannte Featherstone Bellamys Stimme. »Ist Savini dort?« fragte der Alte.

Jim winkte die junge Frau heran und übergab ihr den Hörer.
»Wo ist Ihr Mann?« fragte Bellamy.
»Der ist nicht hier, Mr. Bellamy. Ist er denn nicht in Garre?«
»Dann würde ich wohl kaum nach ihm fragen. Er ist gestern abend fortgegangen und nicht zurückgekehrt. Sie können ihm sagen, er könne seine Sachen und sein Geld abholen. Er ist gefeuert!«
»Vielleicht ist er bei Lacy«, antwortete Fay mit honigsüßer Stimme. »Lacy ist ja in die Stadt gefahren, um Miss Howett zu Coldharbour zu bringen – auch die Polizei weiß darüber Bescheid.«
Am anderen Ende der Leitung herrschte langes Schweigen, so daß Fay schon glaubte, Bellamy habe aufgelegt. Dann meldete er sich wieder: »Ich weiß nichts von Lacy, und ich weiß auch nichts von dem Howett-Mädchen. Was für sonderbares Zeug reden Sie da?« Und nach einer weiteren Pause: »Was hat die Polizei damit zu tun?«
Fay hielt die Hand über die Muschel und wiederholte seine Frage.
»Sagen Sie ihm, wir halten alle Schiffe auf dem Fluß an«, flüsterte Jim ihr zu.
»Sie haben doch jemanden bei sich«, sagte der argwöhnische Bellamy. »Wer ist es?«
Jim nickte. »Es ist Captain Featherstone«, sagte sie. Dann hörte sie Bellamy fluchen und das klickende Geräusch, als er den Hörer auf die Gabel warf.
»Jetzt stellt sich also die Frage, wo Julius stecken mag«, sagte Jim. »Ich gestehe, daß ich mich etwas erleichtert fühle, seit ich weiß, daß er sich um die Sache kümmert. Ich hätte mir nicht im Traum vorgestellt, daß ich mich jemals gerade auf ihn verlassen könnte.«
»Da kennen Sie Julius aber schlecht«, antwortete die stolze Ehefrau.
Jim kannte Julius leider allzugut, äußerte sich aber nicht dazu. Er kehrte in sein Büro zurück, in dem er Howett zurückgelassen hatte, der die Nachricht von der Entführung seiner Pflegetochter ungewöhnlich tapfer aufgenommen hatte.
»Ich kann nicht glauben, daß ihr etwas Schlimmes zustoßen wird«, sagte Howett. »Sie wissen doch, Captain Featherstone, daß Sie keine Kosten zu scheuen brauchen, um mein Kind aufzuspüren. Ich komme für alles auf.«
»Könnte man ihre Freiheit mit Geld erkaufen, wäre sie längst frei«, antwortete Jim so geduldig, wie er konnte. »Verzeihen Sie, wenn ich heute etwas gereizt reagiere, aber ich bin mit meinen Nerven ziemlich am Ende. Sie selbst waren nicht in ›Lady's Manor‹, als Miss Howett von dort abfuhr?«

»Nein... ich war in London.« Howett antwortete zögernd. »Aber selbst wenn ich in Garre gewesen wäre, hätte ich sie nicht daran gehindert, mit jemandem zu fahren, den ich für einen Beamten von Scotland Yard halten mußte. Haben Sie irgendeinen Hinweis, der für Ihre Nachforschungen nützlich sein kann?«
»Ich glaube einen zu haben«, sagte Jim nach kurzem Nachdenken. Er rief seine Sekretärin. »Suchen Sie in den Akten nach einem gewissen Lacy – Henry Francis Lacy, wenn ich mich nicht irre. Er wurde vor drei Jahren wegen Raubes verurteilt. Geben Sie seine Personenbeschreibung an alle Polizeiwachen durch. Wo immer man ihn antrifft: Er ist festzuhalten – aufgrund der Verordnung zur Vorbeugung von Straftaten. Sobald man ihn festgesetzt hat, bin ich sofort zu benachrichtigen. Lacy ist eine Landratte. Solange er nicht argwöhnt, daß er gesucht wird, dürfte man ihn irgendwo in der Nähe des ›Golden East‹ finden. Der Barkeeper Barnett hat mir nicht den Namen des Mannes genannt, der Smith begleitet hat. Lacy wird sich wahrscheinlich erst einmal an Ort und Stelle erkundigen, wie weit er in diese Angelegenheit verwickelt ist.«
»Und was halten Sie vom Verschwinden von Julius Savini?«
Jim zuckte ratlos mit den Schultern. »Julius ist gerissen. In seinem Charakter gibt es Reste von Anständigkeit, die man bei ihm nicht vermuten würde. Ich bin sehr froh darüber, daß die Mitteilung an seine Frau offensichtlich der Wahrheit entspricht und daß er sich in Valeries Nähe aufhält.«
Jim nahm zu Hause ein Bad und wechselte die Kleidung. Danach fühlte er sich in der Lage, die Jagd wieder aufzunehmen. Die Wasserschutzpolizei durchsuchte alle Schiffe, die zwischen London Bridge und Greenwich auf der Themse lagen. Jim begleitete den Inspektor, der mit seinen Leuten auf einer Barkasse von Schiff zu Schiff fuhr. Die Suche endete überall ergebnislos. Als sie an der »Contessa« vorbeifuhren, die sie in der Nacht davor inspiziert hatten, ringelte gelber Rauch aus dem Schornstein. Ein ungepflegt aussehender Matrose lehnte mit verschränkten Armen an der Reling.
»Ich nehme an, eine zweite Durchsuchung würde auch nichts bringen«, meinte Jim zweifelnd.
»Das glaube ich auch, Sir. Die Kerle würden die Dame doch kaum auf ein Schiff bringen, das noch nicht unter Dampf steht. Wahrscheinlich hat Barnett gelogen, als er sagte, Coldharbour habe die junge Dame auf die ›Contessa‹ gebracht.«
Jim nickte und blickte nachdenklich zu dem häßlichen Dampfer

zurück. Lieber wäre ihm gewesen, Barnett hätte die Wahrheit gesprochen. Wieder an Land, nahm er sich den Barkeeper noch einmal vor, der beteuerte: »Ich möchte auf der Stelle tot umfallen, Captain, wenn ich Ihnen etwas Falsches gesagt habe. Ich kann mir nur denken, daß Coldharbour gewußt hat, daß ich am Schlüsselloch lauschte, und mich dann bewußt auf eine falsche Fährte gesetzt hat.«
»Was hat Coldharbour denn noch gesagt?«
»Ich hörte ihn sagen, er werde die Dame an Bord heiraten. Er prahlte vor dem spanischen Kapitän, wie gut die Dame aussehe. Dann hat er eines der Mädchen hier beauftragt, im Westend einen ganzen Koffer voller Kleider zu kaufen, weil die Dame keine haben würde, wenn sie an Bord kommt. Oh, mein Gott, ich habe alle meine Ersparnisse hergegeben und dazu noch eine Hypothek aufgenommen – und jetzt soll alles verloren sein! Sie können sich vorstellen, Captain, wie mir zumute ist. Ich würde Coldharbour ein dutzendmal verpfeifen, wenn ich dadurch mein Geld retten könnte. Das können Sie mir glauben.«
Jim glaubte dem Mann, daß er die Sucher nicht absichtlich in die Irre geführt hatte. Coldharbour hatte die Unterhaltung wahrscheinlich mit diesem Ziel manipuliert; daß sie in Englisch und nicht in Spanisch geführt worden war, konnte diesen Verdacht nur bestärken. Im übrigen lag es nicht im Interesse der Polizei, den »Golden East« zu schließen. Die »Zufluchtsstätten« für Verbrecher aller Art wurden immer seltener, und es würde ziemlich lange dauern, bis eine andere Kneipe sich diese Reputation erwerben konnte. Der »Golden East« erfüllte durchaus seinen Zweck im Sinne der Polizei. Im Londoner Westend war es das Restaurant »El Moro«, das die Ganoven anzog wie das Licht die Motten.
Jim war noch dabei, Barnett auszufragen, als Spike Holland mit Neuigkeiten eintraf. Er war mit dem Wagen nach London gekommen und hatte unterwegs mehrfach angehalten, um sich nach dem Auto zu erkundigen, das Valerie und den falschen Polizeibeamten befördert hatte.
»Auf dem rückwärtigen äußeren Gepäckhalter hockte ein Mann. Er wurde an drei verschiedenen Stellen gesehen, zuletzt in einer Londoner Vorstadt. Ein Polizist versuchte noch, ihn herunterzuholen. Nach der Personenbeschreibung besteht kein Zweifel daran, daß es Savini war.«
»Wenn wir Savini finden könnten, würden wir auch Miss Howett finden«, sagte Jim nachdenklich. »Aber wo sollen wir suchen?«

»Auch Bellamy ist nach London gekommen«, berichtete Spike weiter. »Nachdem Julius weg ist, fällt es schwer, Nachrichten aus dem Schloß zu bekommen. Der Pförtner ist nur ein schwacher Ersatz. Er hat mir allerdings erzählt, der Alte sei mit Gepäck abgefahren und werde wohl mehrere Tage fortbleiben. Das ist sonderbar, weil er seit Jahren noch keine einzige Nacht außerhalb des Schlosses verbracht hat. Übrigens, Captain – ich habe jetzt eine Ahnung, wer der grüne Bogenschütze höchstwahrscheinlich ist.«

Jim Featherstone war jetzt nicht in der Stimmung, sich über den grünen Bogenschützen zu unterhalten, zwang sich aber dazu, so geduldig wie möglich zuzuhören.

»Jemand, der Pfeil und Bogen so geschickt und zielgenau handhaben kann wie dieser grüne Vogel, muß doch lange und intensiv trainiert haben, meinen Sie nicht auch?«

»Darüber habe ich noch nicht nachgedacht«, antwortete Jim ein wenig ungeduldig. Ihm lag nur daran, die Suche nach Valerie fortzusetzen, weshalb Spike ihm wirklich auf die Nerven ging.

»Bogenschießen ist heute nicht mehr das, was es einmal war«, fuhr Spike fort. »Früher stritten die netten jungen Burschen in der freien Natur um den besten Schuß, und die netten jungen Mädchen wollten alle am Arm des Schützenkönigs gesehen werden.«

»Das wußte ich nicht«, antwortete Jim müde und gelangweilt. »Worauf wollen Sie hinaus?«

»Mir kam plötzlich der Gedanke, doch einmal die Unterlagen aller Bogenschützenvereine zu überprüfen und dabei nach und nach die auf keinen Fall in Frage kommenden Personen zu eliminieren. Ich bin jetzt auf dem Weg zum Sekretär dieses Verbandes. Vielleicht kann er mir etwas sagen.«

»Also dann los!« ermunterte ihn Jim und war froh, als sein Besucher gegangen war.

Der Bogenschützenverband hatte seinen Sitz im Regent's Park. »Aber selbstverständlich, ich kann Ihnen die Mitgliederlisten der letzten dreißig Jahre zeigen«, sagte der Sekretär, und Spike verbrachte einen langen Nachmittag mit dem Studium dieser Dokumente. Als er einen Bericht über einen schon lange zurückliegenden Wettbewerb studierte, blieb sein über die Zeilen gleitender Finger an einem Namen hängen. Ihm stand vor Überraschung der Mund offen. Eilends suchte er den Sekretär auf, der ihn ins Archiv begleitete.

»Den Namen kenne ich nicht«, sagte der junge Mann. »Steht er auf

einer der Mitgliederlisten?«
Beide überflogen nochmals das Buch mit den Mitgliederlisten der verschiedenen Jahre, konnten aber den Namen nicht finden.
»Es war ein offener Wettbewerb«, erinnerte sich der Sekretär. »Das heißt, es konnten auch Nichtmitglieder teilnehmen. Sonderbar, daß der Name nicht bei den Mitgliedern des Vereins steht, denn es hat damals prachtvolle Ergebnisse gegeben. Sie sehen selbst – der Gewinner hat zehnmal hintereinander die Zwölf getroffen. Kennen Sie den Mann?«
»Ich glaube schon«, erwiderte Spike atemlos. »Ich glaube schon.« Er hatte endlich den grünen Bogenschützen gefunden.

40

Schiffe und alles, was damit zusammenhängt, waren für Julius Savini eine höchst geheimnisvolle Sache. Er hatte schon Seereisen unternommen, war aber noch nie an Bord eines Schiffes gewesen, das der »Contessa« ähnelte. Nachdem er zum Vordeck hinaufgeklettert war, sah er sich um. Eine eiserne Leiter führte zum Oberdeck, auf dem die Rettungsboote in ihren Schwenkkränen hingen. Das war offensichtlich der beste Platz, um sich zu verstecken. Er kletterte schnell hinauf, seine Waffe unter dem Arm. Es war ein Schwert mit kurzer Klinge, das er unterwegs einem kleinen Jungen gestohlen hatte. Im Notfall konnte man auf das Ding zurückgreifen. Er hätte es dem Jungen zwar gerne bezahlt, aber da er kein Geld bei sich hatte, mußte er es zwangsläufig stehlen. Verfolgt von einer Meute heulender Kinder, die er um ihre Bewaffnung gebracht hatte, war er auf die kleine Werft geflüchtet, von der aus man Valerie auf die »Contessa« transportiert hatte. Er fand ein herrenloses Ruderboot und ruderte damit los, wobei ihm das andere Boot entgegenkam, das zur Werft zurückfuhr, um Coldharbour Smith an Bord zu nehmen.
Julius war kein Schwertkämpfer und mit dem Gebrauch von Waffen überhaupt nicht vertraut. Dennoch verlieh ihm der Besitz dieses Dinges den Mut, den er in diesem Augenblick der Krise benötigte. Er wußte momentan selbst noch nicht, was nun geschehen sollte. Valerie war mit Lacy an Bord gekommen. Er hatte Lacy erkannt, als dieser mit Valerie durchs Dorf fuhr. Julius wußte, daß Lacy ein Gauner war und für Coldharbour Smith arbeitete. Rein instinktiv

und ohne zu überlegen, war er deshalb hinten auf den Wagen gesprungen und hatte sich am Gepäckträger festgehalten. Warum er so gehandelt hatte, das war ihm auch jetzt noch nicht klar, als er sich in seinem Versteck auf dem Oberdeck zusammenkauerte. Schön wäre es ja, er hätte sagen können, reine Menschenfreundlichkeit habe ihn bewogen, sich auf dieses gefährliche Unternehmen einzulassen.

Die Nacht würde noch lang sein, und Julius überlegte, was er tun sollte. Coldharbour war an Bord. Und noch jemand war gekommen, ein Motorboot mit vier Männern. Er hatte nur undeutlich gesehen, wie sie längsseits anlegten, und hatte keine Ahnung, wer diese Männer waren – sonst wäre das Abenteuer wohl anders ausgelaufen. Als das Boot wieder abgefahren war, arbeitete er sich langsam auf dem Oberdeck bis hinter den Schornstein vor. Aus einem Oberlicht drang ein trüber Lichtstrahl nach draußen. Julius hob vorsichtig die Luke an, zentimeterweise, bis er einen Blick in einen schmutzigen Salon werfen konnte. In seiner Aufregung hätte er beinahe seine Anwesenheit verraten, denn die erste Person, die er sah, war Valerie Howett. Sie saß auf einem Stuhl am Ende des leeren Tisches. Ein Blick auf ihr angespanntes, blasses Gesicht sagte Julius alles, was er wissen wollte.

Vorher war ihm nämlich nicht recht wohl in seiner Haut gewesen, weil er nicht wußte, ob Valerie ihrem Begleiter Lacy nicht doch freiwillig gefolgt war, womit alle seine Mühen und das eingegangene Risiko umsonst gewesen wären. Nun aber wußte er Bescheid. Coldharbour Smith saß rechts von Valerie, die groben Hände auf dem Tisch, das häßliche Gesicht Valerie zugewandt. Das Geräusch des Flusses übertönte ihre Stimmen, so daß Savini ihre Worte nicht verstehen konnte. Er tastete den Rahmen der Luke ab und fand dabei einen eisernen Haken, den er so ins Oberlicht klemmte, daß es offenblieb. Dann legte er sich flach auf den Boden, das Ohr an der Öffnung.

»Wir fahren morgen abend ab«, hörte er Smith sagen. »Du kannst es dir aus dem Kopf schlagen, daß dein Freund Featherstone in letzter Minute erscheint und dich hier herausholt. Weißt du überhaupt, was es für mich bedeuten würde, wenn man dich hier fände?«

Sie reagierte nicht auf seine Worte und starrte ins Leere.

»Lebenslänglich würde ich bekommen – vielleicht sogar den Strang. Und ich würde deinetwegen hängen, verehrte Dame, wenn du mir Schwierigkeiten machst.«

»Wenn Sie Geld haben wollen...«, begann sie. »Ich kann Ihnen genug zahlen...«

»Vergiß das«, sagte Smith verächtlich. »Ich habe alles Geld, das ich brauche. Du bildest dir doch nicht etwa ein, mich überreden zu können, dich laufenzulassen? In spätestens einer halben Stunde hättest du mich verpfiffen, und dann würde ich in den Steinbrüchen landen. Du kennst das Zuchthaus Dartmoor nicht. Amerikanische Gefängnisse sind Paläste, in denen Männer wie Männer behandelt werden. Dartmoor aber ist die Hölle. Nein, ich muß weitermachen, wenn ich nicht hängen will. Ich hatte schon lange geplant, mich zur Ruhe zu setzen, mir fehlte immer noch die Frau dazu. Wir können hier an Bord heiraten. Jeder Schiffskapitän hat außerhalb der Dreimeilenzone das Recht, Ehen zu schließen.«

»Das ist Abel Bellamys Werk«, sagte sie leise, so leise, daß Julius sie kaum verstand.

»Nennen wir keine Namen«, antwortete der diskrete Coldharbour. »Ich weiß nur, daß du mit mir kommst. Bis wir an unserem Bestimmungshafen angelangt sind, wirst du Vernunft angenommen haben.« Mit diesen Worten stand er auf und sah auf sie herab. »Valerie – so heißt du doch, nicht wahr? So werde ich dich auch nennen. Du kannst mich Coldharbour nennen, oder besser noch Harry.«

Er wartete auf eine Antwort, aber sie sah ihn nicht einmal an. Smith setzte seine Mütze auf. Es war schon eine erhebliche Konzession an gute Sitten gewesen, daß er sie beim Betreten des Salons abgenommen hatte. Dann stelzte er schweren Schrittes zur Tür.

»Hinter jenem Vorhang ist ein Bett und ein Waschtisch«, sagte er noch. »Auf diesem Schiff wirst du keinen Komfort vermissen. Tu so, als ob es dir gehört.«

Smith schlug die Tür hinter sich zu und schloß sie ab. Julius wartete, bis er verschwunden war, schob dann die Luke ganz hoch und schwang sich vor den Augen der verblüfften Valerie nach unten auf den Tisch. »Nicht sprechen!« flüsterte er.

»Mr.... Mr. Savini...«, stammelte sie.

»Vorsicht, nicht sprechen«, zischte er, zog seine Schuhe aus und schlich zur Tür. Es war zwar kein Laut zu hören, aber Smith konnte jeden Augenblick zurückkehren. Savini zog die Hängelampe herunter und löschte den Docht. Die Kabine war jetzt stockdunkel. Dann tastete er sich bis zu dem Stuhl vor, auf dem Valerie saß.

»Ich bin auf dem Gepäckständer des Autos mitgefahren«, erläuterte

er ihr seine Anwesenheit.
»Können Sie mich hier herausholen?«
»Ich denke schon, bin aber noch nicht sicher.« Er blickte zum Oberlicht. »Sie könnten vielleicht auf diesem Wege heraus. Leichter wäre es, wenn ich die Tür aufbrechen könnte, oder wir warten, bis Smith sie aufmacht. Er wird sicher nochmals herkommen, bevor er schlafen geht.«
Sie warteten eine Stunde, aber Coldharbour erschien nicht. Julius begann, mit seinem Schwert am Türschloß herumzufingern. Nach einer Weile gab er den Versuch auf. »Das geht nicht«, seufzte er. »Der einzige Weg führt hier durch das Oberlicht heraus, Miss Howett.«
Noch während dieser Worte dröhnten schwere, schleppende Schritte über ihren Köpfen, und man sah den Lichtschein einer Laterne. Jemand bückte sich, entfernte den Stützhaken und ließ die Luke krachend zufallen. Schlimmer noch, andere Geräusche ließen darauf schließen, daß dieser mögliche Fluchtweg zusätzlich blockiert wurde.
»Da haben wir den Salat«, sagte Julius beinahe gelassen. »Jetzt werden wir wohl auf Coldharbour warten müssen. Legen Sie sich hin und schlafen Sie, Miss Howett. Kann sein, daß er vorläufig noch nicht auftaucht.«
Er brauchte ziemlich lange, um sie zu überreden, seinem Rat zu folgen. In der kleinen Kabine hinter dem Vorhang fand sie eine Kerze. Das Kajütenbett war gemacht, Bettbezug und Kopfkissen waren blitzsauber. So wirkte das Bett beinahe einladend. Valerie legte sich hin, überzeugt, sie würde keine Sekunde schlafen können, aber kaum hatte sie die Augen geschlossen, als sie auch schon in einen bleiernen Schlaf fiel. Julius Savini stellte einen Stuhl gegen die Tür und setzte sich, das Schwert auf den Knien. Er war völlig erschöpft; alle Glieder taten ihm weh. Die Nacht über schlief und wachte er abwechselnd. Langsam brach der Tag an. Durch das Oberlicht fiel erst graues und dann goldfarbenes Licht, als die ersten Sonnenstrahlen das Schiff einhüllten. Unerwartet wurde plötzlich das Oberlicht hochgezogen, und Coldharbour blickte herein.
»Guten Morgen, mein liebes Kleines«, begann er. Dann sah er Julius und zog den Kopf zurück.
Hellwach und angespannt hörte Julius, wie sich der Schlüssel im Schloß drehte. Er war sprungbereit. Die Tür ging mit einem Ruck auf, und Savini sah sich dem Lauf von Coldharbours Pistole gegenüber. In dieser Situation blieb ihm keine Wahl, als seine Hände sinken zu

lassen.
»Wir sollten uns wohl etwas unterhalten, Julius«, sagte Smith. »Zuerst aber legen Sie mal das komische Ding da auf den Tisch.«
Julius tat es.
»Was suchen Sie hier? Wer hat Sie geschickt?«
Julius Savini war ein Mann schneller Einfälle. Einen davon hatte er jetzt. »Der Alte«, sagte er lässig. »Er hat sich auf einmal Sorgen um das Mädchen gemacht und mir befohlen, an Bord zu gehen und mit Ihnen zu sprechen. Sie sollen die Kleine wieder zurückschicken.«
Smith verzog das Gesicht zu einem häßlichen Lächeln. »Den Teufel werd' ich!« antwortete er kurz. »Was soll das überhaupt, Julius? Wenn er Sie zu mir geschickt hat, warum sind Sie dann nicht direkt zu mir gekommen?«
»Ich konnte Ihre Kabine nicht finden. Ich dachte, das hier sei sie, und turnte hier herein, weil ich nicht wollte, daß die Matrosen mich sehen. Kaum war ich hier, da hat jemand die Luke geschlossen.«
Smith nickte. »Das ist auf meinen Befehl geschehen. Aber ich hätte nie gedacht, daß ich dabei einen Vogel wie Sie einfangen würde. Der gute Bellamy will also, daß ich das Mädchen wieder an Land bringe? Und hat er auch dafür gesorgt, daß ich durch diese Geschichte keinen Ärger bekomme? Sie lügen, Julius! Ihre Kleidung ist ganz verdreckt, und was wollten Sie mit diesem komischen Schwert? Ich werde Sie vorsichtshalber hier festhalten und den Alten fragen, was für ein Spiel Sie treiben. Denn Sie würden doch für Geld alles tun.« Plötzlich kam ihm ein Gedanke. »Hat etwa Featherstone Sie an Bord zurückgelassen?« Er schlug sich auf die Schenkel. »Das ist es! Sie sind ein Lockspitzel! Na, wenn das keine Überraschung ist!«
Auf einen schrillen Pfiff kam ein dunkelhäutiger Matrose die Kajütentreppe heruntergestolpert. Smith sprach leise mit ihm, und kurz darauf kehrte er mit einem Paar rostiger Handschellen zurück.
»Hin und wieder leiste ich selbst etwas Polizeiarbeit«, sagte Smith grinsend. »Legen Sie die an, Julius.«
Savini gehorchte, und die Handschellen klickten um seine Handgelenke. Er wurde über das Deck gezerrt und durch eine enge Tür in einen Verschlag gestoßen. Dort band man ihm auch noch die Füße zusammen.
»Wenn der Alte mir bestätigt, daß Sie die Wahrheit gesagt haben, werde ich mich bei Ihnen entschuldigen, Julius«, sagte Coldharbour vergnügt. »In der Zwischenzeit bleiben Sie hier drin, und ich werde entscheiden, was ich mit Ihnen anfange, sobald wir auf See sind.«

Smith schlug die Tür zu und legte den eisernen Riegel vor. Julius Savini grinste in sich hinein, denn die Handschellen waren eine gute Nummer zu groß. Er hatte seine schmalen Handgelenke schon herausgezogen, bevor Coldharbours Schritte sich entfernt hatten.

41

Es war später Nachmittag, als ein Kriminalbeamter, der die Commercial Road entlangging, ein ihm vertrautes Gesicht erblickte.
»Lacy, wenn ich nicht irre«, sagte er und hielt den Mann fest im Griff.
»Was wollen Sie von mir, Johnson?« fragte Lacy mit unschuldigem Gesicht. »Ich kann mir nicht denken, daß die Polizei auch nur das Geringste gegen mich in der Hand hat.«
»Sie werden jetzt mit mir einen kleinen Spaziergang machen«, antwortete der Detektiv. Lacy, der nicht wußte, was ihn erwartete – denn sonst hätte er sich zur Wehr gesetzt –, folgte dem Beamten mit unbehaglichen Gefühlen auf die nächste Polizeiwache.
Captain Featherstone verhörte ihn in der Zelle, ohne ihm jedoch zu offenbaren, unter welcher Beschuldigung man ihn festgenommen habe. Für Jim war dies einer der kritischsten Augenblicke seines Lebens, hatte er sich doch für ein Handeln entschieden, das ihn seine Karriere kosten konnte. Es gab aber nichts, was er nicht für die Rettung von Valerie Howett getan hätte. Ohne zu überlegen, hätte er sich geopfert, wenn er dadurch das Mädchen seinem Vater hätte zurückgeben können.
Jim wohnte in der St. James Street, die am Samstagabend eine der ruhigsten Straßen Londons ist. »Ich werde diesen Mann mit nach Scotland Yard nehmen und dort verhören. Nein, danke. Ich brauche keine Begleitung, Johnson, wirklich nicht.«
Lacy war überrascht, als man ihn aus der Zelle holte und in ein komfortables Auto setzte, das von Featherstone gelenkt wurde. »Für den Augenblick können Sie sich als nicht festgenommen betrachten«, sagte Jim.
»Wohin bringen Sie mich?«
»In meine Wohnung«, lautete die überraschende Antwort.
»Und weshalb werde ich festgehalten?« fragte Lacy neugierig.
»Das werden Sie im rechten Augenblick erfahren«, erhielt er zur Antwort, woraufhin Lacy sich allen möglichen Gedankenspielen

über interessante Möglichkeiten hingab.
Der Wagen hielt vor einem eleganten Geschäft, dessen Rolladen heruntergelassen waren. Jims Wohnung lag genau darüber. Es gab keine anderen Hausbewohner, da der Ladenbesitzer in einer der Vorstädte wohnte.
Angus, der Diener, begegnete dem Paar auf dem Treppenabsatz vor dem Appartement. »Geben Sie Mr. Lacy einen Drink. Dann fahren Sie den Wagen in die Garage und kommen nicht mehr zurück.«
Jim ging in sein Schlafzimmer und legte Rock, Weste und Krawatte ab. Als er zurückkam, hatte Angus serviert und wartete. »Sie können jetzt den Wagen in die Garage bringen. Ich brauche Sie dann nicht mehr«, wiederholte Jim seine Anweisung. Lacy, ein Glas in der Hand, wunderte sich und wurde zum erstenmal ein wenig nervös.
»Ausgetrunken, Lacy?« fragte Jim, als die Tür sich hinter seinem Diener geschlossen hatte. »Dann kommen Sie jetzt in mein Arbeitszimmer.« Es war weniger ein Arbeitszimmer als ein Gymnastikraum, ein großes Zimmer ohne Bodenbelag. Von einem Balken an der Decke hingen zwei dicke Seile mit Ringen daran. Am anderen Ende des Raumes gab es einen Punchingball. Jim schloß die Tür und sperrte ab. Dann bedeutete er Lacy, sich zu setzen.
»Warum krempeln Sie die Ärmel auf, Captain?« fragte Lacy.
»Das werde ich Ihnen später erzählen. Wo ist Miss Valerie Howett?«
»Miss wer, Sir?«
Kaum hatte Lacy das gefragt, da traf ihn eine Faust knallhart am Kinn und schleuderte ihn krachend gegen die Wand. Wimmernd rappelte er sich wieder hoch.
»Warum tun Sie das? Wenn Sie mich noch einmal schlagen ...«
»Wo ist Valerie Howett?« fragte Jim in dem gleichen ruhigen Ton.
»Ich weiß es nicht«, lautete die störrische Antwort. Diesmal war Lacy vorbereitet und versuchte, den Schlag abzufangen. Aber zwei blitzschnelle Haken drangen durch seine Deckung und ließen ihn zu Boden stürzen.
»Los! Aufstehen!« befahl Jim.
»Ich stehe nicht auf«, rebellierte der Gauner, während er sein anschwellendes Gesicht massierte. »Das werden Sie bereuen, Featherstone.«
»Aufstehen!« wiederholte Jim. »Und machen Sie sich keine Illusionen, daß ich Sie im Sitzen nicht erwische.«
»Erst will ich Sie in der Hölle sehen«, ächzte der Ältere und machte einen Sprung zur Seite, als Jim Featherstones Stiefel ihn voll trafen.

»Dafür werden Sie mir büßen. Dafür werde ich Sie beruflich erledigen, Featherstone. Ich werde Sie anzeigen.«
»Falls Sie dann noch am Leben sind.« Jims Miene verlieh diesem Satz besonderen Nachdruck. »Wenn Sie mir nicht sagen, was ich wissen will, werde ich Sie hier auf dem Fußboden festbinden und ein Feuer unter Ihrem Hintern machen, bis Sie reden.«
»Das ist Folter!« schrie Lacy. »Sie dürfen mich nicht foltern. Das ist gegen das Gesetz!«
»Bellamy hat mir einmal gesagt, er glaube an Folter«, sagte Jim. »Ich habe ihn damals für einen brutalen Menschen gehalten. Aber ich werde nicht einen Fetzen Fleisch auf Ihren Knochen lassen, wenn Sie mir nicht sagen, wo Valerie Howett ist.«
Der Mann starrte ihn eine Weile an und machte dann mit einem schrillen Schrei einen Satz in Richtung Tür. Jim riß ihn zurück. Die Angst verlieh Lacy Mut, und er sprang seinen Gegner an. Jim wich seitwärts aus und schickte ihn mit einem kurzen Haken erneut zu Boden. Dort lag Lacy nun und atmete schwer.
»Sagen Sie mir, wo Valerie Howett ist, und ich gebe Ihnen eintausend Pfund.«
»Nicht für eine Million würde ich es tun«, blubberte Lacy. »Sie ist an einem Ort, wo Sie sie nicht finden werden, Sie Schwein! Smith hat sie in seiner Gewalt und ...«
Jim riß ihn hoch und schleuderte ihn gegen die Wand. »Leben bedeutet Ihnen also gar nichts mehr, Lacy?« Jims Stimme vibrierte vor aufgestautem Zorn. »Gibt es keine Freunde, keine Frauen, die Sie wiedersehen, keine Landschaft, die Sie gerne noch einmal besuchen möchten?«
»Lieber sterbe ich, als daß ich es Ihnen sage«, stöhnte Lacy.
»Sie werden erst sterben, nachdem Sie es mir gesagt haben.« Jim warf ihn zu Boden und riß ihm mit einem Ruck die Jacke vom Körper. Dann war es die in diesen Bewegungen steckende Brutalität und die dahinterstehende furchtbare Drohung, die die störrische Entschlossenheit des Gefangenen brach.
»Ich werde es sagen. Ich rede ja schon!« schrie er. »Sie ist auf der ›Contessa‹.«
»Sie lügen. Dort ist sie nicht.«
»Ich schwöre, daß sie dort ist. Wir waren an Bord, als Sie gestern abend das Schiff durchsuchten. Sie war in der Kammer für die Ankerkette und versuchte zu schreien. Aber Smith hielt ihr die Hand über den Mund. Ich kann es beweisen. Als Sie an uns vorübergin-

gen, sagten Sie, sie sei nicht an Bord.«
»Stehen Sie auf!« Jim zeigte auf einen Stuhl. »Setzen Sie sich. Wann waren Sie zuletzt auf der ›Contessa‹?«
»Ich bin gestern abend von Bord gegangen. Diese kleinen Schiffe mag ich nicht, sie machen mich immer seekrank.«
»Und zu der Zeit war die Dame noch da?«
»Ja, Sir.«
»Wo ist sie? In welchem Teil des Schiffes?«
»Coldharbour hat alles für sie hergerichtet. Die ›Contessa‹ hat Rum für die Vereinigten Staaten geladen. Das Schiff gehört jetzt Smith. Es war seine Idee, die Kessel noch nicht anzuheizen und noch ein bis zwei Tage auf der Themse zu warten, bis die erste Aufregung sich gelegt hat.«
Jim schloß die Tür auf und ging zurück ins Wohnzimmer. »Trinken Sie Ihren Whisky aus«, sagte er.
»Sie werden mich doch nicht anklagen lassen, Captain; nicht nach der Tracht Prügel, die Sie mir verabreicht haben?«
»Wenn das, was Sie mir gesagt haben, wahr ist, wird keine Anklage erhoben. Trinken Sie Ihren Whisky aus. Ich halte Sie nur so lange fest, bis ich Ihre Aussage überprüft habe. Stimmt sie, dann können Sie den Yard in zwei Stunden als freier Mann verlassen. Stimmt sie nicht, dann bringe ich Sie wieder hierher zurück, und wir werden uns dann erneut von Mann zu Mann unterhalten.«
Lacy antwortete nicht. Auf dem Weg nach Scotland Yard beschäftigte er sich mit seinen Schwellungen und Abschürfungen.
»Haben Sie Julius Savini gesehen?« fragte Jim.
»Julius?« reagierte der andere verächtlich. »Der hat mit dieser Angelegenheit nicht das geringste zu tun.«
»Ich hab' so einen Riecher, daß er sogar sehr viel damit zu tun hat«, antwortete Jim.

42

Die Schlafkammer, in der Valerie den größten Teil des nicht enden wollenden Tages verbrachte, zeugte in mancher Hinsicht davon, daß man sie eigens für den Aufenthalt einer Dame hergerichtet hatte. Das sogenannte Badezimmer war durch Heraussägen einer Wand des Salons neu entstanden. Die Tür in der gegenüberliegenden Wand,

die zum äußeren Kajütengang führte, war zugeschraubt und die Bullaugen so fest mit der Halterung verklammert, daß Valerie die Schrauben selbst bei äußerster Kraftanstrengung nicht lockern konnte. Zwischen der Schlafkabine und dem Salon befand sich, durch einen Vorhang verdeckt, eine Schiebetür, die allerdings wenig Schutz bot. Ein kräftiger Mann würde sie in kurzer Zeit eindrücken können.
Valerie hatte die Szene zwischen Smith und Savini beobachtet. Etwas später riskierte sie es zu fragen, was mit dem wagemutigen Julius geschehen sei. »Er ist in Sicherheit«, lautete die ausweichende Antwort.
Valerie mußte es über sich ergehen lassen, daß Coldharbour die Mahlzeiten mit ihr gemeinsam einnahm. Er war ein primitiver Mensch ohne jede Erziehung; dementsprechend waren auch seine Tischmanieren.
»Du wirst dich schon an mich gewöhnen, Valerie«, sagte er laut schmatzend. »Ich fange schon an, dich zu mögen. Und dabei bin ich sonst nicht der Typ, dem fremde Mädchen so ohne weiteres gefallen. Weißt du, im ›Golden East‹ ...«
Valerie hörte zu und schauderte. Er jedoch schien ihre deutliche Abneigung als Kompliment aufzufassen. »Wir legen heute abend ab. Der Kapitän meint, wir werden Nebel haben und deshalb flußabwärts fahren können, ohne daß jemand es merkt. Die Polizei wird ohnehin nicht mehr an Bord kommen.«
»Sie können doch nicht wirklich hoffen, daß Sie für diese Geschichte nicht zur Rechenschaft gezogen werden«, brach es auf einmal heftig aus Valerie hervor. »Sie können sich doch denken, daß ich zur Polizei gehen und Sie anzeigen werde, ganz gleich, wohin Sie mich bringen.«
Smith grinste selbstgefällig. »Bis dahin bist du meine Frau, mein Täubchen, und dann steht dein Wort gegen meines.«
»Wo ist meine Mutter?« fragte Valerie.
Er lachte laut. »Das weiß ich nicht. Der alte Bellamy hat sie vor Jahren irgendwo hingebracht. Ach, was soll's. Warum soll ich behaupten, ich wüßte es nicht. Ich weiß es sogar sehr genau. Sie lebte zunächst in einem mir gehörenden Haus in Camden Town, wo sie sich etwa drei Wochen lang versteckt hielt.«
»Versteckt? Vor wem?«
Coldharbour nickte. »Sie versteckte sich vor Bellamy. Der mochte sie nämlich sehr gerne, so wie ich dich jetzt mag. Aber sie ließ ihn

abblitzen. Ich hatte gerade einen Auftrag für ihn erledigt und dabei gutes Geld verdient. Er hatte herausgefunden, daß sie sich nach einer anderen Wohnung umsah, und schickte mich zu ihr. Ich bot ihr eine kleine Wohnung in meinem Haus an, und sie nahm sie, weil die Miete niedrig war. Sie glaubte, Bellamy wäre nach Amerika zurückgekehrt. Er hatte für den Fall, daß Schwierigkeiten auftauchten, immer mehrere Alibis. Dabei fuhr er niemals weiter weg als bis nach Queenstown. So glaubte sie sich in Sicherheit. Eines Abends erzählte ich ihr dasselbe, was Lacy dir erzählt hat. Sie begleitete mich nach Garre, weil ich ihr gesagt hatte, sie würde dort ihre kleine Tochter wiederfinden. Das war das letztemal, daß ich sie gesehen habe – als ich sie im Schloß ablieferte. Übrigens« – Coldharbour machte ein geheimnisvolles Gesicht –, »Bellamy sagte neulich, sie sei ihm entkommen.«

»Entkommen?« Valerie sprang auf, und ihre Augen blitzten vor Erregung.

»Bleib sitzen! Das ist kein Grund zur Aufregung. Wahrscheinlich lügt Bellamy.« Coldharbour versuchte, Valerie zu beruhigen. »An sich gönne ich dem alten Teufel einen Denkzettel. Beinahe wünschte ich, sie wäre wirklich entkommen. Aber das ist doch alles purer Schwindel – das ganze Gerede um den grünen Bogenschützen ist purer Schwindel. Er hat das alles nur erfunden. Ein grüner Bogenschütze. Welch ein Quatsch!«

Valerie dachte angestrengt nach. Angenommen, das stimmte! Warum nicht? Das wäre doch wenigstens eine Erklärung, weshalb Bellamy sich an ihr rächen wollte. Andererseits mußte er ihre Entführung schon seit längerer Zeit vorbereitet haben, wahrscheinlich seit dem Augenblick, als er entdeckte, daß Valerie das Kind war, das er vor dreiundzwanzig Jahren schon einmal entführt hatte.

»Ich nehme an, die Frau ist tot«, nahm Coldharbour das Thema wieder auf. »Man kann eine Frau nicht so viele Jahre lang in einem unterirdischen Verlies festhalten, ohne daß sie daran kaputtgeht. Weißt du, selbst in Dartmoor, wo man jeden Tag frische Luft und körperliche Bewegung hat –«

»Dann war sie also die ganze Zeit über in Garre Castle?«

»Natürlich war sie die ganze Zeit dort. Ich weiß nicht, in welchem Teil des Schlosses, aber sie war dort.«

Diese Unterhaltung fand während des Mittagessens statt, das Valerie fast gar nicht anrührte. Am Nachmittag war an Bord der »Contessa« allerhand los. Auf dem Deck über ihr gab es ein dauerndes Hin und

Her sowie Stimmengewirr. Irgendwo unter ihr war eine Pumpe an der Arbeit, deren ewiges Stampfen Valerie entnervte. Valerie hatte noch niemanden von der Schiffsbesatzung oder den Offizieren gesehen, ausgenommen den farbigen Steward, der die Mahlzeiten servierte. Sie erriet aber, daß es nur wenige Mann Besatzung gab. Und wie stand es um Julius? Sie wagte gar nicht, an Jim oder an ihren Vater zu denken, geschweige denn, sich Gedanken über ihr eigenes Schicksal zu machen.

Als Smith zum Abendessen herunterkam, sah Valerie gleich, daß er getrunken hatte. Über den Backenknochen seines aufgedunsenen Gesichts hatten sich rote Flecken gebildet. »Na, kleines Frauchen? Gesund und munter?« fragte er dröhnend. »Hab' dir etwas mitgebracht.« Er lachte genießerisch. »Die Prohibition in den Staaten ist zwar sehr schlecht für die Leute, aber man kann daran sehr gut verdienen.« Mit diesen Worten knallte er eine dunkle Flasche auf den Tisch.

»Der dämliche Julius! Kommt doch wahrhaftig an Bord, um mich bei der Polizei zu verpfeifen. Verläßt seine hübsche kleine Frau für ein Leben auf See. Kannst du dir das vorstellen? Aber so eine hübsche Frau wie ich hat er nicht!«

Er beugte sich über den Tisch und versuchte, ihre Hand zu fassen. Als ihm das nicht gelang, zog er mit den Zähnen den Korken aus der Flasche und goß ein Glas mit dem bernsteinfarbenen Getränk voll. »Trink!« befahl er.

»Ich trinke nicht«, weigerte sie sich und stieß das volle Glas weg, so daß es auf den Boden fiel.

Ihm schien das Vergnügen zu bereiten. »Das mag ich – Kampfgeist!« sagte er anerkennend grinsend. Dann machte er sich über den vollen Teller her, den der Steward vor ihn gestellt hatte. Als er ihn leer gegessen hatte, wischte er sich den fettigen Mund, kippte ein weiteres Glas Whisky und stand dann wackelig auf. »Mein kleiner Liebling«, begann er und wollte sie mit wildem Griff an sich ziehen.

Valerie schwang auf ihrem Drehstuhl herum und entzog sich ihm.

»Komm her zu mir, ich will dich haben!« schrie er.

Valerie wehrte sich mit dem Mut der Verzweiflung. Es gelang ihr schließlich, sich loszureißen und in die rückwärtige Kabine zu flüchten, deren Tür sie von innen verriegelte.

»Komm da sofort raus!« schrie er und trommelte wütend gegen die Tür. Diese erbebte zwar in ihren Angeln, gab aber nicht nach. Er schlug mit den Fäusten und trat mit den Füßen dagegen, wobei er

fürchterliche Drohungen und vulgäre Worte ausstieß.
»Ich hole dich da schon raus, warte nur!« Sie hörte seine heisere und geifernde Stimme und zitterte. »Savini hat dich so rebellisch gemacht! Savini! Dem Burschen werde ich es jetzt zeigen. Der kann was erleben!«
Er eilte aus der Kabine und über das Deck bis zu dem Ort, an dem er Savini eingesperrt hatte. Aufgeputscht durch den Alkohol und die Gier nach dem Mädchen war er von Mordgedanken besessen. Er ließ das Schloß aufschnappen und riß die Tür auf.
»Savini! Dein letztes Stündchen ist gekommen – hörst du?«
Keine Antwort. Er tastete in der Dunkelheit mit beiden Händen nach seinem Gefangenen. Aber Savini war verschwunden.

43

Der Schock dieser Entdeckung ernüchterte Smith. Er rief einen Matrosen herbei. »Wer hat diese Tür geöffnet?«
»Ich habe dem Mann da drin vor zwei Stunden etwas zu essen gebracht«, antwortete der Matrose.
»Haben Sie hinterher auch die Tür verschlossen?«
»Natürlich. Dann wollte er etwas Wasser. Ich ging es holen, und nur während dieser Zeit war die Tür nicht verschlossen. Als ich zurückkam, dachte ich, er sei eingeschlafen. Gesehen habe ich in der Dunkelheit nichts.«
Coldharbour Smith zündete ein Streichholz an und untersuchte das kleine Gefängnis. Wie erwartet fand er die Handschellen und das Seil, mit dem man Savini die Füße gebunden hatte. Dann marschierte Smith zum Bootsdeck, um mit dem Kapitän zu reden. »Wie schnell können wir von hier weg?«
»In zwei Stunden ist Gezeitenwende«, antwortete der kleine Spanier. »Aber sieh dir mal den höllischen Nebel an, lieber Freund. Der wird immer dicker.«
Der Nebel war schon fast undurchdringlich. Die wenigen Lichter, die noch erkennbar waren, schimmerten verschwommen.
»Das kann für uns doch nur nützlich sein. Können wir nicht sofort ablegen?«
»Unmöglich! Wir haben nicht genug Dampf. Vielleicht geht es in einer Stunde. Aber was soll ich tun, wenn der Nebel noch dicker

wird?«
»Dann fährst du einfach mitten durch. Schließlich kennst du den Fluß. Sieh zu, daß wir so schnell wie möglich das offene Meer erreichen.«
Coldharbour Smith ging zum Salon zurück. Mit kurzem Blick auf die verschlossene Tür von Valeries Kabine setzte er sich, um die Lage zu überdenken. Was tun, wenn es Julius gelungen war, an Land zu kommen?
Smith holte die Pistole aus der Tasche und legte sie vor sich auf den Tisch. Von Valerie war kein Laut zu hören. Jetzt wünschte er, er hätte sie nicht so erschreckt. Sonst aber waren seine Gedanken ganz auf Julius konzentriert. Wo war er? War er bereits an Land? Dann war das Ende nahe. Aber vielleicht war er noch an Bord. Es gab hier viele Schlupfwinkel, wo ein Mann sich verstecken konnte.
Mit diesem Gedanken ging er an Deck und starrte in den immer dicker werdenden Nebel. Ein Boot mit einem einzelnen Insassen ruderte gemächlich auf das Schiff zu. Es war nur ein Mann, dessen war er sicher. Vielleicht einer der Matrosen, der vom Landgang zurückkehrte. Er behielt den einsamen Ruderer weiter im Auge. Der hatte aber wohl doch ein anderes Ziel, denn er ruderte am Bug der »Contessa« vorbei und verschwand im Nebel. Also kehrte Coldharbour in den Salon zurück und setzte sich so, daß er die offene Tür im Auge behalten konnte.
Seine ganze Zukunft hing jetzt von Julius ab. Im Ernstfall würde er gegenüber dem Mädchen keine Gnade walten lassen. Wenn er schon bestraft würde, dann sollte es sich auch gelohnt haben. Mit wachsamen Ohren lauschte er auf das Geräusch von Ruderschlägen oder einer Stimme, die nach der »Contessa« rief. Beim ersten Anzeichen, daß Featherstone kam, würde er die Tür schließen und absperren. Minuten vergingen, während er so vor sich hinbrütete. Einmal hörte er, wie der Kapitän Befehle zum Lichten des Ankers gab. Der Dampfdruck wurde getestet und für unzureichend befunden. Plötzlich dann das Geräusch von nur mit Strümpfen bekleideten Füßen. Eine Sekunde lang starrte er entgeistert zum Oberlicht, dann zuckte seine Hand nach vorne und packte den Griff der Pistole...

Die Barkasse, die sich ihren Weg durch die Nebelschwaden auf der Themse bahnte, steuerte zielsicher auf die »Contessa« zu. Jim konnte sich denken, wie Smith reagieren würde, und ließ den Motor abstellen, sobald das Schiff in Sicht kam. Kaum war das Boot

längsseits gegangen, schwang Jim sich als erster an Bord, gefolgt von den Männern der Wasserschutzpolizei. Die Decks waren leer, die Tür zum Salon geschlossen.
»Gehen Sie nach vorn, und nehmen Sie den Kapitän fest«, flüsterte Jim, und einer der Beamten kletterte zum Bootsdeck empor. Jim näherte sich dem Salon und drehte leise am Türknopf. Zu seiner Erleichterung ging die Tür auf, und er trat ein. Der Salon war in tiefe Dunkelheit gehüllt, und es war totenstill. Jim schickte den Lichtstrahl seiner Taschenlampe kreuz und quer durch den Raum, bis er auf der Tür verharrte, hinter der Valerie sich eingeschlossen hatte. Er öffnete. In der Kabine brannte Licht. Valeries Pelz lag auf dem Bett, aber sie selbst war nicht da. Auch im Nebenraum war sie nicht.
Er kehrte in den Salon zurück und leuchtete den Tisch an. Plötzlich sprang er zur Seite und riß die Pistole hoch. Auf einem Stuhl am Ende des Tisches war der Umriß eines Mannes zu sehen.
»Hände hoch!« rief Jim und richtete den Lichtstrahl auf die Gestalt. Der Lichtkegel fiel auf Coldharbour Smith. Der lag in seinen Stuhl zurückgelehnt, die eine Hand am Griff seiner Pistole. Die blicklosen Augen starrten zum offenen Oberlicht.
Coldharbour Smith war tot. Aus seiner Brust ragte der grüngefiederte Schaft eines Pfeils.

44

Jim rief den Inspektor der Wasserschutzpolizei herbei. Bevor die beiden Männer den Raum näher untersuchten, zündeten sie erst einmal die Lampe an.
Coldharbour Smith mußte auf der Stelle tot gewesen sein. Der Pfeil hatte das Herz durchbohrt, und zwar mit solcher Gewalt, daß er im Rücken wieder herausgetreten war und sich ins Holz der Stuhllehne gebohrt hatte.
»Er hat seinen Mörder gesehen und nach der Pistole gegriffen«, sagte Jim. »Wie lange ist er wohl tot?«
Die Hände des Toten waren noch warm. »Er ist umgekommen, während wir anlegten. Auch der Lampenschirm ist noch warm – haben Sie das bemerkt?«
Jim wartete nicht eine Sekunde länger als nötig und lief zur Kapitänsbrücke. Der Spanier war in Tränen aufgelöst und erlitt einen

hysterischen Anfall, als er erfuhr, was geschehen war.
»Ich wußte, daß eine Dame an Bord war. Aber bei...« Er haspelte eine ganze Anzahl von Heiligen herunter. »Ich wußte nicht, daß das nicht in Ordnung war. Ich bin ein Mann mit starkem Feingefühl, Señor. Und wenn ich gewußt hätte, daß die Dame nicht die Ehefrau von Smith war...«
»Wo ist die Dame jetzt?« fragte Jim scharf. »Ich warne Sie. Wenn Sie mir jetzt mit irgendwelchen Tricks kommen, werden Sie Spanien nicht so bald wiedersehen.«
Inzwischen war eine zweite Polizeibarkasse längsseits gekommen, und eine Anzahl von Polizisten schwärmte an Bord aus. Das Schiff wurde von der Mastspitze bis zum Kiel durchsucht, Valerie aber blieb verschwunden.
»Das Oberlicht des Salons steht sperrangelweit offen, seltsam in einer Nacht wie dieser«, berichtete einer der Beamten. Auch Jim war das aufgefallen. Man stellte fest, daß eine Strickleiter von erkennbar ungeschickter Hand an einem Eisenpfosten befestigt worden war. Außerdem fehlte eines der Boote. Die Besatzung hatte es am Tage zuvor ausgeschwenkt und erheblich tiefer gelassen, um etwas an der Schiffswand reparieren zu können. Jetzt hingen die Halteseile leer in ihren Verankerungen.
Valerie wäre alleine nie imstande gewesen, das Boot aufs Wasser herunterzulassen, dessen war Jim gewiß.
Wo steckte Julius Savini? Dazu konnte nur der Kapitän etwas sagen. »Der arme Smith hat ihn in der Kammer für die Schiffstaue eingesperrt. Er ist aber entkommen und an Land geschwommen.« Die Vernehmung der Besatzung ergab, daß der Matrose, der Julius das Essen gebracht hatte, ihn im Wasser gesehen und einen schweren Bolzen nach ihm geworfen hatte. Er hatte es aber nicht gewagt, Smith einzugestehen, daß sein Gefangener auf diese Weise entkommen war.
Jim ging in den Salon zurück, ließ mehr Lampen installieren und untersuchte den Raum dann gründlich. »Dieser Mord ist ganz typisch für den grünen Bogenschützen«, sagte er nach Beendigung seiner Arbeit. »Der Pfeil hat genau an derselben Stelle getroffen wie bei Creager. Es gibt keinen einzigen Fingerabdruck des Mörders – oder vielleicht sollte man besser sagen des Scharfrichters.«
»Wie wird der Mann überhaupt an Land kommen?« fragte der Inspektor zweifelnd. »Wenn er den Fluß nicht ganz genau kennt, wird er das in diesem Nebel nicht schaffen.«

Jim verließ bei dieser Bemerkung erneut der Mut. Denn dasselbe traf ja auch auf Valerie zu – es sei denn, sie befand sich in Gesellschaft des Bogenschützen. Hatte man erst einmal das Ufer in Sicht, dann war es einfach, an Land zu gehen. Denn in dieser Gegend mündete jede der vielen engen Gassen in eine Anlegestelle.
Jim ließ einige Mann zur Bewachung des Schiffs zurück und begann dann, auf einer der beiden Polizeibarkassen systematisch auf dem Fluß zu kreuzen. In kurzen Abständen ließ er den Motor abstellen, damit man eventuelle Rudergeräusche hören konnte. Aber erst kurz vor dem Nordufer wurde die Aufmerksamkeit belohnt.
»Da ist ein Boot ganz in der Nähe, hören Sie doch«, flüsterte einer der Beamten. Jim beugte den Kopf nach vorn und hörte das unregelmäßige Quietschen von Rudern.
»Das ist kein erfahrener Ruderer«, sagte der Inspektor. »Das eine Ruder taucht stets vor dem anderen ins Wasser.« Sofort ließ er den Motor wieder anspringen und nahm die Verfolgung auf. Das Polizeiboot hielt in dem Augenblick neben dem Ruderboot, in dem dessen einziger Insasse ausstieg.
»Stehenbleiben!« rief Jim und sprang mit einem Satz auf den glitschigen Anlegeplatz.
Die Gestalt drehte sich um und starrte ihn an. »Na, wenn das nicht Featherstone ist!« rief sie aus, und Jim blieb überrascht stehen. Es war die Stimme von Howett.
»Warum ... was ... aber Mr. Howett, was tun Sie hier?«
»Ich hörte, daß Sie zur ›Contessa‹ fahren wollten, und bin Ihnen gefolgt«, sagte Howett ruhig. »Ich fand dieses Boot, genauer gesagt einen Mann, der gerade mit ihm anlegte, und fragte ihn, ob ich es nehmen könnte.«
Die Geschichte klang äußerst unwahrscheinlich. Bei jedem anderen hätte Jim sie als pure Erfindung bezeichnet.
»Haben Sie mein Kind gefunden?« fragte Howett mit erstaunlich ruhiger Stimme.
»Nein. Sie war nicht an Bord. Aber Smith ist tot.«
»Tot? Und Valerie nicht dort? Wie ist Smith gestorben?«
»Er wurde vom grünen Bogenschützen umgebracht«, antwortete Jim, und Howett schwieg.
»Valerie ist entweder geflohen oder wurde vom Schiff gebracht«, berichtete Jim weiter. »Ich fahre jetzt zum Yard. Wollen Sie mich begleiten, Mr. Howett?«
Der andere nickte. »Tot?« murmelte er. »Richtiggehend tot?«

»So tot, wie man nur sein kann«, antwortete Jim.
Erst eine Stunde später kamen die beiden im Yard an, da der dicke Nebel die Fahrt sehr behinderte. Dort gab es nichts Neues. Jim setzte Howett in dessen Hotel ab und kehrte wieder zum Yard zurück, wo er noch einen kurzen Bericht über das Geschehen auf der Themse schrieb. Als er damit gerade fertig war und sein Büro verlassen wollte, wurde ihm Fay Savini gemeldet. Sie trat abgehetzt und mit rotentzündeten Augen ins Büro und fragte gleich: »Haben Sie Julius gefunden?«
Jim schüttelte den Kopf. »Ich hoffe jedoch, daß er in Sicherheit ist. Smith hatte ihn an Bord der ›Contessa‹ gefangengehalten. Das ist ein kleiner Dampfer, der auf der Themse vor Anker liegt. Julius ist von dort entkommen. Sagen Sie, Fay, ist er ein guter Schwimmer?«
Trotz ihrer Sorgen mußte Fay lächeln. »Julius kann selbst dort noch schwimmen, wo Walfische ertrinken. Und wenn der Junge mitten im Ozean schiffbrüchig würde; der würde bis ans Land schwimmen. Warum fragen Sie?«
»Er ist über Bord gesprungen. Zu dem Zeitpunkt war es schon ziemlich neblig. Wenn er aber schwimmen kann, ist er bestimmt in Sicherheit.«
Fays Zuversicht verflüchtigte sich sofort, und sie war auf einmal ganz besorgte Ehefrau. »Der arme Junge wird ertrinken! Warum suchen Sie nicht nach ihm, Featherstone? Ihn da einfach im Wasser treiben zu lassen, ohne daß man nach ihm sucht – das ist ja Mord.«
Jim legte ihr beruhigend die Hand auf die Schulter. »Keine Sorge, mit Julius ist bestimmt alles in Ordnung«, sagte er betont freundlich. »Ich wünschte, ich könnte dasselbe von Miss Howett sagen.« Es lag ihm auf der Zunge festzustellen, Julius sei nicht der Typ, der durch Ertrinken stirbt; er unterließ es aber taktvollerweise. Dann erzählte er, daß Coldharbour tot sei.
»Das hat er auch verdient«, antwortete sie prompt. »Der Mann war nicht für ein langes Leben bestimmt, Featherstone. Das war eine Bestie durch und durch. Sie denken doch nicht, mein Julius hat es getan?« fragte sie plötzlich. »Julius könnte einen Bogen nicht von einem Pfeil unterscheiden.« Jim beschwichtigte ihre Sorge, es könne irgendein Verdacht auf ihren bewundernswerten Mann fallen, und schickte sie nach Hause.
Autobusse und Untergrundbahnen fuhren um diese Zeit noch nicht, und Fay fand auch kein Taxi. So mußte sie den ganzen Weg im dichten Nebel zu Fuß nach Hause gehen. Es war zwei Uhr vorbei, als

sie todmüde und mit schmerzenden Füßen ankam. Während sie in ihrer Handtasche nach dem Hausschlüssel suchte, hielt ein Auto neben ihr, das sie kurz zuvor überholt hatte, und im Schatten des Torbogens stand ein Mann, in dem sie zu ihrem Erstaunen Bellamy erkannte. »Ich möchte hier ins Haus«, sagte er. »Ein Bekannter von mir wohnt hier. Ich wußte nicht, daß die Haustür nachts verschlossen ist.«

»Hier kommen Sie nicht herein, Mr. Bellamy«, sagte Fay wütend. »So, wie Sie meinen Mann behandelt haben, hier aufzutauchen – und noch dazu mitten in der Nacht.«

Er blickte lauernd auf sie herab. »Dann sind Sie also Mrs. Savini. Ich muß aber trotzdem ins Haus, weil ich mit Ihrem Mann zu reden habe.«

»Was Sie mit ihm besprechen wollen, können Sie gleich mir sagen«, unterbrach ihn Fay. »Tun Sie es schnell, denn ich bin todmüde.«

»Sie können ihm sagen, daß man mir dreitausend Dollar aus dem Safe gestohlen hat und ich seine Verhaftung fordern werde. Das ist alles, Mrs. Savini.«

Als er sich zum Gehen wandte, packte sie ihn am Arm. »Warten Sie. Kommen Sie herein und erzählen Sie, was das alles zu bedeuten hat.«

Er folgte ihr die Treppe hinauf. Sie schaltete das Licht ein und führte ihn ins Wohnzimmer. Als sie ihn von so nahe sah und noch dazu im hellen Lampenlicht, fuhr sie erschreckt zurück. »Mein Gott, sind Sie eine Schönheit!« entfuhr es ihr, und er schob seine Unterlippe noch weiter vor.

»Wirklich, bin ich nicht schön?« fragte er ironisch, und sein massiger Körper belegte den stabilsten Stuhl mit Beschlag. »Aber das Kompliment kann ich ohne weiteres zurückgeben.«

»Und jetzt erzählen Sie mir mal, was es mit dem Diebstahl auf sich haben soll, Mr. Bellamy. Ich bin sicher, daß Julius es nicht getan hat, denn das ist nicht seine Art.«

»Nicht seine Art? Ha, ha!« Bellamy lachte spöttisch. »Das sollten Sie besser wissen. Na schön, ich beschuldige ihn nicht, und mir ist auch kein Geld gestohlen worden. Aber ich muß mit ihm reden.«

»Er ist nicht hier.«

Bellamy wies mit dem Kopf zur Tür. »Gehen Sie lieber nachsehen.« Sie zögerte. »Nun gehen Sie schon«, fauchte er sie an. Fay gab nach und ging aus dem Zimmer. Was sie veranlaßte, die Tür zu dem Zimmer zu öffnen, in dem bis vor kurzem ihr Bruder Jerry gewohnt

hatte, wußte sie nicht. Vielleicht weil es die nächste Tür war. Sie schaltete das Licht ein und wäre beinahe rückwärts herausgestolpert. Auf dem Bett lag Julius, abgerissen, verschmutzt, unrasiert, in tiefem Schlaf.
Zuerst wollte sie ihren Augen nicht trauen. Dann warf sie sich mit einem Schrei neben ihm aufs Bett, umarmte ihn und schluchzte vor Erleichterung in sein verdrecktes Oberhemd hinein. Julius erwachte langsam, reckte und streckte sich und blinzelte in die Lampe.
»Hallo«, sagte er. »Fay ... ich hoffe, daß es dir nichts ausmacht ... ich habe ihr gesagt, sie soll sich auf dein Bett legen.« Fay stürzte in ihr Schlafzimmer. Dort lag, mit einer Daunendecke zugedeckt, eine junge Dame auf ihrem Bett, und sie brauchte erst gar nicht zu überlegen, wer die Schläferin war. Valerie bewegte sich im Schlaf und seufzte. Fay Clayton oder auch Fay Savini, Ganovin mit Herz, beugte sich über sie und küßte sie auf die Wange.

45

Als Fay zu Julius zurückkehrte, saß dieser auf der Bettkante und wühlte schlaftrunken in seinen Haaren. »Was ist los, Fay?« fragte er schnell.
»Bellamy ist hier, im Wohnzimmer.«
»Bellamy – Abel Bellamy hier? Was will er?«
»Er will dich sprechen. Wie lange bist du schon hier, Julius?«
Savini schüttelte den Kopf. »Ich weiß nicht, schon einige Zeit, glaube ich.« Julius hatte seine Schuhe ausgezogen, bevor er ins Bett fiel, und sah sich hilflos nach ihnen um. Er war wie betrunken vor Schläfrigkeit. Fay holte seine Pantoffeln.
»Du brauchst ihn ja nicht zu sehen, wenn du nicht willst.«
»Ich will aber mit ihm reden«, antwortete er mit schlauem Lächeln. »Ist Miss Howett in Ordnung?«
Fay nickte, und er folgte ihr gähnend ins Wohnzimmer. Es war für ihn ein ganz neues Gefühl, hier dem Mann zu begegnen, vor dem er so lange Angst gehabt hatte. Jetzt trat er ihm mit seltsamer Gelassenheit gegenüber.
»Na also, da sind Sie ja. Was haben Sie zu Ihrer Entschuldigung zu sagen?« fragte Bellamy.
»Lassen Sie mich in Ruhe«, erwiderte Julius mit einer Handbewe-

ung, als könne er damit Abel Bellamy wie ein Trugbild verscheuhen.

Wo ist das Mädchen?«

Welches Mädchen?« fragte Julius unschuldig.

Das Mädchen, dem Sie auf die ›Contessa‹ gefolgt sind.«

Sie ist wieder zu Hause.«

Ihnen kommen die Lügen aber glatt über die Lippen. Sie ist hier, ier im Haus oder sogar in der Wohnung. Man hat Sie gesehen, als ie sie hergebracht haben.«

Was, zum Teufel, fragen Sie denn, wenn Sie es schon wissen?« ragte Julius ärgerlich. »Also schön – sie ist hier.«

ellamy biß sich auf die Lippe. »Wie sind Sie entkommen?«

Das geht Sie einen Dreck an«, platzte Julius wagemutig heraus, und ler Alte schluckte es.

Und Smith hat Sie nicht gesehen?«

Smith ist tot!« Es war Fay, die diese aufregende Mitteilung machte, ınd Julius starrte sie entgeistert an. »Tot?« fragte er ungläubig.

Smith tot?« Fay nickte.

Wer hat Ihnen das gesagt?« fragte Bellamy.

Featherstone, vor einer Stunde.«

Wie ist er gestorben? Wer hat ihn umgebracht?«

Der grüne Bogenschütze«, antwortete Fay, und Bellamy sprang mit inem Fluch auf.

Sie sind doch wohl verrückt!« rief er. »Der grüne Bogenschütze – hat nan ihn gesehen?«

Es hat keinen Sinn, mir weitere Fragen zu stellen, Mr. Bellamy. Ich in doch schließlich kein Auskunftsbüro. Ich gebe nur wieder, was nan mir gesagt hat. Coldharbour Smith wurde tot in seinem Salon ufgefunden, ein grüner Pfeil steckte mitten im Herz. Das ist alles, vas ich darüber weiß.«

ellamy war für einen Augenblick sprachlos, faßte sich aber schnell. Von mir aus soll er tot sein. Um so besser«, sagte er schließlich. Savini, Sie und ich, wir verstehen uns. Ich will jetzt nicht lange eden, sondern biete Ihnen zehntausend Pfund, das sind fünfzigtausend Dollar. Und Sie bekommen denselben Betrag noch einmal, venn Sie etwas für mich tun. Sie wissen, was das bedeutet – ıunderttausend Dollar, die jährlich sechs oder siebentausend Dollar Zinsen bringen. Damit kann man im Ausland komfortabel leben.«

Sie bieten das doch nicht für nichts«, sagte Fay geradeheraus. »Was erlangen Sie dafür?«

»Das Mädchen da drinnen. Bringen Sie sie nach Garre Castle, und zwar noch heute nacht. Wir können gleich nach unten gehen, all zusammen. Mein Wagen wartet draußen.«
Julius schüttelte den Kopf. »Es gibt viele Dinge, die ich für Geld tun würde, Mr. Bellamy. Aber was Sie da verlangen, gehört nicht dazu Die Summe, die mich dazu treiben würde, können nicht einmal Sie aufbringen.« Fay nickte zustimmend.
»Aber niemand wird es jemals erfahren.« Bellamy sprach jetzt im Flüsterton. »Das Mädchen ist vom Schiff verschwunden. Niemand weiß, daß Sie mit ihm zusammen waren. Das ist doch geschenkte Geld, Savini. Ich erhöhe auf fünfzehntausend –«
»Und wenn Sie fünfzehn Millionen anbieten, würde das nicht ändern«, sagte Fay. »Julius wird es nicht tun; und ich würde ihn hassen, wenn er es täte. Julius und ich haben jahrelang wie arme Schlucker gelebt, aber wir sind doch Menschen geblieben.«
Bellamy stand eine Weile nachdenklich da. Dann schlug er den Mantelkragen hoch. »Also gut«, sagte er erstaunlich sanft. »Reden wir nicht weiter darüber. Sie können morgen früh nach Garre Castle zurückkommen, Savini. Ich werde sehen, ob ich Ihnen nicht einen besseren Job bei besserem Gehalt geben kann.«
»Ich komme nicht wieder nach Garre.«
Bellamy wirbelte herum. »Sie kommen nicht?« sagte er drohend. »Sie meinen wohl, Sie könnten aus Howett mehr herausholen als aus mir?«
»Es kümmert mich einen Dreck, ob ich aus Howett auch nur einen Cent heraushole«, sagte Julius entrüstet. »Das habe ich nicht des Geldes wegen getan. Und übrigens –« Er unterbrach seinen Redefluß, weil ihm sein ursprünglicher Plan mit dem Scheck wieder einfiel. Dann gab er zur großen Überraschung seiner Frau nach »Gut. Montag morgen werde ich in Garre sein, Mr. Bellamy. Ich hab es mir überlegt.«
Bellamy sah ihn einen Augenblick nachdenklich an und meinte dann: »Ich denke, das ist klug von Ihnen.«
Fay geleitete ihn zur Tür und verriegelte sie hinter ihm. Bevor sie zu ihrem Mann zurückging, rief sie Jim Featherstone an und teilte ihm etwas mit, was ihn veranlaßte, ohne Mantel und Hut in den Nebel hinauszueilen.
»Bitte ganz leise, sie schläft noch«, ermahnte ihn Fay, als sie Jim in die Wohnung einließ. »Na, was habe ich Ihnen gesagt? Julius hat sie dort herausgeholt. Mein Julius! Der ist doch der beste aller Män-

ner...« Sie führte Jim durch den Gang zum Wohnzimmer.
Julius war mit einem Morgenrock bekleidet. »Sie ist eine wundervolle Frau, Captain«, sagte er, während er Jim die Hand schüttelte. »Ich habe eben Mr. Howett am Telefon gehabt und ihm mitgeteilt, daß sich seine Tochter hier bei uns in Sicherheit befindet und schläft.«
»Wie haben Sie sich denn überhaupt befreien können?«
»Es war leicht und doch schwer«, antwortete Julius geheimnisvoll. »Zunächst einmal konnte ich die Handschellen abstreifen und danach meine Füße losbinden. Das nächste Problem war die Tür. Ich mußte bis zum Abend warten, ehe einer dieser Typen daran dachte, mir etwas zu essen zu bringen. Ich bat ihn um Wasser, und während er es holte, schlich ich hinaus und sprang über Bord. Jemand warf noch mit einem schweren Gegenstand nach mir, aber ich konnte ausweichen und tauchen. Der Nebel war ziemlich dick und das Wasser kalt. Mir wurde bald klar, daß ein halbverhungerter Mensch unter diesen Umständen kaum in der Lage sein würde, das Ufer zu erreichen. Außerdem fiel mir ein, daß ich Miss Howett nicht ihrem Schicksal überlassen durfte. Deshalb schwamm ich auf die andere Seite des Schiffes und hielt mich eine Weile an der Ankerkette fest – bis ich ganz steif und verkrampft war. Da sah ich eine Leine von einem zur Hälfte heruntergelassenen Boot hängen. Ich weiß nicht mehr so recht, wie es mir gelang, ins Boot zu klettern. Können Sie sich vorstellen, wie man sich fühlt, wenn man bei dickem Nebel bis auf die Haut durchnäßt in einem offenen Boot hockt? Zuletzt konnte ich es nicht mehr aushalten und kletterte auf das Oberdeck. Ich hörte im Salon unter mir Stimmen und öffnete das Oberlicht. Smith war betrunken und wurde frech zu Miss Howett; aber sie riß sich los und flüchtete in ihre Schlafkabine, die sie hinter sich zuschloß. Ich hatte mir für alle Fälle ein Stück Strickleiter mitgenommen, das ich im Boot gefunden hatte. Als Smith aus dem Salon stürzte, befestigte ich das eine Ende an dem einen Pfosten, schob die Luke des Oberlichts ganz hoch und ließ die Strickleiter hinunter.
Ich muß gestehen, daß ich eine Höllenangst hatte, Smith könne jeden Augenblick wiederkommen«, fuhr Julius fort. »Auch dauerte es ziemlich lange, bis ich Miss Howett überzeugen konnte, daß ich es war, der an ihre Tür klopfte, und nicht Smith. Schließlich öffnete sie und kletterte über die Strickleiter nach oben. Ich folgte ihr, und im Handumdrehen saßen wir im Boot. Ich selbst hatte überhaupt keine Ahnung, wie man mit den Davits umgeht. Miss Howett aber, die oft gesegelt war, zeigte mir, wie man so ein Boot zu Wasser läßt. Als das

geschafft war, legten wir schleunigst ab. Wir brauchten recht lange, ehe wir am Ufer ankamen. Wir nahmen ein Taxi, und da ich nicht wußte, wo Mr. Howett sich aufhielt, riet ich Miss Howett, hier in diese Wohnung zu kommen. Ich war ja sicher, daß Fay sich um sie kümmern würde.«

»Als Sie von der ›Contessa‹ wegruderten, haben Sie da ein anderes Boot gesehen?« fragte Jim.

»Ja, ein kleines Boot mit einem einzelnen Ruderer. Ich fragte mich, wer das wohl sein könnte. Wir waren aber nicht nahe genug, um den Mann erkennen zu können. Meinen Sie, das war der grüne Bogenschütze?« fragte Julius neugierig.

»Er kann es gewesen sein.«

»Sonderbar«, sagte Julius nachdenklich. »Wir riefen ihn nämlich an, weil wir uns nicht sicher waren, in welche Richtung wir ruderten. Er muß uns gehört haben, hat jedoch nicht geantwortet.«

Jim stand auf. »Gott sei Dank, daß Sie entkommen konnten. Und jetzt sollten Sie schlafen gehen, Savini.« Dann ergriff er Fays Hand: »Ich fange an, Ihre Bewunderung für den erstaunlichen Julius zu teilen. Sollten wir uns jemals unter Umständen, die wir alle bedauern müßten, von Berufs wegen treffen, dann werden Sie vor Gericht einen guten Freund in mir finden.«

Julius hatte Jim nichts von Bellamys Besuch erzählt, und Fay erinnerte ihn daran, als Featherstone gegangen war. »Nein«, sagte Savini, wobei er sich nachdenklich das unrasierte Kinn kratzte, »das wäre nicht klug gewesen. Ich hatte ursprünglich so eine Idee, wie ich aus einer gewissen Person eine Menge Geld herausholen könnte. Das ist inzwischen nicht mehr nach meinem Geschmack, und ich kehre wieder zu meinem alten Plan zurück. Dem alten Bellamy wird es noch leid tun, daß er mich wieder im Schloß haben will.«

»Vielleicht wird es dir aber noch mehr leid tun«, meinte Fay prophetisch.

46

Fünf frohgestimmte Menschen saßen am folgenden Tag im »Carlton« beim Mittagessen. Es war Sonntag, und das große Restaurant war deswegen nur schwach besetzt. Zumindest für zwei dieser fünf aber saß die ganze Welt mit am Tisch. Howett war ernst und nachdenklich und so sehr mit seinen eigenen Gedanken beschäftigt, daß man ihn jeweils darauf aufmerksam machen mußte, wenn der Kellner ihm einen neuen Teller reichte. Julius war gerade dabei, einen Teil seiner Rettungsaktion zu erläutern, als Spike Holland den Saal betrat. Kam Holland ins Hotel »Carlton«, so konnte man automatisch annehmen, daß ihn jemand zum Essen eingeladen hatte. Als Gastgeber entpuppte sich jener gutaussehende Herr, von dem Valerie sich noch erinnerte, daß er vor einiger Zeit an einem der Nebentische gesessen hatte.

Jim erhob und verbeugte sich, als John Wood vorbeikam. Diesmal standen die beiden Tische weit auseinander. Nach einer Weile kam Spike herüber, um die fröhliche Gesellschaft zu begrüßen.

»Jemand, der einen Mord am Samstag begeht, sollte auf der Stelle tot umfallen«, klagte Spike bitter. »Alle Sonntagszeitungen sind voll von der Geschichte mit dem grünen Bogenschützen. Und dabei sollte das doch meine Exklusivstory sein, Captain Featherstone. Ich hatte aber nicht den Schimmer einer Ahnung – bis ich heute früh alles bei der Konkurrenz gelesen habe.«

Jim lächelte. »Das ist wirklich Pech. Aber ich plane ja nicht den zeitlichen Ablauf der Verbrechen, sonst hätte ich dafür gesorgt, daß Sie mit von der Partie gewesen wären. Ich werde Ihnen nach dem Essen berichten, wie alles in Wirklichkeit abgelaufen ist. Wie ich sehe, ist Ihr großer Kinderfreund wieder in der Stadt.«

»Ja, seit gestern abend. Er hat in meiner Wohnung übernachtet. Demnächst geht er daran, ein Kinderheim in England einzurichten. Zu diesem Zweck möchte er mit Bellamy über den Ankauf von Garre Castle verhandeln. Was halten Sie von dem Gedanken? Er hört schon im Geiste das alte Gemäuer von frohem Kindergeschrei widerhallen. Den grünen Bogenschützen soll dann das Geklapper der Kinderrasseln vertreiben. Er will Bellamy deswegen noch in dieser Woche in Garre aufsuchen.«

»Kennen Sie den Herrn gut?« fragte Howett, der sich plötzlich interessiert zeigte.

»Nicht allzugut. Es ist in gewissem Sinne eine journalistische Bekanntschaft. Er ist aber ein fabelhafter Mensch, den kennenzulernen sich wirklich lohnt. Übrigens, Mr. Howett«, fragte Spike beiläufig, »waren Sie vor fünfzehn Jahren in London?«

Howett bestätigte das.

»Ich war neulich im Sekretariat des Verbandes der Bogenschützen und habe dort die Archive studiert, weil ich so eine Idee hatte, wie man dem grünen Bogenschützen auf die Spur kommen könnte. In einer Liste von Teilnehmern an einem Wettbewerb stieß ich auf Ihren Namen – L. B. Howett.«

»Das war damals ein nur vorübergehendes Interesse«, antwortete Howett. »Vor vielen Jahren existierte in Philadelphia ein Verein der Bogenschützen, dem auch ich angehörte. Ich erinnere mich, daß ich mich während eines kurzen Besuchs in England hier ziemlich einsam fühlte. Da habe ich mich für den hiesigen Wettbewerb angemeldet, weiß aber nicht mehr, wie er ausgegangen ist.«

»Aber Daddy, ich habe ja gar nicht gewußt, daß du dich für Bogenschießen interessierst«, warf Valerie erstaunt ein.

»Das ist auch schon sehr, sehr lange her«, antwortete Howett und lenkte das Gespräch auf ein anderes Thema. Julius hatte mit gespitzten Ohren zugehört. Dann verabschiedete sich der Journalist.

»Der Herr am Tisch von Spike Holland sieht ungewöhnlich gut aus«, bemerkte Valerie, die Spike nachsah, bis er sich zu John Wood gesellte. »Ich habe noch nie ein Gesicht gesehen, das mich mehr fasziniert hätte.«

»Tut mir leid, das zu hören«, meinte Jim.

»Auf wie alt würden Sie ihn schätzen?« fragte sie, ohne auf seinen Einwurf zu achten.

»Das ist schwer zu sagen. Er könnte achtunddreißig, aber ebensogut auch erst achtundzwanzig Jahre alt sein. Offensichtlich ist er vorzeitig ergraut.«

»Erzählen Sie mir mehr über ihn«, drängte Valerie. Mit bewundernswerter Selbstbeherrschung – denn welcher Mann erzählt schon gerne der Frau, die er liebt, von den Vorzügen eines anderen – schilderte Jim das Hobby von John Wood.

»Kennt er denn Bellamy?«

»Sehr gut sogar. Er war mit seinem Neffen befreundet. Als dieser im Krieg starb, hinterließ er Wood sein Vermögen. Übrigens war es Wood, von dem ich etwas Interessantes erfahren habe, Valerie«, sagte Jim mit leiser Stimme und wiederholte dann die Geschichte von dem entführten Kind und dem Eisenbahnunglück. »Zuerst dachte ich, Sie wären dieses Kind gewesen. Aber das geschah vor zwanzig Jahren, und Sie wurden ja schon drei Jahre früher von Mr. Howett an Kindesstatt aufgenommen.«

Valerie nickte nachdenklich. »Ich glaube von diesem River-Bend-Unglück gelesen zu haben. Natürlich sind damit alle Zweifel beseitigt – ich kann es nicht gewesen sein«, sagte sie lächelnd. »Ich habe nämlich auch die Kleider gesehen, die ich trug, als ich bei den Howetts abgegeben wurde.«

Jim hörte es nicht gerne, als Howett vorschlug, mit Valerie nach »Lady's Manor« zurückzukehren. Er dachte, Howett würde, gewarnt durch das furchtbare Erlebnis seiner Tochter, sie entweder in London lassen oder mit ihr zurück nach Amerika gehen. Diese letztere Möglichkeit bereitete dem jungen Mann allerdings einiges Kopfzerbrechen.

Die beiden Howetts fuhren am Nachmittag zurück, und Jim verabschiedete sich von ihnen. Die amtliche Totenschau für Coldharbour Smith war für Mittwoch festgesetzt, und obgleich Jim ihr diese Amtshandlung gerne erspart hätte, war Valeries Anwesenheit notwendig, denn ihre Zeugenaussage war von entscheidender Bedeutung.

Scotland Yard war am Sonntag ziemlich menschenleer, und Jim ging nur der Form halber nochmals in sein Büro. Der diensthabende Sergeant sprach ihn an. »Inspektor Fair von der Wasserschutzpolizei ist in Ihrem Büro, Sir. Ich hatte ihm gesagt, daß Sie noch einmal zurückkommen würden, und er hat auf Sie gewartet. Er will Sie ganz persönlich sprechen, weshalb ich auch schon in Ihrer Wohnung angerufen habe.«

Jim hatte diesen Besuch an sich erwartet, war jedoch überrascht, daß die Sache so dringlich schien. Inspektor Fair sah mit seinem wettergebräunten Gesicht eher wie ein Seemann aus denn wie ein Polizeibeamter. Er saß auf einem Stuhl am Fenster, als Jim eintrat.

»Tut mir leid, Sie am Sonntag und zu dieser Zeit noch zu belästigen, Captain Featherstone. Aber Sie erinnern sich doch, daß wir in der vergangenen Nacht an der Themse einen Bekannten von Ihnen auflasen, der gerade aus einem Ruderboot stieg. Ich glaube, er hieß Howett.«

»Sie haben recht, das war Mr. Howett.«

Inspektor Fair bückte sich und nahm zwei Gegenstände vom Boden auf, die der Stuhl verdeckt hatte, und legte sie auf den Tisch. Das eine war ein kurzer, kräftiger Bogen mit einem Gestell aus Metall, das andere der unvermeidliche grüne Pfeil.

»Wo haben Sie das gefunden?« fragte Jim verständnislos.

»In Mr. Howetts Boot«, antwortete der Inspektor.

47

Jim betrachtete das Belastungsmaterial eine Zeitlang, ohne ein Wort zu sagen. Dann versuchte er eine Erklärung, an die er sich wie an einen Strohhalm klammerte.

»Mr. Howett berichtete uns, er habe einen Mann anlegen sehen, den er dann fragte, ob er das Boot benutzen dürfe.«

»Ja, eine sonderbare Geschichte, finden Sie nicht auch, Featherstone?« fragte der Inspektor.

»Ich finde daran nichts sonderbar«, antwortete Jim kühl. »Es ist doch durchaus möglich, daß der Mann, der zuerst im Boot war, entweder vergaß, die Waffe mitzunehmen, oder aber er ließ sie absichtlich liegen, damit sie Aufmerksamkeit erregt.«

»Hm!« Der Inspektor schien nicht sehr überzeugt. »Das ist Ihr Fall, Captain, und ich möchte mich nicht einmischen. Aber wenn Sie den Rat eines wesentlich älteren Kollegen akzeptieren wollen, dann schließen Sie nicht völlig aus, daß Mr. Howett den Tod von Coldharbour Smith verursacht haben könnte. Immerhin hatte er allen Grund dazu, nachdem dieser Schurke seine Tochter entführt hatte. Oder etwa nicht?«

»Mr. Howett – absurd!« rief Jim.

»Vielleicht ist es wirklich absurd«, antwortete der Inspektor ungerührt. »Aber was wollen Sie nun anfangen? Werden Sie Mr. Howett als Zeugen zur amtlichen Totenschau laden? Das ist doch ein höchst wichtiger Punkt. Jeder, der unter diesen Umständen auf dem Fluß gesehen wurde, ist automatisch verdächtig und muß meines Erachtens aufgefordert werden, dem Coroner genau zu berichten, was er gehört oder gesehen hat.«

Jim stand vor einem Dilemma. Es war unmöglich, Valeries Namen herauszuhalten, aber er wollte die Verwicklung der Howetts in den Fall so weit wie möglich begrenzen. Jim entschied, Howett bei nächster Gelegenheit zu befragen, war aber ebenso entschlossen, ihn nicht als Zeugen zu laden.

Scotland Yard stand vor der unangenehmen Aufgabe, einer Öffentlichkeit, die sich ohnehin über die Aufeinanderfolge ungeklärter Verbrechen erregte, den zweiten Mord durch Pfeil und Bogen zu erklären. Bei der Durchsuchung der Hinterlassenschaft von Coldharbour Smith wurde eine sehr große Summe Bargeld entdeckt – das meiste davon in US-Dollar.

Für die Polizei war der Ablauf der amtlichen Totenschau ein Balanceakt. Die Zeitungen brachten bereits langatmige Geschichten über das geheimnisvolle Verbrechen und erinnerten dabei mit Text und Bild auch an den Fall Creager. Am Morgen der Leichenschau brachte der *Daily Globe* in großer Aufmachung eine Dokumentation aller Aktionen des grünen Bogenschützen. Dabei hatte die Redaktion sich sorgfältig gehütet, Abel Bellamy mit den beiden Verbrechen in Zusammenhang zu bringen.

Am Morgen stattete Spike Scotland Yard seinen üblichen Besuch ab. »Die Schwierigkeit besteht doch darin«, sagte er zu Jim, »die Beteiligung Bellamys an einem der Verbrechen nachzuweisen. Das einzige Bindeglied ist bisher nur die Tatsache, daß Miss Howett in ›Lady's Manor‹ wohnt, das seinerseits in Garre liegt – und damit auch im Aktionsbereich des grünen Bogenschützen.«

»Ich habe es erst gar nicht gewagt, Ihren Bericht zu lesen«, gestand Jim ein, »und kann nur hoffen, daß Sie diskret gewesen sind, Spike.«

»Leider ist Diskretion meine große Schwäche«, antwortete Spike. »Trotzdem klingt meine Geschichte ganz plausibel. Coldharbour Smith, ein notorischer Verbrecher mit einem langen Strafregister, entführt Miss Howett, um ein Lösegeld zu erpressen. Er bringt sie an Bord der ›Contessa‹. Dort ist er im Augenblick seines Todes gerade damit beschäftigt, an den Vater zu schreiben und ein enormes Lösegeld zu verlangen – so sieht es der *Daily Globe*. Ich habe also das Ganze als einen normalen Erpresserfall geschildert. Von den Heiratsabsichten des Kerls oder sonstigen finsteren Plänen kein Wort, auch nicht die geringste Andeutung, daß Bellamy in diese Angelegenheit verwickelt sein könnte.«

Jim nickte anerkennend. »Sollte es mir gelingen, die Dinge gemäß meinen Plänen zu arrangieren, wird die Leichenschau nach diesem Schema ablaufen. Die einzige Gefahr ist –«

»Lacy«, beendete Spike den Satz. »Durch den Burschen könnte alles herauskommen, vor allem, weil Sie ihn wohl wegen Beihilfe zur Entführung anklagen müßten. Vielleicht wird er dann auch über Sie etwas zu berichten haben, Featherstone«, fuhr Spike mit bedeutungsvoller Miene fort. »Er hat mir da eine haarsträubende Geschichte von einer Tracht Prügel erzählt.«

Ja, Lacy bedeutete eine Gefahr, darüber war Jim sich im klaren. Als der Zeuge bei der amtlichen Leichenschau aufgerufen wurde, sich aber herausstellte, daß er nicht erschienen war, fühlte Jim sich sehr erleichtert. Die Vertagung des Verfahrens bis zum Auffinden des Zeugen bedeutete allerdings nur einen Aufschub. Da Lacy die amtliche Vorladung nicht befolgt hatte, mußte Featherstone ihn suchen und bis zur offiziellen Vernehmung festhalten lassen. Diesen Befehl gab er verständlicherweise nur zögernd. Doch Lacy war wie vom Erdboden verschluckt. Deshalb wurde die Leichenschau drei Tage später ohne ihn wieder aufgenommen. Spike wohnte ihr als Reporter bei und war zutiefst davon beeindruckt, wie sehr sie am wahren Sachverhalt vorbeigesteuert wurde. Kein Wort von Garre Castle, kein Hinweis auf den grünen Bogenschützen (abgesehen von der Frage eines neugierigen Geschworenen, der daraufhin sofort vom Vorsitzenden gerüffelt wurde). Es war Mord, bizarr in seiner Ausführung, aber sonst ganz prosaisch. Und als die Geschworenen schließlich ihren Spruch verkündeten, war auch das letzte bißchen Romantik aus dem Fall entwichen...

> Wir befinden, daß der verstorbene Henry Arthur Smith an Bord des Schiffes »Contessa« innerhalb des Bezirks Rotherhithe in der Grafschaft London getötet wurde, und zwar indem er von einer unbekannten Person oder mehreren Personen mit einem spitzen Instrument erstochen wurde – welche Person oder Personen wir des geplanten Mordes beschuldigen.

Keine Rede von einem Pfeil, kein Wort über Valerie Howett, die ihre Aussage mit so leiser Stimme gemacht hatte, daß sie kaum bis zum Tisch des Gerichtsreporters drang.
»Ein idealer Spruch«, sagte Jim erleichtert, als alles vorbei war. »Was wird wohl Bellamy davon halten?«
Howett lud Jim für das Wochenende nach »Lady's Manor« ein. Jim nahm die Einladung natürlich mit Freuden an. Howett, der schon normalerweise nicht allzu gesprächig war, verhielt sich jetzt noch schweigsamer als gewöhnlich. »Das Schloß wird jetzt noch schärfer bewacht«, erzählte Valerie. »Bellamy weigert sich sogar, die Lieferanten einzulassen. Sie müssen ihre Waren am Pförtnerhaus abliefern. Savini ist so eine Art Hausmeister geworden, und seine Frau...«
»Fay?« rief Jim ungläubig aus. »Sie wollen doch nicht sagen, daß sie sich im Schloß aufhält.«
»Doch. Sie kam am vergangenen Dienstag und ist jetzt so eine Art Hausdame. Mr. Savini glaubt, Lacy, dieser furchtbare Kerl, halte sich im Schloß versteckt. Eigentlich sollte ich Ihnen das nicht sagen.«
»Tun Sie so, als hätten Sie es nicht gesagt«, riet Jim. »Er ist wirklich

der einzige, dessen Aufenthalt ich gar nicht kennen will, zumindest nicht, bis ich alle Beweise in Händen habe, um Bellamy seiner zahlreichen Verbrechen zu überführen.«

Die beiden jungen Leute spazierten durch den Garten, und Valerie fuhr geistesabwesend mit der Hand über die zarten Blüten einer weißen Chrysantheme. »Was meinen Sie, Jim, muß ich die Hoffnung aufgeben, meine Mutter zu finden?« fragte sie auf einmal.

Auf diese Frage wollte er ihr keine direkte Antwort geben. »Eine Hoffnung, die man viele Jahre lang gehegt hat, soll man ohne schwerwiegenden Grund niemals ganz aufgeben«, sagte er schließlich.

Valerie wollte ihm eigentlich etwas Vertrauliches erzählen. Deshalb hatte sie ihn in den im Dämmerlicht liegenden Garten geführt. Aber jedesmal, wenn sie dazu ansetzte, unterließ sie es wieder. Schließlich war es nicht nur ihr Geheimnis. Wenn sie darüber sprach, würde das nur den Verdacht gegenüber jemandem erwecken, den sie innig liebte. Und doch war es die sicherste Methode, sich von einer seelischen Last zu befreien, wenn sie das offenbarte, was sie seit kurzem Tag und Nacht beschäftigte.

»Jim, ich habe wirklich großes Vertrauen zu Ihnen, und doch habe ich Angst, mit Ihnen über etwas zu sprechen, was meinen Vater betrifft. Könnten Sie einmal vergessen, daß Sie Polizeibeamter sind, und nur noch daran denken, daß wir Freunde sind?«

Er nahm ihre kalte Hand zwischen seine beiden Hände und hielt sie fest. »Erzählen Sie nur, Valerie«, sagte er mit leiser Stimme. »Ich habe mich noch nie weniger als Polizeibeamter gefühlt als in diesem Augenblick.«

Valerie setzte sich auf die Bank und begann zögernd, von ihrem nächtlichen Erlebnis zu sprechen, den flüsternden Stimmen und dem Weinen einer Frau.

»Als Vater mir sagte, er sei im Wohnzimmer, hätte ich wieder ins Bett gehen sollen. Aber ich wollte unbedingt wissen, was sich da abspielte, blieb auf der Treppe stehen und wartete. Und da ... oh, Jim, ich wäre vor Schreck fast gestorben – in der Halle stand der grüne Bogenschütze!«

Jim war zwar verblüfft, aber nicht besorgt. »Haben Sie Mr. Howett noch gesehen, als er nach oben kam?«

Valerie schüttelte den Kopf. »Nein, er ging direkt in sein Zimmer.«

»Langsam oder eilig?«

»Eilig.« Die Antwort kam nur zögernd.

»Und er hat nicht an die Tür geklopft, um gute Nacht zu sagen?«
»Nein. Er ging sofort in sein Zimmer und schloß ab.«
»Und was war mit dieser Frau? Haben Sie die nicht gesehen?«
»Nein. Mr. Holland glaubte sie am Steuer des Wagens gesehen zu haben, der an ihm vorbeifuhr und ihn weckte.«
Jim sah sie zweifelnd an. »Eine hysterische Frau würde sich kaum ans Steuer eines Wagens setzen. Andererseits erholen Frauen sich manchmal erstaunlich schnell von solchen Anfällen. Also das ist wirklich eine sonderbare Geschichte –«
»Da kann ich Ihnen sogar eine noch sonderbarere erzählen«, sagte sie und berichtete dann zum ersten Male von den geheimnisvollen Geräuschen, die sie in der Nacht gehört hatte, als sie in der Küche den grünen Pfeil fand. Auf sein Drängen hin holte sie den Pfeil aus ihrem Zimmer. Er nahm ihn und prüfte seine Maße.
»Dieser Pfeil ist länger als die drei, die ich bisher gesehen habe«, sagte Jim schließlich. »Creager und Smith wurden von Pfeilen getötet, die mindestens zehn Zentimeter kürzer waren. Dieser hier entspricht genau denen, die die mittelalterlichen Bogenschützen benutzten.« Er betastete die nadelscharfe Spitze und untersuchte sie mit dem Vergrößerungsglas, das er ständig in der Tasche trug.
»Das hier ist Handarbeit«, erläuterte er dann. »Daher haben wir auch keine Hinweise in den Sportgeschäften gefunden, in denen Pfeile fürs Bogenschießen verkauft werden.«
Dann drehte er den Pfeil unter der Lampe nach allen Richtungen. »Hier sind ein halbes Dutzend Fingerabdrücke zu sehen. Wahrscheinlich stammen sie von Ihnen. Aber es wäre doch lohnend, sie zu fotografieren. Darf ich den Pfeil mitnehmen?«
»Nein«, sagte sie mit einer Vehemenz, die ihn für einen Augenblick verblüffte – bis er sich der Ursache bewußt wurde. Sie hatte Angst, daß die Abdrücke die Identität des grünen Bogenschützen enthüllen könnten. Er reichte ihr den Pfeil zurück, als die Tür sich öffnete und Howett ins Zimmer trat.
»Meine Liebe –«, begann er, um dann mitten im Satz aufzuhören. »Was ist das?« fragte er verblüfft.
»Ein Pfeil, Vater«, antwortete Valerie mit brüchiger Stimme. Howett nahm ihr den Pfeil aus der Hand, drehte sich wortlos um und verließ schnell den Raum.
Die Augen der beiden jungen Leute begegneten sich. In denen von Valerie lag ein so schmerzlicher Ausdruck, daß es Jim zu Herzen ging.

48

Die Hunde im Schloß waren fort. Eines Tages kam ein Hundewärter, legte sie an die Leine und verschwand mit ihnen. Im ganzen Haushalt von Garre Castle atmete man freier. Abel Bellamy erzählte es seinem Sekretär, als dieser seine Tätigkeit im Schloß wieder aufnahm. »Ich habe sie zurückgeschickt. Die Hunde waren nicht gut dressiert, sonst hätten sie sich nicht betäuben lassen. Savini, ich brauche hier eine Frau, die sich um den Haushalt kümmert. Einen Butler will ich hier nicht mehr sehen. Ich brauche jemanden, der den Dienstboten sagt, was sie zu tun haben. Wollen Sie nicht Ihre Frau nach Garre holen?«

Savinis erste Eingebung war, das abzulehnen. »Meine Frau würde eine Stellung als Haushälterin nicht akzeptieren«, meinte er. »Sie wäre damit eine Art von gehobenem Dienstmädchen.«

»Fragen Sie sie wenigstens«, lautete die kurze Antwort.

Julius schrieb ihr, fest davon überzeugt, daß sie ablehnen würde. Zu seiner großen Überraschung bestand die Antwort darin, daß sie höchstpersönlich in Garre eintraf und ihr Gepäck gleich mitbrachte.

»Ich hatte es satt, immer alleine zu leben«, erklärte sie. »Und ich bin scharf darauf, endlich einmal dieses Gespenst zu sehen, Julius. Ich mag alte Schlösser. Hier ist es zwar nicht so hübsch wie in Holloway, aber man hat viel mehr Auslauf und Platz.«

Julius verzog säuerlich das Gesicht. Es gab Augenblicke, in denen er nicht daran erinnert werden wollte, daß seine Frau einmal im Frauengefängnis Holloway eingesessen hatte. Er führte sie zu Bellamy in die Bibliothek. Der Alte, der von ihrer prompten Ankunft keineswegs überrascht schien, empfing sie höflich und freundlich und übergab ihr die Schlüssel. Bei dieser Gelegenheit machte er sie auf etwas aufmerksam.

»Ich habe einen Nachtwächter engagiert, der in der Nacht seine Runden macht. Sie brauchen sich also nicht zu wundern, wenn Sie nachts Geräusche hören. Den größten Teil des Tages schläft er; darum werden Sie ihn wohl gar nicht zu Gesicht bekommen.«

Als Julius und Fay in ihrem Zimmer waren, fragte Fay ihren Mann über diesen nächtlichen Wanderer aus. »Ich kenne den Mann nicht«, sagte Julius. »Mir hat der Alte genau dasselbe erzählt. Ich glaube, es ist einer seiner Helfershelfer, und die Nachtwache gilt dem grünen Bogenschützen.«

Als Savini am Abend den Zeitungsbericht über die Leichenschau von Coldharbour Smith gelesen hatte, wußte er Bescheid. »Das ist bestimmt Lacy«, sagte er überzeugt, und seine Frau pflichtete ihm bei.

Sie empfand es als seltsam, daß weder sie selbst noch ihr Mann als Zeugen geladen worden waren. Als sie am Abend auf ihrer Bettkante saß, machte sie sich ihre eigenen Gedanken darüber. »Featherstone hat alles heruntergespielt und jeden kleinen Hinweis unterdrückt, um Bellamys Namen aus dem Fall herauszuhalten«, sagte sie.

»Aber warum denn?« fragte Julius erstaunt. »Ich hätte gedacht, das wäre das letzte, was Featherstone tun würde. Schließlich hat er doch allen Grund, Bellamy an den Kragen zu wollen.«

Fay schüttelte den Kopf. »Du bist zwar ein kluger Junge, Julius, aber diesmal scheinst du auf der Leitung zu stehen. Stell dir mal vor, Featherstone hätte den Alten festgenommen – welche Beweise hätte er gegen ihn in der Hand? Und wie könnte er ihn vor Gericht bringen, ohne die ganze Geschichte um Valerie Howett an die Öffentlichkeit dringen zu lassen? So wahr ich hier sitze: Um Valerie wird es noch eine aufregende Geschichte geben, und Bellamy wird darin eine Hauptrolle spielen. Warum hätte sie denn sonst so viel gezahlt, um sich über ihn zu informieren?«

Fay schlüpfte ins Bett, beide Hände um die hochgezogenen Knie gelegt, die Stirn in Falten. »Ich habe über alles nachgedacht, Julius. Warum wollte er mich hier im Schloß haben?«

»Das weiß der Himmel. Vielleicht glaubt er, er könne mich besser manipulieren, wenn du in der Nähe bist.«

Sie antwortete nicht. Er war schon halb im Schlaf, als sie noch etwas sagte: »Vielleicht wäre ich in Holloway sicherer.« Aber Julius schnarchte schon.

Fay konnte in dieser ersten Nacht auf Schloß Garre nicht gut schlafen. Um drei Uhr war sie noch hellwach. Einmal hörte sie draußen jemanden vorbeischlurfen, der mühsam seinen Husten unterdrückte. Als sie endlich am Einschlafen war, hörte sie ein schwaches und regelmäßiges Klopfen. Zunächst dachte sie, es wäre im Zimmer selbst, merkte aber bei genauem Hinhören, daß das Geräusch von draußen kam. »Tap, tap, tap«, und nach einer Pause wieder: »Tap, tap, tap.«

Fay stieß Julius an, bis er aufwachte. »Was ist das für ein Geräusch?« flüsterte sie. Er setzte sich auf und lauschte. »Ich weiß es nicht. Es klingt so, als komme es von unten.«

»Was ist denn unter uns?«

Julius überlegte. »Der Speisesaal – nein, der Wachraum. Ich habe ihn dir gezeigt, als du hier angekommen bist.«
»Der Eingang zu den unterirdischen Verliesen!« flüsterte sie aufgeregt. »Oh, Julius, ich habe Angst!«
Er tätschelte ihr die Schulter. »Nun stell dich nicht so an. Vielleicht ist es die Wasserleitung. Für Bellamy ist sie an allem schuld, was im Hause an ungewöhnlichen Geräuschen zu hören ist.«
Fay war immer noch nicht beruhigt. Julius lauschte erneut und meinte dann: »Das kann nicht im Wachraum sein. Es klingt eher wie Hämmern auf Stahl. Wenn es im Wachraum wäre, würden wir es deutlicher hören.«
»Wo ist es dann?« fragte sie mit gesteigerter Furcht.
Gewisse Sinnesempfindungen waren bei Julius ungewöhnlich gut entwickelt. Während seiner abenteuerlichen Vergangenheit als Ganove hatte sich seine Fähigkeit, auch leise Geräusche zu hören und zu orten, als unschätzbar erwiesen. Auch jetzt erkannte er schnell, woher das Klopfen kam – aus den unterirdischen Verliesen, diesem Ort vergangener Schrecken.
»Wo ist es?« fragte Fay erneut.
»Ich sagte dir schon, es ist die Wasserleitung«, beruhigte Julius seine Frau. »Du wirst jetzt endlich schlafen, und ich ...«
Er zog seinen Morgenmantel über, und sie hörte, wie er die Schublade seines Schreibtisches öffnete.
»Du brauchst doch nicht eine Pistole, um eine Wasserleitung am Klopfen zu hindern?« fragte sie, den Tränen nahe.
»Ich bin von Natur aus ein nervöser Mensch, und ich werde nicht in diesem alten Bau herumwandern, ohne –«
Fay war schon aus ihrem Bett gesprungen, und er hörte ihren seidenen Morgenrock rascheln, als sie ihn überwarf. Julius mißfiel das gar nicht, denn auch er hatte in dieser Situation keine Lust, alleine zu sein.
Im Flur brannte eine einzige Lampe. Bellamys Tür stand weit offen.
»Er ist nicht zu Bett gegangen«, flüsterte Julius. »Seine Tür war in genau derselben Stellung, als ich nach oben kam.« Darauf deutete auch das Licht in der Eingangshalle hin. Julius ging langsam und vorsichtig die Treppe hinunter. Die Bibliothek war verschlossen, und jetzt war auch das Klopfen genauer zu hören. Es kam aus der Richtung des Speisesaals. Gefolgt von Fay schlich Julius durch den dunklen Gang, vorbei am Speiseraum bis zum ehemaligen Wachraum. Dort war auf dem Steinboden eine Lampe abgestellt. Am

Fuß der in die Verliese führenden Treppe war Lichtschein erkennbar. Julius kroch auf allen vieren weiter und lugte hinunter. Es war niemand zu sehen, doch klang das stete Hämmern jetzt lauter.
Die Pistole in seiner Hand zitterte, als er den Fuß auf die erste Steinstufe setzte. Plötzlich hörte das Hämmern auf. Schritte dröhnten auf dem unebenen Steinboden des Verlieses. Savini griff seine Frau am Arm und eilte mit ihr den Gang entlang und die Treppe nach oben. Vom oberen Treppenabsatz konnten sie die Halle einsehen. Endlich erschien Bellamy, das Hemd vorne offen, so daß die behaarte Brust zu sehen war, die Ärmel bis zu den Schultern aufgerollt. Er hielt einen schweren Hammer in der einen, eine Lampe in der anderen Hand. Als er in die Halle trat, wischte er sich den Schweiß von der Stirn. Savini zog sich mit Fay schnell in sein Zimmer zurück und schloß leise die Tür.
»Was mag er wohl getan haben?« flüsterte Fay schreckensbleich.
»Er hat die Wasserleitung festgeklopft«, meinte Julius. Er konnte nicht einmal im Traum ahnen, wie nahe er damit der Wahrheit kam.

49

Am nächsten Morgen war Savini schon früh auf. Er brauchte keinen Vorwand, in den ehemaligen Wachraum zu gehen, denn seine erweiterten Pflichten führten ihn in alle Teile des Schlosses. Im Wachraum wartete eine Überraschung auf ihn. Bereits früher hatte es dort ein schweres Eisengitter gegeben, mit dem man den Zugang zu den Verliesen verschließen konnte. Es war jedoch nie benutzt worden. Jetzt aber war es vor den Eingang gezogen und mit einem schweren Vorhängeschloß versehen. Später sprach er Bellamy darauf an.
»Ach das – einer der dämlichen Hausangestellten ist während Ihrer Abwesenheit beinahe die Treppe hinuntergefallen«, antwortete Bellamy. »Ich habe es jetzt so richten lassen, daß es da keinen Unfall mehr geben kann. Warum fragen Sie?«
»Ich dachte, ich könnte meiner Frau die Verliese zeigen.«
»Nun, das können Sie nicht.« Die Antwort war eindeutig.
Als Bellamy und sein Sekretär im Laufe des Tages wieder miteinander zu tun hatten, griff Bellamy selbst das Thema nochmals auf. »Wenn Ihre Frau die Verliese sehen will, werde ich sie ihr eines

Tages persönlich zeigen«, sagte er. Julius bedankte sich und berichtete Fay von der Unterhaltung.
»Ich will diese Verliese gar nicht sehen«, unterbrach sie ihn sofort. »Und daß du es gleich weißt, Julius – ich fahre zurück nach London. Unser Apartment in Maida Vale ist zwar kein Palast, aber es bereitet mir weniger Gänsehaut.«
Julius akzeptierte ihre Entscheidung ohne Kommentar, nicht jedoch der Alte, als er sie ihm mitteilte.
»Sagen Sie ihr, sie kann jetzt nicht gehen«, brüllte er. »Ich brauche sie hier. Sie muß auf jeden Fall noch eine Woche bleiben.«
»Das sagen Sie ihr besser selbst«, antwortete Julius.
»Dann schicken Sie sie herein.«
Fay erschien, nicht gerade freundlich gestimmt. »Savini sagt mir, Sie wollen das Schloß verlassen?«
»Julius hat recht. Dieses Haus geht mir auf die Nerven.«
»Sie haben wohl Angst vor Gespenstern?« höhnte er. »Vor mir brauchen Sie doch keine Angst zu haben. Häßliche Männer machen Frauen keine Angst – sie werden meist von Frauen geliebt.«
»Ich habe noch nie eine Schwäche für Neandertaler gehabt«, antwortete Fay ausgesprochen frech. »Und es ist auch nicht Ihr gemütvolles Äußeres, das mir meine Wohnung in London so attraktiv erscheinen läßt. Sie sind kein Frauenidol, Mr. Bellamy, wahrhaftig nicht. Aber das ist es nicht, was mich stört. Es ist dieses gespenstische Schloß und seine nächtlichen Geräusche.«
»Welche Geräusche?« fragte er schnell.
»Julius sagt, es sind die Wasserrohre. Vielleicht hat er recht. Aber ich kann nicht schlafen, und ich brauche meinen Schlaf, sonst sehe ich bald alt und häßlich aus. Das kann ich mir nicht leisten.«
Er beobachtete sie aus halbgeschlossenen Augen, und als sie geendet hatte, lachte er lautlos, als bemühe er sich, seine Heiterkeit zu unterdrücken. »Dann tun Sie, was Sie nicht lassen können«, sagte er schließlich. »Bleiben Sie aber wenigstens bis zum Ende der nächsten Woche.«
Obwohl Fay sich darauf eingestellt hatte, sofort zu gehen, stimmte sie zu. »Warum ich ja gesagt habe, weiß ich nicht. Noch eine Woche in diesem Haus wird mir graue Haare bescheren«, sagte sie zu ihrem Mann.
Nachts hörten beide wieder das Klopfen, was sie diesmal jedoch nicht am Schlafen hinderte. In der nächsten Nacht schreckte Julius hoch und fand seine Frau ebenfalls hellwach. »Was war das?«

fragte er.
»Das klang wie eine Explosion.« Im selben Augenblick ließ ein weiteres Dröhnen den Fußboden erzittern. Savini raste in den Gang und die Treppe hinunter. Auf halbem Weg durch die Halle stieß er auf Bellamy. »Wo wollen Sie hin?« fragte dieser.
Savini roch etwas – den beißenden Rauch einer Explosion. »Was ist passiert?« fragte er.
»Nichts. Eine kleine Sprengung. Nichts, wovor man Angst zu haben braucht.«
»Eine Sprengung? Mitten in der Nacht?«
»Ist doch eine ausgezeichnete Zeit dafür, oder? Eine der Mauern im Verlies sieht so aus, als sei dahinter etwas versteckt. Alte Schlösser haben doch ihre geheimen Schatzkammern. Ich hatte schon seit langem geplant, diese Mauer aufzubrechen.«
Abel Bellamy war nun wirklich nicht der Mann, der um drei Uhr früh auf Schatzsuche ging.
»Hat Ihre Frau wieder einmal Angst gehabt? Ich dachte, ich wäre das einzige, was sie erschrecken könnte. Gehen Sie wieder schlafen, Savini.«
Was sollte er anderes tun? »Der Alte sprengt Löcher in die Mauern«, berichtete er seiner Frau.
»Wenn das Sprengloch groß genug ist, daß ich ins Freie kriechen kann, werde ich es tun«, antwortete sie mit Entschiedenheit. »Jetzt ist bei mir Schluß! Und du kommst mit mir, Julius. Es kümmert mich einen Dreck, wie leicht hier Geld zu holen ist – du kommst mit! Warum wollte er dich unbedingt wiederhaben? Warum bestand er auf meiner Anwesenheit? Doch nur, weil wir beide zu den Leuten gehören, die ihn verpfeifen können. Ich weiß, daß er Smith angestiftet hat. Hat er dich nicht zu mir geschickt, damit ich für Smith etwas tun sollte? Smith hat es mir auch gesagt. Er kann es sich einfach nicht leisten, uns beide in London zu lassen. Ich bin ja total blind gewesen, daß ich das nicht gleich gesehen habe. Er haßt es, Frauen um sich zu haben; und doch hat er nach mir geschickt. Selbst mit dem Gehirn einer Mücke hätte ich das sofort erraten sollen. Wir gehen, sobald es Tag ist.«
Julius hatte das unbehagliche Gefühl, Fay habe wieder einmal recht, und gestand es auch ein. »Natürlich habe ich recht«, reagierte sie wütend. »Du bist ein toter Mann, Julius Savini, wenn du länger hierbleibst! Der alte Fuchs plant etwas gegen uns. Es ist nicht das Sprengen von Mauern, was mich beunruhigt – ich schätze, hier

gert genug Dynamit, um ganz Garre Castle in die Luft zu jagen. Es teckt ein hinterhältiger Plan hinter all diesem Klopfen und röhnen.«

ellamy war in der Bibliothek, als die beiden zu ihm gingen. Er lickte von der Lektüre des *Daily Globe* hoch, in dem er gerade den ericht über die Leichenschau gelesen hatte.

Wollen Sie an die frische Luft?« fragte er, als er ihre Kleidung sah.

Wir fahren nach Hause«, antwortete Fay.

r legte die Zeitung auf den Tisch. »Ich dachte, Sie wollten noch eine Voche bleiben. Sie auch, Savini?«

ulius nickte.

Na schön ... Wenn ich auch glaube, ihr beide seid Narren. Ich will ber nicht streiten. Hier ist Ihr Lohn. Anspruch darauf haben Sie hne fristgerechte Kündigung nicht. Schreiben Sie mir eine Quitung.«

ulius gehorchte und setzte sich zum letzten Mal an Bellamys chreibtisch. Dann sprach der Alte ihn an.

Savini, erinnern Sie sich noch an die Ledermappe? Fragen Sie nicht, velche ich meine. Denken Sie noch daran, wie Sie hier herumspioiert haben, wenn ich nicht da war? Erst die eine Schublade, dann lie andere? Und denken Sie noch an alle die Informationen, die Sie lieser Valerie Soundso verkauft haben? Ich aber werde nun Böses nit Gutem vergelten.«

ulius war auf der Hut und beobachtete, wie der Alte den Tisch mit inem Ruck zurückschob und den Läufer mit dem Fuß hochklappte.

Ich gebe mich geschlagen«, bekannte Bellamy ruhig. »Featherstone veiß alles über die Frau, die ich hier unten festhalte, und ich schätze, hr beide wißt es auch, sonst würdet ihr nicht davonlaufen.«

r bückte sich, hob ein Stück Parkettboden hoch und schob den chlüssel ins Schloß. Julius schaute fasziniert zu, als der darunterliegende flache Stein in seinem Scharnier zurückschwang und die teintreppe sichtbar wurde. Bellamy ging wortlos die Stufen hinnter.

Kommen Sie und sehen Sie sich das an«, forderte er die beiden auf.

ulius folgte, auch Fay schloß sich zögernd an.

er Alte zündete die Gaslampe an und schloß die Tür zu den ammern des Verlieses auf. Die Lampen dort brannten noch so, wie r sie zurückgelassen hatte.

Kommen Sie ruhig herein«, forderte Bellamy sie auf.

Ich bleibe hier«, sagte Julius. Er spürte Fays zitternde Hand auf

seinem Arm. Bellamy drehte sich scheinbar absichtslos um un sagte: »Na, dann bleiben Sie eben dort. Die Frau ist übrigens hie wenn Sie sie sehen wollen.«
Plötzlich packte er mit einer Hand Savinis Schulter, während di andere nach Fay griff. Bevor Julius sein Gleichgewicht wiederfanc wurde er in das Verlies gestoßen; Fay stolperte hinterher. Dan wurde die Tür krachend zugeworfen, und sie hörten, wie Bellam den Riegel vorschob. Das Gesicht des Alten erschien hinter einer kleinen Guckloch in der Tür.
»Ihr wolltet doch nach Hause, nicht wahr? Nun, hier ist jetzt eue Zuhause, dein letztes Zuhause, du Schlampe. Abhauen wolltet ih um anderen Geschichten zu erzählen? Hier seid ihr nun, und hie werdet ihr bleiben, bis ihr verreckt!« Abel Bellamys Stimme über schlug sich. Er hatte sich in eine Wut hineingeredet, die an Wahn sinn grenzte.
»Ich habe auf Sie gewartet, Savini! Und auch auf Ihre Frau.« E sprang zur Seite. Eine Kugel schlug in die Wand hinter ihm während eine zweite vom Gitter des Gucklochs abprallte. De Gedanke, Julius könne bewaffnet sein, war ihm nicht gekommen Schnell ließ er das eiserne Gitter fallen und verriegelte es. Dann stie er nach oben und stellte die alte Ordnung im Zimmer wieder her Danach schrieb er einen langen Brief und trug diesen eigenhändi zum Pförtnerhäuschen. »Nehmen Sie Ihr Fahrrad, und bringen Si das hier nach ›Lady's Manor‹.«
Der Mann fuhr los, und Bellamy wartete am Gartentor. Zehn Minu ten später kam der Pförtner wieder zurück. Fast gleichzeitig sal Bellamy eine vertraute Gestalt aus dem »Blue Boar« treten.
»Gehen Sie zu dem Herrn dort, und sagen Sie ihm, ich möchte ih sprechen«, wies er den Pförtner an. Interessiert begleitete Spike de Pförtner.
»Guten Morgen, Mr. Holland. Ihr Freund hat mich verlassen.«
»Wen meinen Sie? Savini?«
Bellamy nickte. »Er ist gerade weg – und mit ihm auch seine Frau. Ich erwischte die beiden, wie sie nachts versuchten, meinen Safe zu öffnen. Da habe ich sie natürlich gleich an die Luft gesetzt. Dacht mir, das könnte Sie für den *Globe* interessieren.«
»Großartig«, antwortete Spike wenig begeistert. »Wie sind di beiden denn fortgekommen? Im Gasthaus haben sie nicht vorbeige schaut.«
»Sie sind zu Fuß nach Newbury. Jedenfalls sagte Savini, er wolle dor

einen Rechtsanwalt aufsuchen. Ich habe jetzt das Schloß satt, Holland. Ich entlasse das ganze Personal und mache den Laden dicht. Nur den Pförtner und den Hausmeister behalte ich. Wenn Sie mal wieder hereinschauen, habe ich vielleicht eine gute Story für Sie.«
»Und was soll aus dem grünen Bogenschützen werden?« fragte Spike.
»Der wird der neue Hausmeister«, kam die prompte Antwort. »Vielleicht kann ich Ihnen auch etwas über den grünen Bogenschützen erzählen, Holland. Er hat alle an der Nase herumgeführt, nur mich nicht. Sein Gesicht hat noch niemand gesehen, oder Sie etwa?«
»Nein«, antwortete Spike ruhig. »Sein Gesicht interessiert mich auch nicht – wohl aber sein Rücken.«
Bellamy zog die Augenbrauen hoch. »Sein Rücken?«
»Ich möchte die Narben sehen, die Creager ihm beim Auspeitschen zugefügt hat.«
Spike hatte nicht erwartet, daß seine Worte eine solche Wirkung haben würden. Bellamy wankte, als sei er vom Schlag getroffen. Seine Hand griff haltsuchend nach dem Gartentor. Sein Gesicht war blutleer, die sonst fahlen Augen glitzerten auf einmal.
»Sie wollen seinen Rücken sehen ... den Creager ausgepeitscht hat!« stammelte er. Dann drehte er sich um und lief zum Haus zurück, als werde er von Furien gejagt. Bellamy lief direkt in die Bibliothek, schlug die Tür hinter sich zu und verriegelte sie. Dann wankte er zu seinem Lieblingssessel und ließ sich erschöpft hineinfallen.
Der Mann, den Creager ausgepeitscht hatte! Ein Geist war in Garre Castle erschienen, furchterregender als der grüne Bogenschütze. Zwei Stunden saß er reglos da und starrte aus dem Fenster. In seinem Herzen verspürte er ein seltsames und erstaunliches Gefühl – Todesangst.

50

Jim Featherstone war im Garten, als Valerie zu ihm kam und ihm wortlos einen Brief aushändigte.

> Liebe Miss Howett,
> als Sie neulich bei mir im Schloß waren, fragten Sie mich nach Ihrer Mutter, und ich antwortete Ihnen, ich wüßte nichts. Damals gab es

gute Gründe, warum ich es Ihnen nicht sagen konnte. Ihre Mutter lebt, und es geht ihr gut, wie ich glaube. Wenn Sie mir die Ehre geben und eines Tages bei mir vorbeikommen, werde ich Ihnen alles mitteilen, was ich weiß. Gestatten Sie, daß ich Ihnen mein Bedauern ausspreche für all die unangenehmen Erlebnisse, die Sie in den vergangenen Tagen hatten und von denen ich erst heute früh in der Zeitung gelesen habe.

Hochachtungsvoll Abel Bellamy

Jim las den Brief zweimal durch.
»Eine moderne Version der Fabel von der Spinne und der Fliege«, sagte er schließlich. »Natürlich werden Sie keinen Unsinn machen und in sein Wohnzimmer marschieren.«
»Was könnte daran so gefährlich sein?« fragte sie.
Jim erwiderte: »Als Freund kann ich Sie nur bitten, es nicht zu tun. Als Polizeibeamter muß ich es Ihnen verbieten. Bellamy würde vielleicht bei Tageslicht keine üblen Tricks versuchen, aber – nanu, da kommt ja Spike, und anscheinend hat er es ziemlich eilig.«
Spike Holland kam durch den Garten getrabt, sein sommersprossiges Gesicht war vor Aufregung gerötet. »Savini und seine Frau haben das Schloß verlassen, und der Alte entläßt das gesamte Personal«, berichtete er atemlos. »Nur – die Savinis sind in Wahrheit nicht gegangen! Ich habe das Tor seit dem frühen Morgen beobachtet, weil Julius mir eine gute Story versprochen hatte. Und da kommt um zehn Uhr Bellamy mit der Geschichte daher, er habe Savini und seine Frau gefeuert, weil sie sich an seinem Safe zu schaffen gemacht hätten. Sie seien beide eben erst weggegangen.«
»Sie waren beide da?«
»Ja. Aber Bellamy lügt. Die beiden sind noch im Schloß. Entweder sie spielen bei der vorgetäuschten Entlassung mit, oder aber... Julius und seine Frau sind eingesperrt. Mich kann in Garre nichts mehr überraschen.«
Jim hatte an sich geplant, an diesem Abend nach London zurückzufahren. Statt dessen rief er sein Büro an und ließ nach Julius suchen. Als ihm am Nachmittag gemeldet wurde, weder Julius noch seine Frau seien gesehen worden, schickte er den Ortspolizisten zum Schloß, um dort Erkundigungen einzuziehen. Der Mann kehrte mit der Meldung zurück, das ganze Personal außer dem Pförtner und dem Chauffeur habe das Schloß verlassen. Die meisten Leute stammten aus London und hatten den Mittagszug genommen, nachdem

Bellamy sie großzügig abgefunden hatte. Von Savini war nichts bekannt, außer daß auch er und seine Frau gegangen seien.
»Wer hat Ihnen aufgemacht?«
»Mr. Bellamy persönlich, Sir. Als ich ging, hörte ich, wie er abgeschlossen und verriegelt hat.«

Jetzt blieb nichts anderes, als abzuwarten. Abel Bellamy jedoch konnte nicht warten. Es gab nur noch ein Hindernis. Und das wurde wie durch eine Vorsehung beseitigt.
Über der Bibliothek lagen mehrere Räume, von denen einige fensterlos waren. Im Mittelalter wohnten dort die Knappen der Schloßbesitzer. Jetzt wurden sie als Abstellräume genutzt. In einem davon schlief tagsüber ein unrasierter Mann, dessen Anwesenheit in Garre Castle Julius richtig vermutet hatte. Lacy war ein professioneller Dieb, der sich selbst als Anstreicher bezeichnete, weil Malerarbeiten von allen im Gefängnis zu verrichtenden Arbeiten die leichtesten sind und die Sträflinge von der Gefängnisverwaltung gewöhnlich in den Berufen eingesetzt werden, die sie in Freiheit ausüben.
Lacy hatte an sich tadellose Manieren. Seit seiner Ankunft in Garre Castle aber benahm er sich Bellamy gegenüber, als sei dieser ein alter Kumpel, was Bellamy kommentarlos überging. Kaum war der letzte Dienstbote mit seinen Habseligkeiten verschwunden, da öffnete Lacy ohne anzuklopfen die Tür zur Bibliothek und stapfte hinein, eine von Bellamys Zigarren zwischen den Zähnen.
»Sind jetzt alle fort, Boss? Ich nehme an, ich muß mich jetzt mehr um Sie kümmern. Aber erwarten Sie nicht, daß ich hier den Dienstboten spiele. Das werde ich nämlich nicht!«
»Hab' ich Sie etwa dazu aufgefordert?« grollte Bellamy.
Lacy nahm die Zigarre aus dem Mund und betrachtete sie mißbilligend. »Das ist nicht gerade eine Ihrer besten«, maulte er. »Es wäre Ihnen nicht im Traum eingefallen, dem guten alten Smith eine Zigarre wie diese anzubieten. Jetzt, wo ich sozusagen die Tätigkeit von Smith übernommen habe, habe ich auch Anspruch auf bessere Behandlung.«
»Auf dem Tisch steht eine Zigarrenkiste«, brummte der Alte. »Was wollen Sie von mir?«
»Ich dachte, ich gehe mal hinein und unterhalte mich ein wenig«, sagte Lacy, während er es sich in Bellamys Lieblingssessel bequem machte. »Ich habe nämlich noch nicht so recht begriffen, wie es weitergehen soll. Erwarten Sie von mir, daß ich für alle Zeiten

hierbleibe?«
»Haben Sie etwa Lust auf ein Wiedersehen mit Featherstone?«
Bei der Nennung dieses Namens umwölkte sich Lacys Gesicht. »Den werde ich mir eines Tages schon noch vorknöpfen«, stieß er zwischen den Zähnen hervor. »Mit dem habe ich noch eine Rechnung zu begleichen.«
»Keine Sorge, Sie werden ihn sehen«, meinte Bellamy. »Und dann werden Sie mit ihm abrechnen.«
Lacy starrte mit düsterer Miene vor sich hin, und Bellamy beobachtete ihn mit prüfenden Augen. »Was soll ich denn nun eigentlich für Sie tun?« fragte Lacy plötzlich.
»Sie sollen Sen helfen«, antwortete sein Gegenüber, und Lacy schnitt eine Grimasse. »Ich hab' mein Lebtag noch nicht mit einem gelben Kuli zusammengearbeitet, und ich habe keine besondere Lust, jetzt noch damit anzufangen.«
Lacy war in höchst gereizter Stimmung. Normalerweise hätte Bellamy ihn kurz abgefertigt. Jetzt aber reagierte er erstaunlich ruhig auf das aggressive Verhalten des Mannes.
»Wann ist Julius gegangen?« fragte Lacy. Bellamy hatte sich an seinen Schreibtisch gesetzt und studierte Kontoauszüge, die Julius zur Erledigung hinterlassen hatte. Er schien die Frage nicht gehört zu haben, bis Lacy sie wiederholte.
»Heute früh«, antwortete er kurz angebunden.
Lacy rauchte schweigend vor sich hin und durchdachte die Angelegenheit offenbar gründlich. Nach einer Weile begann er: »Ich meine, es war dumm von Ihnen, Julius gehen zu lassen. Er ist doch der Typ, der Sie ohne Bedenken erpressen würde. Das ist überhaupt etwas, was mir an dieser ganzen Geschichte rätselhaft erscheint – die Risiken, die Sie eingehen. Ich zum Beispiel kenne Ihr Geheimnis. Angenommen, ich würde Sie bei der Polizei verpfeifen? Und meinen Sie nicht, daß Ihnen Julius viel Ärger bereiten könnte?«
»Nein«, erwiderte Bellamy. »Wegen Julius mache ich mir keine Sorgen, und Ihretwegen schon gar nicht.«
Auf Bellamys Tisch standen zwei Telefone, von denen das eine durch eine Direktleitung mit dem Pförtnerhaus verbunden war. Das charakteristische Läuten dieses Apparates unterbrach das Gespräch.
»Hier am Tor ist ein Herr, der Sie gerne sprechen möchte, Sir.«
»Sagen Sie ihm, ich will niemanden sehen. Wer ist es?«
»Er sagt, er komme, um zu erfahren, ob er das Schloß kaufen könne.«
»Es ist nicht zu verkaufen, Sie Trottel!« brüllte Bellamy ins Telefon.

Er wollte schon auflegen, fragte dann aber noch: »Wie heißt der Mann?«
»Mr. John Wood. Er sagt, er sei eigens aus Belgien gekommen, um Sie zu sprechen.«

51

Bellamys Gesichtsausdruck wandelte sich. »Sagen Sie ihm, er soll heraufkommen.« Er legte den Hörer auf und wandte sich Lacy zu.
»Sie können jetzt gehen. Es kommt jemand, der mich sprechen will.«
Lacy stand widerwillig auf. »Ich habe diese ganze Sache satt«, maulte er. »Seitdem ich hier bin, muß ich mich immer in dunklen Ecken verstecken. Mir reicht es jetzt langsam.« Bellamy antwortete nicht. Seine fahlen Augen musterten seinen ungebärdigen Gast leidenschaftslos. Lacy verließ das Zimmer mit einem unangenehmen Gefühl, das er sich nicht erklären konnte.
Sen öffnete dem Besucher und führte ihn zur Bibliothek. Bellamy stand mit dem Rücken zum Kamin, die Hände auf dem Rücken gefaltet, den Kopf zur Seite gelegt – eine für ihn typische Haltung. Er sprach kein Wort, bis Sen gegangen war und der Besucher vor ihm stand.
»Mr. Wood?« brummte er.
»Ja, so heiße ich. Und Sie sind Mr. Bellamy? Ich habe gehört, daß Sie das Schloß verlassen und verkaufen wollen. Deswegen bin ich hier.«
»Setzen Sie sich doch«, unterbrach ihn der andere.
»Wenn Sie gestatten, bleibe ich lieber stehen.«
»So, Sie wollen also gehört haben, daß ich das Schloß verkaufen möchte. Wer immer Ihnen das gesagt hat, der hat Sie zum Narren gehalten. Ich habe nicht die Absicht, dieses Haus zu verkaufen, weder jetzt noch später. Warum wollen Sie es denn kaufen?«
»Man hat mir eine große Summe für die Einrichtung eines Kinderheims in England anvertraut. Ich stelle mir vor, daß dieses Schloß nach einigen modernisierenden Umbauten ein idealer Platz dafür wäre. Es gibt hier viel Raum, den Sie meines Wissens nicht nutzen. Man könnte auch anbauen und ...«
»Es ist nicht zu verkaufen«, wiederholte Bellamy.
John Wood neigte den Kopf und wandte sich zum Gehen, als eine Bemerkung des alten Mannes ihn zurückhielt.

»Ihr Name kommt mir bekannt vor, Mr. Wood. Vielleicht irre ich mich, aber... waren Sie nicht mit einem Verwandten von mir bekannt?«
»Meinen Sie damit Ihren Neffen?« fragte John Wood ruhig. Bellamy nickte. »Ja, wir waren während des Krieges im selben Geschwader«, antwortete Wood.
»Er ist doch gefallen, nicht wahr? Sind Sie sicher, daß er tot ist?«
»Das wurde amtlich bestätigt. Ich habe das kleine Vermögen geerbt, das er hinterlassen hat.«
»Gibt es nicht doch eine Möglichkeit, daß er noch lebt? Schließlich sind nach dem Krieg eine Menge Totgesagter wiederaufgetaucht, noch Jahre später.«
»Die Amtsstellen der amerikanischen Armee haben sich die größte Mühe gegeben, alle gemeldeten Todesfälle zu verifizieren. Soweit mir bekannt, hat auch die deutsche Regierung seinen Tod bestätigt.«
Der alte Mann dachte nach. »War er sehr gesprächig – mein Neffe? Ich meine, hat er jemals über...« – er suchte nach dem richtigen Wort – »über seine Vergangenheit gesprochen?«
»Das hat er nie«, versicherte Wood.
»Hm.« Der Alte schien erleichtert. Dann begleitete er seinen Besucher zur Tür und sah ihm nach, wie er über die Auffahrt zum Gartentor schlenderte, bis er hinter den Büschen außer Sicht war. Dann ging Bellamy in die Bibliothek zurück. Dort war Sen gerade damit beschäftigt, Tee zu servieren. Er schob Bellamy einen Zettel hin. »Keine Milch« stand darauf.
»Gibt es denn keine mehr im Vorratsraum?«
Sen schüttelte den Kopf.
»Da müssen aber noch mehrere Büchsen sein«, brummelte Bellamy verärgert. »Ich werde selbst nachsehen.«
Während dieser Suche machte er eine folgenschwere Entdeckung. Und bei Anbruch der Dämmerung schickte er Lacy mit dem Wagen nach London, um dort einige wichtige Dinge zu kaufen.

Jim Featherstone spazierte neben Valerie Howett durch die Hauptstraße von Garre, als er einen Mann aus dem Portal des Schlosses treten sah. Er hatte dessen Gesicht nur kurz gesehen, ihn aber sofort erkannt. Jim entschuldigte sich schnell bei Valerie und holte John Wood ein, bevor dieser den altmodischen Autobus bestieg, der die Verbindung zwischen Garre und der Eisenbahnstation aufrechterhielt.

»Ich wollte das Schloß erwerben«, sagte Wood nach der Begrüßung. Jim zeigte sich amüsiert.
»Ich hatte nicht geglaubt, daß Sie es damit ernst meinten. Miss Howett, darf ich Ihnen Mr. Wood vorstellen? Er kam, um Garre Castle zu kaufen, hat aber offensichtlich keinen Erfolg gehabt. Was halten Sie von Bellamy?«
»Er ist nicht gerade eine einnehmende Persönlichkeit«, erwiderte Wood.
Valerie war an diesem ungewöhnlichen Mann außerordentlich interessiert. Seine Persönlichkeit schlug sie in ihren Bann, bevor er überhaupt ein Wort mit ihr gesprochen hatte. »Fahren Sie jetzt wieder zu Ihren Babys zurück?« fragte sie.
»Noch nicht. Ich habe in England Geschäftliches zu erledigen. Sind Sie denn an meinen ausgefallenen Launen interessiert?« fragte er mit schelmischem Lächeln.
»So sehr, daß ich gerne alles darüber hören möchte. Hätten Sie nicht Lust, mit uns zu Abend zu essen, Mr. Wood?«
Er zögerte. »Gerne«, sagte er schließlich, und die drei schlugen den Weg nach »Lady's Manor« ein.
Als sie am Parktor des Schlosses vorbeikamen, blickte Wood sich nach dem Gebäude um. »Halten Sie Ausschau nach dem Ungeheuer?« fragte Valerie.
»Ich habe nicht erwartet, ihn zu sehen. Übrigens, wenn das Schloß mir gehörte, würde auf allen Türmen die amerikanische Flagge wehen. Mir scheint, Abel Bellamy mangelt es an Patriotismus ebensosehr wie an Menschlichkeit.«
Während des ganzen Weges unterhielten sich Valerie und ihr neuer Bekannter sehr angeregt. Jim Featherstone spürte, daß er selbst im Augenblick nur eine Nebenrolle spielte – kein angenehmes Gefühl für einen Verliebten. Beim Essen schien es, als habe Valerie ihren Gast schon ihr ganzes Leben lang gekannt, und wenn sie gelegentlich das Wort an Jim richtete, dann nur, damit er bestätigte, was Wood gerade gesagt hatte.
Jim hätte das verstimmen können, wenn da nicht das seltsame Verhalten von Howett gewesen wäre, der während des gesamten Mahles kein Wort sprach und nicht einmal von seinem Teller aufsah. Erst als Spike, den man aus dem »Blue Boar« hatte kommen lassen, damit er seinen alten Bekannten begrüßen konnte, die Unterhaltung auf das Bogenschießen lenkte, sprach Howett ein paar Sätze.
»Es ist ein reiner Zufall, daß ich mich für diesen Sport interessiere. In

dem kleinen Dorf, in dem ich lebte, schlossen wir Kinder uns zu einer Robin-Hood-Bande zusammen. Die wurde aufgelöst, nachdem die ersten Fensterscheiben zu Bruch gegangen waren. Als junger Mann war ich ein recht guter Bogenschütze. Ich griff den Sport wieder auf, als ich zu Geld gekommen war, und trat einem Verein in Philadelphia bei. Dann aber erwiesen sich meine schlechten Augen als zu großes Handicap. Vor fünfzehn Jahren habe ich einen Augenspezialisten in Deutschland konsultiert. Der hat mir diese Brille hier verschrieben – die habe ich seit jener Zeit. Es ist immer noch dieselbe.« Er nahm sie ab und hielt sie prüfend gegen das Licht. »Bei der Ankündigung des offenen Wettbewerbs im Bogenschießen während eines Besuchs in London, hielt ich es für eine gute Idee, die Brille dabei auszuprobieren. Also meldete ich mich an.«
Dann wandte sich die Unterhaltung anderen Themen zu. Valerie fand durch vorsichtiges Fragen heraus, daß Wood am nächsten Abend keine Verabredungen hatte, und brachte Howett geschickt dazu, ihn für den folgenden Abend zum Essen einzuladen. Jim ging sehr nachdenklich nach Hause. Er war aber zu weltklug, um sich selbst zu bemitleiden oder der leichten Eifersucht Ausdruck zu geben, die er zweifellos empfand.

52

Julius Savini verhielt sich wie ein Philosoph. Er akzeptierte seine Lage mit einer Ruhe, die seine Frau mit Bewunderung erfüllte. Seit zwei Tagen saßen sie nun bereits als Gefangene in den Verliesen von Garre Castle. Die Gefahr des Verhungerns bestand vorläufig nicht, denn der kleine Vorratsraum neben der Küche war mit Konserven aller Art vollgepackt. Es gab genügend Wasser, und bisher hatte man auch das Gas nicht abgedreht.
Hier unten wurde nun auch deutlich, was Abel Bellamy in den geräuschvollen Nächten getrieben hatte. Durch eine der Mauern hatte er ein etwa einen Quadratmeter großes Loch gesprengt. Am hinteren Ende war es durch ein Eisengitter versperrt. Als Savini in das Loch hineinkroch, entdeckte er, daß man durch das Gitter in die anderen Verliese blicken konnte.
»Das war das Geräusch, das wir nachts gehört haben, Fay. Der Alte hat daran gearbeitet, die Mauer hier zu durchbrechen. Nach der

Explosion, die uns so erschreckte, muß er dieses Eisengitter angebracht haben.«
»Kannst du es nicht wegschieben?« fragte sie ängstlich.
Er schüttelte den Kopf. »Leider nein. Es ist einzementiert. Und selbst wenn wir hier durchkämen, wäre es unmöglich, das Gitter oben auf der Treppe aufzubrechen. Fay, wir sitzen wirklich in der Falle«, sagte er ruhig. »Ich habe zwar noch meine Pistole mit acht Patronen, glaube aber nicht, daß ich sie so bald werde gebrauchen können. Ich war ein Narr, den Alten wissen zu lassen, daß ich eine Waffe habe. Wir sollten mit unseren Vorräten vorsichtig umgehen und dafür sorgen, daß sie so lange wie möglich reichen.«
Julius hatte zunächst gehofft, er könne das Schloß herausschießen. Eine genaue Überprüfung der Tür zeigte jedoch, daß dies ein aussichtsloses Unterfangen sein würde, vielleicht sogar dazu führen konnte, daß die Tür sich überhaupt nicht mehr öffnen ließ. »Vielleicht versucht Bellamy nur, uns einen Schreck einzujagen«, sagte er, aber Fay merkte, daß ihr Mann diese Zuversicht nur vortäuschte.
»Wir werden so lange leben wie wir können, Julius«, sagte sie und legte den Arm um ihn. »Featherstone wird sicher erraten, was geschehen ist.«
Julius begann, die Mauern zentimeterweise abzutasten, was den größten Teil des Tages in Anspruch nahm. »Das ganze Schloß ist von Geheimgängen durchzogen«, sagte er. »Es muß einen Ausweg geben. Wenn wir ihn nur finden könnten.« Schließlich gab er die Suche auf und richtete sich darauf ein, aus einer hoffnungslosen Situation das Beste zu machen.
Am zweiten Tag untersuchte Fay den Inhalt einer Schreibtischschublade und stieß dabei auf ein rot eingebundenes Buch mit Einträgen in winziger Handschrift. Jede Seite war randvoll beschrieben. Es war ein Tagebuch, das sah man auf den ersten Blick. Sie rief Julius, der wieder damit beschäftigt war, eine Fluchtmöglichkeit zu finden.
»Das ist das Tagebuch der Frau, Julius«, sagte sie leise. »Wenn wir hier herauskämen, wäre das hunderttausend Pfund wert.« Er nahm ihr das Buch ab, setzte sich unter eine der Gaslampen und las lange darin. Es erzählte eine furchtbare Geschichte, und Julius ließ kein Wort aus. Dann legte er das Buch hin, stand auf und streckte seinen steifen Körper.
»Wenn wir hier jemals herauskommen, bedeutet das eine Villa in Monte Carlo und eine Wohnung am Berkeley Square für den Rest unseres Lebens.«

Für den Rest des Tages lasen sie sich gegenseitig aus dem Tagebuch vor. Julius, der über ein bemerkenswertes Gedächtnis verfügte, merkte sich große Teile des Inhalts. Nach zehn Uhr legten sie ihren Fund in die Schublade zurück.

Das Belüftungssystem funktionierte einwandfrei. Selbst in dem engen Schlafraum war die Luft stets gut. Sie kam aus einem Lüftungsschacht, der rings um die obere Wölbung des Verlieses eingebaut war, nach Ansicht von Julius war Bellamy persönlich am Werk gewesen. »Es muß ihn verdammt viel Zeit gekostet haben, diesen Ort so einzurichten«, meinte er, als er im Bett lag und auf die steinerne Wölbung über sich starrte. »Er hat alles selbst gemacht. Der Pförtner hat mir erzählt, Bellamy habe monatelang allein im Schloß gehaust, ehe er das erste Personal einstellte. Leicht war es sicher nicht, alles ohne Handwerker einzurichten. Aber er ist ja stark wie ein Bulle.«

Fay saß vor dem Nachttisch und manikürte ihre Nägel. »Julius, weißt du, was ich denke?«

»Manchmal möchte ich es wirklich gerne wissen.«

»Ich glaube, wir sind nur die ersten einer ganzen Gruppe von Gefangenen. Dieses Gitter hat er doch für einen ganz besonderen Zweck eingebaut. Er ist darauf aus, jemand bestimmten in die Falle zu locken. Und ich glaube nicht, daß wir uns Gedanken über die Rationierung unserer Vorräte machen müssen.«

»Warum nicht?« fragte Julius aufgeschreckt.

»Weil Bellamy, sobald alle hier drin sind, die er hierhaben will, mit diesen alten Verliesen eine Art Tauschgeschäft machen wird. Und der billigste Tauschartikel wird das Leben von Mr. und Mrs. Savini sein.«

Savini schauderte und setzte sich auf. »Was willst du damit sagen?« fragte er mit gepreßter Stimme.

»Ich meine genau das, was ich sage. Er hat dich und mich in die Falle gelockt. Jetzt bereitet er sich auf das große Finale vor, was ihm nach dem Tod von Coldharbour Smith ziemlich leichtfallen wird. Da bist du, da bin ich, da sind Lacy und Featherstone –«

»Miss Howett nicht zu vergessen«, ergänzte Julius.

»An die habe ich auch gedacht. Mir ist nur nicht klar, was er eigentlich gegen sie hat. Auf jeden Fall wollte er sie ins Schloß holen, und ganz gewiß wird er es auch tun.«

Fay hatte einen leichten Schlaf; das leiseste Geräusch weckte sie unweigerlich. Julius spürte, wie ihn jemand sanft an der Schulter

rüttelte und eine Hand auf seinen Mund legte. »Mach kein Geräusch«, flüsterte sie ihm ins Ohr und nahm die Hand wieder weg.
»Was ist los?« flüsterte er.
»Draußen ist jemand.«
Julius griff nach der Pistole unter dem Kopfkissen, schlich lautlos aus dem Bett und öffnete die Tür. Er hatte die sechs Gaslampen brennen lassen. Jetzt waren alle bis auf eine erloschen und der Raum in trübes Dämmerlicht gehüllt. Er sah vorsichtig hinaus, aber es war niemand zu sehen. Und doch mußte jemand hiergewesen sein und das Licht ausgedreht haben. Von seinem Standort aus konnte er die Tür sehen, durch die Bellamy ihn und seine Frau gestoßen hatte, und er sah, wie sie leise zugezogen und dann abgeschlossen wurde.
»Bellamy«, sagte er verbittert, als er in den Schlafraum zurückkehrte. »Hätte ich das nur gewußt! Warum hast du mich nicht früher geweckt!«
»Ich habe dich sofort geweckt, als ich das Geräusch hörte. Bist du sicher, daß es Bellamy war?«
Er antwortete nicht, sondern faßte sie am Arm und hob warnend die andere Hand. Sie lauschten, und dann hörten sie das Zufallen der Falltür in der Bibliothek. »Also war es bestimmt Bellamy«, sagte Julius und ging in den Nebenraum, um zu erkunden, aus welchem Grund dieser unerwartete Besucher aufgetaucht sein mochte. Julius zündete das Licht an, in der Hoffnung, der Alte habe eine Nachricht hinterlassen. Aber es gab nichts dergleichen.
»Warum mag er wohl gekommen sein?« Fay schüttelte den Kopf. »Wie spät ist es, Julius?«
»Fünf Uhr. Ich bin nicht mehr müde genug, wieder ins Bett zu gehen. Mach uns bitte Tee, Fay.«
Während Fay in die Küche ging, wanderte er kreuz und quer durch das große Zimmer, immer noch darauf aus, eine Erklärung für den Besuch Bellamys zu finden. Fay kam mit dem Tee und stellte die Tassen auf den Tisch. »Ich wollte ohnehin weiter im Tagebuch lesen«, sagte sie und zog die Schreibtischschublade auf.
Er hörte ihren erstaunten Ausruf und sah, wie sie nervös die anderen Schubladen öffnete und durchsuchte.
»Was ist los, Fay?«
»Das Tagebuch ist verschwunden, Julius!« rief sie.

53

Es mußte gegen neun Uhr morgens sein. Sie saßen nebeneinander auf der Couch. Julius hielt die Hand seiner Frau, die so tat, als lese sie. Da hörten sie, wie die Falltür hochgehoben wurde und Bellamy nach ihnen rief. Julius war sofort auf den Beinen, die Pistole in der Hand. Er schlüpfte hinter einen der Pfeiler und wartete.
»Sie können die Pistole ruhig hinlegen, Savini«, erklang die Stimme des Alten. »Legen Sie sie auf den Tisch, wo ich sie sehen kann. Dann werde ich mit Ihnen reden. Tun Sie es nicht, reden wir eben nicht miteinander.«
Julius überlegte fieberhaft. Es war nichts damit zu gewinnen, Bellamy noch mehr gegen sich aufzubringen. Er legte die Pistole auf das kleine Tischchen neben sich.
»Und jetzt kommen Sie zur Tür. Sie brauchen keine Angst zu haben. Wenn ich Sie erschießen wollte, hätte ich das durch das Gitter ebenso leicht tun können, wie ich jetzt mit Ihnen rede. Also kommen Sie schon.«
»Was soll das alles?« fragte Savini in beleidigtem Ton. »Ich kann nicht begreifen, warum Sie uns hier festhalten. Sie können uns doch voll vertrauen.«
»Ganz bestimmt nicht! Ich wollte Ihnen nur sagen, daß man Sie sucht. Heute früh war so ein Trottel von Dorfpolizist bei mir und hat mich ausgefragt. Er sagte, die Londoner Polizei habe in Ihrer Wohnung Papiere gefunden, die darauf hindeuten, daß Sie ins Ausland wollten. Ich nehme an, daraufhin wird man jetzt wohl aufhören, nach Ihnen zu suchen. Machen Sie so viel aus den Nahrungsmittelvorräten, wie Sie können. Mehr bekommen Sie nicht. Sie werden für immer hierbleiben. Den Schlüssel habe ich weggeworfen – in den tiefen Brunnenschacht, Savini.«
»Sie lügen, Bellamy. Sie waren in dieser Nacht hier drin und haben das Tagebuch gestohlen.«
Bellamy starrte ihn durch das Gitter an. »Sagen Sie das noch einmal«, forderte er Julius auf.
»Sie waren in der vergangenen Nacht hier, um das Tagebuch zu stehlen.«
»Welches Tagebuch?«
»Reden wir doch nicht um den Brei herum. Sie sind um fünf Uhr früh hereingekommen und haben wirklich Glück gehabt, daß ich Sie nicht gesehen habe.«

»Welches Tagebuch?« Bellamy schien verdutzt. »Hat sie ein Tagebuch geschrieben? Daran hätte ich denken sollen. Wo ist es?«
»Ich sagte Ihnen doch, daß es weg ist. Sie kamen hierher...«
»Sie Narr! Sie Gauner!« schrie Bellamy wütend. »Ich bin nicht mehr in Ihre Nähe gekommen, seitdem ich Sie hier eingeschlossen habe.« Es dauerte einige Zeit, bis der Alte seine Selbstbeherrschung wiedergefunden hatte. »Sagen Sie es mir, Savini, und ich werde Sie anständig behandeln. Wo ist das Tagebuch?«
»Wer weiß das besser als Sie?« Diese Antwort ließ Bellamy erneut wütend werden.
»Ich sage Ihnen doch, ich weiß es nicht! Ich sage Ihnen, ich habe es nie gesehen. Ich wußte nicht, daß es hier war. Was stand in dem Tagebuch?« fragte er leiser. Julius zitierte eine Stelle aus dem Gedächtnis, und Bellamy prallte zurück, als habe ihn eine Kugel getroffen. Dann erschien er wieder am Gitter, und sein Gesicht war totenblaß.
»Sie hatten noch eine Chance, Savini, wenn auch eine geringe. Ein anderer hätte Ihre Stelle hier einnehmen sollen. Aber jetzt wissen Sie zuviel!« Bevor Julius noch antworten konnte, wurde die Tür zugeschlagen. Er drehte sich um und begegnete dem traurigen Blick seiner Frau.
»Was hat dich bloß gejuckt, ihm von dem Tagebuch zu erzählen? Du mußtest doch gemerkt haben, daß er keine Ahnung davon hatte. Du warst blöde, Julius!«
Er zuckte die Schulter. »Was macht das schon aus. Er hat bestimmt gelogen, als er sagte, er hätte die Absicht gehabt, uns hier rauszulassen. Wir sind hier endgültig gefangen, Fay.« Er legte seinen Arm um sie und zog ihr Gesicht an das seine. »Es ist ja nicht so schlecht, wie es sein könnte«, sagte er und streichelte sie sanft. »Ich hatte stets Angst vor dem Tod, und der Gedanke, zu sterben wie eine Ratte im Kellerloch, hätte mich wahnsinnig gemacht. Jetzt habe ich keine Angst mehr, mein kleines Mädchen.«
Fay löste sich aus seinen Armen. »Julius, noch ist nicht alles verloren. Wenn hier irgend jemand sterben soll, dann wird Bellamy derjenige sein. Jemand hat den Weg herein gefunden; also müssen wir auch den Weg nach draußen finden.«
Julius schüttelte den Kopf. »Nur der grüne Bogenschütze konnte einen Weg finden, und der kam durch die Tür da oben.« Fay mußte sich über seine Gelassenheit wundern. Das war nicht mehr der Julius, den sie kannte, nicht der ewig nervöse, mal angebende, mal

ängstliche Julius, wie sie ihn in Gegenwart des Alten erlebt hatte. Die Heirat mit Julius war für sie eher eine Formsache gewesen. Sie wollte eigentlich nur ein Heim haben, dessen sie sich gegenüber weniger glücklichen Frauen rühmen konnte. Es hatte Zeiten gegeben, in denen sie ihren Ehemann verachtet hatte, Augenblicke, in denen sie ihm das am liebsten in aller Öffentlichkeit gezeigt hätte. Aber eine angeborene Loyalität veranlaßte sie doch stets, ihm solche Gefühle nur unter vier Augen zu zeigen. »Du bist eine Offenbarung für mich, Savini«, sagte sie zärtlich.

»Ich bin mir selbst eine Offenbarung«, gestand er ihr. »Wir müssen einfach den Tatsachen ins Auge sehen. Und die Lage ist im Augenblick so, daß der Alte letzte Vorbereitungen für eine Teufelei trifft, im Vergleich zu der ehrlicher Mord wie ein Spaziergang über einen Golfplatz aussehen wird. Ich würde doch gerne wissen, wofür er die Gewehre gekauft hat.«

»Wovon sprichst du?« fragte sie aufgeschreckt.

»Im Hauptturm steht eine ganze Kiste mit Gewehren. Dort habe ich sie durch Zufall entdeckt – mindestens ein halbes Dutzend Jagdgewehre und zwei große Schachteln Patronen. Ich habe so eine Ahnung, daß wir noch erleben werden, wozu er sie braucht – aber nicht viel länger.«

»Was will er alleine bloß mit so vielen Gewehren anfangen?« Julius wußte auf diese Frage keine Antwort. »Er ist ein ausgezeichneter Schütze; das hat er mir einmal selbst erzählt.« Julius schüttelte bedauernd den Kopf. »Hätte ich ihm doch nur nichts von dem Tagebuch erzählt. Vielleicht habe ich ihn damit auf die Idee gebracht, die Gewehre auch zu benutzen.«

In der Abgeschiedenheit seines Lieblingszimmers setzte Bellamy sich in einen tiefen Sessel, um die Situation zu bedenken, die auch für ihn voller Gefahren war, obwohl ihn dies noch am wenigsten störte. Die Tragödie lag für diesen rücksichtslosen Mann in der Möglichkeit, daß die Frucht aller Bemühungen ihm noch in letzter Sekunde entgleiten könnte – jetzt, wo er anscheinend alle Mittel in der Hand hatte, sich an der Frau zu rächen, die er haßte. Von dem Augenblick an, in dem sie verschwunden war, hatten ihn böse Ahnungen heimgesucht. Wohin sie gegangen war und auf welche Weise sie entkommen war, das konnte er nicht einmal ahnen.

Er wußte nur, daß irgendwo in der Ferne oder auch in seiner Nähe eine fremde Kraft gegen ihn tätig war, eine Kraft, die sich in der

Gestalt des mysteriösen grünen Bogenschützen manifestierte. Trotz allem empfand er eine erregende Spannung wie vor einem besonderen Abenteuer. Es war die Gewißheit, daß Garre Castle wieder einmal eine Festung war, die es gegen Feinde zu verteidigen galt. Er wollte vom Schicksal nichts mehr, als daß es ihm gestattete, seinen Plan zu vollenden. Danach sollten die Feinde von ihm aus an die Türen hämmern oder die grauen Mauern erklimmen, und er würde zufrieden sterben.

Die Sanduhr rann unaufhaltsam aus. Abel Bellamy wußte das. Irgend etwas in seinem Inneren sagte ihm das klar und deutlich. Der Tag näherte sich, an dem alles, wofür Garre Castle einstand, und alles, was Haß und Liebe bedeutete, im düsteren Schatten des Todes vergessen sein würde. Wenn er nur die grauhaarige Frau finden könnte! Wenn sie doch durch einen Zufall wieder in seine Gewalt geriete! Es gab nicht eine Detektivagentur in ganz London, die nicht nach ihr suchte. Aber sie war verschwunden, als habe der Erdboden sich geöffnet und sie verschlungen. Und dennoch war die Polizei nicht bei ihm erschienen. Dieser blöde Featherstone – wie froh wäre der doch, wenn er wieder einmal mit einem seiner Haussuchungsbefehle ins Schloß marschieren könnte.

Und dann war da noch das Tagebuch! Was mochte sie alles aufgeschrieben haben? Konnte man Savini glauben, dann hatte sie zuviel geschrieben, um Bellamys Seelenfrieden nicht zu stören. Julius hätte die Stelle nicht erfinden können, die er so höhnisch zitiert hatte. Bellamy stand auf und nahm seine Arbeit in den Verliesen wieder auf. Julius hörte ihn, nahm seine Pistole und schlich zum Ausgang des Mauerdurchbruchs. Vor dem Gitter stand jedoch ein großes Brett, das ihm die Sicht verstellte. Fay und Julius hörten immer wieder den Aufprall eines schweren Hammers auf Stein. Einmal vernahm Fay einen brummenden Ton, der sie zunächst in Unruhe versetzte und dann ihre Neugier erweckte. Es dauerte ziemlich lange, bis sie sich das Geräusch erklären konnte. Abel Bellamy sang bei der Arbeit halblaut vor sich hin.

Der grüne Bogenschütze war für die Öffentlichkeit nicht mehr interessant. Chefredakteur Syme machte das Spike unmißverständlich klar. Es zeichneten sich keine neuen Entwicklungen ab, die der Reporter als Grund für seinen weiteren Aufenthalt in Garre vorbringen konnte. »Außerdem hat Bellamy uns in der letzten Woche brieflich mit einer Klage gedroht, weil unsere Berichterstattung angeblich den Verkaufswert des Schlosses mindert«, bemerkte Syme am Telefon.

»So ein Quatsch!« schimpfte Spike. »Das Gespenst hat den alten Kasten höchstens um zehntausend Pfund wertvoller gemacht! Auf Ehre, Mr. Syme – diese Story ist es wert, in Ruhe abgewartet zu werden.«

»Nichts da! Sie kommen ohne weitere Verzögerung nach London und direkt in mein Büro. Hier wartet schon eine sinnvollere Arbeit auf Sie.«

Das Telefon im »Blue Boar« hing, für alle zugänglich, an der Wand neben der Theke, an der normalerweise viele Gäste saßen, wenn Spike telefonierte. Heute aber saß dort nur ein wettergebräunter alter Bauer vor einem riesigen Bierkrug. Der nickte Spike freundlich zu, als er aufgelegt hatte.

»Sie sprachen eben von Gespenstern, nicht wahr? Wissen Sie, diese Gegend ist voll davon. Habe vorhin gerade erst wieder gehört, daß ein neues im Cloister Wood aufgetaucht ist. Einer meiner Knechte hat es gesehen und ist seither krank.«

»Das ist wirklich bedauerlich«, antwortete Spike höflich. Der grüne Bogenschütze war in dieser Gegend allgegenwärtig. Spike war inzwischen mindestens drei Hinweisen nachgegangen, die sich dann als haltlos erwiesen hatten. »Hier am Ort glaubt mittlerweile beinahe jeder, er habe den grünen Bogenschützen gesehen.«

Der alte Bauer kicherte leise vor sich hin. »Das neue Gespenst ist aber nicht grün. Und es ist eine Frau. Mein Knecht hat sie ganz aus der Nähe gesehen. Das hat ihn umgehauen. Er war völlig verschreckt.«

»Wo ist denn der Cloister Wood«, fragte Spike mit erwachendem Interesse.

»Auf der Landstraße sind es von hier aus sechs Meilen. Wenn Sie aber über Monks Field gehen und dann geradeaus die Adderley Road nehmen, kommen Sie schneller hin. Man spricht von einer Hütte im Wald, in der es spukt. Sie ist seit langem unbewohnt, und

och scheint in letzter Zeit ständig jemand da zu sein.«
Hoppla!« sagte Spike. »Das interessiert mich.«
)er alte Bauer schüttelte den Kopf. »Ich selbst glaube nicht an Spuk. eltsam sind allerdings die Reifenspuren, die ich neuerdings dort nmer wieder sehe. Es sind die Abdrücke eines schweren Wagens. gend jemand kommt und verschwindet wieder mit einem Auto.«
Hat man ihn gesehen – den Wagen, meine ich?«
)er Bauer verneinte das. »Auf demselben Grundstück steht auch ine alte Scheune, nicht weit von der Hütte. An manchen Tagen, an enen der Boden feucht war, habe ich gesehen, daß die Wagenspuen bis dorthin führten.«
Wann ist diese Frau denn zum erstenmal gesehen worden?«
Mein Knecht hat sie zum erstenmal am Samstag vergangener Voche dort gesehen. Er ging sehr früh am Morgen durch den Wald u meinem Hof, den ich schon seit fünfundvierzig Jahren bewirtchafte. Der Tom, das ist mein Knecht, wandert da also friedlich vor ich hin und denkt an gar nichts. Da sieht er plötzlich eine Frau, die veinend durch den Wald geistert. Er ist losgerast, so schnell er onnte, weil er ganz sicher war, daß es sich um ein Gespenst andelte.«
War das nahe bei der Hütte?«
Ziemlich nahe, deshalb habe ich sie ja auch erwähnt. Wahrscheinich wohnt die Frau dort.«
pike hätte in diesem Augenblick jeden Strohhalm ergriffen, um ein weiteres Verbleiben in Garre zu rechtfertigen. Als er Syme rklärte, die Auflösung des Dramas um Abel Bellamy stehe dicht evor, sprach er jedoch aus voller Überzeugung. Obwohl die Tage im chloß ganz normal zu verlaufen schienen, hatte er die Vorahnung iner Katastrophe. Zu diesem Zeitpunkt eine Story aufzugeben, in ie er so viel investiert hatte, kam einer Selbstverstümmlung nahe. Also machte er sich auf zu der von dem Bauern erwähnten Hütte. Es var ein trüber Tag, und ein Hauch von Winter lag bereits in der Luft. Jnter diesen Umständen zu wandern, war ein Vergnügen, und pike erreichte den Rand von Cloister Wood, ehe er sich des langen Veges überhaupt bewußt wurde.
Es handelte sich um einen größtenteils umzäunten Privatforst. Der Besitzer hatte sich jedoch wenig Mühe gegeben, den Zaun zu eparieren, wo er beschädigt war. Man brauchte nur über einen der iedrig hängenden Drähte zu steigen und konnte dann unbehindert uf einem gewundenen Waldweg durch den ungepflegten Misch-

wald spazieren. Die Hütte war von der Straße aus nicht sichtbar un
lag am Ende eines Feldweges, der nur für Forstfahrzeuge bestimm
aber seit Jahren nicht mehr von solchen Fuhrwerken benutzt worde
war. Spikes geübte Augen erkannten jedoch sofort die Abdrücke vo
Autoreifen, die zweifellos neueren Datums waren.

Die Hütte erwies sich als ebenerdiges Gebäude, von oben bis unte
mit Efeu bewachsen. Dem Schornstein entstieg kein Rauch. An de
Fenstern zur Straßenseite waren die Jalousien heruntergelasser
Das Häuschen schien öde und verlassen. Spike ging zur Tür un
klopfte. Keine Antwort, auch nicht nach mehrmaligem, anhalten
dem Klopfen. Dann machte er sich daran, das Gebäude zu erkun
den. Auf der Rückseite waren zwei Fenster nicht durch Jalousie
oder Vorhänge abgeschirmt, und er konnte in ein einfach einge
richtetes Schlafzimmer blicken. Das Bett war nicht gemacht un
erweckte den Eindruck, als sei jemand erst vor kurzem aufgestan
den. Drei Paar Damenschuhe neben dem Bett erregten Spike
Aufmerksamkeit. Selbst aus der Entfernung war zu erkennen, da
sie ganz neu waren. Auf dem Boden standen Kartons mit Packpa
pier. Auch in einer Ecke waren solche Kartons aufeinandergesta
pelt. Spike setzte seine Suche fort, fand eine rückwärtige Tür un
rüttelte daran. Nachdem er keine Antwort erhielt, ging er zun
Schlafzimmerfenster zurück.

Spike kämpfte lange mit sich, ehe er sich entschloß, das Fenster zu
öffnen, das zu seiner Überraschung nur angelehnt war. Er schob e
ganz auf. Sollte er einsteigen? Das bedeutete schlicht und einfach
Einbruch, und er konnte sich keine glaubhafte Ausrede ausdenken
die er gegenüber dem Bewohner des Hauses vorbringen könnte
sollte er diesem plötzlich gegenüberstehen. Aber die neuen Da
menschuhe zogen seine Neugier unwiderstehlich an. Spike holte
noch einmal tief Luft und schwang sich über den Fenstersims ins
Zimmer.

»Sicherheit über alles«, sagte er sich und machte zuerst einen
Rundgang durchs Haus, ehe er sich gründlich im Schlafzimme
umsah. Nur zwei Räume waren überhaupt möbliert, neben den
Schlafzimmer noch ein kleiner Raum, der mit einem Tisch, einen
Stuhl und einigen in die Wand geschlagenen Kleiderhaken ausge
stattet war. An einem dieser Haken hing ein schwerer pelzgefütterte
Ledermantel. Auf dem unbedeckten Tisch lagen ein Paar alter
zerschlissener Lederhandschuhe.

Spike ging wieder in den Gang und rief laut: »Ist da jemand?« Seine

Worte hallten von den leeren Wänden wider. Er kehrte ins Schlafzimmer zurück. Das Bett war schmal und hart, das Bettzeug aber aus bestem Gewebe und ganz neu. Auf dem Tisch neben dem Bett stand eine Flasche Brandy, daneben zwei Medizinfläschchen und eine Injektionsnadel in einem schmalen Etui. Die Schuhe, die seine Aufmerksamkeit erregt hatten, stammten aus einem der vornehmsten Schuhgeschäfte im Londoner Westend.
Dann machte Spike eine bemerkenswerte Entdeckung. Die Schuhpaare waren von verschiedener Größe! Jedes war um eine halbe Nummer kleiner als das andere. Er stellte sie wieder hin und betrachtete die Medizinflaschen, die Etikette einer Londoner Apotheke trugen. Unter der Bettdecke fand er ein Frauenkleid. Es war von grauer Farbe, abgetragen und ungebügelt. An den Ellbogen war es durchgescheuert und sauber geflickt. Auch die Ärmel waren erst vor einiger Zeit gestopft worden. Am unteren Kleidersaum hatte jemand ein Stückchen Seide herausgeschnitten, um das notwendige Material für die Reparatur zu haben.
Spike verließ das Haus auf dem Wege, auf dem er es betreten hatte, und zog das Fenster hinter sich zu. Dann machte er sich an die Untersuchung der Scheune, die in einiger Entfernung unter Bäumen stand. Auch hier fand er Reifenspuren eines schweren Wagens, die direkt zur Hütte führten. Das Scheunentor war mit einem Vorhängeschloß gesichert. Er zog an der Kette und konnte dadurch den Spalt zwischen beiden Türhälften so erweitern, daß er ins Innere blicken konnte. Ein Auto sah er dort nicht, wohl aber mehrere Benzinkanister und drei Ersatzräder, aus deren Umfang Spike Rückschlüsse auf die Größe des Wagens ziehen konnte.
In Gedanken versunken wanderte Spike nach Garre zurück. Es gab überhaupt keinen Grund, warum die geheimnisvolle Bewohnerin der Hütte nicht teure Schuhe tragen sollte und, sollte es ihr Spaß machen, auch Schuhe in verschiedenen Größen. Andererseits aber sollte sie doch wohl ihre eigene Schuhgröße kennen? Plötzlich kam ihm die Lösung des Rätsels. Derjenige, der der Frau diese Schuhe besorgt hatte, wußte nicht, welche Größe sie brauchte, und hatte mehrere Paare zur Auswahl mitgenommen. Das war klar. Und dann gab es wohl nichts weiter zu überlegen. Schön – da war noch das Geheimnis der Bewohner, die niemals gesehen wurden und doch stets anwesend waren. Und weiter: Wer war der Besitzer eines großen Wagens und wohnte in einer Hütte, die kaum mehr als fünfhundert Dollar wert war? Aber das war wohl nicht die Art von

Geheimnis, dessen Lösung ihn auf die Spur des grünen Bogenschützen bringen würde.
Spike seufzte. Denn das alles genügte bestimmt nicht, um Mr. Syme zu veranlassen, Spike nicht nach London zurückzubeordern.
Nach Einbruch der Dunkelheit kehrte Spike in den »Blue Boar« zurück, um sich für den Abend umzuziehen. Es klopfte, und Jim Featherstone trat ein. »Sie sind doch heute abend bei den Howetts zum Abendessen, Holland. Würden Sie so nett sein und mich dort entschuldigen? Ich fahre gleich nach London zurück, um die Savinis aufzuspüren.«
»Ich habe Ihnen doch gesagt, Captain, die Savinis befinden sich noch im Schloß«, sagte Spike mit Nachdruck. »Die sind bestimmt nicht abgefahren, das würde ich beschwören.«
»Mag sein, daß sie noch hier sind«, gab Jim zu. »Sie sollten aber nicht übersehen, daß Julius Savini ein unverbesserlicher Gauner ist, so anständig er sich jetzt auch aufgeführt hat. Ich muß ganz sicher sein. Vielleicht gibt es noch andere Wege aus dem Schloß.«
»Die haben Sie aber nicht gefunden, als Sie dort Butler spielten«, beharrte Spike auf seinem Standpunkt. »Es gibt jedoch einen Weg, der aus diesem Dorf herausführt. Und den hat mein Boss gefunden. Morgen früh fahre ich endgültig nach London zurück, und von dem Augenblick an hat der grüne Bogenschütze für mein junges Leben keine weitere Bedeutung mehr. Er hat alle Publizität gehabt, die der *Globe* ihm jemals geben konnte. Das wär's dann gewesen.«
Jim nickte. »Ich nehme an, in der Redaktion hat man keine Lust mehr, aufregende neue Entwicklungen abzuwarten?«
Jim hatte sich auf die Bettkante gesetzt, während Spike mit großer Sorgfalt seine Krawatte band. »Warum haben Sie es auf einmal so eilig?« fragte Spike. »Sie könnten doch genausogut morgen früh fahren. Ich weiß, daß Sie bei den Howetts erwartet werden, weil Miss Howett mich, als wir uns heute im Dorf trafen, an das gemeinsame Abendessen erinnerte. Auch Wood wird anwesend sein; er kommt eigens aus London herüber.«
»Das ist mir bekannt«, erwiderte Jim in einem Tonfall, der den Reporter veranlaßte, ihn prüfend anzusehen.
»Polizeichef und großer Menschenfreund Rivalen um die Liebe einer Millionärstochter«, formulierte Spike für sich selbst. Er konnte schon gar nicht mehr anders als in aussagekräftigen Schlagzeilen denken.
Jim hatte sich jedoch nicht zur Abfahrt entschlossen, weil ihn Woods Anwesenheit störte. Als Leiter einer großen Abteilung bei Scotland

Yard war er ein vielbeschäftigter Mann. Ihm war mit einem Gefühl des Unbehagens klargeworden, daß er seine vielen anderen Aufgaben in London systematisch vernachlässigt hatte. Verstärkt wurde diese Einsicht noch durch einen Brief seines Chefs, in dem dieser andeutete, seine Abwesenheit von der Zentrale verursache Störungen im Arbeitsablauf.

Als Spike fertig angezogen auf die Straße trat, fand er Jim bereits am Steuer seines Wagens. »Sie können mir einen großen Gefallen tun, Featherstone. Bitte rufen Sie Syme an, und machen Sie ihm klar, es würde einem nationalen Notstand gleichkommen, wenn ich Garre verlassen müßte, bevor das Geheimnis von Garre Castle endgültig gelöst ist.«

»Für Sie würde ich sogar lügen, Holland. Ich stimme jedoch mit Ihnen überein, daß dieses Geheimnis jetzt seiner Lösung näher ist als zu dem Zeitpunkt, als Sie hier ankamen. Sie werden mich doch bei Miss Valerie entschuldigen?«

Spike wartete, bis Jim abgefahren war, und wanderte dann nach »Lady's Manor« hinüber. Dort traf er auf John Wood, der schon eine Stunde früher gekommen war und neben der Tochter des Hauses auf der Couch saß. Sie lauschte aufmerksam der Schilderung, wie Wood seine Kinderheime ausbauen wollte, und nahm Spikes Ankunft kaum zur Kenntnis.

»Wo ist Captain Featherstone?« fragte sie zwischendurch.

»Er läßt sich entschuldigen. Der Captain mußte nach London. Seitdem er sich hier auf dem Lande aufhält, haben die Verbrechen in London so zugenommen, daß der Polizeipräsident ohne ihn nicht mehr fertig wird.«

»Sprechen Sie im Ernst? Ich meine, ist er wirklich fort?«

»Ich war noch nie ernster. Tatsache ist, daß er Savini sucht. Ich glaube allerdings, der alte Bellamy hält die Savinis im Schloß gefangen.«

Valeries Gesichtsausdruck trübte sich. Aber schon nach wenigen Minuten schien sie Jim Featherstones Existenz und seine Probleme vergessen zu haben. Als alle bei Tisch saßen, meinte Spike, er habe Valerie noch nie so munter, heiter und schön gesehen. Wie gewöhnlich war Howett mehr Zuhörer als Teilnehmer an der Unterhaltung. Spike war weiterhin außerordentlich an Howett interessiert. Seine private Theorie über den grünen Bogenschützen war inzwischen weiter gereift.

Wood sollte über Nacht in »Lady's Manor« bleiben, da es keinen

Abendzug nach London gab. Valerie wollte nichts von einer eventuellen Übernachtung im »Blue Boar« hören. Um neun Uhr zog Howett sich auf sein Zimmer zurück. Danach kam man auf den grünen Bogenschützen zu sprechen, und zwar fing John Wood davon an.

»Haben Sie ihn jemals gesehen, Miss Howett?« fragte er halb scherzend.

Valerie schauderte. »Ja, ich habe ihn gesehen.«

»Wie bitte?« fragte Spike verblüfft. »Das haben Sie mir aber nie erzählt! Sie haben wirklich den grünen Bogenschützen gesehen?«

»Ich spreche nicht gerne darüber, vor allem nicht über die Erlebnisse, die damit verbunden waren. Aber ich habe ihn wirklich zweimal gesehen – einmal im Schloßpark.«

»Was, um Himmels willen, taten Sie im Park von Garre Castle?«

»Ich habe jemanden gesucht«, antwortete sie. »Das war damals wirklich töricht, nein, verrückt von mir und hätte beinahe auch schrecklich geendet.«

»Sie haben ihn gesehen? Wann? Wo?« fragte Spike eifrig.

Trotz der schrecklichen Erinnerung mußte Valerie lächeln. »Wenn Sie das in Ihrer Zeitung bringen, werde ich nie wieder ein Wort mit Ihnen sprechen, Mr. Holland«, sagte sie. »Wenn Sie mir aber versprechen, es vertraulich zu behandeln, werde ich Ihnen zeigen, wo ich den Bogenschützen gesehen habe. Er stand auf einem kleinen Hügel, den man von unserer Gartenmauer aus sehen kann.«

Valerie stand auf, um ihre Gäste zu führen. Sie gingen durch die Küche in den Garten, der in völliger Dunkelheit lag. »Für heute ist es wohl zu spät«, meinte Valerie. »Man kann in dieser Dunkelheit die Stelle nicht mehr sehen.«

»Unsere Augen werden sich schnell an die Dunkelheit gewöhnen«, warf Spike ein. »Wenn ich ungefähr weiß, wo es war, könnte ich das Gelände bei Tageslicht genauer untersuchen. Ich muß einfach einen Beweis liefern, daß der grüne Bogenschütze wirklich existiert, sonst ist mein Name beim *Globe* keinen Penny mehr wert.«

Spike hatte recht. Nach kurzer Zeit konnten sie die Umrisse des Schlosses erkennen, und als die kleine Gesellschaft mit Hilfe einer Leiter die Mauerbrüstung erklettert hatte, war auch das von Valerie vorher erwähnte Wäldchen zu sehen. Spike saß rittlings auf dem feuchten Mauergestein und bemühte sich, die Dunkelheit mit seinen Augen zu durchdringen. John Wood lehnte zwischen ihm und Valerie, die Ellbogen auf die Mauer gestützt.

»Viel ist wirklich nicht zu sehen«, gab Spike zu. »Vielleicht morgen, wenn Sie mir erlauben, durch Ihren Garten zu gehen.« Spike strich ein Streichholz an. Eine Sekunde lang flackerte es und schien dann hell, als Spike es über den Rand der Mauer hielt. Dann sah er etwas, und gleichzeitig schrie Valerie laut auf. Er ließ das Streichholz fallen und konnte sie gerade noch auffangen.
Keine zwei Meter von ihnen entfernt, am Rande einer Grasfläche, starrte sie aus weißem, formlosem Gesicht eine Gestalt an – der grüne Bogenschütze!

55

John Wood war der erste, der sich von dem Schock erholte. In Sekundenschnelle ließ er sich auf die andere Seite der Mauer fallen, und Spike hörte, wie er den Gartenweg entlanglief. Er selbst kümmerte sich um Valerie, die einer Ohnmacht nahe war.
»Haben Sie gesehen? Haben Sie ihn gesehen?« flüsterte sie leise und zitterte vor Aufregung, so sehr, daß er sie beinahe die Leiter herunter und nach Hause tragen mußte.
»Haben Sie es gesehen?« fragte sie erneut.
»Ganz bestimmt habe ich etwas gesehen«, gestand Spike.
»Wo ist eigentlich Mr. Wood?«
»Er jagt hinter dem her, was wir gesehen haben.«
Valerie schloß die Augen, als wolle sie sich vor einem furchtbaren Anblick schützen, und fragte dann: »Was haben Sie gesehen, Mr. Holland?«
»Nun ja«, begann Spike zögernd, als wehre er sich dagegen, seinen Sinnen zu trauen, »es sah ganz bestimmt grün aus, und es könnte auch ein Bogenschütze gewesen sein. Ich gebe es nicht gerne zu, aber mir lief ein Schauer über den Rücken.«
Nach einer Viertelstunde kam Wood zurück, noch etwas außer Atem. »Ich mußte ohne Hilfsmittel über die Mauer klettern«, erklärte er die Verzögerung, und Valerie bekannte reuig, daß es ihre Schuld gewesen sei. »Tut mir wirklich leid. Ich hätte die zweite Leiter für Sie hinstellen sollen. Wie gedankenlos von mir!«
»Ach, lassen Sie nur. Das spielt wirklich keine Rolle«, meinte Wood, während er sich die Hände an seinem Taschentuch abwischte. Er lächelte vor sich hin, als genieße er einen Scherz für sich ganz alleine.

»Haben Sie ihn gesehen?«
»Ich habe leider nur einen sehr kurzen Blick auf ihn werfen können. Leider habe ich ihn nicht erwischt.«
Alle sahen sich an. »War es der grüne Bogenschütze, Miss Howett?« fragte Spike.
»Ja, er war es. Da gibt es wohl keinen Zweifel mehr. Wohin gehen Sie, Mr. Holland?«
»Ich gehe jetzt direkt zum alten Bellamy«, erklärte Spike entschlossen. »Und ich werde dafür sorgen, daß das ganze Gelände durchsucht wird. Der grüne Bogenschütze muß endlich für alle Welt sichtbar gemacht werden, oder aber der *Globe* verliert einen ausgezeichneten Reporter.«
Spike klopfte den Pförtner heraus, der bereits zu Bett gegangen war. Dieser weigerte sich lange, im Schloß anzurufen. Schließlich konnte Spike ihn überreden.
»Lassen Sie ihn ans Telefon«, antwortete Bellamy. »Was ist los, Holland? Was wollen Sie?«
»Ich habe den grünen Bogenschützen auf Ihrem Grundstück gesehen.«
Bellamy schwieg einen Augenblick und sagte dann: »Kommen Sie gleich zu mir.« Er wartete unten in der Eingangshalle. »Was faseln Sie da vom grünen Bogenschützen?«
»Ich habe ihn gesehen. Genauso deutlich, wie ich Sie jetzt vor mir sehe.«
»Wo waren Sie und wo war er in dem Augenblick?«
»Ich war auf der Gartenmauer von ›Lady's Manor‹. Miss Howett zeigte mir, wie die Gegend hier bei Nacht aussieht.«
»Das muß ja ein wunderbarer Anblick gewesen sein, bei der Festbeleuchtung«, meinte der Alte sarkastisch. »Vielleicht haben Sie noch auf das große Feuerwerk gewartet. Und was haben Sie da gesehen?«
»Das sagte ich Ihnen schon – den grünen Bogenschützen, keine zwei Meter von mir entfernt.«
»Was haben Sie zum Abendessen getrunken?« fragte Bellamy spöttisch. »Sie sind wohl schon wieder hinter einer Story für Ihre Zeitung her? Sollten Sie glauben, ich würde Ihnen behilflich sein, Gespenstergeschichten in die Welt zu setzen, dann liegen Sie falsch. Sie hätten sich den Weg sparen können. Es gibt zwar einen grünen Bogenschützen«, sagte er mit einem Anflug von guter Stimmung, »aber das ist eines dieser dummen Gespenster, die nicht ins Freie gehen können, ohne sich zu erkälten. Ein Gespenst für den Innen-

dienst, jeder frische Luftzug würde es umbringen. Nein, Holland, Sie müssen sich schon jemand anderen für Ihre Märchen suchen.«
»Sie wollen also das Gelände nicht durchsuchen lassen?«
»Ich bin doch nicht verrückt!« antwortete Bellamy ungeduldig. »Wo soll ich außerdem das Personal dafür hernehmen. Vielleicht können Sie Ihren Freund Featherstone dazu bringen, hier mit seiner Reservearmee aufzumarschieren.«
Bellamy hatte bei diesem Gespräch breit in der Tür gestanden. Ganz unerwartet machte er Platz und lud Spike ein: »Kommen Sie herein. Ich wollte Sie ohnehin etwas fragen.« Als er die Tür der Bibliothek geschlossen hatte, fragte er ohne Umschweife: »Was war das für eine Geschichte von einem Mann, den Creager ausgepeitscht hat? Neulich war ich so wütend auf Sie, daß ich mich einfach nicht beherrschen konnte. Vielleicht können Sie mir heute sagen, was Sie damals meinten.«
»Ich sagte, der Mann, der Creager umgebracht hat, war einer von denen, die er ausgepeitscht hat. Creager war Gefängniswärter. Zu seinen Pflichten gehörte es auch, widerborstige Gefangene auszupeitschen. Die Polizei verfolgte die Theorie, Creager sei von jemandem getötet worden, der sich an ihm rächen wollte.«
Bellamy schob seinem Gegenüber die Zigarrenkiste hin, nahm sich wahllos selbst eine, biß das Ende ab und zündete sie an. »Das scheint möglich«, sagte er nachdenklich. »Ich weiß zwar nicht viel über das, was in englischen Gefängnissen vor sich geht, aber ich habe auch gelesen, daß Creager Gefängnisaufseher war. Das scheint mir eine logische Theorie.« Er stieß einen Rauchring aus und sah ihm nach, wie er sich langsam auflöste.
»Leider gibt es viel zu viele Hinweise«, gestand Spike. »Jede Woche finde ich einen neuen Verdächtigen. Mit Ihnen fing es an –«
»Mit mir?« Bellamy lachte schallend. »Na, wenn das nicht lustig ist. Haben Sie auch irgendwann einmal an Savini gedacht?«
»Ich habe praktisch jeden verdächtigt. Und bis heute abend war ich ziemlich sicher, den Täter zu kennen.«
»Wen meinten Sie?« Bellamy beobachtete Spike gespannt.
»Ich möchte nicht einen vollkommen unschuldigen Menschen verdächtigen«, wehrte Spike die Neugier des Alten ab. »Das erinnert mich daran, daß Sie damit gedroht haben, meine Zeitung zu verklagen.«
»Da brauchen Sie sich keine Sorgen zu machen. Ich werde nichts tun, was Sie in Schwierigkeiten bringt, Holland. Sie sind ein patenter

Kerl, und ich könnte Ihrer Karriere vielleicht mit einer Menge Geld nachhelfen.«

»Na, wenn das nicht eine tolle Idee ist. Großartig!«

»Deswegen brauchen Sie nicht gleich frech zu werden«, grollte Bellamy, dem gegenüber es schwierig war, einen freundschaftlichen Gesprächston über längere Zeit beizubehalten. »Ich gebe gutes Geld für gute Dienste, und Sie sind eigentlich smart genug, einmal ein echtes Vermögen zu machen. Wessen Idee war es überhaupt, daß Creager von jemandem umgebracht worden sei, den er einmal ausgepeitscht hat? Kam das von Featherstone?«

»So denkt man in Scotland Yard, und Featherstone dürfte genau wissen, was man dort von der Sache hält. Wo steckt übrigens Savini? Haben Sie von ihm gehört?«

Bellamy schüttelte den Kopf. »Warum sollte ich von ihm hören? Ich habe ihn an die Luft gesetzt, weil er versuchte, mich zu berauben. Da kann man wohl kaum erwarten, daß wir uns noch Ansichtskarten schicken. Was denkt die Polizei denn von Savini?«

»Die meint, er sei noch im Schloß.«

Der Alte lachte spöttisch. »Was meinen die Leute wohl, was ich hier betreibe? Ein Sanatorium für Ganoven?« fragte er verächtlich. »Diese sturen Typen hier in der Gegend würden wohl alles glauben. Die glauben ja auch an den grünen Bogenschützen.«

»Und an die graue Frau«, fügte Spike hinzu, der an sein Erlebnis in Cloister Wood dachte. Die auf diese Bemerkung folgende Stille erschien Spike zunächst nicht seltsam, denn bei Unterhaltungen mit Bellamy gab es immer wieder einmal eine kurze Unterbrechung. Er konnte das Gesicht des Alten nicht sehen, obwohl der ins Feuer blickte. Dann aber lief es dem Reporter kalt über den Rücken. Er wußte nicht warum und dachte zunächst, die Tür stehe offen und es komme ein kalter Luftzug ins Zimmer. Er drehte sich sogar deswegen um, aber die Tür war geschlossen. Dann sprach Bellamy, immer noch mit abgewandtem Gesicht: »Was ist das für eine Frau, Holland?«

»Ich habe sie erst heute entdeckt. Ein Landarbeiter hat eine Frau im Cloister Wood herumwandern sehen, knapp drei Meilen von hier entfernt.«

»Ich kenne die Gegend. Was ist mit der Frau?«

»Ich weiß nicht. Arbeit in der Landwirtschaft macht den Menschen irgendwie grün und läßt ihn überall grün sehen«, philosophierte Spike. »Die Leute dort halten sie für ein Gespenst. Dabei ist sie

wahrscheinlich nur eine Frischluftfanatikerin.«
»Und wo wohnt sie?«
»Ich bin nicht ganz sicher, glaube aber, daß sie in einer Hütte im Wald wohnt. Ich habe mir die Mühe gemacht, der Sache nachzugehen, und habe den Ort gefunden. Das Haus war leer, doch ist noch heute früh jemand dortgewesen. Ich will Ihnen ehrlich gestehen, daß ich in das Haus eingestiegen bin und mich dort umgesehen habe.«
Spike hatte gute Gründe, sich gerade in diesem Augenblick mit Bellamy gut zu stellen, und glaubte, keinen Schaden anzurichten, wenn er ausführlich über sein Erlebnis vom Vormittag berichtete.
»Neue Schuhe, Medikamente, Reifenspuren?« wiederholte Bellamy. »Das ist schon sonderbar, sehr sonderbar. Und sie war noch heute früh dort, sagen Sie?«
»Ich glaube schon. Die Reifenspuren waren neu. Und ganz eindeutig hatte jemand in dem Bett übernachtet.«
»Vielleicht haben Sie mit Ihrer Vermutung recht und es ist wirklich nur eine Frischluftfanatikerin.« Bellamy wandte ihm jetzt wieder das Gesicht zu. Spike fragte sich, ob seine Einbildungskraft ihm einen Streich spiele. Es schien, als sei der Alte in diesen Sekunden noch älter und abstoßender geworden.
»Sie sind wirklich ein patenter Kerl, Holland. Wenn ich Ihnen jetzt Geld anbieten würde, würden Sie mich wahrscheinlich abblitzen lassen. Aber vielleicht könnte ich Ihnen einen neuen Wagen kaufen. Fahren Sie gerne Auto?«
»Nicht so gerne, daß ich mich nach einem Wagen verzehre«, antwortete Spike, der überlegte, was hinter diesem plötzlichen Anfall von Großzügigkeit stecken mochte.
»Von mir aus können Sie auf meinem Grundstück nach Ihrem Gespenst suchen, Holland, wenn Sie unbedingt Ihre Zeit vergeuden wollen. Kommen Sie in den Morgenstunden. Das Gelände rund um das Schloß steht Ihnen zur Verfügung. Ich werde dem Mann im Pförtnerhaus Bescheid sagen. Aber Sie werden nichts finden. Mein Gespenst fühlt sich nur im Haus wohl und kann nasses Wetter nicht ausstehen.«
Als Spike gegangen war, läutete Bellamy nach Sen. »Hole mir meinen Wettermantel, und fahre den Wagen vor.«
Die ganze Nacht über wartete Abel Bellamy in strömendem Regen auf die Bewohnerin der Hütte. Er stand unterhalb des unverriegelten Fensters, ohne sich um Sturm und Regen zu kümmern, die ihm ins Gesicht peitschten. Wäre die Bewohnerin zurückgekehrt, dann...

Aber die Morgendämmerung kam, ohne daß sich jemand zeigte, und der alte Mann kehrte nach Garre Castle zurück, ohne seine Hände mit Blut befleckt zu haben.

56

Die graue Frau! Sie war also die ganze Zeit über in der Nähe gewesen. Sie war immer noch da, versteckt, vielleicht in Reichweite. Kein Zweifel – sie war es. Er hatte nach Spikes Erzählung das alte Kleid erkannt. Von ihm hatte sie nie neue Kleider annehmen wollen. Obwohl er ihr die elegantesten Kreationen französischer Couturiers gebracht hatte, behielt sie das graue Seidenkleid an, das sie an dem Tage getragen hatte, an dem Coldharbour Smith sie im Schloß abgeliefert hatte.
Bellamy ging nach seiner Rückkehr nicht ins Bett, sondern schloß sich zunächst in der Bibliothek ein, um nicht gestört zu werden. Am frühen Morgen ging er die Geheimtreppe hinunter zu dem Verlies, in dem er die Savinis gefangenhielt. Er war in ihrem Raum, ehe Savini zur Pistole greifen konnte. »Nehmen Sie die Hand da weg«, fauchte er Julius an. »Und geben Sie mir die Pistole her.« Er zog sie dem hilflosen Gefangenen aus der Tasche, ging zur Tür zurück und schloß sie von innen ab. »Ich möchte mich mit Ihnen unterhalten, Savini. Sie sagten mir, neulich sei jemand in der Nacht gekommen und habe ein Buch mitgenommen. War das eine Erfindung von Ihnen?«
»Warum sollte ich lügen?« fragte Julius mißgelaunt.
»Haben Sie gesehen, wer es war?«
»Nein. Ich hörte nur, wie die Tür wieder verschlossen wurde.«
»Diese Tür?« Bellamy deutete auf die Tür, durch die er eben gekommen war. Julius nickte.
Bellamy ging ins Schlafzimmer, zog den Vorhang vor der Kleiderablage zurück. Die Kleider der grauen Frau hingen noch da wie zu Zeiten ihrer Gefangenschaft. Er legte sie sich über den Arm und kam wieder heraus.
»Wie lange wollen Sie uns hier noch festhalten, Bellamy?« fragte Fay. »Es wird allmählich langweilig.«
»Was wollen Sie eigentlich? Sie sind doch mit Ihrem Mann zusammen. Mehr kann eine gute Ehefrau nicht verlangen. Und wie ich

weiß, sind Sie doch eine gute Frau.«
»Reden wir jetzt nicht von persönlichen Dingen. Sie haben es nötig, anderen Moral zu predigen. Beantworten Sie lieber meine Frage: Wie lange sollen wir hier noch bleiben?«
»Solange ich es für richtig halte. Und wenn Ihnen der Sinn nach Gesellschaft steht, dann werde ich dafür sorgen, daß Sie welche bekommen.«
Sie antwortete nicht, und er ging zur Tür. Kaum hatte er ihr den Rücken zugekehrt, da sprang sie ihn an wie eine wilde Katze. Sie schlang ihre Arme um seinen Nacken und zog ihn zurück. »Schnell, Julius!« keuchte sie. Aber bevor dieser zupacken konnte, hatte Bellamy sie mit einem Ruck zu Boden geschleudert, wie ein Hund eine Ratte. Er machte sich nicht einmal die Mühe, seine Pistole zu ziehen. Mit einer Hand überwältigte er den schmächtigen Savini, der angesichts seiner Ohnmacht am liebsten geheult hätte. Fay war schon wieder auf den Beinen, kalkweiß und zerzaust. In den Augen des Alten lag ein gewisser Ausdruck von Bewunderung.
»Hätte Ihr Mann Ihre Dynamik, dann wäre noch ein tüchtiger Kerl aus ihm geworden«, sagte er anerkennend.
»Für Sie ist er Manns genug«, sagte sie trotzig. »Geben Sie ihm eine Pistole, und lassen Sie es darauf ankommen, Sie Gorilla!«
Vergnügt kichernd ging Bellamy zur Tür, und als sie ihn am Arm packte und zurückzuhalten versuchte, schüttelte er sie ab. Oben in der Bibliothek rief er Sen und übergab ihm die Frauenkleider, die er mitgebracht hatte. Dann gingen beide ins Freie, übergossen sie mit Benzin und machten daraus ein großes Feuer.
»Damit wäre auch dieses Kapitel abgeschlossen«, murmelte Bellamy und ging ins Verlies, um seine Arbeit fortzusetzen.
Den ganzen Nachmittag hörten die Savinis ihn hämmern und klopfen. Diesmal versuchte Julius erst gar nicht herauszufinden, was der Alte tat, weil er sicher war, daß Bellamy das andere Ende des Mauerdurchbruchs verbarrikadiert hatte. Zum erstenmal überkam Julius Verzweiflung. Seiner Waffe beraubt, kam ihm die Hoffnungslosigkeit seiner Lage jetzt voll zu Bewußtsein.
»Es nützt nichts, Fay, wir müssen der Möglichkeit ins Auge sehen, daß wir noch Jahre hier verbringen.« Sie schüttelte den Kopf. »Das würde ich auch gerne denken. Aber hast du dir schon einmal überlegt, was passiert, wenn der Alte plötzlich stirbt?«
Julius schauderte. »Um Gottes willen! Laß dich nicht auf so grausliche Gedanken ein. Wir würden hier verhungern.«

»Besteht denn gar keine Möglichkeit, die Tür aufzubrechen?«
»Nein, gar keine. Es gibt hier kein Möbelstück, das schwer genug wäre, um als Rammbock zu wirken.«
Fay biß sich nachdenklich auf die Unterlippe. »Ich wünschte, der Alte käme noch einmal herunter, dann würde ich ihm sagen, daß ich eine Dusche haben will.«
»Eine was?« fragte er ungläubig.
»Eine Dusche. Das ist so eine meiner Launen.«
Abel Bellamy arbeitete immer noch im Verlies, wie das fortgesetzte Hämmern erkennen ließ. Plötzlich kroch Fay durch den Mauerdurchbruch bis zum abschließenden Gitter. »Bellamy!« rief sie mehrmals, bis er sie hörte.
»Was wollen Sie?« Er hörte auf zu hämmern.
»Wenn Sie uns schon hier festhalten, dann könnten Sie uns den Aufenthalt wenigstens etwas bequemer machen«, sagte Fay, als er das Brett vor dem Gitter beiseite schob und zu ihr hereinstarrte.
»Im Knast hatten Sie es auch nicht sehr komfortabel, junge Frau. Was wollen Sie denn?«
»Ich brauche eine Dusche. Der Badezuber ist nicht das richtige für eine Frau meiner Konstitution.«
»Eine was?« brüllte er und bekam einen Lachanfall. Er stand da, mit puterrotem Gesicht, und schüttelte sich vor Vergnügen. Dann faßte er sich wieder. »Vielleicht soll ich Ihnen auch noch ein Ankleidezimmer einrichten? Sie bilden sich doch nicht ein, ich würde hinunterkommen und Ihnen eine Dusche einbauen?«
»Sie brauchen gar nichts einzubauen und auch gar nicht herzukommen, weil Sie Manieren wie eine Sau haben«, sagte Fay unverblümt. »Ich brauche nur eine Art Gummischlauch, den man an der Wasserleitung festmachen kann.«
Er brummte etwas in sich hinein und schob die Verkleidung wieder vor das Gitter. Eine halbe Stunde später hörte sie ihn rufen und sah, wie er das Ende eines roten Gummischlauchs durch das Gitter schob. »Wenn er zu lang ist, können Sie ja ein Stück abschneiden«, bemerkte er. »Und wenn Sie sich einbilden sollten, Sie könnten das Ding da mit Wasser füllen und mir damit über den Schädel hauen, dann sollten Sie sich schon jetzt etwas Besseres ausdenken.« Sie kehrte triumphierend mit dem Gummischlauch zu Julius zurück.
»Was willst du damit?« fragte Julius leise. Sie legte den Finger auf die Lippen.
Am Abend, als alles ruhig war, schraubte sie von einer der Gaslam-

pen den Brenner ab und zog ein Ende des Gummischlauchs über das Rohr. Ins andere Ende schob sie ein Stück Messingrohr, das sie dem Gasbrenner entnahm. Beide Enden dichtete sie mit Seife ab. Als sie fertig war, stellte Julius das Gas an, und Fay hielt ein brennendes Streichholz an das andere Ende. Eine lange Stichflamme schoß heraus, mit der sie auf eine Stelle oberhalb des Türschlosses zielte. Der Schlauch war lang genug, und das Holz der Tür begann sofort zu qualmen.

»Hol einen Eimer Wasser«, rief sie ihm zu. »Wir müssen löschen, sobald die Tür zu brennen anfängt.«

Auf diese Weise arbeiteten beide den ganzen Abend. Der unterirdische Raum war bald von blauem Rauch und dem ätzenden Geruch angebrannten Holzes erfüllt. Um drei Uhr früh zog Julius an der Tür, und das Schloß fiel heraus. Fay und Julius waren total erschöpft, ihre Gesichter rauchgeschwärzt, die Augen brannten. Fay ging hustend in den Raum unterhalb der Bibliothek, wo sie sich gegen die Wand lehnte und die frische Luft in langen Zügen einsog. Jetzt blieb ihnen als Haupthindernis die Falltür unter Bellamys Schreibtisch, und das würde wohl die schwierigste Aufgabe werden. Wie schwierig, das konnte Savini nur erraten, weil er kein klares Bild von der Konstruktion dieser Tür hatte.

Julius zündete die Gasbeleuchtung wieder an und ging die Treppe hoch, um sich die Falltür genauer anzusehen. Mit einem hilflosen Seufzer kam er wieder zurück. »Das hat keinen Zweck, Fay. Wir können uns höchstens unter der Treppe verstecken und dem Alten eins über den Schädel hauen, wenn er herunterkommt.«

»Womit denn?«

»Mit dem Gummischlauch. Er selbst hat dich doch auf den Gedanken gebracht.« Julius kehrte in den noch immer rauchigen Raum zurück, löste den Schlauch vom Gasrohr, schnitt ein Stück davon ab, das er knickte und zusammenlegte. Dann sah er sich die potentielle Waffe an. »Das wird ihm kaum mehr zusetzen als ein Mückenstich«, sagte er, als er zu seiner Frau zurückkehrte. »Wir müssen uns schon etwas anderes einfallen lassen.«

Auch eine neue Durchsuchung des Raumes erbrachte nichts, was als Waffe zu gebrauchen war. Julius ging nochmals die Treppe hoch und versuchte mit dem Einsatz seines ganzen Körpers, die Falltür nach oben zu drücken. Dann vernahm er Schritte so dicht an seinem Ohr, daß er sich instinktiv bückte. Er hörte ein leises Klingelzeichen und dann eine Stimme, die er sofort erkannte.

»Ist dort Captain Featherstone? Können Sie sofort nach Garre Castle kommen? Mr. Bellamy ist um zwei Uhr früh gestorben. Er hat eine schriftliche Erklärung hinterlassen, die für Sie persönlich bestimmt ist.«

Julius konnte die volle Bedeutung dieser Worte erst allmählich erfassen. Er kehrte zu Fay zurück, wie betäubt von der schrecklichen Vision, die sich ihm auftat.

»Was ist los, Julius?« Fay faßte ihn erschreckt am Arm.

»Nichts, gar nichts«, antwortete er heiser.

»Du hast doch jemanden reden hören. Was hat er gesagt?«

»Es war... ich weiß nicht. Ich denke, es war Lacy.«

»Lacy? Zu dieser Stunde? Mit wem hat er gesprochen?«

Julius schluckte. »Er telefonierte mit Featherstone. Es ist wahrscheinlich besser, wenn du es erfährst, Fay. Bellamy ist tot!«

Fay war so verblüfft, daß sie zunächst nur ein langgezogenes »oh...« hervorbrachte. »Bellamy tot? Und wieso das Telefonat?«

»Lacy sagte Featherstone, Bellamy habe für ihn eine schriftliche Erklärung hinterlassen.«

Fay sah ihn argwöhnisch an. »Bellamy tot!« spottete sie. »Und das glaubst du? Ausgerechnet Lacy, den Featherstone sucht, um ihn einzulochen, bittet Featherstone hierherzukommen. Hältst du Lacy für einen Trottel? Die schriftliche Erklärung hätte Bellamy doch auch mit der Post schicken können. Und Lacy hätte sich doch auf jeden Fall erst einmal aus dem Staube gemacht. Was meinst du wohl, was Featherstone tun wird? Soll er herzzerreißend an Lacys Schulter schluchzen und ihm sagen, alles Vergangene wird vergeben und vergessen und man wolle gemeinsam einen neuen Anfang machen? Die Sache ist doch faul, mein lieber Julius! Featherstone mag vielleicht darauf hereinfallen, weil er in das Mädchen verknallt ist und deshalb nicht alle Sinne beisammen hat. Würde er seinen Verstand gebrauchen, dann müßte er diesen Anruf als den erkennen, was er ist, nämlich eine ganz gemeine Falle. Du bist schon ein eigenartiger Mensch, Julius. Jetzt zitterst du wie Götterspeise bei einem Erdbeben, andererseits aber würdest du Bellamy ohne Hilfestellung angreifen. Komm, laß uns im Schlafzimmer alles besprechen. Der Rauch hat sich verzogen.«

Das Lüftungssystem funktionierte so ausgezeichnet, daß die Luft fast rein war, als sie ins Schlafzimmer zurückkehrten.

»Dann werden wir wohl bald Gesellschaft haben«, sinnierte Fay. »Der alte Bellamy war ein echter Prophet.«

57

Jim Featherstone kleidete sich in Windeseile an und stand schon auf der Straße, als ihm einfiel, daß es eigentlich nicht so dringlich sein konnte, die Erklärung eines Toten zu lesen. Erst mußte er in der Dunkelheit seinen Wagen finden. Dann wurde er noch von einem Polizisten aufgehalten, der plötzlich auftauchte und glaubte, einen Autodieb vor sich zu haben. Es fehlte nicht viel, dann hätte der Bobby Jim zur Polizeiwache mitgenommen. Jim wies sich aus, und eine Viertelstunde nach dem Anruf aus Garre raste er am Themseufer entlang und dann durch das einsame Chelsea.

Abel Bellamy tot! Das schien unmöglich. Es war Lacy, der angerufen hatte. Jim hatte die Stimme am Telefon sofort erkannt. Aber gerade die Tatsache, daß dieser mit Haftbefehl gesuchte Mann es riskierte, mit Jim zu telefonieren, gab ihm das Gefühl, daß auf Garre Castle etwas Ungewöhnliches vor sich ging, was einer schnellen Reaktion wert war. Um halb fünf Uhr in der Frühe fuhr Jim durch Garre und parkte dann seinen Wagen vor dem Schloß. Er wurde offensichtlich erwartet, denn das Gartentor stand weit offen, obwohl der Pförtner nicht zu sehen war.

Auch die Tür zur Eingangshalle war offen, ebenso die Tür zur Bibliothek. Ohne zu zögern, ging Jim hinein, und im selben Augenblick wurde die Tür hinter ihm zugeschlagen. Jim drehte sich blitzschnell um. Bevor er jedoch nach seiner Waffe greifen konnte, wurden seine Arme mit einer Kraft umspannt, die nur ein Mann in der Welt haben konnte.

»Freut mich, Sie zu sehen, Captain Featherstone«, erklang eine spöttische Stimme. »Sie wollten wohl zur Beerdigung kommen? Nun, eine Beerdigung wird es hier geben, allerdings nicht meine.« Eine Hand des Mannes glitt nach unten und fand Jims Waffe.

»Sie kommen zu einem sehr günstigen Zeitpunkt, Featherstone. Ich habe mein Leben lang eine Schwäche für Termine gehabt und damit viel Geld verdient. Und jetzt werden wir beide einen kleinen Spaziergang machen.«

Bellamys Körperkraft war kolossal. Es wäre Wahnsinn gewesen, dagegen anzugehen. Ein Schlag von dieser riesigen Faust würde Jim alle Chancen einer eventuellen Fluchtmöglichkeit nehmen.

»Ich glaube nicht, daß Sie noch viele Verbrechen begehen werden, Bellamy«, sagte Jim ruhig, als ihn der Alte durch den Gang zu den Verliesen vor sich herschob.

»Das glaube ich auch«, stimmte Bellamy ihm zu. »Die Tatsache, daß ich Sie eingefangen habe, sollte Ihnen alle Illusionen über meine Absichten nehmen. Das wird meine allerletzte Aktion sein, und dazu noch eine sehr spektakuläre.«
Jim sah nicht das Eisengitter, als er die Treppe hinunter zu den Verliesen geschoben wurde. Er glaubte, Bellamy würde ihn in die unterste Ebene der Verliese stecken. Deshalb war er angenehm überrascht, als der Alte ihn am Ende der Treppe losließ.
»Sie bleiben hier im Dunkeln«, sagte Bellamy. »Neulich war ich in der Stadt, Featherstone. Das wissen Sie ja, weil zwei Ihrer Leute mich die ganze Zeit über beschattet haben. Ich habe meinen Arzt konsultiert. Der sagte, ich leide an starker Arterienverkalkung und könne jeden Augenblick sterben. Das hat mich natürlich interessiert, weil es noch einige Dinge gibt, die ich erledigen möchte, bevor ich diese Welt verlasse. Dazu gehört, Sie dahin zu bringen, wo Sie jetzt sind. Dieser Savini«, fuhr er fort, »hat mir stundenlang aus Büchern vorgelesen, vor allem aus historischen. Wenn in alten Zeiten ein großer König starb, dann opferte man eine bestimmte Anzahl seiner Untergebenen. Die Gewißheit, daß andere denselben Weg gehen würden, machte dem König das Sterben leichter. Und genau das wird auch in meinem Fall geschehen, Featherstone.« Er nahm die auf dem Boden stehende Laterne und schwang sie hin und her, wie zum Takt einer unhörbaren Melodie.
»Und du wirst auf diese Weise auch von dieser Welt gehen, mein Bürschchen.« Auf halber Treppe stehend, drehte Bellamy sich noch einmal um. »Wenn Sie irgend etwas benötigen« – er zeigte auf die Mauer –, »da drinnen finden Sie die Savinis. Sie brauchen nur nach ihnen zu läuten. Gute Nacht!«
Er hätte ebenso einem geehrten Gast eine gute Nacht wünschen können, so wenig emotional klang das. Als er dann das Gitter geräuschvoll herunterließ und das Vorhängeschloß zum Einschnappen brachte, lag ein Lächeln über seinem Gesicht, das glücklicherweise niemand sah, denn es machte Abel Bellamy noch widerwärtiger, als er ohnehin schon war.
In der Halle wartete Sen. »Nimm den Wagen dieses Mannes, Sen. Fahr ihn zur Brücke, drei Meilen von hier. Da geht ein Fahrweg den Fluß entlang. Kennst du den?« Sen nickte. »Laß den Wagen einfach in den Fluß rollen. Zurück mußt du dann eben zu Fuß kommen. Nein – nimm dein Fahrrad auf dem Rücksitz mit. Das ist besser.«

ellamy blickte auf die Uhr. Es war fünf Uhr morgens. »Noch fast wei Stunden bis Tagesanbruch«, brummte er befriedigt. Dann ging r in sein Zimmer zurück, wo schon jemand auf ihn wartete.

m hörte das Gitter krachend herunterfallen. Als erstes durchsuchte r seine Taschen und fand dabei seine Pfeife und Zündhölzer. bgesehen von seinem Taschenmesser war er unbewaffnet. Das 'erlies war derart dunkel, daß er nicht einmal die Hand vor Augen ehen konnte. Nur die Leuchtziffern seiner Armbanduhr strahlten in er Dunkelheit. Er tastete sich vorwärts, bis er die Mauer berührte, nd ging dann langsam an ihr entlang. Jeden Augenblick erwartete r, über den schlafenden Savini zu stolpern, doch hatte er den Raum ald umrundet, ohne auf den Leidensgefährten zu stoßen. Er gab die uche auf und tastete nach einem Platz, wo er sich setzen konnte, als ine Stimme neben ihm flüsterte: »Wer ist dort?«

Featherstone. Sind Sie es, Savini?«

Ja, und Fay ist auch hier.«

Wo steckt ihr?«

Wir sind in Bellamys Luxusappartement«, erklang jetzt Fays Stimne. »Greifen Sie mal mit der Hand nach rechts, dann werden Sie ein ;itter fühlen.« Jim tat es und berührte dabei eine schmale Hand.

Also seid ihr ihm auch ins Netz gegangen.«

Ich weiß nicht, ob man das als Netz bezeichnen kann. Das hier hnelt mehr den Katakomben und ist schlimmer als alles, wo Sie nich hätten hinschicken können.« Sie senkte ihre Stimme. »Wir ollten noch leiser sprechen. Vielleicht lauscht er auf der Treppe.«

Das glaube ich nicht. Ich hörte ihn den Gang entlanggehen. ußerdem hat er mir gesagt, daß Sie hier unten sind. Wo genau efinden Sie sich jetzt?«

Wir sind in dem Raum, in dem die Frau gefangengehalten wurde, ie Sie gesucht haben – eine Mrs. Held.«

Und die ist jetzt nicht mehr da?« fragte Jim überrascht.

Keine Antwort, aber Jim nahm an, daß Fay den Kopf schüttelte. »Ich ehme an, es wird noch jemand kommen«, sinnierte Jim. »Ist sonst och jemand da unten außer Ihnen? Mein Gott!« Plötzlich fiel im 'alerie ein.

Sie denken an Miss Howett, nicht wahr?« sagte Fay. »An Ihrer Stelle vürde ich es nicht tun. Haben Sie ein Messer, Featherstone?«

Ein kleines Taschenmesser, aber es taugt nicht viel.«

Stechen Sie doch einmal damit längs des Gitters. Vielleicht ist der

Zement noch nicht richtig hart geworden.« Jim folgte ihrem Hinwei und begann, an der granitharten Oberfläche über einer der Gitte stangen zu kratzen.

»Das ist nutzlos«, resignierte er bald. »Sie sind natürlich seit dem Ta hier unten, an dem Sie angeblich das Schloß verlassen hatten?«

»Also das hat er Ihnen gesagt.« Julius schaltete sich wieder in di Unterhaltung ein. »Hören Sie, Captain. Wir haben es zwar geschaff die Tür unseres Raumes hier aufzubrechen. Die Falltür oben ist abe nicht zu knacken.« Mit wenigen Sätzen erläuterte er den Mechanis mus der Tür, die von Bellamys Bibliothek nach unten führte.

»Ich hätte es wissen sollen, daß diese Tür existiert«, klagte Jim mi bitterem Unterton. »Nach dem alten Plan war die Bibliothek frühe einmal der Gerichtssaal. In allen alten Schlössern gibt es eine direkten Zugang vom Gerichtssaal zu den Kerkern, normalerweis über eine Steintreppe. Man findet diese Bauweise überall. Wäre ic nicht der größte Trottel, der je bei der Londoner Polizei gedient hat dann hätte ich damals den Fußboden aufbrechen lassen. Übrigens haben Sie eine Pistole?«

»Nein, die hat er mir abgenommen.«

»Ich habe mich noch nie so schwach gefühlt, wie vorhin in seine Fäusten«, gestand Jim ein. »Sie haben doch mit Bellamy gesprochen Hat er irgend etwas von Miss Howett gesagt, woraus man entneh men könnte, daß er sie hierherbringen will? Jetzt wird er wohl vo nichts mehr zurückschrecken. Als er mich in die Falle lockte, hat e die Schiffe hinter sich verbrannt.«

»Die einzige Chance ist, daß der Alte in Ihrem Raum irgendei Werkzeug vergessen hat«, meinte Julius.

Fay verschwand, um Kaffee zu machen, und schob ihm dann eine dampfenden Becher durch das Gitter.

»Wie haben Sie denn die Tür aufbrechen können?« fragte Jim, un die beiden berichteten ihm von Fays Einfall. »Ich hatte dara gedacht, das auch bei den Gitterstäben zu versuchen«, erklärt Julius. »Aber dazu brauchen wir etwas, was als Hebel dienen könnte und das haben wir nicht. Sie können ja nachher mal versuchen, o Sie das Gitter bewegen können.«

»Ich kann immer noch nicht verstehen, warum er dieses Loch in di Mauer gesprengt hat. Doch bestimmt nicht, um es den Gefangene hier unten zu ermöglichen, miteinander zu reden.« Fay machte ihre Besorgnis Luft. »Da nehme ich Gift drauf – Bellamy ist nicht de Mann, etwas ohne boshaften Hintergedanken zu tun. Wenn diese

Gitter nicht wäre, würde ich mich nicht so fürchten. Aber jedesmal, wenn ich die Eisenstäbe sehe, läuft es mir eiskalt den Rücken herunter.«
Der Tag brach an. Ein paar Sonnenstrahlen fielen auf die rostigen Eisenstangen, die den Eingang zur Treppe blockierten. Sobald es hell genug war, stieg Jim nach oben, schob die Hand durch das Gitter und faßte nach dem Vorhängeschloß. Ihm wurde sofort klar, daß hier keine Hoffnung bestand. Das Schlüsselloch war von ganz besonderer Art. Keiner der Schlüssel, die er als Polizeibeamter stets bei sich trug, würde dazu passen. Er erinnerte sich auch daran, daß dies eine besonders dicke Tür war. Selbst wenn man laut genug schrie, daß es oben zu hören sein mußte, gab es im Schloß keine Dienstboten mehr, die darauf reagieren konnten.
Dann bemerkte Jim ein dickes Rohr, das aus der Mauer seines Raumes herausragte und unter dem Boden verschwand. Er ging zum Gitter zurück und fragte Julius, was das bedeute.
»Es gibt zwei solche Rohre. Der Alte wollte ursprünglich ein Schwimmbecken einbauen lassen und hat für entsprechende Wasserzufuhr gesorgt. Es hat ihn Tausende gekostet, ehe er sich entschloß, es doch nicht zu tun. Es gibt so ein Rohr in jeder Ecke. Das andere werden Sie wahrscheinlich nicht sehen können.«
In diesem Augenblick begriff Featherstone die Bedeutung des Gitters zwischen den Verliesen.

58

Die Howetts waren gerade beim Frühstück, als Spike Holland mit Neuigkeiten eintraf. Valerie sah auf den ersten Blick, daß etwas Unangenehmes passiert sein mußte.
»Ist Featherstone hiergewesen?« fragte Spike.
»Nein«, antwortete Valerie. »Warum?«
»Ich habe gerade mit Jackson, seinem Assistenten, telefoniert. Featherstone wurde in der Nacht angerufen. Als sein Diener eintraf, war die Wohnung leer, und sein Wagen war auch nicht da. Den hat man vorhin drei Meilen von hier im Fluß gefunden.«
Valerie schwankte, und Spike kam ihr schnell zu Hilfe.
»Die Polizei hat inzwischen herausgefunden, daß Featherstone von Garre aus angerufen wurde. Die Vermittlung bestätigte, der Anruf

sei vom Schloß gekommen. Ob er dort eingetroffen ist, läßt sich nicht klären. Jackson will nicht, daß ich mit Abel Bellamy spreche, bevor er selbst hier ist. Er bringt einen Kommandotrupp mit, und dann wird Bellamy wohl was erleben.«
Howett hatte an sich in London zu tun, wollte aber angesichts dieser Lage in Garre bleiben. Valerie bestand jedoch darauf, daß er fuhr; sie wollte allein sein. Instinktiv wußte sie, daß Jim lebte, auch wenn er in Bellamys Hände gefallen war, woran sie nicht zweifelte.
Bald danach traf die Polizei in mehreren Mannschaftswagen ein. Der weißhaarige Chief Commissioner hatte persönlich die Leitung des Unternehmens übernommen und fragte Spike sofort nach seiner Ankunft aus. »Sie haben Bellamy noch nicht gesehen oder informiert?«
»Nein, Sir, das war doch abgesprochen.«
Der Chief Commissioner schaute sich das geschlossene Gartentor an und zog an der Glocke. Der Pförtner antwortete nicht. Zum Darüberklettern waren die Tore zu hoch. Deshalb traf der Chief Commissioner eine schnelle Entscheidung. Ein Trolleybus fuhr gerade vorbei, und er befahl einem der Beamten, ihn zu stoppen.
»Fahren Sie rückwärts mit voller Kraft gegen dieses Tor«, ordnete er kurz an.
»Aber dann ist das Tor hinüber«, antwortete der beunruhigte Fahrer.
»Genau das soll es auch sein!«
Der Fahrer setzte mit halber Kraft zurück, und die Torflügel sprangen mit lautem Krach auseinander. Der Chief Commissioner war der erste, der die Auffahrt hinaufstürmte. Die Polizeibeamten kamen jetzt aus der Deckung der Bäume und Büsche hervor und konnten die Front des Schlosses voll einsehen. Plötzlich gab es einen Laut wie ein Peitschenknall. Der Mann, der neben Spike auf das Schloß zuging, stolperte, fiel auf die Knie und brach in einer Blutlache zusammen.
»Volle Deckung!« befahl der Chief Commissioner, und die ganze Gruppe warf sich zu Boden. Abel Bellamy war auf dem Posten.
Valerie hörte den ersten Schuß und wußte sofort, was im Gange war. Eine kleine Gruppe von Dorfbewohnern, die sich am aufgebrochenen Gartentor versammelt hatte, wurde vom Ortspolizisten zurückgedrängt. »Es ist gefährlich hier, Miss«, sagte er zu Valerie. »Er feuert durch eine Schießscharte im Hauptturm. Ich habe das Mündungsfeuer gesehen.«
Kaum hatte er das ausgesprochen, da zischte etwas an ihr vorbei. Glas splitterte, und der Beamte zog sie aus der Schußlinie. Die Kugel

hatte das Glas einer Straßenlaterne zertrümmert und dann die Dachziegel eines Hauses durchbohrt.
»Das ist noch einmal gutgegangen, Miss. Ich wette, er hat auf Sie gezielt.«
Valerie war froh, daß ihr Vater nicht da war. Er wäre entsetzt über ihre Unvorsichtigkeit gewesen. In diesem Augenblick trat Spike mit vor Erregung gerötetem Gesicht zu ihr.
»Bellamy verteidigt seine Festung«, sagte er mit beinahe hysterischem Lachen. »Ich habe Syme am Telefon gesagt, er werde bald eine tolle Story für die Titelseite haben; aber dieser alte Trottel hat das nicht begriffen.«
Wiederum ein scharfer Knall. »Da legt er schon wieder los!« schrie Spike, der vor Aufregung von einem Bein aufs andere hüpfte.
»Glauben Sie, daß Captain Featherstone da drin ist?«
»Ich denke schon«, antwortete Spike in einem Ton, der ihr als Gipfel der Gefühllosigkeit erschien. »Die paar Leute hier werden niemals in der Lage sein, das Schloß zu stürmen. Der Polizeichef hat in Reading eine Kompanie Soldaten angefordert. Man spricht sogar von Artillerie, die den Eingang in Trümmer schießen soll. Aber das wird nicht viel nützen.« Ohne ein Wort der Entschuldigung raste Spike los zum »Blue Boar« und dessen Telefon, um den schlafmützigen Mr. Syme wachzurütteln.
Später erfuhr Valerie, London scheue sich, Militär einzusetzen, vor allem, weil Bellamy Bürger eines Landes war, mit dem man keine diplomatischen Verwicklungen wollte. Die Polizei versuchte mehrfach, mit Bellamy telefonischen Kontakt aufzunehmen. Endlich kam eine Verbindung zustande.
»Sie sollten sich lieber ergeben, Bellamy«, sagte der Chief Commissioner. »Letzten Endes wäre das besser für Sie.«
»Letzten Endes, letzten Endes ... ich kenn das beste Ende von allem«, erwiderte Bellamy. Nach einer Weile fügte er hinzu: »Geben Sie mir zwölf Stunden, um die Sache zu überdenken.«
»Eine Stunde können Sie haben, mehr nicht.«
»Zwölf«, kam die lakonische Antwort. »Es würde mehr als zwölf Stunden dauern, bis Sie mich auf andere Art kriegen.«
Im Laufe der nächsten Stunden ging Valerie mehrmals am Tor vorbei. Die Polizei hatte Verstärkung erhalten und einen weiten Kordon um das Schloß gelegt, um unbefugte Personen daran zu hindern, sich dem Gebäude zu nähern. Außerdem hatte man die Beamten inzwischen mit Gewehren ausgerüstet, so daß es während

des Nachmittags immer wieder zu vereinzelten Schußwechseln kam. Von Angst geplagt kehrte Valerie am Nachmittag in ihr Haus zurück. Die Hausmädchen hatten sich den Dorfbewohnern angeschlossen, die das Spektakel aus gebührender Entfernung verfolgten. Dann fiel ihr etwas ein. Sie holte eine Leiter, lehnte sie an die Gartenmauer und stieg hinauf. Von ihrem Standort aus konnte sie das Feuergefecht deutlich beobachten. Das Mündungsfeuer kam von einem der oberen Stockwerke des Hauptturms, von dem aus der Schütze alle Zugänge zum Schloß unter Kontrolle hatte.

»Zschsch!« Etwas traf den Mauerrand wenige Zentimeter links von ihr, wirbelte kleine Splitter auf und sauste dann ins Gelände. Im Nu war Valerie von der Leiter herunter, gerade noch schnell genug, um nicht von der zweiten Kugel getroffen zu werden, die dort einschlug, wo sie eben noch gestanden hatte. Ein Steinsplitter streifte ihre Hand und fügte ihr einen blutenden Kratzer zu.

Es war nicht Bellamy gewesen, der diese beiden Schüsse abgefeuert hatte. Der stumme Chinese, der hinter einer Schießscharte kauerte, wurde plötzlich fortgezerrt und gegen die Wand geschleudert. »Jetzt hast du schon zum zweitenmal auf sie geschossen, du Narr! Ich habe dir doch ausdrücklich verboten, auf sie zu zielen.« Sen rappelte sich hoch und schob mit undurchsichtigem Lächeln Patronen nach.

»Ziel auf die Büsche; dort liegt die Polizei!« befahl der Alte und ging hinunter in sein Schlafzimmer. Dort ließ er die Rouleaus herunter, da die Nacht stürmisch zu werden versprach. Anschließend ging er in die Halle und überprüfte das große Fallgitter und seine Verankerung im inneren Torbogen. Er band das dicke Seil los, das den Mechanismus kontrollierte. Langsam kam das Fallgitter herunter und senkte sich in seine untere Verankerung. Dann eilte der den Gang entlang, der zu den Verliesen führte.

»Hören Sie mich, Featherstone? Ihre Freunde sind eingetroffen. Ich nehme an, Sie wissen das.«

»Ich habe Schüsse gehört.«

»Das war zuerst ich selbst. Inzwischen haben sie Gewehre bekommen. Heute nacht wird sich einiges tun, Featherstone.«

Jim kam die Stufen hoch und griff mit beiden Händen in die Gitterstangen. »Die werden Sie kriegen, Bellamy.«

»Die kriegen mich nur tot. Denken Sie vielleicht, ich hätte Angst?« Er starrte von oben in Featherstones Gesicht. »Da irren Sie sich. Ich war noch nie in meinem Leben so glücklich. Ich bin sogar so glücklich, daß ich euch alle laufenlassen könnte. Aber das würde ja alles

verderben! Zu wissen, daß Sie hier und die Bullen da draußen sind; zu wissen, daß mein Schloß ihrem Ansturm standhält und ich hier stehen und sie alle auslachen kann – das ist das Wunderbare an der ganzen Sache, Featherstone. Beneiden Sie mich nicht?«
»Da könnte ich ebenso einen tollwütigen Hund beneiden«, antwortete Jim und zog rechtzeitig seine Hände zurück, da Bellamys schwere Stiefel dahin traten, wo eben noch seine Finger das Gitter umklammerten.
Jim kehrte zum Mauerdurchbruch zurück, um sich mit Fay zu unterhalten. »Ein wirklich angenehmer Zeitgenosse, dieser Bellamy«, sagte er.
»Was ist da los, Featherstone. Wird geschossen?«
»Ja. Die Polizei ist draußen, ein großes Aufgebot. Anscheinend ist die Lage so ernst, daß man den Polizisten Gewehre gegeben hat. Der Alte läßt sich offensichtlich auf eine regelrechte Schießerei ein.«
Fay nickte ernst. »Dann ist alles wohl nur noch eine Angelegenheit von Stunden. Was halten Sie übrigens von Julius?«
Jim zögerte. »Nach allem, was er für mich und Miss Howett getan hat, kann ich wohl kaum etwas gegen ihn vorbringen.«
»Wahrscheinlich halten Sie ihn für einen Feigling. Sie haben ja gehört, wie ich ihm die Hölle heiß gemacht habe, damals im ›El Moro‹. Vielleicht glauben Sie auch, ich halte nichts von ihm. Aber das stimmt nicht, Featherstone. Ich liebe ihn, und oft frage ich mich, ob er das weiß. Menschen wie wir kümmern sich nicht viel um romantische Liebe, und selbst eine Heirat bedeutet nicht viel mehr, als daß man sich einigermaßen für die Zukunft arrangiert. Aber ich liebe ihn so sehr, daß ich glücklich bin, mit ihm zusammen zu sterben.«
Jim schob seine Hand durch das Gitter und streichelte ihr den Kopf. »Sie sind ein gutes Mädchen, Fay. Wenn wir jemals hier herauskommen, dann ...«
»Sagen Sie nur nicht, Sie würden eine ehrliche Arbeit für mich finden«, bat sie. »Ich bin lieber eine Diebin, als daß ich anderen Leuten den Fußboden schrubbe. Ich habe keinen Stolz. Das ist nun einmal so.«
Jim hörte Hammerschläge und ging nach oben, um nachzusehen. Der Alte stand da, mit nacktem Oberkörper, und nagelte in fieberhafter Eile einen Holzbalken nach dem anderen vor die Tür des Durchgangs. Jim beobachtete ihn dabei schweigend. »Man wird Sie hängen, wenn man Sie erwischt, Bellamy.«

»Keine Sorge, die kriegen mich nicht.« Bellamy richtete sich auf und hob scheinbar unabsichtlich einen Arm. Jim reagierte jedoch blitzschnell. Er bückte sich, als der Hammer das Eisengitter traf, und bevor Abel Bellamy das Werkzeug zurückholen konnte, das er in einem Anfall blinder Wut nach dem Mann geworfen hatte, den er haßte, hatte Jim den Stiel durch die Gitterstäbe hindurch gefaßt und ließ den Hammer auf den Boden des Verlieses fallen.
»Geben Sie mir das sofort zurück!« brüllte der Alte. »Geben Sie das her, oder ich puste Ihnen das Lebenslicht aus!«
»Kommen Sie doch runter und holen Sie ihn sich«, höhnte der Detektiv. Jim wartete am Fuß der Treppe, den Hammer wurfbereit in der Hand. Bellamy führte seine Drohung jedoch nicht aus. Jim hörte ihn den Gang entlanglaufen, und fünf Minuten später nahm das Gewehrfeuer zu. Bellamy war also wieder auf seinem Posten.

59

Valerie, die nicht wissen konnte, daß Bellamy auf ihre Sicherheit bedacht war, ging zum Haus zurück. Das Personal war irgendwo draußen; ihr Vater würde nicht vor sieben Uhr zurück sein. Was für eine seltsame Situation! Hier, mitten in einem friedlichen englischen Dorf, gab es eine echte Belagerung und Schießerei, und die Dorfbewohner schauten interessiert zu. Sie sah zwei Männer auf dem Dach eines Hauses stehen, ganz versunken in das Schauspiel, das sich ihnen bot.
Mit einem Seufzer ging sie ins Haus hinein und setzte sich in den Salon, um zu lesen. Da hörte sie Schritte im Gang. Valerie glaubte, eines der Hausmädchen sei zurückgekehrt, und ging in die Küche, um Gesellschaft zu haben. Die Küche lang im Halbdunkel, da die Abenddämmerung nahte und dieser Teil des Hauses nur schlecht beleuchtet war. »Ist da jemand?« fragte sie. Sie ging in den Vorratsraum, als plötzlich von hinten zwei Arme nach ihr griffen – zwei lange grüne Arme.
Valerie schrie gellend auf und blickte, als sie sich umsah, in eine weiße Maske. Dann sank sie wie leblos in die Arme des Mannes in Grün. Als sie kurz darauf wieder zu Bewußtsein kam, trug man sie durch einen feuchten und stickigen Tunnel, der in tiefer Dunkelheit lag. Wo war sie? Sie erinnerte sich und klammerte sich an den Mann,

der sie forttrug. »Bist du es?« flüsterte sie. »Vater, bist du es?«
Der Unbekannte gab keine Antwort, fragte sie dann aber mit gedämpfter Stimme, ob sie gehen könne. »Ich glaube schon«, antwortete sie. »Aber ich sehe den Weg nicht.«
»Es ist nicht weit«, kam die dumpfe Antwort. »Immer mit den Händen an der Wand entlang, dann kann man nicht stolpern.« An den Wänden aus unbehauenem Fels lief das Wasser herunter. Einmal sah sie zwei leuchtende rote Punkte in der Dunkelheit und schreckte zurück. »Das ist nur eine Ratte«, murmelte der Mann.
Schließlich kamen sie zu einer Stelle, an der der Gang im rechten Winkel abbog. Dort packte er sie am Arm. »Diesen Weg hier.« Sie stieg drei Stufen nach oben. »Den Kopf nach unten; die Decke hier ist niedrig.« Sie gehorchte und folgte ihm etwa zehn Meter in gebückter Haltung. Schließlich senkte sich der Gang, und an seinem Ende wurde Tageslicht sichtbar.
»Springen!« befahl der Entführer, und Valerie tat, wie ihr geheißen.
Unter einem Gewölbebogen gelangten sie in einen Raum, dessen Regale mit Konservenbüchsen gefüllt waren.
»Wo bin ich?« fragte sie und wagte nicht, in das schreckliche weiße Gesicht zu blicken.
»Sie sind in Garre Castle, und hier werden Sie auch bleiben, junge Dame.«
Valerie riß sich los und lief zur Tür. Die war abgeschlossen und verriegelt. Bevor sie den Kücheneingang erreichen konnte, hatte er sie gepackt. Bei ihrem verzweifelten Bemühen, sich loszureißen, bekam sie die Maske zu packen. Mit einem Ruck zog sie diese vom Gesicht des Mannes und schrie auf. »Sie! Sie sind der grüne Bogenschütze?« stieß sie atemlos hervor.
Es war Lacy.

60

Lacy antwortete nicht, sondern stieß sie durch eine schmale Tür unter der Treppe, dann durch eine andere Tür in die Halle, die zu den Verliesen führte. Zuerst glaubte sie, er werde sie dorthin bringen, doch führte er sie in die Bibliothek. Dort wartete Bellamy auf sie, das unrasierte Gesicht schweißüberströmt. Es herrschte tödliches Schweigen, hin und wieder von gedämpft hörbaren Gewehrschüssen unterbrochen. Dann packte der alte Mann sie bei den Schultern. »Bist du endlich da, meine Liebe. Du bist der letzte meiner Gäste, der allerletzte.« Er wieherte ihr ins Gesicht mit einer Freude, die an Wahnsinn grenzte. »Jetzt habe ich euch alle in der Hand! Alle! Gern hätte ich auch noch deinen blinden Narren von Vater dazugenommen – er ist ja nicht dein wirklicher Vater. Aber das spielt jetzt keine Rolle. Alle, auf die es ankommt, sind jetzt hier. Alle Leute, die reden könnten, alle, die mich haßten! Sie sind alle hier.« Er zeigte nach unten.

Sie sah sich nach Lacy um. »Um Gottes willen, so helfen Sie mir doch«, bat sie. »Mein Vater wird Sie gut bezahlen!«

»Unsinnig, Lacy zu bitten. Der würde dir nie helfen. Dann könntest du gleich mich anflehen.« Mit einem Fußtritt schob Bellamy den Tisch und dann den Teppich zur Seite und öffnete die Falltür. Dann deutete er mit der Mündung seines Gewehrs auf die dunkle Grube. »Runter mit dir! Da unten wirst du Freunde finden, gute Freunde sogar! Geh runter, Valerie. Diesmal mache ich dir gegenüber keine dummen Fehler. Zweimal habe ich Pech mit dir gehabt. Das drittemal entkommst du mir nicht!«

Wieder deutete er auf die Stufen, die nach unten führten. Sie ging wortlos hinunter. »Die Tür ist offen«, rief er ihr nach. Dann schnupperte er. Sein schnell arbeitender Verstand kam sofort auf die Lösung. »Ihr habt das Türschloß herausgebrannt, was? Na, dann habt ihr mehr Platz zum Krepieren.«

Lacy fiel auf, daß er den verschiebbaren Teil des Parkettfußbodens nicht einrasten ließ. »Da also haben Sie die Leute versteckt!« rief er aufgeregt. »Wer ist denn alles da unten?«

»Julius Savini, seine Frau und dann noch Featherstone.«

»Featherstone?« Lacys Stimme klang zutiefst beunruhigt. »Wer sind die Leute da draußen, die angreifen?«

»Die Polizei«, antwortete Bellamy lakonisch, und Lacy begann vor Angst zu schlottern. Er bot einen grotesken Anblick in dem schlechtsitzenden Kostüm. Die Verkleidung als grüner Bogenschütze war Bellamys Idee gewesen. Bellamy hatte ihn losgeschickt, um in diesem fantastischen Aufzug »Lady's Manor« auszuspähen. In jener Nacht hätte man ihn beinahe gefaßt, und die Erinnerung daran ließ ihn noch jetzt in Schweiß ausbrechen.

»Sie haben mir doch gesagt, draußen sei ein Volksfest und die Soldaten würden eine Schauübung veranstalten. Sie gerissener Lügner! Wo ist mein Geld? Ich haue ab.«

Bellamy holte ein Bündel Banknoten aus dem Safe und warf es ihm zu. »Hier ist das Geld. Sie können gehen, wann es Ihnen beliebt. Haben Sie eine Pistole?«
»Und ob ich eine habe. Ich bin doch nicht so verrückt, mich ohne Waffe in diesem Haus aufzuhalten.«
Ohne zu antworten, setzte Bellamy seinen Fuß auf die Falltür. »Holen Sie Savini herauf. Der ist nicht bewaffnet.«
Lacy runzelte die Stirn. »Holen Sie ihn lieber selber.«
»Und Sie bleiben hier oben und öffnen der Polizei die Tür?« höhnte Bellamy. »Also, gehen Sie schon nach unten, Sie Ratte!«
Lacy hielt seine Pistole in der Hand, zitterte aber vor Angst. »Ich gehe nicht, wenn Sie nicht vorausgehen«, sagte er.
Der Alte zuckte die breiten Schultern und stieg wortlos nach unten, sein Helfershelfer folgte ihm in respektvollem Abstand.
Plötzlich blieb Bellamy stehen, und Lacy spürte, wie er gepackt wurde. Wild um sich schlagend versuchte er, sich zu befreien. Dann stürzte er mit dem Kopf voran auf den Steinboden. Abel Bellamy nahm sich gerade noch die Zeit, die Pistole zu ergreifen, die Lacy beim Sturz fallen gelassen hatte. Er schob sie in die Tasche und begab sich wieder nach oben – auf die Bühne des letzten Aktes des Dramas, dessen Hauptperson er selbst war.

Valerie stand zitternd am Tunneleingang und wußte nicht, was sie tun sollte. Sie war kaum imstande, einen Fuß vor den anderen zu setzen. Nur sehr undeutlich wurde ihr bewußt, daß ein weibliches Wesen zu ihr sprach.
»Miss Howett!«
Valerie starrte verständnislos ins Dunkle und fragte dann zitternd: »Ist das nicht Mrs. Savini?« Einen Augenblick später hing sie schluchzend in Fay Savinis Armen.
»Ist Captain Featherstone hier?«
»Sie können ihn sehen, er ist aber nicht im selben Raum.«
»Wo ist er? Ich muß ihn sehen.«
Valerie bemerkte kaum daß es Julius war, der sie zum trennenden Eisengitter führte und Jim herbeirief. »Jim!« rief sie sehnsüchtig, und der Klang ihrer Stimme erschreckte ihn.
»Sind Sie es, Valerie? Oh, mein Gott!«
»Wir werden es sicherlich nicht mehr lange hier aushalten müssen«, berichtete sie. »Die Polizei wird noch durch Soldaten verstärkt. Die Beamten sind ganz sicher, daß sie Bellamy erwischen werden.

Holland meint, das Schloß wird noch heute abend gestürmt.«
»Wie sind Sie denn hierhergekommen?«
»Der grüne Bogenschütze hat mich dazu gezwungen.«
»Der grüne Bogenschütze? Unmöglich. Das glaube ich nicht.«
Valerie nickte. »Doch. Und ich kann Ihnen auch sagen, wer das ist – es war Lacy!«
»Lacy kann es unmöglich sein. Sind Sie sicher?«
»Ich bin absolut sicher. Ich habe ihm ja die Maske vom Gesicht gerissen.«
»Das kann ich einfach nicht begreifen. Aber in unserer augenblicklichen Lage spielt es wohl keine Rolle, wer der grüne Bogenschütze ist. Daß Sie jetzt hier unten sind, ist das Schlimmste von allem.«
»Gibt es denn überhaupt keine Möglichkeit, von hier aus ins Schloß zu kommen?«
»Überhaupt keine!« Jim sagte das mit großem Nachdruck. Es war besser für Valerie, wenn sie sich des Ernstes der Lage bewußt war.
»Erzählen Sie mir, wie der Mann Sie hierhergebracht hat. Denn es gibt doch sicherlich eine polizeiliche Absperrung rund um das Schloß.«
»Wir sind durch einen unterirdischen Gang gekommen. Es muß eine Verbindung zwischen ›Lady's Manor‹ und dem Schloß geben.«
»Darum also haben Sie den grünen Bogenschützen in jener Nacht gesehen. Er war sicherlich auf dem Weg ins Schloß.«
Julius unterbrach die Unterhaltung mit einer aufregenden Neuigkeit.
»Lacy ist hier? Hier im Verlies?«
»Wenn er nur hier wäre, dann fände ich das nicht so bemerkenswert«, sagte Julius. »Aber er ist als grüner Bogenschütze verkleidet. Fay hat ihm gerade etwas Wasser gegeben. Es scheint, Bellamy hat ihn die Treppe heruntergestoßen.«
»Lacy hier?« flüsterte Valerie ängstlich. »Oh, Jim, können Sie nicht auf diese Seite kommen?«
»Keine Angst. Julius wird auf Sie aufpassen. Vielleicht schaffe ich es später, zu euch zu kommen. Von zwei Eisenstangen habe ich bereits den Zement abgekratzt. Jetzt habe ich ja auch noch den Hammer des Alten, und der wird mir gute Dienste leisten.«
Jim hatte seine hektische Tätigkeit ruhen lassen, als Valerie ans Gitter gekommen war. Jetzt nahm er sie wieder auf, und während der nächsten Stunden hörten die anderen ihn stetig hämmern.
Valerie ging zu Julius zurück. »Ist Lacy schwer verletzt?«

»Es ist nur sein Kopf. Das ist bei Lacy der Körperteil, dem man überhaupt keinen großen Schaden zufügen kann, nicht einmal, wenn man mit einer Dampfwalze darüberginge. Er war doch der Kerl, der Sie hierhergeschleppt hat, nicht wahr? Ich hörte, wie Sie es Featherstone erzählten. Hier ist er sehr willkommen. Er hatte nämlich unter seiner grünen Bluse eine Waffe versteckt, die uns jetzt sehr nützlich sein kann.« Voller Stolz zeigte Julius seinen Fund.

»Es war natürlich mein erster Gedanke, den Kerl zu durchsuchen«, sagte er. »Ich wollte nicht, daß irgend etwas von seinem wertvollen Eigentum in unehrliche Hände fällt. Aber außer dieser Pistole habe ich nichts gefunden«, fügte er laut hinzu. »Der Kerl bildet sich ein, Bellamy habe ihm Geld gegeben. Wenn das der Fall war, hat der Alte es ihm wohl wieder abgenommen, als er ihn herunterstieß. Bellamy hat es noch nie übers Herz gebracht, Geld zu vergeuden. Und ich glaube, damit hat er recht.« Bei diesen Worten klopfte Julius unbewußt an seine Brusttasche, die sich stark nach außen wölbte.

Valerie fand Fay damit beschäftigt, Lacys Kopf zu verbinden. Er bot einen lächerlichen Anblick in seinem verdreckten und mit Blut beschmierten Kostüm.

»Ich hatte eine Menge Geld bei mir, als ich hier herunterkam«, klagte er. »Jetzt ist es nicht mehr da. Das kann doch nicht von alleine verschwunden sein!«

»Wenn Sie es vorhin noch hatten, dann muß es jetzt noch da sein«, antwortete Fay spröde. »Ich hab schon Geld besessen, das sich schneller verflüchtigte als ein hauchdünner Luftpostbrief bei einem Orkan. Sie wollen doch nicht etwa Julius beschuldigen, er habe Sie bestohlen?«

»Ich habe Julius bisher nicht beschuldigt. Aber er hat meine Pistole genommen; da kann er genausogut mein Geld genommen haben.«

»Die Sache ist doch ganz einfach«, warf Fay ein. »Die Pistole konnte er nehmen, weil sie da war. Das Geld war aber nicht da! Finden Sie es klug und anständig, Leute des Diebstahls zu beschuldigen, die Ihnen das Leben gerettet haben? Der alte Bellamy selbst wird es genommen haben.«

»Warum hat er dann nicht auch die Pistole genommen?« fragte Lacy nicht ohne Logik. »Auf die kam es ihm doch ganz besonders an. Übrigens, wo ist meine Pistole?«

»Die hat Julius«, antwortete Fay und fügte dann mit unerschütterlicher Selbstverständlichkeit hinzu: »Und Julius wird sie auch behalten.«

»Was will der Alte eigentlich von uns? Der kann uns doch hier nicht ewig festhalten. Und wo kann ich schlafen?«
»Sie können entweder auf oder unter der Treppe schlafen.«
»Gibt es denn hier keine Betten?«
»Es gibt einen sehr komfortablen Steinboden, auf den Sie sich betten können, Lacy. Und wenn Sie anfangen sollten, hier frech zu werden, dann werden wir mit Ihnen Schlitten fahren, Sie Lump. Sie sind doch der brutale Typ, der die junge Dame aus ihrem Haus entführt hat. Wenn Featherstone Sie in die Hände kriegt...«
»Ist der hier?« fragte Lacy verängstigt.
»Im Augenblick ist er auf der anderen Seite des Gitters.«
»Da wird er hoffentlich auch bleiben«, meinte Lacy inbrünstig.
Jim und Julius lösten sich den ganzen Abend über bei der Handhabung des Werkzeuges ab, das die Vorsehung in ihre Hände gegeben hatte. Kurz vor neun Uhr waren ihre Bemühungen erfolgreich, und sie konnten mit vereinten Kräften das Gitter herausheben. Jim kroch durch das Mauerloch zu Valerie. Dann nahm er sie ohne jede Vorrede oder Entschuldigung in die Arme und küßte sie. Es war auch sonst nicht die Zeit, langatmige Erklärungen abzugeben. Jim besprach mit Savini seinen Plan, und die beiden Männer machten sich daran, das Mobiliar in handliche Teile zu zerlegen. Die Couch wurde von der Wand gezogen und ihre Beine abgebrochen. So konnte man das Möbelstück durch den ganzen Raum schieben, auch wenn dabei die kostbare Wandbespannung an vielen Stellen zerrissen wurde.
»Was soll das bedeuten? Wollt ihr den Salon nebenan möblieren?« fragte Fay erstaunt.
»Nebenan wird noch allerlei passieren«, antwortete Jim. Dann schlug er mit dem Hammer auch einen Tisch zusammen und schob Julius die einzelnen Teile hin.
»Hallo, Lacy! Sie können sich ebenfalls nützlich machen.« Lacy lief eilfertig herbei. »Was soll ich tun, Captain?«
»Gehen Sie zur obersten Treppenstufe. Sobald Sie Bellamy sehen, rufen Sie! Und springen Sie sofort nach unten, denn er wird schneller auftauchen, als Sie die Treppe heruntergehen können.« Jim packte ihn an einem Ohr und führte ihn zur Treppe, wo er ihn direkt unterhalb des Gitters postierte. »Sobald Bellamy an dieses Hindernis kommt, schreien Sie. Ist das klar?«
»Natürlich ist das klar. Halten Sie mich für einen Idioten?«
»Ich möchte Ihnen jetzt lieber nicht sagen, wofür ich Sie halte«, lautete Jims Antwort. Er ließ Lacy auf dem Beobachtungsposten und

kehrte zu Julius zurück.
»Ich bin nicht sicher, daß unsere Vorsichtsmaßnahmen auch greifen werden«, sagte Jim. »Aber sie sind das Beste, was wir in der gegenwärtigen Lage tun können. Wenn wir doch nur ein paar Nägel hätten.« Jim war dabei, um den Mauerdurchbruch eine Barrikade aufzubauen. Tische, Stühle, Bettzeug – alles, was das ehemalige Heim der grauhaarigen Frau an Ausstattung enthielt, wurde zu diesem Zweck herbeigeschleppt. Während dieser Aktivitäten saß Lacy ruhig auf der obersten Treppenstufe. Er haßte Bellamy, mehr noch aber haßte er den Mann, in dessen Gesellschaft ihn das Schicksal auf so seltsame Weise gebracht hatte.

61

Aus dem Schornstein der Hütte im Cloister Wood stieg Rauch. Im Herd brannte ein kleines Feuer. Ein Mann stand davor und briet sich ein Steak. Die Jalousien waren heruntergelassen und alle Türen fest verschlossen. Ein neugieriger Passant hätte klopfen können, soviel er wollte, es hätte ihm gewiß niemand geöffnet. Als das Steak gar war, setzte der Mann sich zum Essen an den Tisch. Nach dem Mahl stopfte er seine Pfeife und lehnte sich behaglich in einen alten Sessel zurück. In Gedanken beschäftigte er sich mit dem, was wohl während seiner Abwesenheit hier geschehen sein mochte.
Gleich nach seiner Ankunft waren ihm in dem Zimmer, das Spike durchsucht hatte, schmutzige Fußspuren aufgefallen. Und auch das Frauenkleid lag nicht mehr so, wie er es zurückgelassen hatte. Um sich abzulenken, nahm er aus der Manteltasche ein kleines Buch und begann, darin zu lesen. Immer wieder aber wurde er durch ein Geräusch abgelenkt, dessen Lautstärke und Stetigkeit ständig zunahm. Endlich ging er durch die Hintertür in den verwahrlosten Garten und lauschte angestrengt in die Richtung, aus der das Geräusch kam. Jetzt glaubte er genau zu wissen, woher es kam. Er griff nach Mantel und Hut, verschloß die Tür und ging eiligst durch den Wald und dann quer über ein Feld zu einer Durchgangsstraße. Dort hielt er einen Passanten an und erkundigte sich. »Klingt das nicht nach einer Schießerei?«
Der Angesprochene grinste. »Und was für eine Schießerei das ist. Die Leute im Dorf erzählen, der Alte im Schloß wird von einer

Kompanie Soldaten angegriffen. Ich weiß nicht, was dahintersteckt, aber die Knallerei hält nun schon den ganzen Tag an.«
Der Mann aus der Hütte beschleunigte seine Gangart und gelangte nach Garre auf einem Fußweg, der praktisch genau gegenüber von »Lady's Manor« auf die Dorfstraße mündete. Er sah die Menge der Neugierigen und einen Bobby, der den Verkehr umlenkte. Zu diesem ging er, um ihn über das Geschehen auszufragen.
»O ja, Sir. Der alte Bellamy im Schloß hat sich auf ein Feuergefecht mit der Polizei eingelassen.« Der Beamte war sichtlich stolz, daß seine Einheit an einer so aufregenden Affäre beteiligt war. »Wir bekommen noch Soldaten zur Verstärkung. Sie sind wohl nicht aus dieser Gegend?«
»Nein, ich bin nur geschäftlich hier.«
»Fast die ganze Dorfbevölkerung ist da unten versammelt. Eben noch habe ich einem der Hausmädchen von Mr. Howett gesagt, sie sollte lieber nach Hause gehen und das Essen kochen.«
»Ist Mr. Howett anwesend?«
»Soweit ich weiß, ist er nach London gefahren. Aber die junge Dame ist zu Hause. Wollen Sie sie sprechen?«
»Ja, das wollte ich eigentlich.« Der Fremde zögerte. In diesem Augenblick stoppte der Polizist einen in Richtung Garre fahrenden Autobus. Als er sich wieder dem Fremden zuwenden wollte, war dieser schon gegangen und marschierte über den Gartenweg nach »Lady's Manor«.
Die Tür des Hauses stand weit offen, und der Fremde hob die Hand, um zu klopfen. Dann überlegte er es sich und betrat ohne weiteres die Halle. Er öffnete vorsichtig die Tür zum Salon und blickte hinein. Ein offenes Buch lag auf dem Tisch, auf dem Sofa lagen Wolle und Stricknadeln. Leise schlich er zur Küche und sah sich um. Er schien sich im Haus bestens auszukennen. Die Tür zum Garten stand halb offen, und er ging hinaus. An der Mauer lehnte eine Leiter, aber weder die Hausherrin noch eine der Hausangestellten war zu sehen.
Es war schon fast dunkel, als der Unbekannte Stimmen außerhalb des Hauses hörte. Daraufhin ging er in den Keller, der stockdunkel war. Dadurch unbeirrt ging er zu einer gegenüberliegenden Kellertür, steckte einen Schlüssel ins Schloß und verschwand in dem dahinterliegenden dunklen Raum. Dort holte er aus einer Kiste eine kleine, viereckige Lampe. Ein Fingerdruck – und der Raum war beleuchtet. Dann holte er aus derselben Kiste einen kurzen grünen Bogen und zwei Pfeile, die er mit dem Finger prüfte. Der eine schien

ihm nicht recht zu sein; er legte ihn zurück und holte einen anderen hervor. Dann schaltete er die Lampe aus und wartete.
Die obere Kellertür wurde geöffnet, und jemand kam mit einer Kerze herunter. Ein Kohleneimer wurde gefüllt, und es entspann sich eine Unterhaltung zwischen jemandem in der Abwaschküche und der Person, die die Kohlen holte. »Wo steckt eigentlich Miss Valerie?« fragte die Stimme oben.
»Ich habe sie nicht gesehen«, antwortete das Mädchen, das die Kohlen holte. »Ist sie denn nicht in ihrem Zimmer?«
»Nein. Ich bin gerade oben gewesen. Im Garten ist sie auch nicht.«
»Sie war auch nicht unter den Leuten, die auf der Dorfstraße stehen und zusehen«, sagte das andere Mädchen und stützte sich auf die Kohlenschaufel. »Weiter kann sie nicht gegangen sein, weil die Polizei doch alles absperrt.«
Der Mann, der im Dunkeln auf der Kiste saß, wartete Stunde für Stunde, bis er oben Kommen und Gehen hörte, aufgeregte und besorgte Stimmen. Er schlich aus seinem Versteck leise die Treppe nach oben und lauschte an der Tür. Was er dort hörte, veranlaßte ihn, sich eiligst zurückzuziehen. Als Howett danach in den Kellerraum kam und die Tür zu dem Verschlag öffnete, in dem der Fremde sich aufgehalten hatte, war dieser leer.
Das Feuergefecht hatte an Intensität nachgelassen. Die Regierung hatte dem Drängen der Polizei nachgegeben, so daß noch vor Einbruch der Nacht eine Kompanie Infanterie im Dorf eintraf und rund um das Schloß Stellung bezog. Gegen Mitternacht rumpelte eine Abteilung Artillerie heran. Sie brachte vor dem Parkeingang eine Kanone in Stellung, die von dort aus den Schloßeingang anvisierte.
Spike, Hansdampf in allen Gassen, war sogleich zur Stelle und erkundigte sich. »Vor dem Morgen werden wir nichts unternehmen«, sagte der kommandierende Offizier. »Es wird ganz vom Verhalten Bellamys abhängen, ob wir überhaupt etwas tun. Wenn er auch am Morgen noch feuert, werden wir die Tore mit der Kanone zusammenschießen, und die Infanterie wird unter Feuerschutz den Haupteingang stürmen.«
»Warum sprengen Sie die Tür nicht schon heute abend?« drängte Spike. »Ich nehme an, Sie wissen, daß Miss Howett verschwunden ist? Mr. Howett telefoniert gerade mit dem Ministerium in London.«
»Ich befolge nur Befehle«, antwortete der Offizier.
Spike suchte den Chief Commissioner auf, fand aber auch dort kein

Gehör. »Ich glaube nicht, daß es eine Rolle spielt, ob wir noch heute abend oder morgen früh angreifen«, sagte dieser. »Die Gefahr für die unglückseligen Menschen im Schloß wird erst real, wenn der Angriff beginnt. Das ist auch die Meinung des Innenministers. Unserer Ansicht nach wird nichts gewonnen, wenn wir den Eingang noch heute abend in die Luft jagen. Vielleicht verhilft eine Nacht der Überlegung Bellamy zu einem Sinneswandel.«
»Da kennen Sie Bellamy aber schlecht«, antwortete Spike grimmig.
Jeder Eisenbahnzug brachte weitere Reporter und Neugierige aus London. Die Geschichte von der Belagerung des Schlosses füllte die Titelseiten der Abendzeitungen. Spike, stolzer Bewohner eines Wohnschlafzimmers im »Blue Boar«, sah sich als hilfsbereiter Gastgeber für ein Dutzend Kollegen. Für sie alle war der Gedanke an Schlaf in dieser aufregenden Situation geradezu eine Zumutung. Spike nahm eben ein hastiges Mahl zu sich, als Howett in sein Zimmer kam.
»Ich werde jetzt der Polizei einen geheimen Weg ins Schloß zeigen«, sagte er. »Kommen Sie mit?« Spike ließ sofort alles stehen und liegen und folgte Howett.
Howett sah schrecklich gealtert aus, sein Gesicht war aschgrau, und seine Stimme war so zittrig, daß der Reporter ernsthaft beunruhigt war. Spike fragte nicht, wie er den geheimen Weg entdeckt und zu welchem Zweck er ihn benutzt hatte, sondern setzte sich zu den Polizeibeamten in den Wagen, die hinter Howett herfuhren. Dann marschierten alle in den Keller von »Lady's Manor«.
Howett zeigte auf den mittleren von drei Kellerräumen und erklärte: »Von hier aus führt ein unterirdischer Gang direkt zum Schloß.« Dann zog er die große Kiste von der Wand weg, wodurch eine viereckige Öffnung in der Wand und im Boden sichtbar wurde. Stufen führten zu einem langen, dunklen Gang. Sie waren noch nicht weit gekommen, als Howett mit einem ärgerlichen Ausruf stehenblieb. Ein Polizeibeamter hob die Lampe hoch. Der Durchgang war durch eine Tür blockiert, der Geheimzugang zum Schloß versperrt.
»Diese Tür war bisher nie verschlossen«, sagte Howett mit trauriger Stimme. »Ich erinnere mich, daß sie immer an der Wand eingehakt war. Es gibt noch vier weitere Türen bis zum Schloß, die wir alle sprengen müßten, denn aufbrechen kann man sie nicht, weil sie an der Rückseite durch dicke Eisenstangen verstärkt sind. Die sind so fest verankert, daß sie mit Körperkraft alleine nicht herausgebrochen werden können.«
Howett brütete einen Augenblick vor sich hin. »Es tut mir wirklich

leid, meine Herren«, sagte er resigniert. »Ich hatte gehofft, Ihnen einen leichten Zugang zeigen zu können.« Die Männer kehrten um. Neben Howett war Spike am meisten enttäuscht. »Glauben Sie, Miss Howett könnte auf diesem Weg entführt worden sein?« fragte er.
»Ich fürchte ja. Die Hausmädchen geben zu, daß sie alle im Freien waren und dabei gesehen haben, wie Valerie ins Haus ging. Es ist auch mein Fehler. Ich hätte mehr männliches Personal einstellen sollen.« Howetts Stimme wurde immer schwächer, und als er den Satz beendet hatte, mußte Spike ihn auffangen. Der schnell herbeigerufene Arzt diagnostizierte jedoch nur eine vorübergehende Kreislaufschwäche, so daß Spike den Hausherrn beruhigt in der Obhut der Haushälterin zurücklassen konnte. Er wanderte zum Parktor des Schlosses zurück. Dort waren inzwischen neue Befehle aus London eingetroffen. Der Angriff sollte nun um ein Uhr früh beginnen. Spike blickte auf seine Uhr. Es war zehn Uhr, eine fatale Stunde für die kleine Gruppe in den Verliesen des Schlosses.

62

Lacy erstarrte, als er Schritte im Durchgang hörte. Er kroch etwas nach hinten, obwohl es so dunkel war, daß Bellamy ihn unmöglich sehen konnte. Dann sah er den Alten im Schein einer Laterne über die Barriere steigen.
»Mr. Bellamy!« Lacy flüsterte aufgeregt.
Bellamy drehte sich mit einem Ruck um. »Nanu, wie sind Sie da hingekommen?«
»Um Gottes willen, schreien Sie nicht so!« beschwor Lacy ihn. Er hoffte, daß der Lärm der Hammerschläge unten die Stimme des Alten übertönen werde.
»Was wollen Sie?« fragte Bellamy leise.
»Lassen Sie mich hier heraus«, bettelte Lacy. »Ich soll hier aufpassen. Die da unten haben eine Pistole, und ich sollte sofort rufen, wenn ich Sie sehe.«
Bellamy reagierte nicht auf das Betteln des anderen. Er stellte die Laterne auf den Boden, holte etwas aus der Tasche, brachte es in eine Ecke des Raumes und zündete eine Schnur an. Dann ging er in die andere Ecke und tat dort dasselbe.
»Mr. Bellamy, lassen Sie mich doch raus! Ich habe Ihnen doch

gesagt –«
Jim hörte das aufgeregte Jammern und jagte genau in dem Augenblick die Treppe hoch, in dem Bellamy schon wieder über die Barriere stieg. Jim feuerte zweimal, aber die Kugeln gingen zu hoch. Und dann, als er sich umdrehte, sah er einen Funken glimmen.
»Runter mit Ihnen!« schrie er Lacy zu und sprang mit einem Satz die Stufen hinunter. Dort sackte er in die Knie, als die erste Explosion ertönte.
Der Knall machte ihn beinahe taub. Die dann folgende zweite Explosion erschütterte das ganze Gewölbe und ließ Steinsplitter in alle Richtungen fliegen.
»Was ist passiert?« Das war die angstvolle Stimme von Julius.
»Bleiben Sie, wo Sie sind«, wies Jim ihn an. »Und Sie, Lacy, kommen Sie mal her. Warum haben Sie nicht gemeldet, daß der Alte da ist?«
»Ich habe ihn nicht gesehen«, log Lacy.
»Sie haben ihn gehört, und Sie haben ihn gesehen. Aber Sie haben versucht, ihn zu überreden, er solle Sie rauslassen und uns hier wie Ratten verrecken lassen.«
»Was ist das für ein sonderbares Geräusch?« fragte Julius ängstlich.
»Das ist das, womit ich seit Stunden gerechnet habe.« Die Gasdüse brannte und erleuchtete das Verlies einigermaßen. »Es gibt noch eine Chance für uns«, erklärte Jim, und dann fiel sein Blick auf die zementierte Falltür. »Nein – zwei.« Mit diesen Worten begann er, mit dem schweren Hammer gegen die Tür zu hämmern.
Von oben her ertönte ein stetes Brausen.
»Was ... ist ... das?« stammelte Lacy. »Was ... macht er?«
»Das wird sich jeden Augenblick zeigen«, antwortete Jim, und in dem Augenblick schoß auch schon eine wahre Sturzflut die Stufen herunter. Im Nu stand der Fußboden unter Wasser. Jim reichte es schon bis zu den Fersen.
»Ich schaffe es nicht«, rief er, ließ aber den Hammer weiterhin wuchtig auf den Stein sausen. Unter dem heftigen Aufprall entstand ein Riß. Er schlug wieder zu, immer und immer wieder. In jeder Sekunde, mit jedem Schlag wurde es schwieriger, weil das Wasser die Wirkung des Hammers dämpfte. Schließlich ging es gar nicht mehr.
Julius war bereits hinter der Barriere. Lacy war zu den beiden Frauen gekrochen. Jetzt sprang auch Jim über die Ansammlung zerschlagener Möbel und Einrichtungsgegenstände, und die beiden Männer arbeiteten wie die Wilden, um den Mauerdurchbruch gegen das

übermäßig schnelle Eindringen des Wassers abzuschirmen.
»Ich glaube nicht, daß es viel helfen wird«, sagte Jim, der völlig durchnäßt war. »Bellamy hat die Wasserleitungen gesprengt.«
Das Wasser floß bereits in den inneren Raum, dank der künstlichen Barriere zwar nur langsam, aber Jim wußte, daß der Druck bald zunehmen würde.
»Ich halte es für besser, wenn wir uns jetzt auf die Treppe unterhalb der Bibliothek zurückziehen«, sagte er. »Die Damen ganz nach oben, Julius und Lacy dicht darunter und ich auf die nächste Stufe.«
Jims Vorsichtsmaßnahme erwies sich als berechtigt. Er blieb nur einen Augenblick zurück, um die Gasanschlüsse zu schließen. Kaum war er aus dem rückwärtigen Raum zurück, da gab es dort ein krachendes Geräusch, und die Barrikade brach zusammen.
»Warum haben Sie das Licht ausgemacht?« protestierte Lacy wütend. »Sollen wir hier im Dunkeln verrecken?«
»Wir brauchen allen noch vorhandenen Sauerstoff. Wenn das Licht anbliebe, würden wir bald nur noch Gas einatmen.«
Jim wartete auf der fünften Stufe von unten, dann spürte er das Wasser an den Füßen. Fünf Minuten später stand es ihm schon um die Knöchel. Er wartete, bis es knietief war, und setzte sich dann eine Stufe höher.
»Valerie, komm doch bitte zu mir.«
Sie kroch in der Dunkelheit zu ihm, und er legte den Arm um sie. Das Wasser hatte ihn noch nicht erreicht. Er brauchte aber nicht lange zu warten. Jetzt schien es sogar schneller zu steigen.
»Geben Sie mir den verdammten Hammer, Savini. Ich werde versuchen, die Falltür über uns zu zerschlagen.«
»Den Hammer habe ich nicht mehr. Den habe ich unten zurückgelassen.«
»Es hätte vielleicht auch nicht viel geholfen. Das Schloß der Falltür ist bestimmt nicht so leicht zu knacken.«
Das Wasser stand Jim schon bis zur Hüfte. Er wagte gar nicht daran zu denken, was passieren würde, wenn es die Lüftungsventilatoren erreichte. Höher und höher stieg es, bis es ihm schon an die Brust reichte. Er zog Valerie an sich und küßte sie zärtlich. »Das ist schon ein sonderbares Ende«, flüsterte er, während er spürte, wie das Wasser sein Kinn umspülte.

63

Abel Bellamy saß am Fenster seines Schlafzimmers, das Gewehr auf den Fenstersims gestützt, und blickte in das dunkle Parkgelände. Auf Anordnung der Militärbehörde waren im Dorf alle Lichter gelöscht. Im Grunde kam das eher dem Verteidiger zugute, denn die Lichter hatten ihn zum Teil geblendet.

Jetzt konnte er das Gelände deutlicher überblicken. Er sah zum Beispiel drei Infanteristen, die den Hang hinaufrobbten, und brachte sie durch einen Schuß zum Halten. Sie hatten aber sein Mündungsfeuer gesehen; ein Maschinengewehr ratterte los und zwang ihn, sich flach auf den Boden zu legen, während die Kugeln über ihn hinwegpfiffen.

Dann hörte das Feuer auf, und er sah vorsichtig hinaus. Da kamen sie wieder. Er schoß, und diesmal hatte er einen von ihnen getroffen. Er hörte einen Aufschrei. Dann sah er, wie die Soldaten sich zurückzogen. Er benutzte die Gelegenheit, um nach unten in den Wachraum zu gehen. Das Wasser ergoß sich in zwei grünlichen Strahlen aus der gesprengten Hauptleitung. Er stieg über die Barriere, watete bis zum Sperrgitter und leuchtete in das Verlies. Das Wasser stand beinahe bis zur obersten Stufe, und er nickte befriedigt.

In der Halle traf er auf Sen. Der Stumme deutete auf die Tür des Haupteingangs, und Bellamy verstand. Er hatte erraten, was die da draußen vorbereiteten. Sie würden die Tür sprengen und dann das Gebäude stürmen.

Bellamy ging zum Wachraum zurück, verschloß die Tür und verriegelte auch die Tür von der Halle zum Gang. Auf diese Weise würden die anderen einige Zeit brauchen, um herauszufinden, was nicht in Ordnung war – zu lange, um das Wasser noch zu stoppen. Nichts konnte seine Feinde da unten mehr retten. Mit diesem frohen Gedanken stellte er sich vor die Tür der Bibliothek und wartete auf die entscheidende Explosion.

Es gab zwei Eingänge zur Bibliothek. Der erste aus der Halle, der zweite befand sich am Ende der schmalen Treppe, die zu dem Raum führte, in dem Lacy sich zu verstecken pflegte. Diese zweite Tür wurde normalerweise verschlossen gehalten. An diesem Abend aber hatte Bellamy sie als Notausgang offengelassen.

Das Wasser mußte denen da unten allmählich bis zum Hals stehen. In zehn Minuten würden sie tot sein, und niemand würde je wissen, wie sie gestorben waren. Hätte er es nur geschafft, die Hauptleitung

bis zum Zimmer unter der Bibliothek zu führen. Er war genötigt gewesen, eine Öffnung zwischen die beiden Verliese zu sprengen, damit das Wasser auch die Behausung der grauhaarigen Frau erreichen konnte. Wenn sie nur auch da wäre! Das war der einzige bedauernde Gedanke, den er noch hatte. Aber sie war entkommen!
Er grübelte noch über alle diese Dinge nach, als eine furchtbare Explosion vom Haupteingang her ertönte, die das Schloß in seinen Fundamenten erschütterte. Eine zweite folgte unmittelbar danach, und er wußte, daß die Außentür dahin war und jetzt nur noch das Fallgitter übrigblieb. Das aber war mit Stahl verkleidet und würde besser standhalten.
Bellamy ging zurück in die Bibliothek. Draußen in der Halle hockte Sen, das Gewehr auf den Knien, und sah seinem Geschick mit stoischer Ruhe entgegen. Bellamy war zum Sterben bereit. Ihm war nur noch daran gelegen, daß alles, was er sich vorgenommen hatte, auch wirklich geschah. Dann gab es keinen Grund mehr, warum er weiterleben sollte.
Das Geräusch der sich öffnenden zweiten Tür ließ ihn herumfahren.
»Bleib stehen, wo du bist, Bellamy!« sagte der Eindringling drohend. »Du kennst mich, Bellamy.«
Der Eindringling stand da, ganz steif, den gespannten Bogen in der Hand, die Rechte, die den Pfeil festhielt, in Kopfhöhe. Er stand da wie eine Statue, drohend, ein vom Schicksal gesandter Rächer. Der grüne Pfeil, der auf Bellamys Herz zielte, schimmerte im Licht der Lampe.
»Keine Bewegung, oder du bist ein toter Mann. Und du sollst nicht sterben, bevor du nicht Bescheid weißt.«
»Der grüne Bogenschütze«, stammelte Bellamy mit erstickter Stimme. »Du – du bist der grüne Bogenschütze!«
»Deine Kumpane habe ich umgebracht, diese bösartigen Werkzeuge, derer du dich bedient hast, um Unschuldige zu verfolgen und Schwache zu unterdrücken. Und du bist der dritte, Bellamy. Was kannst du noch vorbringen, damit ich dich nicht zum Tode verurteile?«
Diese Worte hatten einen seltsamen und furchtbaren Unterton. Bellamy wußte nicht, daß sie der Formel des überlieferten englischen Todesurteils entnommen waren.
»Du – du der grüne Bogenschütze«, konnte er nur stöhnen, wobei sich alles in seinem Kopf drehte.
Bellamy konnte nur fasziniert auf diese düstere, unheilvolle Gestalt starren. Seine Pistole lag auf dem Tisch. Um sie zu erreichen,

benötigte er zwei Schritte. Er kalkulierte dies sorgfältig – aber das hatte bestimmt auch der grüne Bogenschütze getan. Also mußte er Zeit gewinnen.

»Wenn ich jemals etwas getan habe, was mit Geld zu sühnen ist, dann...«

»Geld!« erklang es verächtlich. »Wie kannst du mir Geld anbieten? Kannst du die Jahre zurückkaufen, die du einer gequälten Frau geraubt hast? Kann Geld ein Ausgleich sein für die Peitsche und die Narben auf der Haut eines Mannes, den Creager auf deinen Befehl und aufgrund deiner Machenschaften mißhandelt hat! Kann Geld –«

»Warte! Warte!« rief Bellamy. »Ich kann dir etwas geben, was ganz nach deinem Herzen ist, etwas, was dem grünen Bogenschützen gefallen wird.«

Die Augen des Mannes mit dem Bogen verengten sich.

»Die da unten!« Bellamy schrie diese Worte gellend hinaus. »Da unten sind sie, ertränkt wie die Ratten, alle! Jetzt sind sie in der Hölle – Valerie Howett, Featherstone und die anderen. Und du verdammter...« Er setzte zum Sprung an, aber bevor seine Füße sich vom Boden abhoben, gab es eine weitere Explosion. Es war ein berstender Knall, mit dem die Falltür in Stücke ging, ein großartiger Salut für das Hinscheiden eines Mannes, der weder Gott, noch die Menschen noch das Jüngste Gericht gefürchtet hatte.

64

Während Bellamy noch im Hauptturm am heißen Lauf seines Gewehrs herumfingerte, warteten in den Kellern darunter fünf Menschen auf ihren Tod. Lacy war verstummt vor Angst. Die Savinis hatten sich resigniert und schweigend aneinandergeklammert. Und dann geschah ein Wunder. Das Wasser begann zu fallen, schneller als es gestiegen war.

»Was ist geschehen?« fragte Fay.

»Nur eine Atempause«, antwortete Jim grimmig. »Die Tür zum untersten Verlies ist durchgebrochen und das Wasser strömt zuerst dort hinein. Sobald das Gewölbe voll ist, wird es auch hier wieder steigen.«

»Sie haben mich auf die unterste Stufe gesetzt, damit ich als erster ertrinke«, jammerte Lacy. »Wenn doch nur Coldharbour dieses

Mädchen bekommen hätte – dann wären wir jetzt nicht hier!«
»Dummes Zeug! Ihr Kopf stößt doch schon an die Decke. Höher geht es nicht mehr. Ruhe jetzt!«
Jim hörte Stimmen über sich. Zwei Männer sprachen miteinander. Einer davon war Bellamy. Die andere Stimme konnte er nicht erkennen. Jetzt um Hilfe zu rufen, wäre Verschwendung kostbarer Atemluft gewesen.
Jim beugte sich zu Valerie hinüber und sprach etwas aus, was ihm schon lange auf der Seele gelegen hatte. »Valerie, mein Liebes – ich muß dir gestehen, daß ich auf John Wood eifersüchtig gewesen bin.«
»Das habe ich befürchtet«, antwortete sie. »Er fasziniert mich, und ich mag ihn, aber nicht auf die gleiche Weise wie dich. Dich liebe ich.«
Da hörten sie über sich einen dumpf dröhnenden Knall, als sei ein schweres Möbelstück umgefallen, und unmittelbar danach einen hellen Donnerschlag, der das Wasser zum Schwingen brachte, so daß es in kleinen Kräuselwellen um Jims Mund spielte. Das war eine Explosion, zweifellos, und zwar ganz in der Nähe. Wenn die Polizei doch noch rechtzeitig ins Schloß eindrang? Es war nur noch eine Sache von Minuten. Das Wasser stieg nicht mehr mit der vorherigen Geschwindigkeit, weil der Druck nicht mehr so stark war.
Dann hörte Jim über seinem Kopf ein Klicken, und auf dem Wasser unter seinen Augen flimmerte ein Lichtschein. Die Falltür öffnete sich.
Er hob beide Hände und drückte dagegen. »Savini! Valerie! Helft mir«, stöhnte er.
Irgend jemand war oben und bemühte sich, die Falltür zu öffnen.
»Hallo, ihr da unten! Haltet noch einen Augenblick aus!«
Eine Hand langte über den Rand der Steinplatte, eine braune, kräftige Hand, und die Falltür öffnete sich, bis sie senkrecht stand. Fay kletterte als erste hinaus und sank erschöpft auf den Teppich vor dem Kamin. Julius folgte, dann Lacy, der wie ein Wilder um sich schlug.
Valerie erfaßte den unteren Rand der Falltür, und Julius zog sie nach oben in Sicherheit. Sie blickte zurück. Jim war verschwunden!
»Wo ist Jim?« rief sie erregt. »Dieser Kerl hat ihn ins Wasser gestoßen!«
Julius zog seine klitschnasse Jacke aus und ging die Stufen hinunter. Zum Schwimmen war kein Platz mehr, er mußte tauchen. Ohne zu zögern, tauchte er in die Dunkelheit. Durch die offene Falltür drang ein schmaler Lichtstrahl. Er tastete unter Wasser um sich, bis er eine

Jacke zu fassen bekam. Dann bot Julius seine letzte Kraft auf, um den bewußtlosen Jim auf die obere Treppenstufe zu ziehen. Wenige Sekunden später waren beide in Sicherheit.
Als Jim die Augen öffnete, sah er als erstes einen Soldaten, das Gewehr in der Hand, der in der Tür der Bibliothek stand und fassungslos auf Bellamy starrte. Dieser lag mit gespreizten Armen auf dem Rücken. In seinem Herzen steckten zwei Pfeile, so dicht nebeneinander, daß sie sich fast berührten.
»Wer hat das getan?« fragte der Soldat.
Jim kam trotz seiner Erschöpfung schnell auf die Beine und sah sich im Zimmer um. Der Mann, der die Falltür geöffnet und vorher Bellamy umgebracht hatte, war spurlos verschwunden.
Howett stürzte in die Halle. Er zog seine Tochter von der zusammengesunkenen Gestalt des Chinesen weg, der ganz ruhig und friedlich dalag.
Jim überließ Valerie der Obhut ihres Vaters und stolperte zurück in die Bibliothek. Das Wasser drang jetzt von unten her durch den Parkettfußboden und bedeckte schon den Gang. Er schickte einen Polizeibeamten, der den Haupthahn finden und abstellen sollte. Dann hob er mit Hilfe seines Assistenten Jackson den toten Bellamy auf das Sofa und durchsuchte seine Taschen.
Er war immer noch damit beschäftigt, als Spike Holland ins Zimmer stürzte. »Ist er tot?« fragte Spike.
Jim nickte. »Er ist mausetot, und ich bin es beinahe. Rufen Sie einen Krankenwagen, um das da abzutransportieren.«
»Das da« war Lacy, der immer noch stöhnend auf dem Boden lag.
Als Spike zurückkam, saß Jim auf dem Sofa, den Kopf in beide Hände gestützt. Er sah Spike fragend an: »Wo sind die Savinis? Haben sie es gut überstanden?«
»Die sind wie die Stehaufmännchen. Ich habe sie in mein Zimmer im ›Blue Boar‹ geschickt. Savini wollte unbedingt wissen, ob ich einen offenen Kamin im Zimmer habe und ob Banknoten durch Wasser ruiniert werden.«
Jim mußte trotz seiner totalen Erschöpfung lächeln.
»Wenn der grüne Bogenschütze Bellamy getötet hat, dann muß er noch im Haus sein«, sagte Spike, während er sich an Bellamys Schreibtisch setzte und auf eine telefonische Verbindung mit seiner Redaktion in London wartete. »Durch den geheimen Gang kann er nicht entkommen sein.«
»Welchen Gang meinen Sie? Den unterirdischen Gang nach ›Lady's

Manor‹? Warum kann er den Weg nicht genommen haben?«
»Weil alle Türen von innen verriegelt sind. Sobald ich der Redaktion meinen Bericht durchgegeben habe, werde ich mich nochmals davon überzeugen.«
»Diesmal habe ich wirklich den grünen Bogenschützen gefunden, Holland«, sagte Jim, der sich steif und ächzend erhob.
»Das habe ich schon vor einiger Zeit«, erwiderte Spike selbstgefällig. »Sein Name ist Howett, aber ich weiß nicht, ob ich diese Tatsache je drucken lassen werde.«
»Täten Sie das, Spike, dann würde Ihre Zeitung etwas veröffentlichen, was absolut unwahr ist. Der grüne Bogenschütze ist in Wahrheit...«
In letzter Sekunde änderte Jim seine Meinung.
»Der grüne Bogenschütze ist in Wahrheit... wer?« drängte Spike. »Geben Sie mir die Story, Featherstone. Es ist noch Zeit für die Frühausgabe.«
Jim ging zum Ausgang und sagte zurückblickend zwischen Tür und Angel: »Das werde ich Ihnen höchstwahrscheinlich nie verraten.«

65

Im »Blue Boar« fand Jim seinen treuen Diener Angus vor, der in Erwartung der Befreiung seines Herrn mit einem Koffer voll frischer Wäsche und Kleidung eingetroffen war. Für diese Voraussicht war Jim dankbar. Sobald er sich rasiert und umgezogen hatte, machte er sich auf den Weg nach »Lady's Manor«, obwohl er annahm, daß Valerie erschöpft in ihr Bett gesunken sei. Zu seiner Überraschung traf er sie im Salon an.
Sie lief mit ausgestreckten Händen auf ihn zu, und er schloß sie in seine Arme.
»Ich wollte bei dir bleiben, aber Daddy hat mich eiligst nach Hause gebracht«, berichtete sie. »Du kennst doch Mr. Wood.«
Jim nickte dem anderen zu. Wood saß lächelnd auf dem Sofa.
»Ich habe eine Überraschung für dich, Jim«, sagte Valerie. »Stell dir vor – es ist etwas ganz Wunderbares passiert. Rate, wen ich vorgefunden habe, als ich hier ankam?«
Jim schüttelte ratlos den Kopf.
»Meine – meine Mutter!«

Während sie noch sprach, öffnete sich die Tür, und Howett kam herein, an seinem Arm eine bezaubernde ältere Dame. Jim sah auf den ersten Blick, wie ähnlich sich die beiden Frauen waren.
»Mutter, dies ist Jim«, sagte Valerie verlegen. »Du hast doch schon von Jim Featherstone gehört?«
Mrs. Held ergriff seine beiden Hände. »Ich habe Ihnen viel zu verdanken, Mr. Featherstone«, sagte sie. »Aber ich nehme an, Sie werden Ihre Belohnung erhalten.«
Ihre Augen schweiften hinüber zu dem Mann auf dem Sofa, und sie lächelte. »Sie müssen meinen Sohn kennenlernen, Captain Featherstone.«
»Ihren Sohn!« platzte Jim heraus.
Sie mußte über seine Verblüffung lächeln. »Ja, John Wilfred Bellamy«, sagte sie ruhig. Jim konnte nur verwirrt von einem zum anderen blicken.
Die Auswirkungen der überstandenen Ängste und Strapazen machten sich bei allen Beteiligten bemerkbar. So kehrte Jim bald ins Gasthaus zurück. Trotz der späten Stunde waren noch viele Menschen auf der Straße, die aufgeregt das Geschehen diskutierten. In den Häusern brannten wieder die Lampen und gaben dem Ort sein normales Aussehen zurück. Spike stand inmitten von Londoner Kollegen an der Theke und war restlos glücklich.
»Wo ist Julius?« fragte Jim.
»Kommen Sie mit. Ich werde Sie zu ihm führen«, forderte Spike ihn mit einer Stimme auf, die sich vor Lachen fast überschlug. »Julius sitzt vor dem Kaminfeuer und grillt Zehnpfundnoten. Fay hat sich von der Wirtin ein Bügeleisen geborgt und ist auf ebenfalls nicht gerade alltägliche Weise damit beschäftigt.«
Jim folgte Spike nach oben. Spikes Zimmer war an diesem Tage zu einer Art von informellem Presseclub für die herbeigeeilten Reporter umfunktioniert worden. Jetzt aber saß Julius Savini mit gekreuzten Beinen vor dem Kamin und widmete sich einer interessanten Tätigkeit. Er trug einen Pyjama von Spike und hielt mit Hilfe einer aus der Wirtshausküche entliehenen langen Fleischgabel ein Stück rechteckiges Papier in gebührender Distanz über das Feuer.
»Ich glaube, das ist gut geworden, Fay«, sagte er und betrachtete seinen »Toast« mit prüfendem Blick.
Fay nahm die Banknote von der Gabel, legte sie auf ein Bügeltuch und fuhr sanft mit dem Bügeleisen darüber. Sie sah Jim eintreten und lächelte.

»Kommen Sie nur herein, Featherstone. Julius trocknet gerade das Geld, das der alte Bellamy ihm an dem Tag gab, an dem er uns einlochte. Es ist unser Geld«, betonte sie mit einer gewissen Würde, »und wenn dieser arme Idiot Lacy behaupten sollte, Julius habe es ihm gestohlen, dann werde ich Sie bitten, ihn dafür ins Kittchen zu stecken.«
»Wieviel ist es denn?« fragte Jim amüsiert.
»Fast zehntausend. Wir haben es noch nicht genau gezählt, schätzen aber, daß es so viel ist. Julius und ich werden aufs Land ziehen und eine Geflügelfarm aufmachen. Ich habe schon immer eine Vorliebe für Eier gehabt. Wo steckt denn Lacy?«
»Ich habe ihn ins nächste Krankenhaus bringen lassen. Um den brauchen Sie sich nicht zu sorgen. Als er vor seiner Einlieferung durchsucht wurde, hat der Sergeant eine Menge Geld bei ihm gefunden.«
»Lacys Geld interessiert uns nicht«, sagte Fay leichthin. »Oder was meinst du, Julius?«
Der schüttelte den Kopf, vermied es aber, den Detektiv anzusehen.
»Nie jemanden beneiden – das war schon immer mein Wahlspruch, Featherstone. Wenn der Bursche Geld hat, wie schön für ihn. Wo war es denn?«
»Ich kann es nicht genau sagen. Aber ich glaube, es war in einer Tasche unter seiner grünen Verkleidung, wo auch das andere Geld steckte.«
»Welches andere Geld?« fragte Fay unschuldig. »War es viel? Ich meine das Geld, das Sie gefunden haben.«
»Etwa zweitausend Pfund«, antwortete Jim, und Fay reagierte darauf mit einem ärgerlichen Ausruf.
»Hast du das gehört, Julius?« sagte sie scharf. »Er hatte zweitausend Pfund in der Tasche.« Sie gewann mühsam ihre Selbstbeherrschung wieder. »Na, das freut mich für ihn«, fügte sie nicht gerade überzeugend hinzu. »Dabei ist das in seinem Fall reine Geldverschwendung. Ein Typ wie Lacy versteht doch gar nicht mit Geld umzugehen. Ausgeben ist eine Kunst, Featherstone. Man muß dazu erzogen sein. Ich nehme an, es war in der linken Tasche seiner komischen Hose?« fragte sie unüberlegt.
»Ich bin nicht sicher, Fay«, antwortete Jim. »Aber ich glaube, da war es.«
»Und ich habe dir doch ausdrücklich gesagt, Julius –«, begann sie vorwurfsvoll.

Julius räusperte sich vernehmlich.
»Ich habe dir ja ausdrücklich gesagt, du sollst ihm nur die Pistole abnehmen und nicht etwa das Geld. Sie sehen, wie brav Julius mir gefolgt ist.«
»Ehrlich währt am längsten, Fay. Wollen Sie wirklich eine Geflügelfarm einrichten?«
Sie nickte. »Mr. Howett wird uns dabei helfen. Und merken Sie sich, Featherstone: Obwohl wir Kapital besitzen, Geld, das Julius sich in Jahren harter Arbeit verdient hat...«
Jim lachte. »Langsam, Fay, langsam. Ich habe nicht die Absicht nachzuforschen, wie Julius zu dem Geld gekommen ist. Ich bin vollkommen bereit, die Geschichte zu akzeptieren, die Sie mir eben aufgetischt haben – daß Bellamy es ihm gegeben hat... Sie brauchen sich also um keine weiteren Ausreden mehr zu bemühen.«
Jim faßte Fay um die Schultern und küßte sie vor Savinis prüfenden und billigenden Augen auf die Wange.
»Sie sind ein viel zu gutes Menschenkind, um eine echte Ganovin zu sein. Sie sind eine Frau mit Herz und Gefühl. Und sollte Julius es jemals zulassen, daß Sie wieder Ihre alten Weg gehen, dann werde ich ihm das niemals verzeihen.«
Als Jim fort war, fragte sie: »Hast du das gesehen, Julius?« Sie war angenehm erregt. »Ich mag seine Wange.«
»Und er mag augenscheinlich dich«, antwortete Julius und spießte mit der Gabel eine feuchte Banknote auf. »Dieser Bursche ist zu gut für den Polizeidienst!«
So hat jeder seinen Standpunkt.

66

Am folgenden Morgen begab sich Jim aufgrund einer Einladung nach »Lady's Manor«, um Howett zu treffen. Valerie war mit ihrer Mutter in die Stadt gefahren, so daß die beiden Männer alleine waren. Der alte Herr war wieder ganz er selbst. Die gütigen Augen hinter den starken Brillengläsern strahlten die alte Kraft aus.
»Ich glaube, Sie sollten die ganze Geschichte vom Anfang bis zum Ende erfahren, Featherstone. Valerie hat Ihnen sicherlich schon einiges erzählt – aber ich werde von vorne anfangen.« Dann begann Howett einen langen Bericht.

»Es gab einmal zwei Brüder, Abel und Michael Bellamy. Abel war der ältere, Michael sechs Jahre jünger. Die Bellamys waren zunächst arm und konnten Abel nicht die Schulbildung geben, die Michael Jahre später erhielt. Deshalb hat Abel seinen jüngeren Bruder von Anfang an gehaßt. Als er sich in späteren Jahren des Unterschieds ihrer gesellschaftlichen Stellung bewußt wurde, nahm der Haß noch zu. Abel verdiente aber schon recht früh sehr gut. Ihm gelangen erstaunliche Bauspekulationen, über die das Geld ihm praktisch in den Schoß fiel. Trotzdem verzieh er seinem jüngeren Bruder nie, daß der es leichter gehabt hatte. Bald nachdem die Eltern gestorben waren, plante er daher ganz systematisch, seinen Bruder zu ruinieren.
Es kam hinzu, daß Michael sich in eine Frau verliebte, und zwar ausgerechnet in die einzige Frau, die Abel etwas einflößte, was man zumindest sehr entfernt als Liebe bezeichnen könnte. Ihr Name war Held, Elaine Held, ein Mädchen aus guter Familie. Sie beging den großen Fehler, Abel Bellamy zu zeigen, wie sehr seine Häßlichkeit sie erschreckte. In der für ihn typischen brutalen Art ging Abel Bellamy zu dem Vater des Mädchens und bot ihm viel Geld, wenn er die Heirat seiner Tochter mit seinem Bruder Michael unterbinden und sie veranlassen würde, ihn zu heiraten. Der Vater, ein angesehenes Mitglied der gutbürgerlichen Gesellschaft von Cleveland, lehnte dieses Ansinnen entrüstet ab, und die Hochzeit fand statt.
Das war der erste ernsthafte Rückschlag in Abel Bellamys Laufbahn. Er nahm ihn sich so zu Herzen, daß er Jahre damit verbrachte, Methoden zu ersinnen, wie er seinen Bruder geschäftlich ruinieren könnte.
Ein Kind wurde geboren – ein Junge. Abel stellte seine Verfolgung vorübergehend ein. Nach der Geburt des zweiten Kindes traf er Elaine zufällig in New York. Bei dieser Gelegenheit erwachten in ihm die alten Begierden, und er griff seine früheren Pläne wieder auf. Elaine lehnte erneut seine Anträge ab, und zwar auf eine Weise, die bei ihm keinen Zweifel daran lassen konnte, wie sehr sie ihn verabscheute. Da schwor er ihr Rache. Einen Monat später wurde das zweite Kind von einer Kinderschwester ausgefahren. Deren Aufmerksamkeit wurde für einen Augenblick abgelenkt und das Kleinkind entführt.
Abel besuchte die verzweifelten Eltern und erbot sich, sein ganzes Vermögen einzusetzen, um das entführte Kind aufzufinden. Vertraulich aber nannte er der Mutter den Preis, den sie zahlen müßte, um ihr Kind wiederzubekommen: Scheidung von Michael und Ehe

mit Abel. Sie wagte nicht, Michael zu informieren, obwohl sie damals bereits argwöhnte, daß Abel die Entführung inszeniert hatte. Als Michael sich schließlich entschloß, Privatdetektive mit der Suche zu beauftragen, nutzte Abel das Eisenbahnunglück von River Bend für seine Zwecke aus. Er schickte jemanden, der an der Unfallstelle einen Kinderschuh deponierte – der Rest war einfach. Bezahlte Zeugen sagten aus, sie hätten eine Frau mit dem Kind in dem verunglückten Zug gesehen. Damit war der Fall für die Behörden abgeschlossen.«

»Aber das war doch gar nicht Valerie«, warf Jim ein. »Das geschah doch vor zwanzig Jahren, während Sie Valerie bereits vor dreiundzwanzig Jahren als Kind angenommen haben.«

»Die Dinge liegen anders. Es gab dort nämlich zwei Unglücksfälle. Und da hat John Bellamy, wie ich John Wood nun wieder nennen werde, bei seinen Nachforschungen einen Fehler gemacht. Das erste Unglück geschah vor dreiundzwanzig Jahren, das zweite ereignete sich an genau derselben Stelle drei Jahre später. John wußte von seiner Mutter nur, daß seine kleine Schwester entführt worden war, und kam gar nicht darauf, daß es sich um ein anderes Eisenbahnunglück handeln könnte. Sonst wäre seine Suche erfolgreicher verlaufen.

Einige Zeit nach dem furchtbaren Geschehen starb Michael Bellamy. Jetzt hoffte Abel, daß die immer noch junge Witwe ihn vielleicht doch heiraten würde. Er erneuerte seinen Antrag und wurde wiederum abgewiesen. Daraufhin drohte er ihr Rache an. Angesichts dessen, was mit ihrem Töchterchen passiert war, für dessen vermuteten Tod sie Abel Bellamy verantwortlich machte, verkaufte sie das kleine Grundstück, das ihr Mann ihr hinterlassen hatte, hob alles verfügbare Geld ab und ging nach England. Das war Jahre, bevor Bellamy wieder ihre Spur fand. Sie lebte in angenehmen Verhältnissen unter ihrem Mädchennamen Held an einem Ort, der nur wenige Kilometer von hier entfernt ist – in Guildford. Ihr Sohn besuchte eine technische Hochschule, um Ingenieur zu werden. Da tauchte Abel Bellamy wieder auf. Er wiederholte seine Anträge nicht mehr, sondern tat so, als bereue er sein früheres Verhalten. Später verleitete er die ahnungslose Witwe dazu, ihr Geld von der Bank abzuheben und in ein Unternehmen zu investieren, das sich bald als betrügerisch erwies. Sie verlor alles bis auf den letzten Cent. Trotzdem bewies sie viel Mut und zog mit ihrem Sohn nach London, wo sie eine Wohnung in der Nähe der Hochschule bezog, in der er seine

Schlußausbildung erhielt.
Bellamy hatte schon einmal Elaine über ihr Kind schwer getroffen. Er beschloß, diese Taktik erneut anzuwenden. Der junge Mann wurde in eine Gesellschaft gelockt, die ihm harmlos und freundschaftlich erschien. Arglos ging er mit in eine Spielhölle im Westend. Bald erkannte er, wo er sich befand, und wollte das zweifelhafte Lokal verlassen. Da klagte eine von Abel Bellamy gekaufte Person lauthals, man habe ihr eine Diamantbrosche gestohlen. Die Polizei wurde gerufen und durchsuchte alle Anwesenden. Sie fand die Brosche in einer Jacke, die John ausgezogen und über eine Stuhllehne gehängt hatte, weil er Billard spielen wollte. Er wurde vor Gericht gestellt und zu sechs Monaten Zuchthaus verurteilt.
Diesmal versuchte Abel Bellamy gar nicht mehr, seine Urheberschaft zu verbergen. Er drohte Elaine Held mit noch schlimmeren Taten. Das war die Zeit, in der er Garre Castle erwarb. Beeindruckt von der Stärke dieses alten Schlosses, kam er auf den Gedanken, in den Verliesen könne man Gefangene für ewig verstecken.
Einer von Abels Helfershelfern brachte John im Zuchthaus mit einem käuflichen Wärter namens Creager zusammen. Der hatte bei seinen Vorgesetzten schon vorher im Verdacht gestanden, illegale Geschäfte mit den Gefangenen zu tätigen, und war deswegen beinahe entlassen worden. Mit ihm wurde dann das nachfolgende Komplott vereinbart. Eines Morgens hörten die Wärter einen Schrei aus John Bellamys Zelle, und Creager taumelte mit blutendem Kopf heraus. Sie erinnern sich an den Brief, den Sie beschlagnahmt haben und in dem Creager zu bedenken gibt, er könne bei dem Unternehmen verletzt werden, was bei der Bezahlung berücksichtigt werden müßte. Die Wunde hatte er sich selbst mit einem Werkzeug beigebracht, von dem er behauptete, John habe es in seine Zelle geschmuggelt und ihn damit tätlich angegriffen. Der junge Mann wurde in eine besondere Arrestzelle gesteckt und dann dem Richter vorgeführt.
Wie Sie wissen, Featherstone, gibt es in englischen Zuchthäusern für Gefangene, die ihre Wärter angreifen, nur eine Strafe – das Auspeitschen. Es ist furchtbar, bei gewissen Verbrechen allerdings wirksamer als das Gefängnis. Der Junge erhielt fünfunddreißig Peitschenhiebe, deren Narben noch heute zu sehen sind. Als er später aus dem Gefängnis entlassen wurde, begann er die Suche nach seiner Mutter, die während seiner Haftzeit verschwunden war. Da er als vorbestraft gebrandmarkt war, änderte er seinen Namen in John Wood. Unun-

terbrochen war er bemüht, seine Mutter wiederzufinden. Als Ingenieur gelang ihm eine wichtige Erfindung, die er sich patentieren ließ und die ihm ein kleines Vermögen einbrachte.
Der Krieg brach aus, und er wurde Soldat. Bei der Registrierung mußte er seinen wahren Namen angeben, da es notwendig war, die Geburtsurkunde vorzulegen. Bei einem Feindflug über Deutschland wurde er als vermißt gemeldet und dann für tot erklärt. Später erwies sich das als Irrtum, der auch in den amtlichen Unterlagen berichtigt wurde. Einer der interessantesten Punkte in dieser ganzen Geschichte ist, daß Abel Bellamy trotz all seiner Bemühungen nichts von dieser Korrektur erfuhr. Sein Vermögen hatte John Bellamy testamentarisch seinem Kameraden John Wood vermacht – also sich selbst. Behörden forschten nach dem Krieg nicht weiter nach, und so konnte er von seinem ›Erbe‹ Besitz ergreifen. Er zog nach Belgien und gründete dort ein Kinderheim, weil er eine leidenschaftliche Zuneigung für Kinder entwickelt hatte, die mit steigendem Vermögen weiter wuchs.«
Howett schwieg. Jim wartete auf die Fortsetzung, aber Howett bedeutete ihm, er sei am Ende seiner Erzählung angelangt.
»Das ist die ganze komplizierte Geschichte, Captain Featherstone«, sagte er ernst.
Jim blickte zur Decke und ließ einen Ring aus Zigarrenrauch nach oben steigen. »In Cloister Wood steht eine Hütte«, begann er. »Von dort aus führt eine Straße zum Flugplatz Addley, der im Sommer und Winter eine Verbindung nach Belgien aufrechterhält.«
»Das ist richtig, glaube ich.«
»Man hat mir gemeldet«, sagte Jim, der weiterhin unverwandt zur Zimmerdecke starrte, »daß Mr. Wood dort ein häufig gesehener Flugpassagier war.«
»Das mag zutreffen. Ich weiß es nicht.«
»Er pflegte am späten Nachmittag einzutreffen und am frühen Morgen wieder abzufliegen. Er war immer in Belgien, wenn man ihm ein Telegramm schickte, so wie es nach dem Mord an Creager geschah.«
»Das ist möglich«, sagte Howett erneut.
»Eine weitere nicht alltägliche Leistung von John Wood-Bellamy ist seine vollkommene Beherrschung der Kunst des Bogenschießens. Das mag natürlich ein zufälliges Zusammentreffen sein, wie es bei Ihnen ja auch der Fall ist.«
»Woher wissen Sie das?« fragte Howett schnell.

»Ich habe schon vor längerer Zeit – genau gesagt gleich nach dem Tod von Coldharbour Smith – Nachforschungen in Belgien anstellen lassen. Damals war Wood gerade in London. Dabei erfuhr ich, daß es ganz nahe bei Wenduyne ein langgestrecktes Dünengebiet gibt, in dem ein exzentrischer Engländer – sie nennen ihn dort Engländer, obwohl er Amerikaner ist – sich stundenlang im Bogenschießen zu üben pflegte. Sie werden doch sicherlich zugeben, daß das bemerkenswert ist?«

Howett, der während der Ausführungen von Featherstone seinerseits an die Decke gestarrt hatte, wandte sich um und sah Jim mit großem Ernst in die Augen.

»Ich werde Ihnen jetzt eine Frage stellen, Featherstone. Sie sind Polizeibeamter und haben als solcher gewisse Pflichten. Wenn ich recht unterrichtet bin, schließt die englische Polizei gelegentlich beide Augen selbst gegenüber schweren Verbrechen. Man nennt das dann ›Handeln im öffentlichen Interesse‹. Das ›öffentliche Interesse‹ ist in diesem Lande ein Fetisch. Ich bin nicht so sicher, ob dies nicht ein Fetisch ist, den auch anständige Menschen verehren können. Und nun sagen Sie mir: Wer ist der grüne Bogenschütze?«

»Das fragen Sie mich?« fragte Jim. »Allen Ernstes fragen Sie mich das?«

Howett nickte.

»Dann will ich es Ihnen sagen«, antwortete Jim, der dem Blick seines Gegenüber auswich. »Der grüne Bogenschütze ist der Mann, der Elaine Held aus dem Verlies holte, in dem der alte Bellamy sie gefangengehalten hatte. Er ist der Mann, der sie mitten in der Nacht nach ›Lady's Manor‹ brachte und dabei von Ihnen entdeckt und mit der Pistole bedroht wurde, bis Sie die Wahrheit erfuhren und ihm zur Flucht verhalfen.«

»Ich wußte nicht, wer es war«, unterbrach ihn Howett. »Sein Gesicht war maskiert. Ich fand den unterirdischen Gang später rein zufällig. Allerdings benutzte ich ihn einmal, um ins Schloß zu gehen, wo ich dann von Julius gesehen wurde.«

»Abel Bellamy hat ihn ebenso zufällig entdeckt, als er in die Vorratskammer ging, um nach Büchsenmilch zu suchen. Lacy hat mir das heute früh erzählt«, sagte Jim.

»Die weinende Frau, deren Stimme Valerie im Haus gehört hatte, war die von Elaine Held. Diese Dame wurde dann mit dem Auto des grünen Bogenschützen auf Umwegen zur Hütte im Cloister Wood gebracht.

Der grüne Bogenschütze war der Mann, dessen Boot Sie in der Nacht fanden, in der Coldharbour Smith getötet wurde. Er war seinerzeit im ›Carlton‹ Spike Holland so nahe, daß er dessen Unterhaltung mit Creager hören konnte. Er hatte Creager sofort erkannt, Creager aber erkannte ihn nicht, ebensowenig wie Abel Bellamy ihn erkannte, als er zu ihm nach Garre Castle kam, um das Schloß zu kaufen. Er hörte im Hotel Creager zu Holland sagen, er habe eine gute Story für ihn. Da beschloß er, Creager zu töten, ehe dieser seine Geschichte erzählen konnte. Er nahm nämlich irrtümlich an, Creager werde vom Auspeitschen berichten und seine nächtlichen Ausflüge und seine Suche in Garre Castle könnten durch einen möglichen Skandal in Frage gestellt werden.

Der grüne Bogenschütze ist auch der Mann, der Valerie im Park von Garre Castle bemerkte, wohin sie sich leichtsinnigerweise und gegen gute Ratschläge begeben hatte. Als er sie in Gefahr sah, gab er seine bisherige Vorsicht auf, folgte ihr und rettete sie vor den Hunden. Er war es auch, der Elaine Helds Tagebuch an sich nahm.«

»Was wollen Sie denn nun tun? Wollen Sie diesem jetzt von Ihnen ausführlich beschriebenen Mann einen Namen geben?« fragte Howett.

»Es liegt nicht im öffentlichen Interesse, daß ich meinen künftigen Schwager namentlich nenne«, sagte Jim, »selbst wenn er ein Mörder ist, ja, selbst wenn er sich selbst zum Scharfrichter gemacht hat.«

Howett streckte Jim die Hand entgegen. »Wenn ich Ihre Geisteshaltung richtig einschätze, Jim Featherstone, dann dürften Sie bald einen guten Job aufgeben. Wahrscheinlich handeln Sie dann richtig. Wie ich höre, haben Sie Vermögen. Sonst würde ich Ihnen die beste Position anbieten, die anzubieten in meiner Macht liegt.«

»Ich möchte nur eines«, antwortete Jim geradeheraus, »ich möchte Ihr Schwiegersohn werden.«

Einen Augenblick lang umwölkte sich Howetts Gesicht. »Nun, vielleicht ist auch das möglich«, antwortete er dann nachdenklich. »Das wird ganz davon abhängen, welche Antwort Elaine Held mir auf eine Frage geben wird, die ich ihr stellen werde, sobald sie sich wieder so weit erholt hat, daß sie bereit ist, sich mit mir über eine Heirat zu unterhalten.«